깡패단의 방문

A VISIT FROM THE GOON SQUAD
by Jennifer Egan

Copyright ⓒ Jennifer Egan, 2010
Korean Translation Copyright ⓒ MUNHAKDONGNE Publishing Corp., 2012
All rights reserved.

This Korean edition is published by arrangement with
International Creative Management, Inc., New York through EYA(Eric Yang Agency),
Seoul.

이 책의 한국어판 저작권은 EYA(Eric Yang Agency)를 통해
International Creative Management, Inc.와 독점 계약한 (주)문학동네에 있습니다.
저작권법에 의해 한국 내에서 보호를 받는 저작물이므로
무단 전재와 무단 복제를 금합니다.

이 도서의 국립중앙도서관 출판예정도서목록(CIP)은
서지정보유통지원시스템 홈페이지(http://seoji.nl.go.kr)와
국가자료종합목록 구축시스템(http://kolis-net.nl.go.kr)에서 이용하실 수 있습니다.
(CIP제어번호: CIP2012001046)

깡패단의 방문

제니퍼 이건 장편소설
최세희 옮김

문학동네

피터 M에게 감사를 표하며

"시인들은 주장한다. 어릴 적 살았던 집이나 정원에 들어설 때 우리는 그 시절의 자아를 되찾게 된다고. 그러나 이는 가장 위험한 순례로, 자주 흡족한 만큼이나 실망감을 맛보며 끝맺게 된다. 그런 고정된 장소에서 우리가 찾아야 할 것은 그때와 다른 시절에 동시에 존재하는 우리 자신 안의 어떤 것이다."

"다른 사람들의 인생에서 알려지지 않은 진실은 자연의 진실과 같아서, 각각의 새로운 과학적 발견은 그 진실을 다만 축소할 뿐, 폐기하진 못한다."

_마르셀 프루스트, 『잃어버린 시간을 찾아서』

차례

A

1 · 유실물 _013

2 · 황금 강장제 _037

3 · 내가 신경이나 쓸 것 같아? _067

4 · 사파리 _097

5 · 당신(들) _132

6 · X의 것과 O의 것 _144

B

7 · A to B _171

8 · 장군님 팔기 _208

9 · 사십 분간의 점심식사:
키티 잭슨, 사랑과 명성 그리고 닉슨을 말하다! _249

10 · 유체 이탈 _272

11 · 안녕, 내 사랑 _304

12 · 위대한 로큰롤의 쉼표 _341

13 · 순수한 언어 _417

옮긴이의 말 _463

1
유실물

　일은 별다를 것 없이 시작되었다. 이번에는 라시모 호텔의 화장실에서. 거울을 보며 노란색 아이섀도를 고쳐 바르던 사샤는 세면대 옆 바닥에 떨어져 있는 가방 하나를 발견했다. 화장실 칸막이의 아치형 문 너머로 희미한 소리를 내며 오줌을 누는 여자의 것이 분명했다. 가방의 둥근 가장자리 안쪽으로 옅은 초록색 가죽 지갑이 얼핏 엿보였다. 이제 와서 돌이켜보니 당시 오줌 누고 있는 그 여자의 맹목적인 믿음에 짜증이 났다는 걸 쉽게 인정할 수 있었다. 조그만 틈이라도 보이면 코를 베어가는 세상에서 훤히 다 보이는 곳에 물건을 흘리고 간 주제에, 다시 나왔을 때 그 물건이 그대로 있길 바라는 거야? 사샤는 여자에게 한 수 가르쳐주고 싶었다. 그러나 이런 바람은 사샤가 늘 느끼는 가슴속 깊은 곳의 감정을 위장한 것일 뿐이었다. 손 안에 굴러들어온 두툼하고 부드러운 감촉의 지갑. 더없이 칙칙하고 평범하게 생긴 것이, 순간을 포착하고, 도전을 받아들이고, 뛰어오르고, 달아나고, 물불 가리지 않고, 위험천만하게 살면서 ("알아들었어요"라고 심리치료사인 코즈가 말했다), 그 망할 것을 습득하기보다는 거기 그대로 놔두는 편이 나아 보였다.

"훔치기보다는, 이라고 해야죠."

코즈는 사샤 스스로 그 단어를 쓰도록 유도했다. (코즈가 언급한 대로) 그녀의 상태가 급속히 심각해지기 시작한 지난 한 해 동안 슬쩍한 수많은 물건들—열쇠 뭉치 다섯 개, 선글라스 열네 개, 어린아이의 줄무늬 목도리, 쌍안경, 치즈 강판, 주머니칼, 비누 스물여덟 개, 직불카드로 결제할 때 썼던 싸구려 볼펜부터 계약회의 때 예전 상사의 변호사에게서 훔친 것으로 인터넷에서 260달러에 판매되는 가지색 비스콘티 만년필까지 망라한 펜 여든다섯 자루—의 경우보다 그 단어를 피해가기 어려웠다. 사샤는 이제 가게의 물건은 훔치지 않았다. 가게에서 파는 차갑고 맥없는 물건들에선 매력이 느껴지지 않았다. 이젠 다른 사람들의 물건만 훔쳤다.

"알았어요," 사샤는 말했다. "훔치기보다는."

전에 사샤와 코즈는 그녀가 느끼는 이런 감정을 '개인적인 도전'이라고 부르기로 했는데, 그에 따르면 사샤가 지갑을 손에 넣는 건 그녀의 강인함, 그녀의 개성을 주장하는 방식이었다. 그들이 할 일은 사샤의 생각을 전환시켜, 지갑을 손에 넣는 게 아니라 그대로 놔두는 게 도전이 되도록 하는 것이었다. 그렇게 해야 치료가 될 터였다. 물론 코즈는 '치료'라는 말은 절대 쓰지 않았다. 그는 우스꽝스러운 스웨터를 입고 자신을 편하게 코즈라 부르라고 했지만, 신사적이고 마냥 속내를 드러내지는 않는 타입이었다. 그래서 사샤는 그가 게이인지 스트레이트인지, 유명 저서를 낸 저자인지, (가끔 의심이 들기로는) 환자의 두개골을 수술도구와 함께 봉합해버리는 가짜 외과의 같은 유의 도주중인 사기꾼인지 도무지 종잡을 수가 없었다. 물론 이런 궁금증들은 구글에서 검색해보면 채 일 분도 안 돼 풀리겠지만, (코즈의 말로는) 쓸모가 있는 궁금증들이라 사샤는 이제껏 참고 있었다.

사샤가 누워 있는 그의 사무실 안 파란 가죽 카우치는 매우 부드러웠다. 일전에 코즈는, 시선이 마주치면서 생기는 부담감에서 두 사람 다 자유로울 수 있기 때문에 카우치를 좋아한다고 했었다. "사람과 눈을 마주치는 게 싫다고요?" 사샤는 물었다. 심리치료사가 그런 사실을 인정하다니 어이가 없었다.

"피곤하더라고요." 코즈가 말했다. "이렇게 하면 우리 둘 다 원하는 곳에 눈을 둘 수 있으니까요."

"당신은 어디를 볼 건데요?"

그가 미소 지었다. "내가 어딜 보는지 직접 보면 알잖아요."

"주로 어디를 보느냐고요. 사람들이 카우치에 누워 있을 때."

"방 안을 둘러보죠." 코즈가 말했다. "천장도 보고, 허공도 보고."

"잠든 적은?"

"없어요."

사샤는 대개 거리가 내다보이는 창문을 보았다. 그리고 오늘 밤, 빗물이 잔물결을 그리는 창문을 바라보며 그녀는 자신의 이야기를 계속했다. 사샤는 부드럽고 복숭아처럼 잘 여문 지갑에 흘긋 눈길을 주었다. 그녀는 여자의 가방에서 지갑을 빼내 자신의 조그만 핸드백에 집어넣고는, 여자의 오줌줄기 소리가 그치기 전에 지퍼를 닫았다. 그리고 잽싸게 화장실 문을 열고 미끄러지듯 로비를 지나 바bar로 되돌아갔다. 지갑의 주인과는 한 번도 마주치지 않았다.

지갑사건 직전, 사샤는 꼼짝없이 끔찍한 저녁시간을 보내던 중이었다. 검은 앞머리가 이마를 덮은 (아니나 다를까 이번에도) 변변찮은 데이트 상대는 음울한 표정으로 간간이 평면 티브이를 쳐다보았는데, 사샤 자신도 인정한 대로 그녀가 옛 상사인 베니 살러자르에 대해 주책없이 떠들어대는 이야기보다 제츠* 팀의 경기가 더 재미있는 모양이었다. 살러자르는 '소즈 이어Sow's Ear' 레코드 레이블의 설립자로 유명했는데, (사샤가 어쩌다 알게 된 바로는) 커피에—추측건대 일종의 정력제로—금가루를 뿌려 마시고 겨드랑이에 탈취제를 뿌렸다.

지갑사건 직후, 그러나 상황은 유쾌한 가능성으로 가득해졌다. 비밀스러운 무게가 더해진 핸드백을 들고 옆걸음질해 테이블로 되돌아가면서, 사샤는 자신을 바라보는 웨이터의 시선을 느꼈다. 자리에 앉은 그녀는 멜론 매드니스 마티니를 한 모금 마시고 알렉스를 향해 턱을 쳐들었다. 그러고는 그녀의 네/아니요 미소를 지으며 말했다. "안녕."

네/아니요 미소는 놀랍도록 효과 만점이었다.

"기분 좋아 보이는군요." 알렉스가 말했다.

"난 늘 기분이 좋아요." 사샤가 말했다. "가끔 그 사실을 잊어서

---

*뉴욕을 근거지로 한 미식축구 팀.

그렇지."

 알렉스는 사샤가 화장실을 다녀오는 동안 계산을 해놓았다. 이쯤에서 데이트를 그만 끝내자는 명백한 표시였다. 지금 그는 그녀를 유심히 바라보고 있었다. "어디 다른 데 갈까요?"

 그들은 자리에서 일어났다. 알렉스는 검은색 코르덴바지에 흰색 버튼업 셔츠 차림이었다. 그는 법률비서였다. 이메일을 주고받으면서 받은 인상으로는 공상에 빠져 사는 얼빠진 남자 같았는데, 막상 만나보니 그것도 모자라 정서불안에 쉽게 싫증을 내는 성격이었다. 몸매 하나는 정말 근사했다. 헬스클럽에서 가꾼 몸매가 아니었다. 고등학교와 대학교 시절 무슨 운동을 했는지는 모르겠지만 아직 한창때라 그 덕을 보고 있는 것이었다. 서른다섯 살인 사샤에게는 이미 지나가버린 시절이었다. 코즈조차 아직 그녀의 정확한 나이를 몰랐다. 절친한 사람들은 누구나 시간이 어느 정도 지나면 그녀가 서른한 살이라고 짐작했고, 대부분의 사람들은 이십대로 여겼다. 그녀는 매일 운동을 했고, 햇빛을 피했다. 온라인상의 프로필에는 모두 스물여덟 살로 등록해놓았다.

 알렉스를 따라 바를 나서면서 사샤는 핸드백을 열고 아주 잠깐 그 두툼한 초록색 지갑을 만지며 심장 부근이 옥죄어드는 느낌을 만끽하고픈 충동을 억누를 수가 없었다.

 "물건을 훔칠 때마다 당신은 어떤 기분인지 의식하고 있어요." 코즈가 말했다. "그게 기분을 달래준다고 스스로 상기시킬 정도로. 하지만 다른 사람은 어떤 기분일지 생각하나요?"

 사샤는 머리를 젖혀 코즈를 바라보았다. 이따금 일부러 그렇게 코즈를 보았는데, 어디까지나 자신이 바보가 아니라는 것을 그에게 알려주고 싶어서였다. 그런 질문엔 대답이 정해져 있다는 것을 그녀는 알고 있었다. 그녀와 코즈는 힘을 합쳐 이미 결말이 정해진 이야기를 써나가는 관계였다. 그녀는 괜찮아질 것이다. 더는 사람들의 물건을 훔치지 않게 될 것이고, 그녀를 이끌어주었던 음악과, 처음 뉴욕에 왔을 때 만난 친구들로 이루어진 인맥과, 커다란 신문지에 휘갈겨 써서 당시 살던 아파트 벽에 붙여놓았던 일련의 목표들을 다시금 소중히 여기게 될 것이다.

밴드를 발굴해 매니저 되기
뉴스 따라잡기
일본어 공부
하프 연습

"난 사람들 생각은 안 해요." 사샤가 말했다.
"그렇다고 공감능력이 결여돼 있는 건 아니죠." 코즈가 말했다. "우리 둘 다 아는 사실이에요. 배관공 덕분에요."
사샤는 한숨을 내쉬었다. 배관공 이야기는 한 달 전쯤 했는데, 그후로 상담 때마다 거의 매번 언급되었다. 문제의 배관공은 사샤의 집주인이 아래층의 누수를 점검하라고 보낸 노인이었다. 회색 머리칼이 텁수룩한 노인은 사샤의 집 문앞에 나타난 지 일 분도 안 돼 쿵 하고 바닥에 엎드리더니, 언제나 드나드는 구멍을 더듬더듬 찾아가는 동물처럼 욕조 밑으로 기어들어갔다. 욕조 뒤 볼트를 찾아 더듬는 노인의 손가락에는 담뱃진이 배어 있었고, 팔을 한껏 뻗느라 입고 있던 트레이닝복 상의가 당겨올라가면서 물렁하고 허연 등이 드러났다. 노인의 민망한 모습에 사샤는 고개를 돌렸고 어서 임시 직장으로 가고 싶어 안절부절못했지만, 배관공이 말을 거는 바람에 어쩔 수 없었다. 노인은 사샤에게 샤워를 얼마나 오래, 자주 하느냐고 물었다. "여기서 안 해요." 사샤는 퉁명스럽게 대답했다. "헬스클럽에서 해요." 노인은 사샤의 무례한 태도를 모른 척하며 고개를 끄덕였다. 보아하니 그런 데는 이골이 난 것 같았다. 사샤는 콧속이 시큰해져서 눈을 질끈 감고 양 관자놀이를 지그시 눌렀다.

다시 눈을 떴을 때, 그녀는 발치에 놓인 배관공의 공구벨트를 발견했다. 거기엔 아름다운 스크루드라이버가 한 자루 들어 있었다. 해진 가죽 고리에 걸려 있는 반투명한 오렌지색 손잡이는 막대사탕처럼 은은한 빛을 발했고, 잘빠진 은빛 몸통은 반짝반짝 빛났다. 사샤는 자신이 그 물건 앞에 딱 한입 거리로 쪼그라드는 걸 느꼈다. 스크루드라이버를 손에 쥐어보고 싶었다. 딱 일 분만. 사샤는 무릎을 굽히고 살그머니 벨트에서 드라이버를 잡아 뽑았다. 쨍그렁 소리 한 번 나지 않았다. 그녀의 앙상한 손은 물건에 손을 댈 때마다 예외 없이 떨렸지만, 그래도 이런 일엔 도가 텄다. 타고났어. 무언가를 슬쩍하고서 얼마간 두둥실 떠다니는 듯한 기분을 맛볼 때면 자주 그런 생각이 들었다. 일단 스크루드라이버를 손에 쥐자 허릿심도 없는 노인네가 자기 집 욕조 아래서 코를 킁킁대는 모습을 보고 있는 괴로움이 금세 가시며 안도감이 느껴졌고, 곧이어 그것은 안도감 이상의 무언가가 되었다. 평화로운 무관심이었다. 그런 일에 괴로움까지 느꼈다니 황당했다.

"배관공이 가고 나선 어땠죠?" 사샤가 배관공 이야기를 했을 때 코즈는 물었었다. "그땐 스크루드라이버가 어떻게 보이던가요?"

침묵이 흘렀다. "평범했어요." 사샤가 말했다.

"정말요? 더는 특별하게 다가오지 않던가요?"

"보통 스크루드라이버하고 다를 게 없었어요."

사샤는 코즈가 자세를 바꾸는 기척을 느꼈고, 사무실 안에서 무슨 일이 일어나고 있음을 감지했다. 그녀가 슬쩍한 물건들을 쌓아두는 테이블(최근 테이블을 하나 더 들였다)에 올려놓고는 거의 눈길도 주지 않았던 스크루드라이버가 코즈의 사무실 허공에 걸려 있는 것 같았다. 그것은 두 사람 사이를 떠다녔다. 하나의 상징이었다.

"그래서 기분이 어땠나요?" 코즈가 조용히 물었다. "불쌍하게 여겼던 배관공의 물건을 뺏고 난 기분이 어땠나요?"

기분이 어땠냐고? 기분이 어땠냐고? 물론, 여기에도 정답이 있다. 가끔 사샤는 오로지 코즈에게서 정답을 빼앗겠다는 일념으로 거짓말하고 싶은 충동을 억눌러야 했다.

"나빴죠." 그녀는 말했다. "됐나요? 기분 나빴다고요. 젠장, 상담비를 내느라 등골이 휠 지경인데. 어쨌든 이렇게 사는 게 잘 사는 게 아니라는 깨달음 하나는 확실히 얻네요."

코즈는 몇 번이나 배관공을 사샤의 아버지와 관련지으려 했었다. 그녀가 여섯 살 때 사라져버린 아버지였다. 사샤는 그런 논리에 혹하지 않으려고 조심했다. "기억 안 나는데요." 그녀는 말했다. "아버지에 대해선 할 말이 없어요." 그렇게 말한 건 코즈를 보호하기 위해서, 또 그녀 자신을 보호하기 위해서였다. 그들은 구원의 이야기를, 새 출발과 두번째 기회에 대한 이야기를 함께 쓰는 중이었다. 하지만 코즈가 말한 방향으로 가면 얻을 건 오로지 슬픔뿐이었다.

사샤와 알렉스는 라시모 호텔 로비를 가로질러 거리로 향했다. 사샤는 팔에 낀 핸드백 속의 따뜻한 공 같은 지갑이 겨드랑이를 파고드는 것을 느꼈다. 그들이 거리로 난 커다란 유리문 옆, 꽃봉오리가 맺힌 앙상한 나뭇가지들을 스쳐 지나가는데 한 여자가 갈지자걸음으로 다가왔다. "잠시만요," 여자가 말했다. "혹시 보셨나 해서— 제가 지금 큰일났거든요."

사샤의 마음속에서 공포의 현이 팅 하고 퉁겼다. 사샤가 습득한 지갑의 주인이었다. 보자마자 알 수 있었다. 비록 눈앞의 여자가 그녀가 상상했던 흑단 같은 머리칼에 느긋한 성격의 여자와 닮은 구석이라고는 한 군데도 없었지만. 여자는 여려 보이는 갈색 눈에, 대리석 바닥에 부딪칠 때마다 또각거리는 앞코가 뾰족한 플랫슈즈를 신고 있었다. 여자의 곱슬곱슬한 갈색 머리에는 새치가 잔뜩 섞여 있었다.

사샤는 알렉스의 팔을 잡고 문 쪽으로 끌고 가려 했다. 그녀의 손길에 그가 놀란 것이 느껴졌지만, 그는 움직이지 않았다. "뭘 봤냐는 말씀이죠?" 그가 물었다.

"누가 제 지갑을 훔쳐갔어요. 신분증도 없어졌고, 내일 아침에 비행기를 타야 되는데. 정말 어떡해야 할지 막막해요!" 여자는 간절한 표정으로 둘을 보았다. 거기 담긴 순박한 절실함은 뉴요커라면 감추는 법을 금세 배우는 그런 종류의 감정이었다. 사샤는 움찔했다. 여자가 이 도시 사람이 아닐 거란 생각은 전혀 안 했는데.

"경찰에 신고는 하셨나요?" 알렉스가 물었다.

"관리인이 하겠대요. 그래도 혹시나 해서요. 제가 어디다 흘렸을 수도 있지 않겠어요?" 여자는 그들 발치의 대리석 바닥을 하릴없이 내려다보았다. 사샤는 살짝 안도했다. 이 여자는 본의 아니게 다른 사람들을 짜증나게 하는 유형이었다. 알렉스를 따라 관리인 데스크로 가면서도 여자는 미안하다는 말을 늘어놓았다. 사샤는 뒤에서 느릿느릿 따라갔다.

알렉스가 묻는 소리가 들렸다. "누가 이분을 도와주고 계신가요?"

관리인은 머리를 뾰족뾰족하게 세운 젊은이였다. "경찰에 전화했는데요." 그가 방어적으로 말했다.

알렉스는 여자를 돌아보았다. "어디서 지갑을 잃어버리셨죠?"

"화장실이요. 그런 것 같아요."

"거기 다른 사람은 없었나요?"

"아무도 없었어요."

"비어 있었다고요?"

"누가 있긴 했던 것 같은데, 저는 못 봤어요."

알렉스는 고개를 돌려 사샤를 보며 말했다. "좀전에 화장실 다녀왔잖아요. 누구 본 사람 없어요?"

"없어요." 사샤는 간신히 대답했다. 자낙스*를 챙겨왔지만, 핸드백을 열 수도 없었다. 핸드백의 지퍼가 채워져 있는데도, 자신이 손쓸 수 없는 모종의 방식으로 지갑이 불쑥 모습을 드러내는 건 아닐까 두려워지면서 공포감이 폭포수처럼 쏟아져내렸다. 체포, 굴욕, 가난, 죽음.

알렉스는 다시 관리인을 보았다. "이런 질문은 제가 아니라 관리인이 해야 하는 것 아닌가요?" 그가 말했다. "당신네 호텔에서 도난사건이 일어난 거잖아요. 건물 안에, 뭐죠, 보안경비도 없나요?"

'도난' '보안경비'라는 말이 라시모 호텔뿐 아니라 뉴욕에 있는 이런 유의 호텔이라면 틀어놓는 잔잔한 백비트**의 음악을 갈랐다. 로비에 있던 사람들이 호기심으로 가볍게 술렁였다.

"보안경비 팀에 전화했습니다." 관리인이 말하고는 목을 이리저리 꺾었다. "다시 전화해보겠습니다."

사샤는 알렉스를 흘긋 보았다. 그는 화가 나 있었고, 그 때문에 지난 한 시간 동안 의미 없는 수다를 떨 때(주로 그녀 쪽에서 그랬다, 사실이었다) 느끼지 못했던 어떤 존재감이 도드라졌다. 그는 뉴욕에 온 지 얼마 되지 않았다. 뉴욕보다 작은 지역에서 나고 자

---

* 신경안정제.
** 두번째, 네번째 박자를 강조하는 록음악의 비트.

랐다. 그에겐 다른 사람을 함부로 속단하면 안 된다는 생각이 들게 하는 한두 가지 구석이 있었다.

 티브이에서 본 것과 똑같은 보안경비 두 명이 왔다. 우람한 체구에 세심하게 예의를 갖춰 행동하는데도 왠지 모르게 기꺼이 머리통을 박살낼 사람들일 것만 같았다. 둘은 흩어져서 바를 살펴보았다. 사샤는 지갑을 화장실에 그냥 두고 오지 않은 걸 뼈저리게 후회했다. 뿌리치기 힘든 충동과도 같은 후회였다.

 "화장실에 한번 가볼게요." 사샤는 알렉스에게 말하고 내키지 않는 발걸음을 억지로 떼어 엘리베이터가 있는 벽을 천천히 돌아갔다. 화장실엔 아무도 없었다. 사샤는 핸드백을 열고 지갑을 꺼낸 다음, 다시 핸드백 속을 뒤져 자낙스 약병을 꺼내선 한 알을 이 사이로 던져넣었다. 씹으면 더 빨리 약효가 나타난다. 가성소다처럼 톡 쏘는 맛이 입안 가득 퍼지는 가운데 그녀는 화장실 안을 훑어보며 지갑을 어디에 버릴지 고심했다. 화장실 칸막이 안? 세면대 밑? 결정을 내릴 수가 없어 온몸이 마비될 지경이었다. 지금 당장 마음을 정해야 한다. 아무 탈 없이 빠져나가려면. 그럴 수만 있다면, 그렇게만 된다면—그녀는 미칠 것만 같아 코즈에게 다시는 도둑질을 하지 않겠다고 약속해야겠다는 생각까지 했다.

 화장실 문이 열리고, 그 여자가 걸어들어왔다. 거울을 통해 여자의 얼빠진 눈과 사샤의 눈이 마주쳤다. 역시 제정신이 아닌, 가느다란 초록색 눈과. 잠시 침묵이 흐르는 가운데 사샤는 자신이 엄연한 사실과 마주하고 있음을 느꼈다. 여자는 알아, 처음부터 전부 다 알고 있었던 거야. 사샤는 여자에게 지갑을 건넸다. 그리고 굳어버린 여자의 얼굴을 보고는 자기 생각이 틀렸음을 깨달았다.

"죄송해요." 사샤는 재빨리 둘러댔다. "저한테 문제가 좀 있어요."

여자는 지갑을 열어보았다. 물건을 되찾았다는 여자의 물리적 안도감이 따스한 물결이 되어 사샤를 관통했다. 마치 둘의 몸이 연결되어 있었던 것처럼. "전부 다 있어요, 맹세해요." 사샤는 말했다. "열어보지도 않았어요. 제가 이런 문제가 있거든요, 하지만 병원에 다니고 있어요. 전 그냥—제발 아무 말씀도 하지 말아주세요. 그나마 겨우 지푸라기라도 잡고 있는 상황이에요."

여자가 시선을 들어 부드러운 갈색 눈으로 사샤의 얼굴을 보았다. 무엇을 본 걸까? 사샤는 고개를 돌려 다시 거울을 보고 싶었다. 자신에 관한 무엇인가가, 잃어버린 그 무언가가 마침내 모습을 드러낼지도 모른다는 듯이. 하지만 가만히 있었다. 얼어붙은 듯 꼼짝 않고 서서 여자의 시선을 고스란히 견뎠다. 문득 여자가 자신의 나이, 그러니까 진짜 나이와 비슷할 거라는 생각이 들었다. 집에 가면 애들이 있을지도 모른다.

"좋아요." 여자는 말하고 시선을 내렸다. "우리끼리만 아는 걸로 해요."

"감사합니다." 사샤가 말했다. "감사합니다, 감사합니다." 안도감과 함께 자낙스의 첫 약효가 부드럽게 일렁이는 물결처럼 퍼졌고, 사샤는 어지러워서 벽에 몸을 기댔다. 여자는 이 상황을 벗어나고 싶은 눈치였다. 사샤는 바닥으로 미끄러져 드러눕고 싶은 마음이 굴뚝같았다.

화장실 문을 두드리는 소리와 함께 남자 목소리가 들렸다. "뭐 찾았어요?"

사샤와 알렉스는 호텔을 나와 바람 부는 황량한 트라이베카*로 들어섰다. 사샤가 약속 장소를 라시모 호텔로 정했던 건 습관 때문이었다. 호텔은 십이 년 동안 베니 살러자르의 비서로 일했던 소즈이어 레코드 근처에 있었다. 그러나 언제나 가슴 벅찬 희망을 안겨주었던, 밤낮없이 환하게 불을 밝힌 월드트레이드센터가 사라지고 나서는 이 동네의 밤이 싫어졌다. 그녀는 알렉스에게 흥미를 잃었다. 고작 이십 분 만에 두 사람은 같은 경험을 공유하면서 돈독한 연대감을 느끼길 열망했던 순간을 쏜살같이 지나, 서로를 너무 많이 알아버려 별 매력을 못 느끼는 단계에 접어들어 있었다. 알렉스는 이마까지 덮는 털모자를 쓰고 있었다. 속눈썹이 길고 까맸다. 마침내 그가 입을 열었다. "이상하네."

"그러게요." 사샤는 말했다. 그러고는 잠시 뜸을 들였다가 다시 말했다. "지갑을 찾은 게 이상하다는 거죠?"

"처음부터 끝까지 다 이상한데, 아무튼 그래요." 그가 그녀를 돌아보았다. "그게, 그러니까, 잘 안 보이는 곳에 있던가요?"

"바닥에 떨어져 있었어요. 구석에. 화분 뒤쪽 같은 데요." 거짓말을 뱉고 나자 자낙스로 진정시켜놓은 두개골에 좁쌀 같은 땀방

---

* 로어 맨해튼의 동네.

울이 맺혔다. 사실 화분 같은 건 없었어요, 라고 말할까도 생각해봤지만 그러지 않기로 했다.

"그 여자가 일부러 그런 건 아닌가 하는 생각까지 들었어요." 알렉스가 말했다. "관심받고 싶다거나, 뭐 그런 의도로."

"그런 사람 같지는 않던데요."

"그건 모르는 일이에요. 사람의 본성은 쥐뿔만큼도 알 수 없다는 것, 내가 뉴욕에 와서 배우고 있는 거죠. 이중인격이면 양반이지— 다중인격들이라고요."

"그 여자 뉴욕 사람 아니거든요?" 자신도 저렇게 속 편하게 잊어버리는 성격이면 얼마나 좋을까 싶으면서도 사샤는 짜증이 일었다. "기억 안 나요? 비행기를 탈 거라고 했잖아요."

"맞다." 알렉스가 말했다. 그는 잠시 말을 멈추고 조명이 부실한 보도를 가로지르는 사샤를 바라보며 고개를 갸웃했다. "근데 내가 무슨 말 하려는 건지는 알죠? 사람들의 본성이요."

"알죠." 사샤는 조심스럽게 대답했다. "하지만 당신도 거기 익숙해지고 있는 것 같은데요."

"그냥 어디 다른 곳으로 가죠."

사샤는 무슨 말인지 금방 알아듣지 못했다가 입을 열었다. "갈 데가 어디 있어야죠."

알렉스는 놀라서 그녀를 돌아보았다. 그러더니 싱긋 웃었다. 사샤도 미소 지었다. 네/아니요 미소가 아닌, 은근한 미소였다.

"그런가." 알렉스가 말했다.

그들은 택시를 잡아탔고, 로어 이스트사이드의 엘리베이터 없는 건물에 도착해 사샤의 집이 있는 4층까지 걸어올라갔다. 사샤가 육 년째 살고 있는 집이었다. 집 안에 향초 향이 은은하게 감돌았다. 소파베드에는 벨벳 덮개가 씌워져 있었고 베개가 많았다. 화질이 아주 선명한 구형 컬러티브이가 있었고, 하얀 조가비, 빨간 주사위 두 개, 이제는 말라서 고무처럼 되어버린 중국제 호랑이연고가 담겨 있는 작은 양철케이스, 그녀가 정성껏 물을 주며 키우는 분재 등 여행을 하면서 사모은 기념품들이 창턱을 따라 나란히 놓여 있었다.

"와," 알렉스가 말했다. "부엌에 욕조가 있네! 이런 욕조 얘길 들은 적이―아니 읽은 적이 있는데 아직까지 남아 있을 거라고는 생각 못 했어요. 샤워장치는 새거죠, 그렇죠? 그러니까 여긴 부엌과 욕실 겸용 아파트고, 맞죠?"

"넵," 사샤가 대답했다. "하지만 거의 사용 안 해요. 헬스클럽에서 샤워하거든요."

욕조는 크기가 딱 맞는 나무판자로 덮여 있었고, 사샤는 그 위에 접시들을 쌓아두었다. 알렉스는 욕조 가장자리 밑을 손으로 쓸어보면서 발톱처럼 구부러진 욕조의 발을 유심히 보았다. 사샤는 초를 켠 후, 부엌 찬장에서 그라파* 병을 꺼내 작은 유리잔 두 개에 따랐다.

---

* 도수가 높은 이탈리아산 와인.

"아파트 정말 마음에 드는데요." 알렉스가 말했다. "옛날 뉴욕 분위기가 나는 것 같아요. 이런 데가 있다는 걸 알아도 찾아내는 건 어렵지 않나요?"

사샤는 그의 옆쪽 욕조에 기대 입술만 축이는 정도로 그라파를 홀짝였다. 자낙스 맛이 났다. 그녀는 프로필에서 본 알렉스의 나이가 몇 살이었는지 기억해내려고 애썼다. 스물여덟 살이었던 것 같지만 그보다는 어려 보였고, 어쩌면 훨씬 더 어릴지도 몰랐다. 그가 이 아파트를 둘러보며 무슨 생각을 했을지 훤했다. 뉴욕에 첫발을 내딛는 누구나 겪는 모험의 소용돌이 속에서 거의 순식간에 퇴색해버릴 지방색 같은 것. 알렉스가 앞으로 일이 년 동안 기를 쓰고 일구어나갈 흐릿한 추억들 가운데 자신은 한 번 번득이고 마는 빛과 같은 존재라고 생각하니 사샤는 기분이 언짢아졌다. 그 욕조가 있던 집이 어디였더라? 그 여자가 누구였지?

알렉스는 욕조를 떠나 아파트의 다른 곳을 살펴보았다. 부엌 한쪽에는 사샤의 침실이 있었다. 그리고 거리와 면한 다른 한쪽은 사샤의 거실이자 은신처이자 사무실로, 푹신한 의자 두 개와 책상이 놓여 있었다. 사샤가 업무 외 프로젝트―그녀가 가능성을 확신하는 밴드의 홍보, 〈바이브〉와 〈스핀〉*에 기고하는 짧은 리뷰―를 위해 마련한 곳이었지만, 실상 이런 작업들은 최근 몇 년간 눈에 띄게 줄어든 상태였다. 사실 육 년 전 이 아파트는 더 좋은 곳으로 가기 위한 중간 기착지 같은 곳이었는데, 점점 부피와 무게를 더해

---

* 미국에서 발행되는 대중음악 잡지.

가다 결국 사샤를 에워싼 채 굳어버렸고, 마침내 그녀는 더이상 벗어날 수 없다고 생각하는 한편 여기라도 있어서 다행이라고 여기기에 이르렀다. 다른 데로 갈 형편도 되지 않았지만 그러고 싶지도 않은 것 같다고나 할까.

알렉스는 허리를 굽혀 창턱에 진열된 그녀의 조그만 수집품을 자세히 들여다보았다. 대학 시절 익사한 사샤의 친구 롭의 사진 앞에서 잠깐 멈췄지만, 아무 말도 하지 않았다. 그때까지 그는 그녀가 훔친 물건들을 아무렇게나 쌓아놓은 테이블들의 존재는 눈치채지 못했다. 여러 자루의 펜, 쌍안경, 열쇠들, 그리고 스타벅스에서 엄마 손에 이끌려 나가던 여자아이 목에서 풀려 떨어진 것을 돌려주지 않고 슬쩍해온 목도리. 그때쯤엔 이미 코즈와 상담을 하고 있던 시점이라, 그 순간 사샤는 머릿속을 울리는 장황한 변명들을 똑똑히 인식할 수 있었다. 겨울도 거의 끝나가잖아요, 어린애들이 또 얼마나 무섭게 빨리 크는데요, 애들은 목도리라면 질색한다고요. 한발 늦었다. 아이와 엄마는 문밖으로 나선 뒤였다. 목도리를 어떻게 돌려줘야 할지 난감하네, 목도리가 떨어지는 것쯤이야 얼마든지 못 봤을 수 있었는데, 사실 못 봤어, 지금에야 알아차린 거라고. 저거 봐, 목도리야! 밝은 노란색 바탕에 분홍색 줄무늬가 있는 어린이 목도리—어쩌면 좋아, 누가 저런 걸 하고 다니겠어? 나라도 집어다가 한동안 맡아줘야지, 뭐…… 사샤는 집으로 돌아와 목도리를 손으로 빤 다음 깔끔하게 개어놓았다. 그것은 그녀가 가장 좋아하는 물건 중 하나였다.

"이게 다 뭐예요?" 알렉스가 물었다.

그제야 테이블들을 발견한 그는 그 위에 쌓인 물건들을 빤히 보고 있었다. 세밀화의 명수인 비버의 작품 같았다. 불가해하지만 그렇다고 마구잡이라고도 할 수 없는 물건들의 더미. 사샤의 눈에 그 더미가 난감함과, 아슬아슬한 위기와, 작은 승리감과, 순수한 희열의 순간들의 하중 아래서 흔들리는 것처럼 보였다. 그 더미에는 그녀가 살아온 한 해 한 해가 압축되어 있었다. 더미의 바깥쪽에 스크루드라이버가 놓여 있었다. 사샤는 무엇 하나 놓칠세라 유심히 살펴보는 알렉스의 모습에 이끌려 그리로 갔다.

"그래 자신이 훔친 물건들 앞에 알렉스와 함께 서 있으니 기분이 어떻던가요?" 코즈가 물었다.

사샤는 뺨이 화끈 달아오르자 짜증스러워 파란색 카우치 쪽으로 얼굴을 돌렸다. 알렉스와 함께 서 있던 순간 느꼈던 복잡 미묘한 감정은 코즈에게 말하고 싶지 않았다. 그 물건들에서 취했던 자존감을, 그것들을 훔쳤다는 것 때문에 느끼는 수치심에 오히려 고조되던 애정을. 그녀는 어떤 위험도 마다하지 않았고, 그 결과물이 여기 있는 것이었다. 그녀 삶의 원초적이고 뒤틀린 핵심. 테이블 위의 물건 더미를 훑어보는 알렉스를 지켜보면서 사샤 안의 뭔가가 동요했다. 그녀가 뒤에서 껴안자 그는 놀라면서도 기꺼워하며 돌아섰다. 그녀는 그에게 진한 키스를 퍼부으면서 그의 바지 지퍼를 내렸고, 자신의 부츠를 벗어던졌다. 알렉스가 소파베드가 있는 다른 방으로 그녀를 이끌려고 했지만, 그녀는 테이블들 옆에 그대로 무릎을 꿇고 앉았고 그도 끌어 앉혔다. 페르시안 카펫의 털이 그녀의 등을 간질였고, 창문으로 쏟아져들어오는 거리의 불빛이 그의 굶주린, 기대에 찬 얼굴과 하얗게 드러난 허벅지를 비추었다.

그런 후, 그들은 한참을 러그 위에 드러누워 있었다. 향초에서 타닥타닥 소리가 나기 시작했다. 사샤는 머리 근처 창문에 비친 분재의 뾰족뾰족한 실루엣을 바라보았다. 모든 흥분은 쓸려나간 뒤였고, 흥기에 찔린 듯 통렬한 비애와 지독한 공허만이 남았다. 사샤는 비틀비틀 일어나면서 알렉스가 어서 나가주길 바랐다. 그는 여전히 셔츠만 입은 채였다.

"내가 지금 뭐 하고 싶게요?" 알렉스가 일어서면서 말했다. "저 욕조에서 목욕하고 싶어요."

"하세요." 사샤의 말투는 무감했다. "물 잘 나와요. 얼마 전에 배관공이 왔다갔으니까."

사샤는 청바지를 입고 의자에 무너지듯 앉았다. 알렉스는 욕조로 가서 조심스럽게 접시들을 치우고 나무판자 덮개를 들어올렸다. 수도꼭지에서 물이 콸콸 쏟아져나왔다. 욕조를 거의 써본 적이 없는 사샤는 매번 물줄기가 그렇게 힘차게 나오는 것이 놀라웠다.

알렉스의 검은색 바지가 사샤의 발치 근처 바닥에 구겨진 채 놓여 있었다. 네모난 지갑 때문에 한쪽 뒷주머니 부분의 코르덴이 반들반들하게 닳은 걸 보니 자주 이 바지를 입고 그때마다 거기에 지갑을 넣는 모양이었다. 사샤는 알렉스 쪽을 흘긋 보았다. 욕조에서 김이 피어오르는 가운데 그가 온도를 가늠하려고 물에 손을 집어넣었다. 그러고는 장물 더미 쪽으로 오더니 특별히 찾는 물건이라도 있는 듯 얼굴을 바짝 들이댔다. 그런 그를 지켜보면서 사샤는 아까 느꼈던 떨리는 흥분을 다시 느끼고 싶었지만, 그런 건 이미 사라지고 없었다.

"이거 좀 넣어도 될까요?" 알렉스는 목욕소금 통을 들고 있었다. 이삼 년 전 절친했던 친구 리지에게서 훔친 것으로, 그후 둘은 절교했다. 소금은 아직까지 물방울무늬 포장지도 뜯지 않은 채였다. 깊숙이 묻혀 있던 것을 잡아빼는 바람에 장물 더미 한쪽이 살짝 무너졌다. 알렉스는 어떻게 저런 것까지 본 거지?

사샤는 망설였다. 훔친 물건들을 자신의 생활과 분리하는 이유에 대해서 코즈와 장황하게 얘기를 나눈 적이 있었다. 장물을 사용하는 것은 탐욕이나 사리사욕을 뜻하기 때문이고, 손대지 않고 그냥 두는 것은 언젠가는 주인들에게 되돌려줄지도 모르는 것처럼 보이기 때문이고, 수북이 쌓아두는 것은 그렇게 하면 물건들이 지닌 힘이 새어나가지 않기 때문이다.

"뭐," 사샤가 말했다. "괜찮을 것 같은데요." 그녀는 코즈와 함께 써나가고 있는 이야기에서 자신이 일보 전진했음을, 상징적인 한 발짝을 내디뎠음을 깨달았다. 그러나 해피엔딩을 향하고 있는 걸까, 아니면 그로부터 멀어지고 있는 걸까?

알렉스의 손이 뒤통수에 와 닿더니 머리칼을 쓰다듬는 것이 느껴졌다. "뜨거운 물이 좋아요?" 그가 물었다. "아니면 미지근한 게 좋아요?"

"뜨거운 거." 그녀가 말했다. "정말, 정말 뜨거운 거."

"나도 그래요." 그가 다시 욕조로 가서 수도꼭지로 수온을 조절하고 소금을 풀어넣자 방 안이 순식간에 풀 냄새로 가득 찼다. 사샤에게는 더없이 친숙한 냄새였다. 리지와 함께 센트럴파크를 달

깡패단의 방문

린 후 리지네 욕실에서 샤워할 때면 늘 맡았던 냄새.

"수건은 어디 있어요?" 알렉스가 물었다.

수건이라면 언제나 화장실 바구니 안에 개켜놓았다. 수건을 가지러 화장실에 들어간 알렉스가 문을 닫았다. 그가 오줌 누는 소리가 들렸다. 사샤는 바닥에 무릎을 꿇고 앉아 그의 바지 주머니에서 살그머니 지갑을 빼내 열었다. 예기치 못했던 중압감에 심장이 불타올랐다. 평범한 검은색 지갑으로, 가장자리는 해져 잿빛이었다. 그녀는 재빨리 손가락으로 내용물을 훑었다. 직불카드 한 장, 사원증, 헬스클럽 회원증. 옆 주머니에는 소년 둘과 치열 교정기를 낀 소녀 하나가 바닷가에서 실눈을 뜨고 있는 낡은 사진 한 장이 들어 있었다. 노란색 스포츠팀 유니폼 차림의 아이들은 머리가 하도 작게 나와서 사샤는 두 소년 중 어느 쪽이 알렉스인지 알아볼 수 없었다. 모서리가 접힌 이런 사진들 사이에서 메모 쪼가리가 사샤의 무릎 위로 떨어졌다. 하도 오래되어서 가장자리는 나달거리고, 옅은 파란 줄들도 거의 지워져가는 종이였다. 사샤는 쪽지를 펼쳤고, 뭉뚝한 연필로 쓴 나는 당신을 믿습니다, 라는 글귀가 눈에 들어왔다. 그녀는 그대로 얼어붙은 채 그 문장을 뚫어져라 응시했다. 마치 그 문장이 나달나달한 쪽지에서 그녀를 향해 터널 하나를 뚫은 느낌이었다. 다 닳은 지갑 속에 다 닳은 헌사를 품고 다니는 알렉스가 민망해서 얼굴을 붉혔다가, 이내 그것을 훔쳐본 자신이 부끄러워졌다. 그녀는 세면대 수도꼭지를 돌리는 소리가 들리는 것을, 서둘러야 한다는 것을 간신히 알아차렸다. 허둥지둥 기계적인 동작으로 지갑을 원래대로 돌려놓았지만 쪽지는 그대로 손에 쥐고 있었다. 잠깐만 갖고 있는 거야. 사샤는 지갑을 도로 알렉스의 바지 주머니에 넣으면서 속으로 그렇게 되뇌는 자신을 발견했다. 이따가 제자리에 넣어둘 거야. 저 사람은 이런 게 지갑 속에 있다는 것도 기억 못 할걸. 다른 사람 눈에 띄기 전에 내가 치워버리는 거니까 오히려 그에겐 잘된 일일 거야. 나중에 이렇게 말해야지. 저기요, 이게 러그 위에 떨어져 있던데, 그쪽 건가요? 그러면 그는 말할 것이다. 그거요? 본 적 없는데요. 당신 거겠죠, 사샤. 맞는 말일지도 모른다. 몇 년 전에 누가 준 건데 내가 잊고 있었던 건지도.

"그래서 그렇게 했나요? 도로 갖다넣었어요?" 코즈가 물었다.

"그럴 틈이 없었어요. 그 사람이 화장실에서 나오는 바람에."

"그럼 나중에는? 목욕하고 나서 말이에요. 아니면 다음번에 만났을 때도 있고."

"그는 목욕하고 나서 바지를 입고 나갔어요. 그후 지금까지 한 번도 만난 적 없고요."

정적이 흘렀고, 그동안 사샤는 뒤에 있는 코즈가 기다리고 있음을 예민하게 의식했다. 그를 기쁘게 해줄 만한 대답이 간절했다. 가령 그게 전환점이 되었어요, 그러니까 이제 모든 게 전과 다르게 느껴져요, 라든가 리지한테 전화를 했고 마침내 화해했어요, 라든가 다시 하프를 연습해봤어요, 라든가 하다못해 난 바뀌고 있어요 난 바뀌고 있어요 난 바뀌고 있어요 난 바뀌었어요! 라고 말하고 싶었다. 구원, 변모―맙소사, 그녀가 얼마나 절실하게 원하는 것들인가? 매일매일, 매 순간순간. 우리 모두 마찬가지 아닌가?

"부탁인데요," 그녀가 코즈에게 말했다. "기분이 어땠는지는 묻지 말아주세요."

"알았어요." 그가 조용히 말했다.

그들은 말없이 앉아 있었다. 둘이서 그토록 오래 말이 없기는 그때가 처음이었다. 사샤는 빗물이 쉼 없이 씻어내리는 가운데 어둠이 내려앉으며 불빛들이 뿌옇게 번져나가는 창유리를 바라보았다. 그녀는 긴장하고 누워 카우치를, 이 방 안에서 그녀가 차지한 자리를, 그녀 앞으로 보이는 창문과 벽이라는 풍경을, 귀 기울이면 언제나 들려오는 희미한 웅웅 소리를, 그리고 코즈의 시간을 이루는 지금 이 순간들을 점유했다. 일 분 더, 또 일 분 더, 그리고 다시 일 분 더.

2

황금 강장제

 그날 아침부터 베니는 낯 뜨거운 기억에 시달리기 시작했다. 오전 회의에서 그가 이 년 전 레코드 세 장을 내기로 계약한 자매 밴드 '스톱 앤드 고'하고는 이제 끝내자는 고위 간부의 주장을 듣던 중이었다. 이 년 전만 해도 스톱 앤드 고는 보증수표처럼 보였다. 자매들은 젊고 사랑스러웠고, 거칠게 헐떡이는 베이스와 약간 재기발랄한 퍼커션—베니는 카우벨*을 떠올렸다—이 돋보이는 그들의 사운드는 직설적이고 간결하면서도 맛깔났다(초기에 베니는 '신디 로퍼가 크리시 하인드**를 만났다'고 평했다). 뿐만 아니라 그

---

* 소의 목에 다는 종 모양의 방울. 악기로 사용할 땐 종의 겉면을 스틱으로 쳐서 소리를 낸다.
** 신디 로퍼는 1980년대 마돈나와 함께 미국 댄스음악을 양분했던 싱어송라이터이고, 크리시 하인드는 1970년대 록음악을 이끈 밴드 '프리텐더스'의 리더이자 싱어송라이터이다.

들은 멋진 곡들을 만들어냈다. 제기랄, 베니가 그들의 연주를 처음 접하기도 전에 이미 공연장에서 1만2천 장의 CD를 팔아치운 전력이 있었단 말이다. 저력 있는 싱글들을 발표할 얼마간의 시간과 약간의 명민한 마케팅, 괜찮은 뮤직비디오가 뒷받침됐더라면 정상을 차지할 수 있었을 터였다.

그러나 지금 제작이사인 콜레트가 베니에게 주지시켰듯 자매는 서른으로 치닫는 중이고, 더군다나 한 명은 아홉 살짜리 딸까지 있는 마당에 고등학교를 갓 졸업한 애들처럼 믿고 기다려줄 수만도 없었다. 밴드 멤버들은 로스쿨에 다니고 있었다. 이제까지 그들은 프로듀서를 두 명이나 해고했고, 세번째는 제 발로 나갔다. 여전히 앨범은 한 장도 못 낸 상황이었다.

"지금은 누가 매니저죠?" 베니가 물었다.

"걔네 아버지. 최근에 새로 작업했다는 러프한 믹스 CD를 갖고 왔어요." 콜레트가 말했다. "기타 사운드가 일곱 겹이나 중첩돼서 노랫소리가 다 묻혀버리더군요."

그 기억이 베니를 휩싼 건 바로 그 순간이었다('자매'라는 말 때문이었을까?). 밤새 파티를 한 후 동틀 무렵 웨스트체스터 수녀원 뒤에 쭈그리고 앉아 있던 베니 자신의 모습. 이십 년 전이었나? 더 됐나? 어슴푸레한 하늘로 울려퍼지던 더없이 맑고, 낭랑하고, 으스스하니 감미로운 선율. 침묵 서원 후 아무도 만나지 못한 채 수도원 생활을 하는 수녀들이 부르는 미사곡. 무릎 아래 이슬에 젖어 있던 풀밭, 그의 노곤한 안구 위로 고동치던 영롱한 무지갯빛. 지금까지도 수녀들의 귀기 어린 아름다운 목소리가 베니의 귓속 깊숙이 메아리치는 것만 같았다.

 그는 원장 수녀—일반인이 유일하게 이야기를 나눌 수 있는—와의 면담을 잡은 후 위장용으로 사무실 여직원 두셋을 데리고 수녀원에 갔다. 대기실 같은 곳에서 기다리는데 벽에 뚫린, 유리 없는 창문 같은 네모진 구멍에 원장 수녀가 나타났다. 머리부터 발끝까지 흰색이었고, 얼굴 주변까지 천으로 빈틈없이 감싼 모습이었다. 베니의 기억으로 그날 그녀는 많이 웃었다. 수백만에 달하는 가정에 하느님의 말씀을 전한다는 생각에 기뻤던 건지, 아니면 자주색 코르덴 옷을 빼입은 A&R[*]가 열을 올리며 설득하는 모습이 신기했던 건지, 장밋빛 뺨이 꽃처럼 활짝 피어났다. 거래는 몇 분 만에 성사되었다.

 베니는 작별인사를 하려고 벽을 잘라낸 듯한 네모난 구멍으로 다가갔다(이 지점에서 그는 다음 전개에 대한 기대로 회의실 의자에 앉은 채 몸을 움찔거렸다). 원장 수녀는 몸을 살짝 앞으로 기울이고는 고개를 갸웃했는데, 그런 그녀의 행동이 베니 마음속의 무언가를 작동시켰다. 그는 창턱 너머로 불쑥 몸을 내밀어 그녀의 입에 키스했다. 그가 벨벳 같은 솜털과 친근한 베이비파우더 향을 느끼기 무섭게 수녀는 비명을 지르며 홱 물러섰다. 그가 몸을 뒤로 빼며 어쩔 줄 몰라 씩 웃자 수녀는 질겁하며 상처받은 표정을 지었다.

 "베니?" 콜레트는 스톱 앤드 고 CD를 들고 콘솔 앞에 서 있었

---

* 레코드 회사에서 새로운 재능을 발굴하고 그들의 음반 작업을 관리하는 역할을 하는 직책.

다. 다들 기다리고 있는 모양이었다. "이거 들을 생각은 있는 거야?"

그러나 베니는 이십 년 전 기억의 고리에서 헤어나오지 못하고 있었다. 창턱 너머 원장 수녀에게 달려드는 광경이 고장난 시곗바늘처럼 계속 돌고 또 돌았다. 한 번. 또 한 번. 또 한 번.

"아뇨," 베니는 신음하듯 말했다. 그리고 땀이 흐르는 얼굴을 창문 쪽으로 돌려 시원하게 들어오는 강바람을 맞았다. 육 년 전 소즈 이어 레코드는 '트라이베카' 커피 공장이었던 이 건물로 이전해 왔고, 현재 두 층을 쓰고 있었다. 결국 수녀들의 노래를 녹음하는 건은 성사되지 않았다. 수녀원에서 돌아와보니 메시지 하나가 그를 기다리고 있었다.

"안 듣겠습니다." 베니는 콜레트에게 말했다. "믹스 CD 따윈 듣고 싶지 않아요." 베니는 충격을 받았고, 치욕스러웠다. 아티스트와의 계약 파기라면 이골이 난 그였다. 때로는 한 주에 세 건이나 파기할 때도 있었다. 그러나 이번엔 스톱 앤 고 자매의 실패에 개인적인 수치심까지 더해져, 비난받아야 할 사람이 다름아닌 그인 것처럼 느껴졌다. 그러자 처음 자매를 발견하고 느꼈던 흥분을 다시 불러일으키고 싶다는 정반대의 욕구가 걷잡을 수 없이 일었다. 다시금 그 흥분을 맛보고 싶었다. "제가 그 친구들한테 가보면 어떨까요?" 불쑥 말이 튀어나왔다.

콜레트는 화들짝 놀랐다가 의심스러워하다가 걱정하는 모습을 보였고, 베니는 아까부터 좌불안석하지만 않았어도 그런 일련의 모습에 즐거워했을 터였다. "정말?" 콜레트가 물었다.

"그럼요. 오늘 가죠. 우리 애 좀 보고 나서요."

베니의 비서 사샤가 커피를 내왔다. 크림과 설탕 두 스푼. 그는 엉덩이와 어깨를 씰룩씰룩 움직여 주머니에서 아주 작은 빨간 에나멜 상자를 꺼낸 다음, 까다로워 보이는 걸쇠를 톡 쳐서 열고는 떨리는 두 손가락 끝으로 금박 몇 장을 집어 잔에 털어넣었다. 두 달 전 아즈텍 문명의 의학에 대한 책에서 아즈텍인들이 황금과 커피를 함께 먹으면 성적 능력이 좋아진다고 믿었다는 내용을 읽은 후 베니는 이 요법을 시작했다. 베니의 목표는 성적 능력보다 더 근원적인 것에 있었다. 바로 섹스를 하고 싶다는 욕구. 어찌 된 영문인지 그의 성욕은 유효기한이 만료되어버렸다. 정확히 언제, 또는 왜 이런 일이 일어났는지는 알 수가 없었다. 스테파니와의 이혼? 크리스토퍼의 양육권을 놓고 벌였던 분쟁? 얼마 전 마흔네 살이 된 것? 다른 사람도 아닌 스테파니의 옛 상사—지금 복역중이다—가 기획했다가 참담하게 끝난 '그 파티'에서 화상을 입는 바람에 왼쪽 팔뚝에 생긴, 만지면 쓰라린 동그란 흉터?

금박이 커피의 크림 표면에 살포시 내려앉더니 신나게 빙빙 돌았다. 그 모습을 보고 황홀해진 베니는 그것을 커피와 황금의 폭발적 화학반응의 증거로 받아들였다. 열에 들떠 행동할 때마다 대개 그는 같은 자리를 맴돌았다. 그야말로 성욕에 대한 꽤 정확한 정의가 아닌가? 가끔은 성욕이 사라진 데 개의치 않을 때도 있었다. 시도 때도 없이 누군가와 몸을 섞고 싶은 욕구가 없어지니 일종의 안도감마저 들었다. 열세 살부터 지금껏 늘 함께하다시피 해온 반半발기 상태에서 벗어난 세상은 의심의 여지 없이 훨씬 더 평화로웠다. 하지만 그렇다고 베니가 그런 세상에서 살기를 원하는 걸까? 황금이 조화를 부린 커피를 홀짝거리면서 그는 사샤의 가슴을 흘긋 보았다. 그녀의 가슴은 그 자신의 차도를 가늠하는 데 즐겨 쓰는 리트머스시험지였다. 사샤가 인턴사원에서 리셉셔니스트를 거쳐 마침내 그의 비서가 되는 동안 거의 언제나 (얼마든지 자력으로 간부가 될 수 있는데도 그녀는 이상하리만치 비서 자리를 고집했다) 그는 그녀를 욕망했고, 그녀는 싫다고 하거나 베니의 감정을 상하게 하거나 열받게 하는 일 한 번 없이 그럭저럭 그의 성욕의 화살을 피해왔다. 그런데 지금, 얇은 노란 스웨터에 감싸인 사샤의 가슴을 보면서도 그는 아무 느낌이 없었다. 민폐가 되지 않는 선에서 살짝 전율조차 일지도 않았다. 하지만, 원한다 한들 제대로 서기나 할까?

차를 운전해 아들을 데리러 가면서 베니는 자신과 함께 성장했다고 할 수 있는 샌프란시스코 밴드들인 '슬리퍼스'와 '데드 케네디스'를 번갈아 들었다. 실제 뮤지션들이 실제 스튜디오에서 실제 악기를 연주해 뽑아내는 혼탁한 사운드에 귀를 기울였다. 요새 이런 느낌의 사운드는 (한 번이라도 존재한 적이 있는지조차 의문이긴 하지만) 대개 진짜 테이프 녹음이 아니라 아날로그 시그널링의 효과로 만들어졌다―모든 것이 베니와 그의 동료들이 피도 눈물도 없이 뮤지션들을 마구 몰아친 과정의 결과물이었다. 베니는 일이 제대로 굴러가게 하려고, 정상의 자리를 지키려고, 사람들이 사랑하고 구매하고 벨소리로 다운로드하는 (그리고 당연히 훔치기도 하는) 음악을 탄생시키려고, 그리고 무엇보다도 오 년 전 자신의 레이블을 인수한 다국적 원유 채굴업자를 만족시키려고 정력적으로 맹렬히 일했다. 그러나 그는 알고 있었다. 자신이 세상에 선보이는 음악이 쓰레기라는 것을. 지나치게 분명하고, 지나치게 깔끔했다. 문제는 정확성, 완성도였다. 문제는 디지털화였다. 바늘구멍만 한 틈새로 스며들어 모든 것의 생명을 빨아들이는 디지털화라는 것. 영화고 사진이고 음악이고 모조리 죽어버렸다. 미학적 홀로코스트였다! 하지만 베니는 이 말을 큰 소리로 떠들어댈 만큼 어리석진 않았다.

그러나 베니가 보기에 예전 음악이 주는 심오한 전율은, 그것이 불러일으키는 열여섯 살다운 질풍노도의 감정에서 촉발되는 것이었다. 고등학교 시절 베니가 함께 어울리던 스코티, 앨리스, 조슬린, 리아 일당이 느꼈던 그런 감정. 그들 모두 못 본 지 수십 년이 지났지만(몇 년 전 그의 사무실을 찾아온 스코티와의 심란했던 만남은 빼고), 그는 여전히 얼마간 믿고 있었다. 어쩌다 토요일 밤 샌프란시스코의 (없어진 지 오래된) '마부하이 가든스'*에 들르기라도 하면, 초록색 머리에 안전핀을 꽂고 건물 밖에서 줄서서 기다리는 그들을 발견할 거라고.

---

* 샌프란시스코의 유명한 나이트클럽으로, 샌프란시스코의 펑크 밴드들을 알리는 데 앞장섰다. 데드 케네디스를 비롯한 웨스트코스트 펑크, 뉴웨이브 밴드 대부분이 이 클럽의 무대에 섰다. 1998년 문을 닫았으나 '벨벳 라운지'라는 이름의 새로운 나이트클럽으로 명맥을 유지하고 있다.

그즈음 '젤로 비아프라'*가 〈술에 절어 섹스가 안 돼Too Drunk to Fuck〉를 고래고래 부르기 시작하자 부지불식간에 베니의 머릿속에 몇 년 전 시상식 행사가 떠올랐다. 그때 그는 2천5백 명의 청중 앞에서 한 재즈 피아니스트를 소개했는데, '미증유의'라고 한다는 게 그만 '미진한'이라고 말해버렸다. '미증유'라니, 평소에 쓰지도 않는 그런 비까번쩍한 말은 입 밖에 꺼낼 생각조차 하지 말았어야 했다. 스테파니에게 할 말을 연습할 때는 매번 입속에서만 맴돌던 말이었다. 그렇지만 몇 마일에 달하는 찬란한 황금빛 머리칼에, 또 (그녀가 슬쩍 흘린 대로) 하버드를 졸업한 피아니스트에겐 걸맞은 말이었다. 베니는 그녀를 침대로 이끌고 가, 그 머리칼이 자신의 어깨와 가슴 위로 미끄러지는 것을 느끼는 무모한 환상을 품었었다.

지금 그는 크리스토퍼의 학교 앞에 차를 세우고 시동을 켜놓은 채, 발작 같은 기억들이 지나가기를 기다렸다. 아까 차를 몰고 오면서 친구들과 운동장을 가로지르는 아들의 모습을 스쳐 지나가듯 본 터였다. 그런데 좀전까지만 해도 공을 위로 던지며 뛰어다니다시피 하던—실제로는 뛰어다녔다—크리스는 베니의 노란색 포르셰 안에 털썩 앉자마자 축 늘어졌다. 왜지? 베니가 망쳐놓은 시상식 일을 어쩌다 알게 된 걸까? 베니는 바보 같은 생각이라고 스스로를 타일렀지만, 여전히 4학년짜리 아들에게 그 말라프로피즘**을 고백하고픈 충동을 느꼈다. 비트 박사는 그 충동을 '폭로 의지'라

---

* 데드 케네디스의 보컬이자 리더.
** 음가는 비슷하지만 뜻이 다른 말을 내뱉는 실수.

고 명명하며, 털어놓고 싶은 것이 있으면 아들을 못살게 굴지 말고 글로 쓰라고 권고했다. 지금 베니는 의사의 권고대로 그 전날 받은 주차권 뒷면에 미진한이라고 휘갈겨 썼다. 그러고는 곧바로 그날 아침 느꼈던 수치심이 떠올라 원장 수녀와의 키스라고 덧붙여 썼다.

"어디 보자, 두목님," 베니가 말했다. "오늘은 뭘 하고 싶으신가?"

"몰라."

"특별히 원하는 것이라도?"

"별로 없는데."

베니는 하릴없이 창밖을 바라보았다. 두어 달 전 크리스는 매주 잡혀 있는 비트 박사와의 상담을 빼먹고, 대신 '하고 싶은 대로 하기'로 오후를 보내자고 졸랐다. 그래서 둘은 전에 하던 대로 하지 않았고, 베니는 지금 그 선택을 후회했다. '하고 싶은 대로 하기' 때문에 부자의 오후는 엉망진창이 되었고, 숙제를 해야 한다는 크리스의 선언으로 짧게 끝나기 일쑤였다.

"그럼 커피 마실까?" 베니가 제안했다.

환한 미소. "프라푸치노 마셔도 돼?"

"엄마한테 말 안 하기다."

스테파니는 크리스가 커피를 못 마시게 했다. 아이가 아홉 살임을 생각하면 마땅한 처사였지만, 베니는 둘이 뭉쳐서 전처를 배반할 때마다 느끼는 강렬한 유대감을 놓아버리기가 힘들었다. '배반의 연대의식.' 비트 박사는 그렇게 명명했고, 그것은 '폭로 의지'와 마찬가지로 금기 목록에 올랐다.

부자는 커피를 사서 포르셰로 돌아와 마셨다. 크리스는 프라푸치노를 욕심껏 꿀꺽꿀꺽 마셨다. 베니는 빨간 에나멜 상자를 꺼내 금박 몇 장을 집어 컵의 플라스틱 뚜껑 밑으로 밀어넣었다.

"그게 뭐야?" 크리스가 물었다.

베니는 흠칫 놀랐다. 금박은 이제 더는 숨기지 않을 정도로 판에 박힌 일상이 되어 있었다. "약이야." 베니는 잠시 뜸을 들이다가 대답했다.

"무슨 약?"

"요새 아빠한테 생긴 증상 때문에 먹어." 혹은 생기지 않는 증상 때문에, 그는 속으로 덧붙였다.

"무슨 증상?"

프라푸치노의 약발이라도 받은 건가? 크리스는 구부정하니 앉아 있던 좀전과 달리 허리를 똑바로 펴고 앉아 커다랗고 까만, 솔직하고 아름다운 눈으로 베니를 보았다. "두통." 베니가 대답했다.

"봐도 돼?" 크리스가 물었다. "그 약. 빨간 통 안에 든 거."

베니는 조그만 상자를 건네주었다. 받아들기가 무섭게 아이는 까다로워 보이는 걸쇠 푸는 방법을 알아내서는 톡 쳐서 열었다. "와아, 아빠. 이게 뭐야?"

"말했잖아."

"금 같다. 금 조각."

"한 꺼풀 한 꺼풀 벗겨지게 돼 있어."

"먹어봐도 돼?"

"아들아. 너는 안―"

"딱 하나만."

베니는 한숨을 내쉬었다. "하나만."

아이는 조심스럽게 금박 한 장을 벗겨 혀 위에 올려놓았다. "무슨 맛이니?" 베니는 참지 못하고 물었다. 커피에 넣어 먹기만 해서 이렇다 할 맛은 느껴본 적이 없었다.

"쇠 맛이야." 크리스가 말했다. "끝내준다. 하나만 더 먹으면 안 돼?"

베니는 시동을 걸었다. 책에 나온 황금 약에 관한 내용 중 더 둘러댈 만한 뻔한 거짓말은 없었나? 지금도 이미 아이는 믿지 않고 있지만. "하나만." 베니는 말했다. "그게 마지막이다."

아들은 두 손가락으로 금박을 양껏 집어 혀 위에 올려놓았다. 베니는 금값을 생각하지 않으려고 애썼다. 실은 지난 두 달 동안 금을 사는 데 8천 달러를 썼다. 코카인을 상용해도 그보다는 덜 들었을 것이다.

크리스는 금박을 빨아먹으며 눈을 감았다. "아빠." 아이가 말했다. "이게, 그니까, 내 안에서 날 깨워주는 것 같아."

"재밌네." 베니는 아들의 말을 곱씹었다. "그 약의 효능이 딱 그거거든."

"그럼 효과가 있는 거야?"

"그런 것 같은데."

"하지만 아빠는?" 크리스가 물었다.

베니는 스테파니와 이혼한 후의 일 년 반보다 지난 십 분 동안 아들이 더 많은 질문을 했음을 확신했다. 혹시 이게 금의 부작용은 아닐까? 그러니까, 호기심?

"아빠 아직도 머리가 아픈데." 그가 말했다.

베니는 차로 크랜데일의 맨션들 사이를 배회하고 있었다('하고 싶은 대로 하기'는 대개 차를 타고 아무 데로나 돌아다니는 것이었다). 어느 맨션에나 금발 아이가 네다섯은 되는 모양인지 랄프 로렌을 입고 나와 놀고 있었다. 그 아이들을 보면서 베니는 샤워와 면도를 막 하고 나왔을 때조차 거무튀튀하고 단정치 못해 보이는 자신에게 이 동네에서 버틸 기회가 단 한 번도 없었음을 어느 때보다 뼈저리게 느꼈다. 반면 스테파니는 테니스 클럽 최고의 복식조 자리까지 올라갔었다.

"크리스," 베니가 말했다. "아빠가 만나러 가볼 음악 그룹이 있거든. 젊은 자매 둘인데. 음, 아직은 젊은 누나들이야. 이따 가볼까 하는데, 너도 괜찮으면 아빠랑 같이—"

"좋아."

"정말?"

"응."

전에 비트 박사가 크리스가 자주 '좋아'와 '응'이라고 말하는 점에 주목하면서 그것이 아빠를 기쁘게 하려고 선심 쓰는 것이라 했던가? 아니면 금이 조화를 부려 생긴 호기심이 아빠가 하는 일에 대한 전에 없는 관심으로 발전한 걸까? 물론 크리스는 록그룹들에 둘러싸여 자랐지만 엄연히 '저작권'이니 '지적재산권'이니 하는 개념이 없는, 불법복제 이후 세대였다. 베니가 그런 크리스를 탓할 리 없었다. 뮤직 비즈니스를 죽인 해체자들은 아들보다 윗세대로,

지금은 성인이 되었다. 베니는 산업이 하락세에 접어들었다고 아들을 (비트 박사의 용어를 빌리자면) 들볶을 게 아니라, 둘이 좋아하는 음악을 더 많이 들으려고 노력을 기울이라는 박사의 조언을 마음에 새겼다. 가령, 마운트 버논으로 가는 동안 '펄잼'*의 음악을 크게 튼 것도 그래서였다.

스톱 앤드 고 자매는 여전히 교외의 무성한 나무들 아래 다 무너져가는 허름한 집에서 부모와 함께 살고 있었다. 이삼 년 전 처음 두 자매를 발견했을 때 여기 온 적이 있었다. 뭐 하나 제대로 완성하지 못하고 실패하기만 한 프로듀서들에게 자매를 맡기기 전이었다. 크리스와 함께 차에서 내린 베니는 마지막으로 이 집에 찾아왔을 때가 기억났고, 화가 끓어올라 속이 뒤틀리다 못해 머리끝까지 열이 뻗쳤다. 어쩌자고 지금껏 쥐뿔만큼도 터져준 게 없단 말인가?

문 앞에서 기다리는 사샤가 보였다. 베니의 전화를 받고서 그랜드센트럴 역에서 기차를 타고 어떻게든 베니보다 먼저 와 있는 것이었다.

"잘 있었니, 크리스코." 사샤는 인사를 하며 베니 아들의 머리칼을 헝클어뜨렸다. 사샤는 크리스가 태어날 때부터 쭉 봐온 사람이

---

* 얼터너티브 록 붐을 이끌었던 대표 밴드 중 하나로, 반상업주의 노선을 취하는 밴드로 알려져 있다.

었다. 두앤 리드*로 달려가 고무젖꼭지와 기저귀를 사다준 적도 있었다. 베니는 사샤의 가슴을 슬쩍 훔쳐보았다. 아무 느낌이 없었다. 아니, 성적인 느낌은 전무했다—다른 직원들에게는 살의 어린 분노만 이는 것과 달리, 비서인 사샤에게는 고마움과 감탄스러운 마음만이 솟아났다.

침묵이 흘렀다. 노란 햇빛이 나무 잎사귀들을 가위로 자른 듯 비쳐들었다. 베니는 사샤의 가슴에서 눈을 들어 얼굴을 보았다. 높이 솟은 광대뼈, 가는 초록색 눈, 다달이 붉은빛에서 자줏빛으로 바뀌는 구불구불한 머리칼. 오늘은 빨간색이었다. 그녀는 크리스에게 미소 지어 보이고 있었지만, 베니는 그 뒤에 감추어진 불안을 감지했다. 베니는 사샤를 하나의 독립된 인간으로 생각해본 적이 거의 없었고, 어렴풋이 (처음엔 그녀의 프라이버시를 존중해서, 요즘엔 무관심해서) 남자를 사귀고 헤어지고 하는 것 정도는 알았지만 그녀의 삶에 대해서는 딱히 아는 것이 없었다. 그러나 이렇게 가정집 앞에서 보고 있자니 그녀에 대한 호기심이 불타올랐다. '피라미드 클럽'에서 열린 '콘디츠'의 공연에서 처음 만났을 때 사샤는 아직 뉴욕 대학교에 다니는 학생이었다. 그렇다면 지금은 삼십대일 것이다. 왜 여태 결혼을 안 한 거지? 아이를 원할까? 갑자기 그녀가 나이 들어 보였다. 아니, 그건 어디까지나 베니가 그녀의 얼굴을 제대로 본 적이 없어서일까?

"왜요?" 그의 시선을 느낀 사샤가 물었다.

---

* 뉴욕의 편의점형 약국 체인.

"아니야."

"괜찮으세요?"

"괜찮은 정도가 아니지." 베니는 그렇게 말하고는 신경질적으로 문을 두드렸다.

자매는 나무랄 데 없이 근사해 보였다—그렇다고 고등학교를 갓 졸업했다고 할 정도는 아니고, 대학교를 막 졸업한 것처럼은 보였다. 그것도 일이 년 휴학했거나 몇 번 편입했을 때의 얘기다. 검은 머리를 뒤로 빗어 넘겨 묶은 둘은 눈을 반짝반짝 빛내며 책 한 권 분량의 죽여주는 신곡을 내놓았다. 이것 *좀* 보라고! 팀원들에 대한 베니의 분노는 한층 더 끓어올랐지만, 어디까지나 동기가 부여된 즐거운 분노였다. 자매들의 초조한 흥분 탓에 집 안이 들썩였다. 베니의 방문이 자신들에게는 마지막이자 최고의 희망임을 그들도 알고 있었다. 챈드라가 언니, 루이자가 동생이었다. 베니가 마지막으로 방문했을 때만 해도 집 앞 진입로에서 세발자전거를 타고 있었던 루이자의 딸 올리비아는 스키니진에, 코스튬이 아니라 패션 아이템으로 선택한 듯 보이는 보석 박힌 티아라를 쓰고 있었다. 베니는 올리비아가 방에 들어오자 크리스가 주술에 걸린 뱀이 바구니에서 나와 일어서는 것처럼 발딱 차려 자세를 하는 것을 알아차렸다.

그들은 일렬로 비좁은 계단을 내려가 지하 레코딩 스튜디오로 갔다. 몇 년 전 자매의 아버지가 마련해준 자그마한 스튜디오였다.

바닥과 천장과 벽에는 북슬북슬한 오렌지색 천이 덧대어 있었다. 베니는 달랑 하나뿐인 의자를 차지하고는 키보드 옆에 놓인 카우벨을 보고 그럼 그렇지 하고 생각했다.

"커피 드려요?" 사샤가 그에게 묻고는, 챈드라를 따라 커피를 가지러 위층으로 올라갔다. 루이자가 키보드 앞에 앉아 이런저런 멜로디를 연주했다. 올리비아가 봉고 드럼 세트를 차지하더니 엄마의 멜로디에 맞추어 설렁설렁 북을 두드렸다. 그러다 아이는 크리스에게 탬버린을 내밀었고, 놀랍게도 크리스는 금세 완벽하게 박자에 맞추어 악기를 흔들어댔다. 괜찮은데, 베니는 생각했다. 진짜 괜찮아. 일진이 생각지도 못하게 좋은 방향으로 바뀐 것이다. 좀 있으면 십대가 되는 딸은 문제가 안 될 거야, 베니는 결론을 내렸다. 어린 동생이나 사촌으로 그룹에 합류시켜 2인 체제를 보강하는 거야. 잘하면 크리스를 합류시킬 수도 있고. 그러려면 올리비아와 악기를 바꿔야 하겠지만. 탬버린을 치는 남자애라……

사샤가 커피를 가져왔고, 베니는 빨간 에나멜 상자를 꺼내 금박을 한 자밤 넣었다. 커피를 홀짝이는 동안 흐뭇한 기운이 마치 하늘을 가득 채운 눈발처럼 몸에 차올랐다. 맙소사, 기분이 좋다니. 그동안 그는 지나치게 많은 일들을 통솔해왔다. 음악이 만들어지는 과정을 듣는 것, 중요한 건 그것이었다. 사람, 악기, 낡아 보이는 설비들이 서로 맞춰가다가 불현듯 유연하고도 살아 있는 하나의 음의 구조가 되는 것. 자매가 키보드 앞에서 맞춰보는 자작곡을 들으며 베니는 육박해오는 기대감을 느꼈다. 무엇인가 일어나려 하고 있었다, 여기서. 그는 알 수 있었다. 따끔거리는 팔과 가슴도 그렇게 말하고 있었다.

"거기에 프로툴*을 쓴 거지, 그렇지?" 악기들 사이에 놓인 테이블 위 노트북컴퓨터를 가리키며 베니가 물었다. "모든 파트에 마이크 연결돼 있지? 지금 바로 몇 트랙만 녹음해볼 수 있을까?"

자매는 고개를 끄덕이고 노트북을 점검했다. 녹음할 준비가 되었다. "보컬도 같이요?" 챈드라가 물었다.

"말이라고 해?" 베니가 말했다. "한 번에 다 가보자고. 이 집 지붕을 아예 확 날려버리는 거야."

사샤는 베니의 오른편에 서 있었다. 조그만 방 안은 너무 많은 사람들의 열기로 후끈했고, 사샤의 살갗에서는 지난 몇 년간 뿌려온 향수—아니면 로션인가—의 살구향이 피어올랐다. 살구의 달콤한 부분뿐 아니라 씨 주변 씁쌀한 부분의 향까지 났다. 그리고 사샤의 로션 향을 들이마신 순간, 마치 느닷없이 걷어차인 늙은 사냥개처럼 베니의 성기가 벌떡 섰다. 벼락을 맞은 듯한 경이로움에 베니는 의자에서 펄쩍 뛰어오를 뻔했지만 평정을 유지했다. 밀어붙이지 마, 가만히 놔둬. 놀라게 했다 도로 죽을라.

이윽고 자매들이 노래를 시작했다. 아, 생짜이다 못해 구태의연하다시피 한 그들의 목소리가 악기들의 굉음과 뒤섞였고, 거기서 빚어진 감각들이 베니 안에 존재하는 판단력보다, 심지어 기쁨보다 더 근원적인 기능과 조우했다. 그 감각들은 곧장 그의 육체와

---

* 디지털 음성 워크스테이션의 하나로, 녹음부터 편집까지 작업할 수 있게 만들어진 소프트웨어. 음악산업을 디지털화하는 데 혁신적인 역할을 했다.

통했고, 그에 대한 응답으로 베니는 온몸이 전율하고 터질 듯 충만해지면서 정신이 혼미해졌다. 그리고 이렇게 몇 달 만에 발기한 것이었다. 지금껏 너무 가까이 있어서 제대로 볼 수 없었던 사샤 덕분에. 여자애들이나 읽는 것이라는 생각에 남의 눈을 피해 읽었던 19세기 소설들 속의 한 장면 같았다. 베니는 카우벨과 스틱을 쥐고 열정적으로 종을 치기 시작했다. 그의 입안에서, 귓속에서, 갈빗대 안에서 음악이 느껴졌다. 아니, 그의 맥박 속이었나? 그는 불타오르고 있었다!

그리고 이 정력적이고도 열렬한 기쁨의 절정에서 베니는 두 동료가 저희끼리 주고받다가 실수로 그에게 참조로 보낸 이메일에서 자신의 별명이 '헤어볼'임을 알게 된 일을 떠올렸다. 맙소사, 그 단어를 보았을 때 그의 안에 차오르던 치욕감이라니. 베니는 그게 무슨 뜻인지 감도 잡을 수 없었다. 털이 많다는 뜻인가? (맞는 말이지.) 지저분하다는 뜻인가? (웃기지 마!) 아니면 말 그대로 털이 뭉친다는 뜻인가. 가끔 카펫에 헤어볼을 토해내는 스테파니의 고양이 실프처럼 그의 털 때문에 사람들의 목구멍이 막힐 지경이라는 뜻인가? 베니는 그날 당장 머리를 자르러 갔고, 등과 팔뚝을 제모할지 심각하게 고민했지만, 그날 밤 침대에서 스테파니가 서늘한 손으로 어깨를 쓰다듬으며 털 많은 그를 사랑한다고, 제모한 사내가 한 명 더 늘어난다고 이 세상이 더 좋아지는 건 아니라고 말해준 덕분에 행동으로 옮기지 않았다.

음악. 베니는 음악을 듣고 있었다. 자매들은 절규하고 있었고, 그 때문에 비좁은 방은 터져나갈 지경이었다. 베니는 바로 일 분

전에 느꼈던 깊은 만족감을 되찾으려고 애썼다. 하지만 '헤어볼'이 진즉에 그를 뒤흔들어놓은 터였다. 방이 갑갑할 정도로 작게 느껴졌다. 베니는 카우벨을 내려놓고 호주머니에서 주차권을 꺼냈다. 그리고 그 기억을 몰아낼 수 있길 바라며 헤어볼이라고 휘갈겨 썼다. 그는 천천히 숨을 들이마시고 크리스를 지그시 바라보았다. 자매의 종잡을 수 없는 템포에 맞추려고 탬버린을 열심히 흔들어대는 크리스를 보고 있자니 곧바로 그것이 다시 느껴졌다. 이 년 전 아들을 단골 미용사 스튜에게 맡겼을 때였다. 스튜가 가위를 내려놓더니 베니를 따로 불러 말했다. "아드님 머리칼에 문제가 있는데요."

"문제라니요!"

스튜가 베니를 이끌고 크리스가 앉은 의자로 가서 아이의 머리칼을 갈라 보이자 두피 위에서 꼬물거리는 양귀비 씨앗만 하니 조그만 황갈색 물체들이 보였다. 베니는 기절할 것 같았다. "이예요." 미용사가 소곤거렸다. "학교에서 잘들 옮아와요."

"하지만 앤 사립학교에 다니는데요!" 베니는 불쑥 말해버렸다. "뉴욕에 있는 크랜데일이라고요!"

크리스는 겁을 집어먹고 눈이 휘둥그레졌다. "뭔데, 아빠?" 다른 사람들이 보고 있었다. 베니는 자신의 숱 많은 머리 탓이라고 느꼈고, 결국은 오늘까지 단 하루도 빠지지 않고 매일 아침 겨드랑이에 스프레이를 뿌리고! 혹시 몰라 사무실에 하나 더 비치해두기에 이르렀다. 미친 짓이었다! 그도 알고 있었다! 모두가 지켜보는 가운데 자신과 아들의 코트를 받아드는데 베니는 얼굴이 화끈거렸다. 지금 그 생각을 하니 아팠다. 갈퀴에 긁혀 깊은 상처를 입기라도 한 것 같은 물리적인 아픔이었다. 베니는 양손에 얼굴을 묻었다. 귀를 막고 스톱 앤드 고가 연주하는 불협화음을 차단하고 싶었다. 그는 오직 사샤에게, 바로 오른쪽에 있는 그녀의 달콤 씁쌀한 향에 정신을 집중했다. 그러다 문득 까마득한 옛날 그가 처음 뉴욕에 와 로어 이스트사이드에서 비닐판을 팔던 시절, 어느 파티에서 보고 쫓아다녔던 눈부신 금발 아가씨가 떠올랐다. 이름이 애비였었나? 애비를 예의 주시하면서 틈틈이 코카인 몇 줄을 흡입한 베니는 곧바로 장을 비우지 않으면 죽을 것 같은 상황에 처하게 되었다. 똥통에 대고 필시(라고는 하지만 베니의 뇌는 이 기억에 몸서리치고 있었다) 주변의 모든 것을 전멸시킬 만큼 악취를 있는 대로 풍기며 한창 일을 보고 있는데, 잠금장치가 없는 화장실 문이 벌컥 열리더니 애비가 입구에 서서 그를 내려다보고 있었다. 그들의 눈이 마주친 끔찍하고도 영원히 끝나지 않을 것 같은 순간이 이어졌고, 이윽고 그녀가 문을 닫았다.

베니는 다른 사람—언제나 다른 누군가는 있었다—과 함께 파티장을 떠났고, 흥겨웠던 기억 덕분에 애비와 맞닥뜨렸던 건 까맣게 잊고 지금껏 마음 편히 그날 밤을 떠올렸다. 그런데 바로 지금 그 기억이 되돌아온 것이다. 아, 산더미 같은 치욕의 파도와 함께 몰려와 베니의 인생을 통째로 집어삼키고 휩쓸어갈 것만 같았다. 그가 일군 성취, 성공, 자랑스러웠던 순간들 할 것 없이 뿌리째 뽑아버렸다. 아무것도 남지 않을 때까지. 그는 버러지 같은 놈이었다. 똥간에 앉아 고개를 들었다가 잘 보이고 싶었던 여자의 메스꺼

위하는 얼굴과 맞닥뜨리기나 하는 놈.

베니는 의자에서 벌떡 일어나다가 한 발로 카우벨을 짓밟았다. 땀이 흘러들어가 눈이 따가웠다. 그의 머리칼이 천장의 북슬북슬한 털에 닿을락말락했다.

"괜찮으세요?" 심상치 않은 낌새를 챈 사샤가 물었다.

"미안해요." 베니는 가쁜 숨을 몰아쉬며 이마를 훔쳤다. "미안해요. 미안합니다. 미안해요."

다시 위층으로 올라온 베니는 현관문 밖에 서서 신선한 공기를 깊이 들이마셨다. 스톱 앤드 고 자매와 딸이 곁에 모여 서서 레코딩 스튜디오 안의 공기가 탁한 것을 사과했고, 그들 아버지가 번번이 제대로 환기를 안 시켜서 그들도 작업중에 실신할 뻔했던 적이 한두 번이 아니지 않았냐며 서로 떠들어댔다.

"허밍으로 곡조를 맞춰볼 수 있어요." 자매는 그렇게 말하더니, 정말로 베니에게 바짝 붙어서서, 올리비아까지 합세해 화음을 맞추어 허밍으로 노래했다. 필사적으로 미소 짓느라 그들의 얼굴에 경련이 일었다. 회색 고양이 한 마리가 베니의 정강이 주변을 8자로 돌면서 황홀경에 빠진 듯 피골이 상접한 머리를 그에게 문질러댔다. 다시 차로 돌아왔을 때야 비로소 그는 한숨을 돌렸다.

사샤를 시내까지 태워다주기로 했지만 그 전에 크리스부터 집에 바래다주어야 했다. 아들은 뒷좌석에 구부정하니 앉아 열린 창 쪽을 바라보고 있었다. 베니는 오후에 뭘 할지 가볍게 말을 꺼낸 것이 엉망이 되어버렸구나 생각했다. 그는 사샤의 가슴이 보고 싶었지만 간신히 억눌렀고, 욕망이 가라앉길 기다렸다가 평정을 되찾으면 그때 다시 테스트를 해보기로 작정했다. 마침내 빨간불에 걸렸을 때 그는 천천히, 은근슬쩍 사샤 쪽을 보았다. 처음엔 똑바로 보지도 못했지만, 이내 뚫어져라 바라보았다. 아무 일도 일어나지 않았다. 베니는 극심한 상실감에 한 방 먹고는, 울부짖지 않으려고 온몸으로 버텨야 했다. 아까는 일어섰잖아, 발딱 일어섰잖아! 근데 어디로 가버린 거야?

"아빠, 파란불." 크리스가 말했다.

다시 차를 출발시키며 베니는 참지 못하고 아들에게 물었다. "그래, 대장님. 어떠셨나?"

아이는 대답하지 않았다. 못 들은 척하는 것이거나, 얼굴로 불어오는 바람이 너무 세서 안 들린 모양이었다. 베니는 사샤를 흘긋 보았다. "어땠어?"

"아," 사샤가 말했다. "끔찍하던데요."

베니는 눈을 깜박였다. 따가웠다. 사샤에게 화가 치밀어올랐지만 몇 초 지나자 묘하게 마음이 놓였다. 당연하지. 끔찍했어. 문제는 그거였어.

"들어줄 수가 없더라고요." 사샤가 말을 이었다. "심장마비를 일으키실 만했어요."

"이해가 안 돼." 베니가 말했다.

"뭐가요?"

"이 년 전 그 친구들의 음악은…… 달랐는데."

사샤는 약간 어리둥절한 표정으로 베니를 보았다. "이 년 전이 아니에요. 오 년 전이지."

"어떻게 그렇게 확신해?"

"제가 마지막으로 그들의 집에 갔을 때가 '윈도즈 온 더 월드'* 에서 미팅이 끝나고였거든요."

베니가 그 말을 이해하기까지는 일 분이 걸렸다. "아," 마침내 그가 말했다. "그게 며칠 전이었는지—"

"나흘이요."

"이런, 전혀 몰랐네." 그는 조의를 표하는 뜻에서 잠시 말을 멈췄다가 다시 입을 열었다. "이 년이나, 오 년이나—"

사샤는 고개를 돌려 베니를 노려보았다. 화가 난 것 같았다. "지금 나랑 얘기하고 있는 사람이 누구시죠?" 그녀가 물었다. "베니 살러자르 씨 맞나요? 이건 음악 비즈니스예요. '오 년은 오백 년이다.' 직접 하신 말씀이거든요?"

베니는 대꾸하지 않았다. 그들이 탄 차는 베니가 전에 살던 집으로 가고 있었고, 베니도 그 생각을 하고 있었다. 분명 자기 돈으로 산 집이었음에도 더이상 '집'이라고 부를 수도, 그렇다고 '옛집'이라고 부를 수도 없게 된 곳. 전에 그가 살던 집은 잔디 언덕 위로 뻗은 길에서 안쪽으로 들어가 있었다. 현관문을 열려고 주머니에서 열쇠를 꺼낼 때마다 반짝이는 새하얀 식민지 양식 저택을 보며

---

* 9·11 테러로 무너진 월드트레이드센터의 북쪽 타워 꼭대기층에 있었던 회합장소. 같은 이름의 식당과 바가 딸려 있었다.

벅찬 경외심을 느꼈었다. 베니는 연석에 차를 대고 시동을 껐다. 진입로로 들어가고 싶지 않았다.

크리스는 뒷좌석에서 앞으로 몸을 빼 베니와 사샤 사이로 고개를 내밀고 있었다. 베니는 언제부터 아들이 그러고 있었는지 알 수 없었다. "아까 그 약 먹는 게 좋을 거 같아, 아빠." 크리스가 말했다.

"좋은 생각이네." 베니가 말했다. 이 주머니 저 주머니 두드려보아도 작은 빨간 상자는 나오지 않았다.

"여기요, 제가 갖고 있어요." 사샤가 말했다. "아까 스튜디오에서 나오다가 떨어뜨렸어요."

이런 일이 점점 더 잦아지고 있었다. 베니가 흘린 물건을 사샤가 챙기는 횟수가. 심지어 베니는 물건을 잃어버리고 알아차리지 못할 때도 종종 있었다. 그 때문에 흡사 최면에 걸린 듯 그녀에 대한 의존도만 더해갔다. "고마워, 사샤."

그는 상자를 열었다. 금박이 찬란한 빛을 발했다. 금은 변색되지 않는다. 그게 중요했다. 오 년 후에도 이 금박들은 지금과 조금도 다름없을 것이다.

"아까 네가 한 대로 아빠도 혀 위에 올려놔야 하는 거니?" 베니는 아들에게 물었다.

"응. 근데 나도 조금만 줘."

"사샤, 약 조금 먹어볼래?" 베니가 물었다.

"음, 좋아요." 사샤가 말했다. "어떤 효능이 있죠?"

"문제를 해결해주지." 베니가 말했다. "두통 말이야. 당신이 두통이 있을 거란 뜻은 아니고."

"전혀 없어요." 사샤는 변함없이 조심스러운 미소를 지으며 말했다.

셋은 금박을 한 자밤씩 집어 혀 위에서 녹여 먹었다. 베니는 그들 입으로 들어간 금값을 달러로 계산하지 않으려고 했다. 오로지 맛에 집중했다. 쇠 맛인가, 아니면 쇠 맛일 거라고 생각해서 그런가? 커피 맛인가, 아니면 그의 입안에 남아 있던 커피 맛인 걸까? 그는 혓바닥으로 금박을 뭉쳐 거기서 나오는 즙을 빨아들였다. 시큼한데, 그는 생각했다. 씁쓸해. 달콤한 건가? 각각의 맛이 일 초씩 났지만 베니는 결국 광물성 맛이라는 결론을 내렸다. 돌 맛. 흙 맛도 난다. 그러고서 덩어리는 녹아 없어졌다.

"나 가야 돼, 아빠." 크리스가 말했다. 베니는 아들을 차에서 내려준 후 힘껏 안아주었다. 언제나처럼 크리스는 아빠의 품에 가만히 안겨 있었지만, 좋아서인지 아니면 참는 건지 베니는 알 수 없었다.

그는 뒤로 물러서서 아들을 바라보았다. 그와 스테파니가 코를 비비고 입을 맞추었던 아기는 이제 이토록 가슴 아리고 불가해한 존재로 자라 있었다. 크리스가 집 안으로 들어가기 전, 서로 통했던 순간이 너무 그리웠던 베니는 엄마한텐 약 얘기 하면 안 돼라고 말하고 싶어 좀이 쑤셨다. 그러나 비트 박사가 알려준 암산을 적용해보면서 망설였다. 정말로 아들이 엄마한테 금 이야기를 할 거라고 생각하는가? 아니다. 바로 그게 의사가 경고한 것이었다. '배반의 연대의식.' 베니는 아무 말도 하지 않았다.

베니는 다시 차에 탔지만 시동은 걸지 않았다. 크리스가 비탈진 잔디밭을 올라가 전에 살던 집으로 향하는 모습을 지켜보았다. 잔디가 쨍하게 빛났다. 아들은 터무니없이 큰 배낭의 아래쪽 버클을 잠그는 것 같았다. 저 가방에 대체 뭐가 들어 있는 걸까? 베니가 아는 사진작가들도 그보다는 가벼운 가방을 들고 다녔다. 집 근처까지 간 크리스가 살짝 흐릿하게 보였다. 베니의 눈에 눈물이 고여서인지도 몰랐다. 그는 현관문까지 가는 아들의 모습을 내내 지켜보는 것이 고문임을 깨달았다. 그는 사샤가 무슨 말―정말 착한 아이예요, 또는 즐거웠어요, 같은 말―을 해서 하는 수 없이 고개를 돌려 그녀를 봐야 하는 불상사가 생길까 겁이 났다. 하지만 사샤가 더 잘 알고 있었다. 모르는 게 없는 여자였다. 그녀는 말없이 베니와 함께 앉아, 크리스가 환히 빛나는 무성한 잔디밭을 올라가 현관문을 열고, 뒤돌아보지 않고 안으로 들어가는 것을 지켜보았다.

로어 맨해튼으로 가기 위해 헨리 허드슨 파크를 지나 웨스트사이드 하이웨이를 달릴 때까지도 둘은 말이 없었다. 베니는 초창기 더 후*와 스투지스**의 노래를 몇 곡 틀었다. 공연을 보러 갈 수 없을 만큼 어릴 때부터 즐겨 듣던 밴드들이었다. 그런 후 1970년대 베이 에이리어*** 그룹들인 플리퍼, 뮤턴츠, 아이 프로텍션으로 넘어

---

* 1964년에 결성되어 지금까지 활동중인 영국의 전설적인 록밴드.
** 1967년부터 1974년까지 활동한 미국 록밴드로, 펑크록 역사에 지대한 영향을 미쳤다. 2003년에 재결성했다.
*** 샌프란시스코만 연안 지역.

갔다. 베니와 그의 일당은 들어주기 힘들 정도로 엉망인 자신들의 밴드 '플레이밍 딜도스'의 연습을 하지 않을 때면 마부하이 가든스로 가서 그 밴드들의 음악에 맞추어 슬램 댄스*를 했다. 사샤가 음악에 귀 기울이고 있음을 알아차린 베니는 잠시 자신이 느끼는 환멸을, 평생을 바친 음악산업에 대해 느끼는 증오를 고백해볼까 생각했다. 그러다 노래들 자체에서 자신의 논지를 끌어내며 각각의 음악적 선택을 하나하나 따져보기 시작했다. 패티 스미스**의 거친 시가詩歌(그런데 그녀는 왜 때려치운 거야?)와, 블랙 플래그와 서클 저크스***의 피 끓는 하드코어는 얼터너티브로, 참으로 대단하신 타협을 한 후에 추락하고 추락해 그가 오늘도 라디오 방송국들에 선곡을 요청한 싱글들로, 황혼녘 푸른빛을 뚝 잘라먹는 직장 가의 네온사인처럼 생명 없고 차가운 껍데기만 남은 음악으로 내려앉고 말았다.

"믿기지 않네요." 사샤가 말했다. "어떻게 아무것도 안 남을 수가 있죠?"

깜짝 놀란 베니는 고개를 돌려 그녀를 바라보았다. 그가 토로하는 음악적 불만이 암울한 결론으로 이어지는 궤적을 그녀가 다 이해했다니, 그게 가능한 일인가? 사샤는 다운타운을 바라보고 있었는데, 그가 그녀의 시선을 따라가보니 한때 쌍둥이 빌딩이 서 있었

---

* 록음악 공연장에서 관객들이 서로 밀치면서 춤을 추는 행위.
** 미국 싱어송라이터이자 시인. 뉴욕 펑크록 운동에 앞장섰다. 일명 '펑크의 대모'로 불린다.
*** 1970년대 후반에 등장한 미국 캘리포니아 출신의 하드코어 펑크록 밴드들.

던 공터가 보였다. "뭐라도 있어야 하는 거 아니에요?" 사샤는 베니 쪽을 보지 않고 말했다. "메아리 같은 것. 하다못해 윤곽선이라도 표시해놓던가."

베니는 한숨을 내쉬었다. "뭔가 지어 올리겠지." 그가 말했다. "공방이 끝나면 그때 가서."

"알아요." 그러면서도 사샤는 속으로는 도저히 납득이 가지 않는지 줄곧 남쪽만 바라보고 있었다. 그녀가 자기 말을 이해하지 못했다는 사실에 베니는 안도감을 느꼈다. 1990년대에 그에게 로큰롤이 절정에 달했던 몬터레이 팝 페스티벌*에 대해 들려준, 멘토로 삼았던 루 클라인이 기억났다. LA에 있는 그의 저택에서였다. 집 안에는 폭포가 있었고, 루가 늘 대동하고 다니는 어여쁜 여자들이 있었고, 앞마당에 그가 수집하는 자동차들이 늘어서 있었다. 그때 베니는 자신의 우상의 얼굴을 들여다보며 생각했다. 당신, 맛이 갔군. 향수에 잠기면 끝장이다. 누구나 아는 사실이다. 루는 뇌졸중이 온 후 전신 마비로 고생하다가 석 달 전에 세상을 떠났다.

정지신호에 걸렸을 때 리스트가 떠올랐다. 베니는 주차권을 꺼내 마지막 낱말을 적어넣었다.

"주차권에 뭘 그렇게 계속 쓰시는 거예요?" 사샤가 물었다. 베니는 그녀에게 주차권을 건넸다가 일 초도 지나지 않아 사람의 눈앞에 그런 리스트를 내보이다니 영 껄끄럽고 괴로운 마음이 들었

---

* 1967년 캘리포니아 몬터레이에서 열린 음악 페스티벌. 1960년대 후반 히피 문화의 중심지였던 캘리포니아가 반문화의 상징으로 자리매김하는 계기가 되었다.

다. 설상가상으로 사샤는 리스트를 소리내어 읽었다.
"원장 수녀와의 키스, 미진한, 헤어볼, 양귀비 씨, 똥통 위에."
베니는 단어 하나하나가 일대 참사를 일으킬지도 모른다는 듯 고뇌하며 귀를 기울였다. 그러나 사샤가 걸걸한 목소리로 읽자마자 그 단어들은 순식간에 중화되어 아무렇지도 않게 들리는 것이었다.
"괜찮은데요." 사샤가 말했다. "앨범 제목이죠, 맞죠?"
"그렇지." 베니가 말했다. "한 번만 더 읽어줄래?" 사샤는 다시 읽었고, 그녀의 말대로 그에게도 앨범 제목처럼 들렸다. 평화롭고 정화된 기분이었다.
"전 '원장 수녀와의 키스'가 제일 마음에 들어요." 사샤가 말했다. "이걸 제목으로 쓰는 방안을 강구해봐야겠어요."
그들이 탄 차는 포사이스 가의 사샤네 집 앞에 섰다. 거리는 황량하고 가로등도 모자라 어둠침침해 보였다. 베니는 사샤가 좀더 좋은 곳에서 살기를 바랐다. 사샤는 평범하기 짝이 없는 검은 가방을, 지난 십이 년 동안 파일이든 전화번호든 쪽지든 베니가 필요로 하는 것은 뭐든 꺼내줬던 볼품없는 소원의 우물을 챙겼다. 베니가 그녀의 가냘픈 하얀 손을 잡았다. "할 얘기가 있어." 그가 말했다. "사샤, 할 얘기가."
사샤는 고개를 들었다. 베니가 성욕을 느낀 것은 아니었다. 심지어 딱딱해지지도 않았다. 그가 사샤에게 느끼는 감정은 사랑과 안전하다는 느낌, 친밀감이었다. 그에게 수없이 실망해 하루가 멀다 하고 폭발하기 전, 스테파니에게 느꼈던 감정과 비슷했다. "나, 당신 정말, 정말 좋아해, 사샤." 그가 말했다. "미치겠어."

"왜 이래요, 베니." 사샤가 가볍게 받아쳤다. "그럴 리 없잖아요."

그는 양손으로 사샤의 손을 잡았다. 사샤의 차가운 손가락들이 파르르 떨렸다. 다른 손은 차문에 올려놓은 채였다.

"잠깐만." 베니가 말했다. "제발."

사샤는 고개를 돌려 그를 보았다. 이제는 우울한 표정이었다. "말도 안 돼요, 베니. 우린 서로가 필요한 사람들이잖아요."

그들은 어스름한 불빛 속에서 서로를 응시했다. 사샤의 섬세한 광대뼈 위에 희미하게 주근깨가 나 있었다. 그것은 소녀의 얼굴이었다. 그러나 베니가 눈여겨보지 않는 사이 그녀는 더이상 소녀가 아니게 되었다.

사샤는 몸을 내밀어 베니의 뺨에 입을 맞추었다. 담백한 입맞춤. 오빠와 여동생의, 엄마와 아들의 입맞춤이었지만, 베니는 그녀의 부드러운 살결과 따스한 숨결을 느꼈다. 잠시 후 그녀는 차에서 내렸다. 그리고 차창 너머에서 손을 흔들며 뭐라고 말했지만, 그는 알아들을 수가 없었다. 그녀가 다시 한번 말할 때, 베니는 빈 옆자리로 몸을 던져 유리창에 얼굴을 바짝 대고는 그녀를 뚫어져라 바라보았다. 이번에도 알아들을 수가 없었다. 그가 미친 듯이 차창을 여는데, 사샤가 아주 천천히 입모양으로 알 수 있도록 한 자, 한 자 또박또박 말했다.

"내. 일. 봐. 요."

3
내가 신경이나 쓸 것 같아?

 밤이 늦어 더는 갈 곳이 없으면 우리는 앨리스네 집으로 간다. 스코티가 픽업트럭을 운전하고, 둘은 그 옆 좌석에 끼어 앉아 스피커가 터지도록 스트랭글러스, 넌스, 네거티브 트렌드의 음악을 틀어댄다. 나머지 둘은 일 년 내내 냉동고 같은 뒷자리에 쭈그러져 있는데, 언덕을 오를 때면 그 자리에 앉은 사람들은 그야말로 위아래로 미친 듯이 들썩거린다. 그런데도 나는 베니와 둘만 있을 수 있다면 뒷자리에 앉고 싶다. 추우면 그의 어깨에 기댈 수 있고, 쿵 부딪치면 잠깐이나마 그를 안아볼 수 있을 테니까.
 우리가 앨리스의 집이 있는 시클리프에 처음 갔을 때, 앨리스는 유칼립투스 나무들 사이로 안개가 흐르는 언덕을 가리키면서 전에 다녔던 학교가 있는 곳이라고 말했다. 여학교인데, 지금은 여동생들이 다닌다고 했다. 유치원부터 6학년까지는 초록색 격자무늬 원피스에 밤색 구두를 신고, 그 위 학년부터는 파란 치마에 흰색 세일러복을 입고 신발은 자유 선택이라고 했다. 좀 보여줘, 스코티가 말하자 앨리스가 묻는다, 내 교복? 아니, 네 동생이라는 애들, 스코티가 말한다.

앨리스가 위층으로 안내하고, 스코티와 베니는 바로 뒤따라간다. 둘 다 앨리스에게 빠져 있지만, 머리부터 발끝까지 앨리스를 사랑하는 사람은 베니다. 그리고 앨리스는 물론, 스코티를 사랑한다.

베니가 신발을 벗고, 나는 그의 갈색 뒤꿈치가 새하얀 솜사탕 같은 카펫에 파묻히는 것을 지켜본다. 카펫이 어찌나 두툼한지 우리가 내는 소리를 다 덮어버린다. 조슬린과 나는 맨 뒤에서 따라간다. 조슬린이 내 쪽으로 고개를 가까이 숙여 속삭일 때 풍겨오는 체리껌 향에 우리가 지금껏 피운 오백 개비의 담배 냄새가 가려진다. 우리가 마신 진gin 냄새도 나지 않는다. 우리 아빠가 숨겨놓은 술을 콜라 캔에 부어 초저녁부터 길거리에서 마셨다.

조슬린이 말한다, 잘 봐, 리아. 금발일 거야, 쟤 여동생들.

내가 묻는다, 누가 그러는데?

부잣집 애들은 다 금발이거든, 조슬린이 말한다, 비타민 때문에.

분명히 말해두는데 나는 그걸 정보랍시고 곧이곧대로 믿지 않는다. 조슬린이 아는 사람은 나도 다 안다.

방 안은 분홍색 야간 조명을 빼고는 어둡다. 나는 문간에서 멈춰 서고 베니도 망설이지만, 나머지 셋은 침대 사이로 몰려가 복작댄다. 그들 양쪽으로 앨리스의 여동생들이 이불을 목까지 끌어올린 채 자고 있다. 한 명은 앨리스를 닮아 금발 곱슬머리이고, 다른 한 명은 조슬린처럼 검은 머리다. 나는 애들이 깨서 개목걸이와 안전핀에 찢어진 티셔츠 차림의 우릴 보고 겁을 집어먹을까봐 불안하다. 나는 생각한다. 우린 여기 있으면 안 돼, 스코티가 들어가도 되냐고 물어보면 안 되는 거였어, 앨리스도 그러라고 하면 안 되는 거였어, 스코티의 부탁이면 뭐든 들어준다고 쳐도. 나는 생각한다. 나도 저기 침대에 누워 자고 싶어.

으흠, 다 함께 방을 나설 때 나는 조슬린에게 속삭인다. 검은 머리잖아.

조슬린도 속삭이며 답한다, 검은 양이야.

이제 얼마 안 있으면 1980년이다, 말도 안 돼. 히피들은 늙어가고 있고, 이제 샌프란시스코의 거리 모퉁이 어디서나 애시드에 뇌가 녹아버린 그들이 구걸하는 모습을 볼 수 있다. 머리칼은 엉켜 있고, 잿빛 더께가 두껍게 낀 맨발은 마치 신발 같다. 우린 그런 그들이 지긋지긋하다.

학교에서 우리는 자유시간이 생겼다 하면 '피트'에서 시간을 보낸다. 엄밀히 말해 그곳은 구덩이가 아니다. 운동장들 위쪽에 난 좁은 포장도로이다. 작년에 졸업한 '피터스'*에게서 그곳을 물려받았는데, 요즘도 거기 들어설 때면 매일 다른 색깔의 댄스킨**을 입는 테이텀이나, 자기가 사용중인 옷장 안에 신세밀랴***를 두고 키우

---

* 영어로 피트(pit)는 구덩이를, 피터스(Pitters)는 피트의 사람들을 뜻한다.
** 무용복에 가까운 여성용 피트니스 의류 브랜드.
*** 씨 없는 마리화나.

는 웨인, 혹은 가족들에게 이끌려 전기충격요법을 받은 후 보는 사람마다 끌어안는 부머 같은 다른 피터스가 와 있는 건 아닌지 조마조마해진다. 조슬린이 거기 있거나, (조슬린의 경우는) 내가 있으면 마음을 놓을 수 있다. 우리는 서로에게 바람막이 같은 존재이다.

따뜻한 날이면 스코티는 기타를 연주한다. 플레이밍 딜도스 공연에서 쓰는 일렉트릭 기타가 아니라 잡는 방식이 다른 랩 스틸 기타*다. 스코티가 직접 만든 것이었다. 나무를 구부리고 접착제를 바르고 셸락을 발랐다. 스코티가 연주를 했다 하면 누구라도 그의 곁으로 모여들지 않고선 못 배긴다. 한번은 축구부 2군 애들이 그가 연주하는 음악에 이끌려 운동장에서 올라온 적도 있다. 빨간색 무릎양말을 신은 운동복 차림으로 두리번거리는 모습이 마치 어떻게 거기까지 올라왔는지 영문을 모르는 것 같았다. 스코티는 사람들을 끌어들이는 자석 같은 매력이 있다. 이건 그에게 아무 흑심도 품지 않고 하는 말이다.

플레이밍 딜도스는 수많은 이름을 거쳐왔다. 크랩스, 크록스, 크림프스, 크런치, 스크런치, 곡스, 곱스, 플레이밍 스파이더스, 블랙 위도스. 스코티와 베니가 밴드 이름을 바꿀 때마다 스코티는 자신의 기타 케이스와 베니의 베이스 케이스에 검은 스프레이를 뿌린 후, 새 이름을 새긴 스텐실을 만들어 그 위에 대고 스프레이를 뿌린다. 베니와 스코티가 밴드 이름을 바꿀지 말지를 어떤 식으로 결정하는지는 우리도 모른다. 두 사람은 실제로 대화를 나누지 않기

---

* 하와이안 스타일로 무릎 위에 올려놓고 연주하는 기타.

때문이다. 그런데도 둘은 모든 면에서 의견이 일치한다. 초능력을 사용하는지도 모르겠다. 조슬린과 나는 가사를 전담하고, 그걸 베니와 스코티와 함께 그들이 만든 곡조에 맞춰본다. 우리는 리허설 때는 노래를 부르지만 무대에 서는 건 내켜하지 않는다. 앨리스도 싫어한다. 그애와 우리의 유일한 공통점이다.

베니는 작년에 데일리 시티의 고등학교에서 전학왔다. 우리는 베니가 어디에 사는지는 모르지만, 이따금 방과 후에 그가 아르바이트를 하는 클레멘트 가의 '리볼버 레코드'로 찾아간다. 앨리스가 동행할 때면 베니는 짬을 내서 음반가게 옆에 있는 중국 빵집으로 우리를 데려가고, 우리는 창밖으로 쉴새없이 김이 빠져나가는 그곳에서 다 함께 고기만두를 먹는다. 베니는 밝은 갈색 피부에 눈이 근사하고, 고데기를 사용해 새 레코드판처럼 반짝반짝하는 새까만 머리칼을 모호크 스타일로 세운다. 그의 시선은 대개 앨리스에게 머물러 있기 때문에 나는 마음 놓고 그를 관찰할 수 있다.

피트에서 나와 길로 내려가면 촐로*들이 노닥거리는 곳이 나온다. 그들은 검은 가죽 코트에 덜커덕거리는 신발을 신고, 까만 머리에는 거의 안 보일 만큼 가는 머리그물을 쓰고 있다. 가끔 베니에게 스페인어로 말을 거는데, 베니는 그들에게 미소는 지어 보여도 대꾸하는 법은 절대 없다. 그들은 왜 자꾸 베니에게 스페인어로 말을 거는 걸까? 그 얘기를 하자 조슬린이 날 보며 말한다, 리아, 베니는 촐로야. 딱 보면 모르겠니?

---

* 멕시코인이나 멕시코 혼혈을 비하해서 부르는 말.

무슨 근거로 그런 미친 소리를 하는데? 내가 말한다. 얼굴이 화끈 달아오른다. 베니는 모호크 스타일을 하고 있다고. 그리고 걔들하곤 친하지도 않잖아.

조슬린이 말한다, 촐로라고 다 친구인 줄 아니? 그러더니 또 말한다, 다행이지 뭐, 부잣집 여자애들은 촐로랑 사귀지 않으니까. 그러니 베니는 절대 앨리스와 잘될 수 없어. 마침표. 끝.

조슬린은 내가 베니를 기다린다는 것을 안다. 그러나 베니는 앨리스를 기다리고 있고, 앨리스는 스코티를, 스코티는 조슬린을 기다리고 있다. 스코티는 우리 중 가장 오래 알고 지낸 조슬린을 편하게 여기는데, 내가 보기엔 스코티가 아무리 탈색한 머리에 떡 벌어진 가슴—날씨만 좋으면 훌렁 벗어서 드러내길 좋아하는—을 가진, 자석처럼 끌어당기는 매력이 있는 애라고 해도 삼 년 전에 어머니가 수면제 과다복용으로 세상을 떠났기 때문인 것 같다. 그 일 이후 스코티는 훨씬 과묵해졌고, 추운 날이면 누가 잡아 흔들기라도 한 듯 부들부들 떤다.

조슬린도 스코티의 사랑에 응답은 하지만, 그렇다고 그와 사랑에 빠진 건 아니다. 조슬린이 기다리는 사람은 히치하이킹을 하는 그녀를 태워준 남자, 루Lou다. 루는 LA에 살지만, 다음에 샌프란시스코에 오면 전화하겠다고 했다. 그게 몇 주 전 일이다.

나를 기다리는 사람은 아무도 없다. 이 이야기에서 나는 기다려주는 사람 하나 없는 여자애다. 이런 애들은 대개 뚱뚱하기 마련인데, 나는 그것보단 희한한 문제를 안고 있다. 바로 주근깨다. 내 얼굴은 마치 누가 진흙을 한 움큼 집어던진 것 같다. 어릴 적에 엄마는 그게 특별하다고 말해주었다. 정말이지 내가 나이를 먹고 돈만 있다면 주근깨를 없앨 수 있을 텐데. 그날이 오기 전까지는 이렇게 개목걸이를 하고 머리를 초록색으로 염색할 거다. 초록색 머리의 여자애를 가리켜 '주근깨투성이 여자애'라고 말할 사람은 없을 테니까.

조슬린은 언제나 젖은 듯 새카만 머리칼을 싹둑 자르고 귀를 열두 군데나 뚫었다. 내가 뾰족한 귀걸이로 뚫어줬다. 얼음도 사용하지 않고. 중국인의 피가 절반 섞인 그녀의 얼굴은 아름답다. 그게 차이를 만든다.

4학년 때부터 조슬린과 나는 무엇이든 함께 했다. 사방치기, 줄넘기, 장식 팔찌, 보물찾기, 탐정 해리엇 놀이*, 블러드 시스터스**, 장난전화, 마리화나, 코카인, 퀘일루드***. 그애는 우리 아빠가 집 밖 산울타리에 대고 토하는 걸 본 적이 있다. 조슬린이 포크 가의 화이트 스왈로**** 밖에서 포옹하고 있는 가죽 옷차림의 남자들 가운데 자기 아빠를 알아보았던 날, 나도 함께 있었다. 당시 '출장중'이었던 조슬린의 아빠는 그후 집을 나가버렸다. 그런 이유로 나는 아직까지도 그애가 나 없이 루라는 남자를 만났다는 것이 믿기지 않는다. 조슬린은 다운타운에서 집까지 가려고 히치하이킹을 하고 있

---

* 루이스 피츠허그의 청소년 소설 『탐정 해리엇』 속 상황을 재현하는 놀이.
** 여자 친구들끼리 피를 섞어 우정을 맹세하는 의식.
*** 안정제의 일종인 메타콸론의 상표명. 원래 수면제로 나왔지만, 1970년대에 '맨디' 또는 '루드'로 불리면서 가벼운 마약으로 인기를 누렸다.
**** 샌프란시스코의 유명한 게이 바.

었는데, 빨간색 메르세데스를 타고 가던 그가 차를 세우더니 그애를 태우고 샌프란시스코에 올 때마다 묵는 아파트로 갔다. 그가 라이트 가드 데오드란트 캔 바닥을 돌려 빼자 코카인 봉지 하나가 떨어졌다. 루가 조슬린의 벌거벗은 엉덩이 위에 코카인 몇 줄을 깔고 흡입한 다음, 둘은 갈 데까지 갔다. 조슬린이 그에게 오럴섹스를 해준 걸 빼고도 두 번을 했다. 나는 조슬린이 작은 것 하나 빠뜨리지 않고 반복해서 이야기를 하게 했고, 마침내 그애가 아는 모든 것을 나도 샅샅이 알게 되었다. 그렇게 우리는 다시 동등해졌다.

루는 음악 프로듀서로, 빌 그레이엄*과 개인적으로 알고 지내는 사이다. 그의 집 벽엔 골드 레코드와 실버 레코드** 앨범들이 걸려 있고, 일렉트릭 기타가 천 대나 있었다.

플레이밍 딜도스는 토요일, 스코티의 차고에서 리허설을 한다. 조슬린과 함께 가보니 앨리스가 새아빠가 사준 진짜 마이크가 달린 새 테이프녹음기를 설치하고 있다. 앨리스는 기계를 좋아하는 부류의 여자애다. 베니가 그애를 사랑하는 또다른 이유이기도 하다. 그다음으로 딜도스의 고정 드러머인 조엘이 아빠 차를 타고 온다. 그애의 아빠는 연습이 끝날 때까지 스테이션왜건을 주차해놓고 차에 앉아 2차 세계대전에 관한 책들을 읽으면서 아들을 기다

---

* 미국의 록 콘서트 기획자이자 프로모터.
** 각국의 음반산업협회에서 많이 팔린 앨범에 수여하는 상.

린다. 조엘은 AP* 가능한 과목은 모두 이수했고, 하버드에 원서를 내놓은 상태였다. 그러다보니 그애 아빠는 한시도 눈을 뗄 수 없는 모양이다.

선셋에서 우리가 사는 동네는 언제나 바다가 어깨 위까지 넘실대고, 집들은 부활절 달걀 같은 색깔이다. 그러나 스코티가 차고 문을 쾅 내려닫기 무섭게 우리 모두는 별안간 광분에 휩싸인다. 베니의 베이스가 온 힘을 다해 울부짖으면, 곧이어 우리는 목이 터져라 노래를 부른다. '애완 돌멩이Pet Rock' '한번 생각해봐Do The Math' '쿨에이드 좀 건네줘Pass Me The Cool Aid' 같은 제목을 붙인 노래들인데, 스코티의 차고에서 고래고래 부르다보면 그냥 가사를 좆까 좆까 좆까 좆까 좆까 좆까로 통일하는 게 낫겠다 싶다. 이따금 '밴드 앤드 오케스트라'에서 온 꼬맹이가 (베니의 초대를 받아) 우리랑 맞춰보려고 차고 문을 두들기기도 한다. 그리고 스코티가 줄을 잡아당겨 문을 열어줄 때마다, 우리는 우리를 보고 고개를 절레절레 흔드는 환한 대낮을 눈부셔하며 내다본다.

오늘은 색소폰, 튜바, 밴조와 협연해본다. 그러나 색소폰과 밴조 소리만이 무대에서 튀고, 연주가 시작되자마자 튜바를 연주하는 여자애는 귀를 틀어막는다. 연습이 거의 끝나갈 무렵, 또다시 차고 문을 두들겨대는 소리에 스코티가 문을 연다. 집채만 한 몸집에 AC/DC** 티셔츠를 걸친 여드름투성이 꼬맹이가 바이올린 케이스

---

* 미국에서 고등학생이 대학 진학 전에 대학 인정 학점을 취득할 수 있는 고급 학습 과정.
** 1973년에 결성된 호주 출신의 하드록 밴드. 헤비메탈의 선구자로 평가받는다.

를 들고 서 있다. 베니 살러자르 만나러 왔는데? 꼬마가 말한다.

조슬린과 앨리스와 나는 충격에 휩싸여 서로 얼굴만 마주 본다. 한순간이나마 우리 셋이 친구라고, 앨리스도 우리랑 한패라고 느껴진다.

"야, 왔냐." 베니가 말한다. "제때 왔네. 다들 인사해, 얘는 마티야."

마티 같은 얼굴은 미소를 지어봤자 가망이 없다. 하지만 마티도 똑같은 생각을 할까봐 나는 그에게 미소로 답하지 않는다.

마티가 바이올린에 플러그를 꽂고, 우리는 밴드 최고의 곡인 〈어쩌라고? What The Fuck?〉를 시작한다.

너 네가 예쁜 공주라며
너 네가 별똥별이라며
너 우리 같이 보라보라 가자며
근데 지금 우린 어디 있지……

보라보라는 앨리스의 아이디어였다. 우린 듣도 보도 못한 곳이었다. 모두 늑대처럼 후렴구(어쩌라고?/어쩌라고?/어쩌라고?)를 울부짖는 동안, 나는 모호크 스타일로 백만 개의 안테나처럼 삐죽삐죽 머리를 세운 베니가 눈을 감고 귀 기울이는 모습을 지켜본다. 곡이 끝나자 그는 눈을 뜨고 씩 웃는다. "녹음이 잘됐으면 좋겠다, 앨." 그의 말에 앨리스가 테이프를 되감아 확인한다.

앨리스가 우리 테이프를 전부 가져가 테이프 하나에 옮겨 녹음하고, 베니와 스코티는 차를 타고 이 클럽 저 클럽 돌아다니며 플레이밍 딜도스의 공연을 따내려 한다. 우리의 대망의 클럽은 당연히 마브Mab다. 모든 펑크밴드가 거쳐가는 브로드웨이의 '마부하이 가든스'. 베니가 클럽에 들어가 싸가지 없는 개자식들을 상대하는 동안 스코티는 트럭에서 기다린다. 스코티는 조심스럽게 대해야 한다. 5학년 때 그애 엄마가 돌아가신 직후 스코티는 온종일 집 앞 작은 잔디밭에 앉아 해만 뚫어져라 쳐다보았다. 학교에 가지도, 집에 들어가지도 않았다. 그애 아빠는 옆에 앉아 눈을 가려주려 했고, 학교가 끝나면 조슬린도 와서 옆에 함께 앉아 있어주었다. 이제 스코티의 눈앞에는 늘 회색 얼룩들이 어른거린다. 그애는 그게 좋단다. 실제로 이렇게 말하기도 한다. "내 생각엔 시력이 좋아진 것 같아." 우리는 스코티가 그 얼룩들을 보며 엄마를 떠올린다고 생각한다.

매주 토요일 밤 우리는 연습을 끝내고 마브로 간다. 지금까지 거기서 크라임, 어벤저스, 점스, 그 외에도 일조 개는 될 밴드들의 연주를 들었다. 바는 너무 비싸서 우리는 내가 챙겨온 아빠의 술을 미리 마시고 들어간다. 조슬린은 나보다 더 마셔야 얼큰하게 취한다. 그애는 술기운이 오르면 길게 숨을 들이쉰다. 마침내 본연의 자신으로 돌아온 것처럼.

온통 낙서투성이인 마브의 화장실에서 우리는 엿듣는다. 리키 슬리퍼가 공연중에 무대에서 떨어진 이야기를, 타깃 비디오의 조리스가 순전히 펑크록만 다룬 영화를 만들 거라는 이야기를, 클럽에서 늘 보는 자매가 헤로인을 사려고 몸을 팔기 시작했다는 이야기를. 이런 것들을 알아가면서 우리는 진짜에 한 걸음 더 다가가게 되지만, 완전히는 아니다. 언제 가짜 모호크가 진짜 모호크가 될까? 누가 정하는 거지? 그런 일이 일어난다고 해도 어떻게 알 수 있지?

공연 내내 우리는 무대 앞에서 슬램 댄스를 한다. 몸싸움을 하고 밀치고 바닥에 뻗었다가 다시 일으켜 세워지면서 우리의 땀은 진짜 펑크의 땀과 섞이고, 우리의 피부는 진짜 펑크의 피부와 맞닿는다. 베니는 우리만큼 슬램 댄스를 하지는 않는다. 내 생각엔 음악을 유심히 듣느라 그러는 것 같다.

한 가지 눈치챈 사실이 있다. 주근깨가 있는 펑크로커는 한 명도 없다는 것. 그런 건 존재하지 않는다.

어느 날 밤, 조슬린이 전화를 받자 루가 말한다, 안녕, 예쁜이. 그가 말하기를, 몇 날이고 전화를 했지만 신호음만 울리더란다. 왜 밤에 전화 안 하고? 조슬린이 이 얘기를 반복해 들려줄 때 나는 묻는다.*

그 주 토요일, 리허설이 끝나고 조슬린은 우리 대신 루와 데이트를 한다. 우리는 마브에 갔다가 앨리스네 집으로 간다. 이즈음 우리는 앨리스네 집을 우리 아지트인 양 여긴다. 요구르트 제조기 안

---

* '몇 날이고(days and days)'라는 말에 왜 밤이 아닌 낮(day)에 전화를 한 것이냐는 말장난.

유리병에 앨리스의 엄마가 만들어놓은 요구르트를 먹고, 거실 소파에 벌렁 드러누워 양말 신은 발을 팔걸이에 걸친다. 한번은 밤에 앨리스의 엄마가 따뜻한 코코아를 타서 금색 쟁반에 담아 거실로 가져다준 적이 있다. 커다란 눈은 피곤해 보였고 목의 힘줄이 꿈틀거리는 것이 보였다. 조슬린이 내 귀에 대고 속삭였다. 부자들은 안주인 노릇 하는 걸 좋아한다니까. 그래야 자기 멋진 물건들을 자랑할 수 있으니까.

오늘 밤 여기에는 조슬린이 없고, 나는 앨리스에게 예전에 말했던 교복을 아직 갖고 있느냐고 물어본다. 앨리스는 놀란 것 같다. 응, 그녀가 말한다. 가지고 있어.

나는 앨리스를 따라 푹신푹신한 카펫이 깔린 계단을 올라가서 이제껏 한 번도 본 적이 없는 그애의 방으로 간다. 동생들의 방보다 작은 앨리스의 방은 북슬북슬한 파란 카펫이 깔려 있고, 파란색과 흰색의 열십자 무늬 벽지로 도배되어 있다. 침대 위에는 동물 봉제인형이 산처럼 쌓여 있는데, 하나같이 개구리다. 연두색 개구리, 연녹색 개구리, 형광 초록색 개구리, 혀에 파리 인형이 붙어 있는 개구리. 침대 머리맡의 램프와 베개까지도 개구리 모양이다.

내가 말한다. 네가 개구리를 좋아하는지 몰랐어. 앨리스가 대답한다. 무슨 수로 알았겠니?

앨리스와 단둘이 있기는 정말 처음이다. 앨리스는 조슬린도 함께 있을 때만큼 친절한 것 같지는 않다.

앨리스는 옷장 문을 열고, 의자를 밟고 올라서서 교복 몇 벌이

든 상자를 내린다. 어릴 때 입던 초록색 격자무늬 원피스, 그다음에 입은 세일러복 투피스. 나는 묻는다, 어느 게 더 좋아?

둘 다 싫어, 앨리스가 말한다. 누가 교복 따위를 입고 싶어하겠니?

내가 말한다, 난 입고 싶은데.

농담하는 거니?

그런 게 무슨 농담씩이나 되는데?

네가 농담했을 때 조슬린이랑 너랑 둘이서만 웃어대고 나는 못 끼는 것하고 비슷한 종류 아냐?

목이 바짝 마른다. 나는 말한다, 안 그럴게. 조슬린이랑 웃는 거.

앨리스는 어깨를 으쓱하더니 말한다. 내가 신경이나 쓸 것 같아?

우리는 러그 위에 앉아 교복을 무릎에 올려놓고 있다. 앨리스는 찢어진 청바지 차림에 만지면 시커멓게 묻어날 것 같은 눈 화장을 하고 있지만 머리는 긴 금발이다. 얘도 진짜 펑크가 아니다.

좀 있다가 내가 말한다, 너희 부모님은 왜 우리가 집에 오게 놔두는 거야?

우리 부모가 아니야. 우리 엄마와 새아빠야.

알았어.

모르긴 몰라도 너희를 감시하려는 거겠지.

마치 우리 둘만 외로이 배를 타고 한 치 앞도 보이지 않는 짙은 안개 속을 가는 듯, 시클리프에서 들려오는 무적霧笛 소리가 유난히 크게 느껴진다. 나는 무릎을 끌어안으며 조슬린도 같이 있으면 좋겠다고 너무나도 아쉬워한다.

지금도 그래? 나는 살그머니 묻는다. 우리를 지켜보는 거야?

앨리스는 한껏 숨을 들이마시더니 다시 내뱉는다. 아니, 그녀가 대답한다. 지금은 자.

바이올리니스트 마티는 고등학생도 아니다. 내년에 조슬린과 나와 스코티(만약 그가 대수학II를 통과하면)가 가려고 하는 샌프란시스코 주립대학교 2학년생이다. 조슬린이 베니에게 말한다. 그 얼간이를 무대에 세웠다간 개판이 될걸.

어떻게 되지 않겠어? 베니는 그렇게 말하고 생각에 잠긴 듯 손목시계를 본다. 이 주하고 나흘하고 여섯 시간 후면 전부 합쳐 몇 분이더라.

우린 무슨 말인지 몰라 그를 멍하니 바라본다. 그러자 베니가 우리에게 말한다. 마브의 더크 더크슨한테서 전화가 왔어. 조슬린과 나는 환호성을 지르며 베니를 얼싸안는다. 마치 전기가 흐르는 물체에 닿은 느낌이다. 내 팔에 안긴 베니의 진짜 몸. 나는 베니와의 포옹을 빠짐없이 기억한다. 나는 한 번에 하나씩 알아간다. 그의 몸이 따뜻하다는 것을, 결코 웃통을 벗는 법이 없지만 그의 가슴 근육이 스코티처럼 탄탄하다는 것을. 이번에는 그의 심장고동을 발견한다. 등을 통과해 내 손바닥에 전해지는 심장고동을.

조슬린이 묻는다. 또 아는 사람 있어?

스코티, 당연한 거 아냐, 앨리스도 알고. 그러나 얼마 지나지 않아 이 사실이 우리를 괴롭힌다.

내게는 LA에 사는 사촌들이 있기 때문에 조슬린은 우리 아파트에서 루랑 통화하고, 우리 집 통화료에 슬쩍 묻어간다. 조슬린이 길고 까만 손톱으로 전화 다이얼을 돌리는 동안 나는 5센티미터 옆 꽃무늬 커버가 깔린 부모님 침대에 앉아 있는다. 남자 목소리가 들려오자 나는 그가 진짜 존재한다는 데, 조슬린이 꾸며낸 사람이 아니라는 데 충격을 받는다. 그애가 그럴 거라고 생각해본 적이 없으면서도. 그는 안녕, 예쁜이, 라고는 말하지 않는다. 내가 전화한다고 했지, 라고 말한다.

조슬린은 미안해요, 라고 별 감정 없이 낮은 목소리로 말한다. 내가 수화기를 잡아채고 말한다, 뭔 인사말이 그래요? 루가 말한다, 지금 말하는 사람은 또 뭐야? 나는 그에게 리아라고 해요, 라고 말한다. 그러자 그는 방금 전보다는 차분해진 목소리로 말한다. 만나서 반가워요, 리아. 이제 다시 조슬린 좀 바꿔줄래요?

조슬린은 이번엔 전화선을 끌고 멀찍이 간다. 듣자하니 거의 루만 이야기하는 것 같다. 일이 분 지나 조슬린이 내게 낮은 목소리로 윽박지른다. 나가 있어. 얼른!

나는 부모님 방을 나와 부엌으로 간다. 천장에 사슬로 매달린 양치식물의 작은 갈색 잎들이 싱크대까지 늘어져 있다. 커튼은 파인애플 문양이다. 오빠와 남동생이 발코니에서 남동생의 과학 프로젝트인 콩나무 접붙이기를 하고 있다. 나도 그쪽으로 나가서 합류한다. 햇살에 눈이 따갑다. 스코티가 그랬던 것처럼 나도 해를 똑바로 쳐다보려고 해본다.

잠시 후 조슬린이 나온다. 그애의 머리칼과 피부에서 행복이 퍼져나온다. 나는 생각한다. 내가 신경이나 쓸 것 같아?

나중에 조슬린이 말하길 루가 좋다고 했단다. 딜도스 공연을 보러 마브에 오겠대. 어쩌면 음반 계약을 하자고 할지도 몰라. 약속하는 건 아니야, 루는 조슬린에게 확실히 짚고 넘어갔다. 하지만 어찌 됐든 우리는 즐거운 시간을 보낼 거잖아, 안 그래, 예쁜이? 늘 그렇잖아?

공연 당일 밤, 나는 조슬린을 따라 루를 만나러 브로드웨이에 있는 레스토랑 '버네시스'로 간다. 옆 가게인 '엔리코스'의 야외 테이블에 앉아 아이리시 커피를 마시던 관광객과 부자들이 지나가는 우리를 얼이 빠져 바라본다. 앨리스도 부를 수 있었지만, 조슬린 말은 이렇다. 걔네 부모님 정도면 버네시스 정도는 뻔질나게 데려가줄걸. 내가 정정해준다, 걔네 엄마랑 새아빠겠지.

구석의 둥근 칸막이 자리에 앉은 남자가 우리를 보고 이를 드러내며 미소 짓는다. 저 사람이 루다. 마흔세 살인 우리 아빠 못지않게 늙어 보인다. 텁수룩한 금발에 잘생겼다. 그러니까, 가끔 아빠들을 보면 잘생겼다는 생각이 드는 정도로.

일루 와, 예쁜이, 루가 정말로 그렇게 말하더니 조슬린을 향해 한 팔을 든다. 그는 하늘색 데님 셔츠를 입고 구리 팔찌 같은 것을 끼고 있다. 조슬린은 테이블 한쪽으로 미끄러지듯 돌아 들어가 그의 팔 아래 착 안긴다. 리아, 루가 다른 팔을 들어올리며 날 부른다. 그래서 나는 조슬린 옆자리로 돌아 들어가려던 생각을 고쳐먹고 루의 다른 쪽 옆에 자리를 잡는다.

일주일 전, 버네시스 밖에서 메뉴판을 들여다봤을 때 조개를 곁들인 링귀니가 눈에 들어왔다. 일주일 내내 나는 그 음식을 주문해야지 하고 별러왔다. 조슬린도 같은 걸 고르고, 우리가 주문을 마치자 루는 테이블 밑으로 조슬린에게 뭔가를 건넨다. 우리 둘은 칸막이 자리를 빠져나와 여자 화장실로 간다. 코카인이 가득 든 조그마한 갈색 병이다. 체인에 앙증맞은 스푼도 매달려 있다. 조슬린은 두 번 스푼에 가득 담아 양쪽 콧구멍에 갖다댄다. 그녀는 쿵쿵 소리를 작게 내며 코로 들이켜더니 눈을 감는다. 그런 다음 스푼에 가득 담아 내게 내민다. 테이블로 돌아올 즈음엔 깜박이는 눈들이 내 머리 위를 온통 뒤덮어서 단번에 식당 구석구석까지 볼 수 있다. 전에 우리가 했던 건 진짜 코카인이 아니었던 모양이다. 자리에 앉은 우리는 루에게 '플리퍼'라는 이름의 새 밴드에 대해 이야기해주고, 루는 우리에게 아프리카에서는 어떻게 기차를 타는지 들려준다. 기차가 역에 완전히 정차하지 않고 속력만 늦추면 사람들이 뛰어내리거나 뛰어서 올라탄단다. 내가 말한다, 아프리카에 가고 싶다! 내 말에 루가 말한다, 같이 갈 수도 있을 거야, 우리 셋에서. 정말 그럴 수 있을 것 같은 기분이 든다. 그는 계속해서 말한다, 구릉지대는 땅이 워낙 비옥해서 붉은빛을 띤다고. 나는 말한다, 오빠랑 남동생이 콩나무 접붙이기를 하는데 그냥 흔한 갈색 흙이더라고요. 조슬린이 묻는다, 모기는 없어요? 그러자 루가 말한다, 그렇게 까만 밤하늘도, 밝은 달도 처음 봤어. 나는 바로 지금, 오늘 밤, 내 어른의 삶이 시작되고 있음을 깨닫는다.

웨이터가 조개가 든 링귀니를 가져오지만 나는 한입도 먹을 수가 없다. 루 혼자만 거의 익히지 않은 스테이크와 시저샐러드와 레드 와인을 먹고 마신다. 그는 잠시도 가만있지 못하는 부류다. 세 번이나 사람들이 우리 테이블로 와서 루에게 인사하지만 그는 우리를 소개해주지 않는다. 우리가 떠들고 또 떠드는 동안 음식은 식어가고, 루가 자기 접시를 다 비우고 나서 우리는 버네시스를 나선다.

루는 우리를 양쪽에 끼고 브로드웨이 거리를 걸어간다. 늘 보던 풍경이 스쳐 지나간다. '카스바'로 오라고 행인들을 꼬드기는 페즈*를 쓴 꾀죄죄한 사내, '콘도르'와 '빅 앨' 입구에 느긋하게 서 있는 스트리퍼들. 낄낄대고 서로 밀쳐대며 어슬렁거리는 펑크로커들. 브로드웨이 도로를 따라 움직이는 차량들. 마치 다 함께 성대한 파티를 벌이고 있는 듯 자동차들은 경적을 울리고 운전자들은 손을 흔든다. 눈이 천 개나 달려 있다보니 이 모든 것들이 새롭게 보인다. 마치 내가 다른 사람이 되어 보는 것 같다. 나는 생각한다, 주근깨가 사라지면 내 인생이 통째로 지금 같을 거야.

마브의 도어맨이 루를 알아보고는 우리를 데리고 구불구불 줄지어 서 있는 입장객들 옆을 지나간다. 나중에 있을 크램프스와 뮤턴츠의 공연을 기다리는 줄이다. 안에서는 베니와 스코티와 조엘이

---

* 일부 이슬람 국가에서 남자들이 쓰는 빨간 빵모자.

앨리스와 함께 무대 세팅을 하고 있다. 조슬린과 나는 화장실에 가서 개목걸이를 두르고 안전핀을 단다. 밖으로 나와보니 루가 벌써 밴드에게 자신을 소개하고 있다. 베니는 루의 손을 잡고 흔들며 말한다, 영광입니다, 선생님.

더크 더크슨이 평소대로 이죽거리며 소개말을 끝내자, 플레이밍 딜도스는 〈잔디밭의 뱀 Snake in the Grass〉으로 공연을 시작한다. 춤을 추는 사람은커녕 사실상 귀 기울이는 사람조차 없다. 다들 아직 클럽으로 들어오는 중이거나, 아니면 자신들이 기다리는 밴드가 나올 때까지 노닥거리고 있는 것이다. 보통 때라면 조슬린과 나는 곧장 무대 앞으로 달려나갔겠지만, 오늘 밤은 뒤쪽으로 물러나 루와 함께 벽에 기대서 있다. 그는 우리에게 진토닉을 사주었다. 플레이밍 딜도스가 제대로 하는 건지 아닌 건지도 모르겠고, 거의 귀에 들어오지도 않고, 심장은 너무 빨리 뛰고, 천 개의 눈은 클럽 구석구석을 살피고 있다. 옆얼굴이 실룩이는 것이, 루는 이를 갈고 있다.

다음 곡을 연주하기 위해 마티가 무대에 오르지만, 흥분한 나머지 바이올린을 떨어뜨리고 만다. 마티가 다시 바이올린에 플러그를 꽂으려고 몸을 수그리면서 엉덩이 골이 드러나자, 이제껏 아무런 흥미도 보이지 않던 사람들이 그제야 모욕적인 말들을 외친다. 나는 베니 쪽은 쳐다보지도 못한다. 이건 정말 문제다.

그들이 〈한번 생각해봐〉를 연주하기 시작하자 루가 내 귀에 대고 소리친다. 바이올린은 누구 생각이었어?

베니요, 내가 대답한다.

베이스 치는 애?

나는 고개를 끄덕이고, 루는 잠시 베니를 지켜보고, 나도 베니를 지켜본다. 루가 말한다, 연주자 스타일이 아닌데.

그렇지만 베니는—, 나는 설명하려고 애쓴다. 이 모든 게 다 베니의—

유리 같은 게 무대 위로 휙 날아가더니 스코티의 얼굴을 맞힌다. 천만다행하게도 음료수에 들어 있던 얼음조각이다. 스코티는 움찔하지만 연주를 계속한다. 그때 버드와이저 캔이 날아와 마티의 이마를 정통으로 맞힌다. 조슬린과 나는 두려움에 질려 서로 얼굴을 마주 보는데, 우리가 움직이려 하자 루가 꽉 잡고 놓아주지 않는다. 딜도스가 〈어쩌라고?〉를 연주하기 시작하자 이번에는 콧구멍과 귓불을 안전핀 체인으로 연결한 남자 넷이 아무렇게나 던진 쓰레기가 무대 위로 마구 쏟아진다. 몇 초 간격으로 스코티의 얼굴에 음료수가 끼얹어진다. 결국 그는 눈을 질끈 감고 연주만 하는데, 나는 그가 눈에 난 상처의 얼룩들을 보고 있는 건 아닌지 궁금해진다. 앨리스는 이젠 쓰레기를 던지는 놈들과 맞붙을 태세고, 어느새 사람들은 격하게 슬램 댄스를, 기본적으로 싸움이나 다를 바 없는 춤을 추고 있다. 조엘이 사정없이 드럼을 내려치는 가운데, 스코티가 흠뻑 젖은 티셔츠를 찢더니 쓰레기를 던진 놈들 중 한 놈의 얼굴을 짝 소리가 나도록 정통으로 후려친다. 그런 다음 다른 놈을, 우리 오빠랑 동생이 목욕수건으로 때리며 장난칠 때처럼, 아니 그보다 더 매섭게—철썩—후려친다. 자석 스코티가 마력을 발하기 시작한다—사람들이 땀과 맥주에 젖어 번들거리는, 그의 근육질의 알몸을 쳐다본다. 그때 쓰레기를 던지던 남자들 중 하나가 무대 위로 돌진하려 하지만, 스코티가 부스의 평평한 바닥으로 그의 가슴팍을 걷어찬다―남자가 나가떨어지자 사람들 사이에서 헉 소리가 터져나온다. 스코티는 이제 미소 짓고 있다. 이렇게 늑대처럼 양 입가에 이를 번득이며 씩 웃는 그를 보는 건 거의 처음이다. 그리고 나는 깨닫는다. 우리 모두를 통틀어 진심으로 분노한 사람은 스코티뿐이라는 걸.

나는 조슬린을 돌아보지만, 그애는 없다. 내게 아래를 내려다보라고 말해준 건 아무래도 천 개의 눈인 듯싶다. 조슬린의 검은 머리 위에 얹은, 쫙 펼쳐진 루의 손가락들이 눈에 들어온다. 조슬린은 그 앞에 무릎을 꿇고 앉아 그의 바지 앞섶에 고개를 묻고 있다. 음악이 그들을 가려줘서 아무도 보지 못한다는 듯이. 어쩌면 아무도 못 보는지도 모른다. 루는 여전히 한 팔을 내게 두르고 있다. 그래서 내가 도망치지 않는 건가, 그럴 수 있는데도. 그래, 그거야. 하지만 루가 조슬린의 머리통을 붙잡고서 자기 몸에 대고 치대고 또 치대는 동안 나는 그 자리에 서 있는다. 쟤가 저러고 숨은 쉴 수 있나 싶다가, 마침내 그애가 더이상 조슬린이 아니라 동물이나 영원히 망가지지 않을 기계처럼 보인다. 나는 억지로 밴드 쪽을 보려고 한다. 스코티는 사람들의 눈을 젖은 셔츠로 후려치고 부츠발로 걷어차고 있다. 루는 내 어깨를 잡은 손에 힘을 꽉 주더니 내 목덜미에 얼굴을 묻고 음악 소리도 뚫고 들릴 정도로 헉헉 뜨거운 신음을 뱉어낸다. 그는 그렇게 가까이 있다. 흐느낌이 내 몸을 비집고 새어나온다. 눈물이 흘러나오지만, 내 얼굴에 있는 두 눈에서만이다. 나머지 천 개의 눈은 감겨 있다.

 루가 사는 아파트 벽은 조슬린의 말대로 일렉트릭 기타와 골드 레코드와 실버 레코드 앨범들로 뒤덮여 있다. 그러나 조슬린은 아파트가 35층에 있다는 것도, 마브에서 여섯 블록 떨어진 곳이라는 것도, 엘리베이터 안이 초록빛 대리석 평판으로 덮여 있다는 것도 얘기한 적이 없다. 나는 그 정도면 많이 빠뜨린 거라고 생각한다.
 부엌에서 조슬린은 프리토스 스낵을 접시에 붓고, 냉장고에서 초록 사과가 든 유리 볼을 꺼낸다. 좀전에는 모두에게 퀘일루드를 한 알씩 돌렸다. 나만 빼고. 내 얼굴을 볼 용기가 없는 모양이다. 이제 안주인 노릇까지 하시게? 그애에게 묻고 싶다.
 거실에는 앨리스가 스코티와 함께 앉아 있다. 루가 옷장에서 꺼내준 펜들턴 셔츠를 입은 스코티는 하얗게 질려 덜덜 떨고 있다. 무대로 날아든 이것저것에 맞아서인 것 같기도 하고, 조슬린에게 정말로 남자친구가 있고 그게 자신이 아니고 앞으로도 그럴 일이 없다는 걸 깨달아서인 것 같기도 하다. 마티도 거기 있다. 뺨엔 생채기가 있고 한쪽 눈은 옅게 멍든 얼굴로 딱히 누구에게랄 것도 없이 쉬지 않고 떠들어대고 있다. 정말 엄청나지 않았어? 조엘은 물론, 곧장 아빠 차를 타고 집으로 갔다. 다들 공연이 성공적이었다고 입을 모은다.
 루가 베니를 데리고 나선형 계단을 통해 레코딩 스튜디오로 올라가자 나도 따라간다. 루는 베니를 '꼬마'라고 부르며 스튜디오의 장비를 하나하나 설명해준다. 벽이 온통 검은 발포고무로 뒤덮인 스튜디오는 작고 따뜻하다. 루는 쉴새없이 다리를 떨면서, 돌이라도 씹는지 요란한 소리를 내며 사과를 우적거린다. 베니는 앨리스 머리꼭지라도 보려고 아래층 거실이 보이는 문밖 난간 쪽을 흘긋거린다. 나는 아까부터 쭉 누가 건드리기만 해도 울음을 터뜨릴 것 같은 상태다. 클럽에서 있었던 일도 루와 섹스한 걸로 치는지 걱정된다―나도 그 행위의 일부였으니까.

결국 나는 아래층으로 내려간다. 거실을 벗어나자 살짝 열려 있는 문과 그 너머로 커다란 침대가 보인다. 나는 그 안으로 들어가 벨벳 침대 커버에 엎드려 얼굴을 묻는다. 주변에는 매콤한 향냄새가 감돌고 있다. 방 안은 시원하고 어슴푸레하며, 침대 양쪽에는 사진 액자들이 있다. 온몸이 아프다. 몇 분 후 누군가 들어와 내 옆에 눕는다. 나는 조슬린이라는 것을 안다. 우리는 아무 말 하지 않고 그냥 어둠 속에 나란히 누워 있다. 마침내 내가 입을 연다, 나한테 얘기했었어야지.

무슨 얘기? 조슬린이 묻는데, 정작 나도 그게 뭔지 모르겠다. 그러자 조슬린이 말한다, 할 말이 너무 많아서, 그리고 바로 이 순간 나는 무언가 끝나가고 있음을 느낀다.

잠시 후 조슬린이 침대 옆 램프를 켜더니 말한다, 이것 좀 봐. 그 애는 수영장에서 아이들에게 둘러싸인 루의 사진 액자를 들고 있다. 제일 어린 둘은 거의 아기나 다름없다. 세어보니 여섯이다. 조슬린이 말한다, 그 사람 애들이야. 금발 여자애는 다들 찰리라고 부르는데, 스무 살이야. 롤프, 얘는 말이야, 우리랑 동갑이야. 둘은 그 사람하고 아프리카에 갔었어.

  나는 몸을 기울여 사진을 가까이 들여다본다. 여느 아빠처럼 자식들에게 둘러싸여 있는 루는 정말이지 행복해 보여서 우리랑 함께 있는 루와 같은 사람이라는 게 믿기지 않을 정도다. 곧이어 그의 아들 롤프가 눈에 들어온다. 파란 눈에 검은 머리, 그리고 환하고 착해 보이는 미소를 짓고 있다. 배 속에서 뭔가 찌르르 기어올라오는 느낌이다. 롤프 괜찮은데, 내가 말한다. 그러자 조슬린이 웃으며 말한다, 진짜 그렇지? 그러고는 덧붙인다, 루한테 내가 이런 말 했다고 하면 안 돼.

  일 분 후 루가 또 사과 한 알을 돌덩이 깨듯 우적대며 침실로 들어온다. 그제야 나는 유리 볼에 담긴 사과가 전부 그를 위한 것임을 알아차린다. 그는 끝도 없이 사과를 먹어댄다. 나는 그에게 눈길도 주지 않고 침대에서 미끄러져 나오고, 루가 내 뒤에서 문을 닫는다.

  거실에 들어서자마자 나는 무슨 일이 벌어지고 있는지 대번에 알아차린다. 스코티는 다리를 꼬고 앉아 불꽃 모양의 금색 기타를 퉁기고 있다. 앨리스는 뒤에서 그의 목에 양팔을 두르고 얼굴을 옆에 갖다대고 있다. 머리칼을 그의 무릎까지 늘어뜨리고, 행복에 겨워 눈을 감고 있다. 순간 나는 나라는 사람에 대해선 잊어버린다—내 머릿속에는 베니가 이 광경을 보면 어떤 심정일까 하는 생각뿐이다. 나는 두리번거리며 그를 찾아보지만, 되도록 눈에 띄지 않으려 애쓰며 벽에 걸린 앨범들을 뚫어져라 응시하고 있는 마티밖에 보이지 않는다. 그제야 나는 불현듯 아파트 구석구석에서—

소파, 벽, 심지어 바닥에서도 동시에 음악이 터져나오고 있음을 알아차린다. 루의 스튜디오에 홀로 남은 베니가 우리를 둘러싼 모든 곳에 음악을 쏟아붓고 있는 것이다. 일 분 전에는 〈날 실망시키지 마Don't Let Me Down〉였고, 그다음에는 블론디의 〈유리 같은 마음 Heart of Glass〉이었다. 지금 나오는 것은 이기 팝의 〈승객Passenger〉 이다.

나는 승객이다
나는 올라타고 또 올라탄다
나는 도시의 궁둥이에 올라타서
하늘에 뜬 별을 본다

음악을 들으면서 생각한다. 내가 네 속을 얼마나 깊이 헤아리는지 넌 절대 모를 거야.
마티가 망설이듯 나를 살피는 걸 눈치채고 나는 이 상황이 어떻게 흘러갈지 알아챈다. 나는 개니까, 마티는 내 몫이다. 나는 유리 미닫이문을 밀어 열고 루의 발코니로 나간다. 이토록 높은 곳에서 샌프란시스코를 보기는 처음이다. 알록달록한 조명과 잿빛 연기 같은 안개에 감싸인 샌프란시스코는 흐릿한 암청색을 띠고 있다. 긴 잔교들이 어둡고 잔잔한 만으로 뻗어 있다. 사나운 바람이 불어와서 나는 안으로 뛰어들어가 재킷을 걸치고 다시 나와 하얀 플라스틱 의자에 잔뜩 옹크리고 앉는다. 그 풍경을 바라보고 있으니 차츰 마음이 가라앉는다. 나는 생각한다, 이 세계는 정말로 거대해.

그건 누가 제대로 설명할 수 있는 게 아냐.

잠시 후 문이 열린다. 마티라고 생각해 올려다보지 않지만, 알고 보니 루다. 맨발에 반바지 차림이다. 어둠 속에서도 햇볕에 그을린 두 다리가 두드러져 보인다. 내가 묻는다, 조슬린은 어디 있어요?

자고 있어, 루가 말한다. 그는 난간에 서서 먼곳을 응시한다. 이렇게 가만히 있는 그의 모습은 처음 본다.

내가 말한다, 우리 나이였을 때가 기억나요?

루는 의자에 앉은 나를 보며 씩 웃지만, 그건 저녁식사 때 짓던 미소를 재연한 것에 지나지 않는다. 나는 지금 네 나이야, 그가 말한다.

흠, 내가 말한다. 애가 여섯이던데요.

그렇긴 하지, 그가 말한다. 그러고는 등을 돌리곤 내가 안으로 들어가길 기다린다. 나는 생각한다, 나는 이 남자랑 섹스한 게 아니야. 잘 알지도 못하는걸. 그때 그가 말한다, 난 절대 늙지 않아.

이미 늙었어요, 내가 말한다.

그는 몸을 돌려 의자 위에 옹송그리고 앉은 나를 응시한다. 너 좀 무서워, 그가 말한다. 너도 아니?

주근깨 때문에 그래요, 내가 말한다.

주근깨가 아니라 너 자신 말이야. 그는 여전히 나를 보고 있다. 그러다가 표정이 변하며 그가 말한다, 마음에 드는데.

그러지 말아요.

좋은걸. 네 덕에 난 늘 솔직할 거야, 리아.

그가 내 이름을 기억하고 있다니 놀랍다. 내가 말한다, 그러기엔 너무 늦었어요, 루.

이제 그는 소리내어 웃는다, 진짜로 웃는다. 그리고 나는 우리가, 루와 내가 친구임을 깨닫는다. 비록 내가 그를 미워할지라도. 사실 그가 밉다. 나는 의자에서 일어나 난간으로 간다. 그가 있는 곳으로.

사람들이 널 바꾸려 들 거다, 리아, 루가 말한다. 넘어가선 안 돼.

난 바뀌고 싶은데요.

안 돼, 그가 말한다. 진심이야. 넌 아름다워. 지금 이 모습 변치 말라고.

하지만 주근깨는요, 내가 말한다, 목구멍이 쓰라리다.

주근깨가 최고야, 루가 말한다. 그 주근깨에 환장하는 놈이 나타날 거야. 주근깨 하나하나에 키스해줄걸.

나는 울기 시작한다, 굳이 숨기지도 않는다.

얘, 루가 말한다. 그가 몸을 구부려 나와 눈높이를 맞추고는, 눈을 똑바로 들여다본다. 누군가에게 자근자근 밟혀 발자국이 난 것처럼 그의 얼굴은 고달파 보인다. 그가 말한다, 이 세상엔 병신새끼들이 널리고 널렸어, 리아. 그 사람들 말은 듣지 마라―내 말 들어.

그리고 나는 루야말로 그 숱한 병신새끼들 중 하나라는 것을 안다. 그래도 그의 말을 새겨듣는다.

그날 밤으로부터 이 주 후 조슬린이 자취를 감춘다. 나는 다른 모든 사람들과 함께 알게 된다.

그애 엄마가 곧장 우리 집으로 온다. 아줌마와 우리 부모님과 오빠가 나를 자리에 앉힌다. 내가 뭘 알고 있냐고? 그애의 새 남자친구가 누구냐고? 나는 그들에게 말한다. 루라는 사람이에요. LA에 살고, 자식이 여섯 명이에요. 개인적으로 빌 그레이엄을 알고요. 루가 어떤 사람인지는 베니가 알 것 같은데요. 그 말에 아줌마는 베니 살러자르와 직접 얘기하려고 학교까지 찾아온다. 그러나 여간해선 베니를 찾아내기가 쉽지 않다. 앨리스와 스코티가 사귀자 베니는 피트에 발을 끊었다. 여전히 베니와 스코티는 말을 하지 않지만 전에 둘은 한 몸이었다. 이제는 한 번도 본 적 없는 사이 같다.

질문은 좀처럼 사라지지 않는다. 그때 내가 루에게서 벗어나 쓰레기를 던지는 사람들에게 맞섰다면, 스코티가 앨리스를 받아들였듯이 베니도 나를 받아들였을까? 단 한 번의 계기가 모든 것을 바꿀 수 있었을까?

그들은 며칠 만에 루를 찾아낸다. 루는 조슬린이 예고도 없이, 내내 히치하이킹을 해서 그의 집까지 왔다고 그애 엄마에게 말한다. 조슬린은 무사하다고, 그가 돌봐주고 있다고, 그게 거리를 전전하는 것보다 낫다고. 루는 샌프란시스코에 들르는 다음 주에 조슬린을 데려다주겠다고 약속한다. 왜 이번 주가 아니고? 나는 의아해한다.

내가 조슬린을 기다리는 동안, 앨리스가 나를 집으로 초대한다. 우리는 학교에서 시클리프까지 오래 버스를 타고 간다. 낮에 보니 전에 봤을 때보다 집이 작은 것 같다. 부엌에서 앨리스의 엄마가 직접 만든 요구르트에 꿀을 타서 각자 두 컵씩 먹는다. 그리고 우리는 개구리 천지인 앨리스의 방으로 올라가 창턱 아래 붙박이 의자에 앉는다. 앨리스는 진짜 개구리를 사서 테라리엄*에 넣어 기를 계획이라고 말한다. 스코티의 사랑을 받으니 이제 마음이 놓이고 행복한 것이다. 나는 이게 그녀의 진짜 모습인지, 아니면 그애는 이제 자기가 진짜인지 아닌지 따위는 신경 끄게 된 건지 종잡을 수가 없다. 아니면 어떻게 해야 사람이 진짜가 되는지 신경 쓰지 않게 된 걸까?

루의 집 근처에도 바다가 있는지 궁금하다. 조슬린은 파도를 바라볼까? 둘이 루의 침실 밖으로 나가기나 할까? 그 집에 롤프도 같이 살까? 나는 이런 궁금증들 사이에서 생각의 갈피를 놓친다. 그때 킥킥대는 소리가, 어디선가 쿵쿵 때리는 소리가 들린다. 내가 묻는다, 누구야?

내 동생들, 앨리스가 말한다. 테더볼** 하는 거야.

우리는 아래층으로 내려가 앨리스네 뒷마당으로 나간다. 밤에만 나가본 곳이다. 지금은 햇살이 환히 비치는 가운데 무늬를 그리며 가꾸어놓은 꽃밭과 레몬이 열린 나무 한 그루가 있다. 마당 가장자리에서는 어린 소녀 둘이 은색 기둥 주위에서 연노란색 공을 치며 놀고 있다. 그애들이 우리를 돌아본다. 초록색 교복 차림으로 깔깔대면서.

---

* 식물이나 파충류, 양서류 등을 넣어 기르는 유리 용기.

** 기둥에 매단 공을 라켓으로 치는 게임.

4
사파리

I. 잔디

"기억나, 찰리 누나? 하와이에서, 밤에 해변에 나갔더니 비가 내리기 시작했잖아?"

롤프가 말을 건 사람은 누나 샬린으로, 그녀는 자신의 진짜 이름을 싫어한다. 그러나 모닥불 주변에 사파리 여행의 다른 일행도 둘러앉아 있는데다, 롤프가 먼저 말을 꺼내는 일은 좀처럼 드물고, (그들이 작은 나뭇가지들로 흙바닥에 그림을 그리는 동안) 뒤쪽 캠프 의자에 앉아 있는 그들의 아버지 루가 사생활로도 세간의 이목을 끄는 레코드 프로듀서라서 롤프의 목소리가 들릴 정도로 가까이 있는 사람들은 귀를 쫑긋 세우고 있는 상황이다.

"기억나? 엄마랑 아빠는 한잔 더 한다고 테이블에 그냥 있었는데—"

"그럴 리 없다." 남매의 아버지가 이야기에 끼어들면서 왼쪽의 여성 탐조객探鳥客들에게 눈을 찡긋해 보인다. 밤에도 목에 쌍안경을 걸고 있는 두 여자는 마치 모닥불이 밝히고 있는 머리 위 나무 사이로 새들이 보이기를 기대하는 것 같다.

"기억나냐고, 찰리 누나? 해변이 아직 따뜻했잖아, 바람은 미친 듯이 불었고."

하지만 찰리는 저 뒤, 여자친구 민디의 다리와 뒤엉켜 있는 아빠의 다리에 온통 신경이 쏠려 있다. 잠시 후면 저 둘은 일행에게 잘 자라는 인사를 하고 텐트로 물러갈 것이고, 그 안의 당장이라도 부서질 듯한 비좁은 간이침대에서 함께 뒹굴 것이다. 아니면 바닥에서. 롤프와 같이 쓰는 옆 텐트 안에서 찰리는 들을 수 있다. 정확히 말하자면 그들이 내는 소리가 아니라 움직임을. 롤프는 너무 어려서 그런 눈치는 없다.

찰리가 고개를 뒤로 홱 젖히자 아빠가 화들짝 놀란다. 삼십대 후반인 루는 각진 턱의 서퍼 같던 얼굴이 눈 밑부터 처지고 있다. "그때 여행하면서 엄마랑 결혼했잖아요." 푸카셸 목걸이*를 건 목을 뒤로 젖힌 탓에 이상해진 목소리로 찰리가 아빠에게 상기시킨다.

"그래, 찰리." 루가 말한다. "아빠도 안다."

나이 지긋한 여성 탐조객들이 서글픈 미소를 주고받는다. 루는 사그라질 줄 모르는 매력이 빚어낸 개인적 풍파가 비행구름처럼 뒤꽁무니에 붙어다니는 게 훤히 보이는 남자다. 실패로 끝난 두 번

---

* 하와이산 조개껍데기를 이어 만든 목걸이.

의 결혼, 삼 주간의 사파리 여행에 동행하기엔 너무 어려서 LA에 두고 온 또다른 자식 둘. 사파리는 루의 오랜 군대 동기인 램지가 새로 시작한 벤처사업으로, 두 사람은 이십여 년 전 한국전 파병을 간신히 면하고 허랑방탕하게 지냈다.

롤프가 누나의 어깨를 잡아당긴다. 누나가 기억해내기를, 모든 것을 다시 느끼길 바라는 마음에서다. 그 바람, 그 어둡던 망망대해, 둘이서 저 멀리 있는 어른의 삶이 신호를 보내오길 기다리듯 어둠 속을 응시하던 것을. "기억나냐고, 찰리 누나?"

"그래." 찰리가 눈을 가늘게 뜨고 대답한다. "당연히 기억하지."

삼부루* 전사들이 도착했다. 네 명 중 둘은 북을 들고 있고, 하나는 그늘에서 뿔이 기다란 누런 소를 돌보는 어린아이였다. 그들은 어제 아침에도 차를 타고 사파리 투어를 하고 왔는데, 그때 루와 민디는 '낮잠'을 자고 있었다. 찰리가 한 치의 군살도 찾아볼 수 없는 가슴과 어깨와 등에 기차선로처럼 반흔문신瘢痕文身을 휘감고 있는 가장 아름다운 전사와 수줍은 시선을 교환한 것도 그때였다.

찰리는 자리에서 일어나 전사들에게 가까이 간다. 반바지에 작고 둥근 나무 단추가 달린 무명 셔츠 차림의 깡마른 소녀. 소녀는 치열이 고르지 않은 편이다. 고수들이 북을 두드리자 찰리의 전사와 다른 한 명의 전사가 노래를 부르기 시작한다. 복부에서부터 끌어올려 내는 후두음. 그녀는 그들 앞에서 천천히 몸을 흔든다. 아프리카에 있는 열흘 내내 찰리는 다른 사람이 된 것처럼 굴고 있었

---

* 케냐 북부 나일 강 유역의 원주민.

다. 혼쭐을 내서 집에 돌려보내고 싶을 정도다. 며칠 전 콘크리트 블록 동네에 갔을 때, 찰리는 술집에서 진흙처럼 보이는 혼합 음료를 마시더니 흥분한 채로 어느 오두막으로 들어가 가슴에서 젖이 흐르는 아주 어린 여주인에게 (아빠한테서 생일선물로 받은) 나비 모양의 은 귀걸이를 줘버렸다. 그러고는 지프로 돌아오기로 한 시간이 되어도 나타나지 않았다. 결국 램지 밑에서 일하는 앨버트가 찾아나서서 그녀를 데려와야 했다. "각오해라." 앨버트가 경고했다. "네 아빠가 이만저만 불안해하는 게 아니야." 찰리는 신경 쓰지 않았고, 지금도 마찬가지다. 아빠에게서 변덕스럽게나마 관심의 미소를 받아내려면, 모닥불 가에서 그녀가 혼자 춤출 때 아빠의 마음속에 피어오르는 불안을 느끼려면 대가가 필요한 것뿐이다.

루는 민디의 손을 놓고 자리에서 일어선다. 딸의 앙상한 팔을 움켜잡고 이 흑인들에게서 떼어놓고 싶지만, 물론 행동으로 옮기지는 않는다. 그러면 딸이 이기는 것이다.

전사가 찰리를 향해 미소 짓는다. 그는 열아홉 살이다. 찰리보다 고작 다섯 살 위로, 열 살 때부터 고향 동네를 떠나 살았다. 그러나 워낙 미국인 관광객 앞에서 많이 노래해본 터라, 찰리가 속한 세계에선 그녀가 어린애라는 사실은 인식하고 있다. 앞으로 삼십오 년 후인 2008년, 이 전사는 키쿠유족*과 루오족**의 부족 싸움에 휘말려 화염 속에서 숨을 거두게 될 것이다. 그때까지 네 명의 아내와

---

* 케냐 중부의 원주민.
** 우간다 동부와 탄자니아 북부 지역의 원주민.

예순세 명의 손주를 둘 것이고, 그중 조라는 이름의 손자가 그의 '랄레마', 즉 지금 그의 허리춤에 매달려 있는 가죽 칼집 속 사냥용 단도를 물려받을 것이다. 조는 컬럼비아 대학에 진학해 공학을 전공한 후, 변칙적 동작의 미세한 부분까지 탐지하는 시각 로봇 기술의 전문가가 될 것이다(사자를 잡기 위해 풀의 움직임을 살폈던 어린 시절의 유산이다). 그는 룰루라는 미국 여자와 결혼해 뉴욕에 정착하고, 대중 보안의 표준규격이 될 스캐닝 장치를 고안할 것이다. 그와 룰루는 트라이베카에 로프트*를 살 것이고, 할아버지에게서 물려받은 사냥용 단도는 채광창 바로 아래 플렉시글라스 상자 안에 진열될 것이다.

"아들," 루가 롤프의 귀에 속삭인다. "아빠랑 산책하자."

소년은 흙바닥에서 일어나 아빠와 함께 모닥불 가를 떠난다. 사파리 참가자가 두 명씩 묵는 텐트 열두 개가 모닥불 가를 둥글게 에워싸고 있는데, 여기에 옥외변소 세 개와, 줄을 잡아당기면 따뜻하게 데워둔 물이 자루에서 나오는 샤워시설 하나가 딸려 있다. 시야에서 벗어난 취사시설 가까이에는 스태프들이 쓰는 더 작은 텐트들이 있고, 그 너머에는 사각거리는 시커먼 잡목림이 드넓게 펼쳐지는데, 관광객들은 절대 그리 가면 안 된다는 주의를 받았다.

"네 누나가 미친 짓을 하는구나." 어둠 속으로 성큼성큼 걸어가며 루가 말한다.

"왜요?" 찰리의 행동에서 그런 기미를 전혀 눈치채지 못한 롤프

---

* 예전에 공장 따위였던 건물을 개조해 만든 아파트.

가 묻는다. 그러나 아빠는 그 질문을 달리 듣는다.

"여자들은 미친 것들이야," 루가 말한다. "그 이유를 밝히려면 너도 한평생이 걸릴 거다."

"엄마는 아니에요."

"그래," 루는 이제 좀 진정하고 생각에 잠긴다. "사실 네 엄마는 제대로 미치지 않았지."

노래와 북소리가 홀연히 사라지고, 루와 롤프 단둘이 또렷하게 보이는 달 아래 서 있다.

"민디 아줌마는요?" 롤프가 묻는다. "아줌마도 미쳤어요?"

"좋은 질문이야," 루가 말한다. "네가 보기엔 어떤 것 같니?"

"아줌마는 책 읽는 걸 좋아해요. 책도 되게 많이 가져왔어요."

"그러냐."

"난 아줌마가 좋아요." 롤프가 말한다. "하지만 아줌마가 미친 건지는 모르겠어요. 아니면 어느 정도가 미친 건지 모르겠어요."

루는 아들을 한 팔로 안는다. 그가 자기 성찰적인 사람이었더라면 벌써 몇 년 전에 아들이야말로 이 세상에서 그를 위무해줄 힘을 지닌 단 한 사람임을 알아차렸을 것이다. 그리고, 아들이 자기 같은 사람으로 자라길 바라지만 정작 가장 기쁠 때는 여러모로 자신과는 다르다고 느낄 때라는 것도. 롤프는 말이 없고, 사색적이고, 자연의 목소리와 타인의 고통에 귀 기울이고 공감하는 아이다.

"알 게 뭐냐," 루가 말한다. "그렇지?"

"그래요," 롤프가 수긍하자 여자들은 아까 들렸던 북소리처럼 멀어져가고, 아들과 아버지만이, 그 누구도 꺾을 수 없는 한 쌍만이 남는다. 열한 살인 롤프는 자신에 관해서 두 가지를 확실히 안다. 그는 아버지의 것이고, 아버지는 그의 것이라는 것.

부자는 사각거리는 잡목림에 둘러싸인 채 가만히 서 있다. 하늘엔 별이 가득 박혀 있다. 롤프는 눈을 감았다 뜬다. 그는 생각한다, 오늘 밤을 평생 잊지 못할 거야. 그리고 그가 옳았다.

마침내 그들이 캠프로 돌아왔을 때 전사들은 가고 없다. (루가들도 보도 못한 곳 출신인 사파리 멤버들을 일컫는) 불사조 파의 열성적인 몇 명만이 아직 불 가에 앉아 그날 관찰한 동물들을 서로 비교하고 있다. 롤프는 텐트로 살금살금 들어가 바지를 벗고 티셔츠와 속옷 차림으로 간이침대에 기어올라간다. 그는 찰리가 자는 줄 안다. 그러나 누나가 입을 열자, 목소리만 듣고도 누나가 내내 울었다는 것을 알아차린다.

"어디 갔었어?" 그녀가 말한다.

II. 구릉지대

"도대체 그 배낭에 뭐가 들어 있는 거예요?"

그녀는 루의 여행 에이전트인 코라다. 코라는 민디를 싫어한다. 그러나 민디는 고깝게 여기지 않는다. 그녀가 직접 만들어내 이번 여행에서 아주 유용하게 써먹고 있는 용어에 따르면 그것은 '구조적 증오'다. 피부가 늘어진 목을 감추려고 칼라가 높은 셔츠를 입는 사십대 독신 여성은, 상기上記 중년 여성을 고용한데다 이번 여행의 경비까지 대주는 힘 있는 남자의 스물세 살짜리 여자친구에게 구조적으로 경멸을 느끼게 마련이다.

"인류학 책이에요." 민디가 코라에게 말한다. "버클리 대학 박사과정중이거든요."

"근데 왜 안 읽어요?"

"차멀미 때문에요." 설령 거짓말이래도, 이렇게 덜컹거리는 지프에서는 그렇지 않은 게 오히려 이상할 정도다. 전공인 보애스나 말리놉스키나 존 빅터 머라를 파고들지 못하고 있는 게 스스로도 의아하지만, 지금 다른 방식으로 습득하는 지식들이 훗날 결실을 맺을 거라고 그녀는 확신한다. 매일 아침, 식사 텐트에서 나눠주는 뜨거운 블랙커피 덕에 배짱이 두둑해지는 순간이면 민디는 사회구조와 정서적 반응의 관련성에 대한 자신의 통찰이 레비스트로스를 재탕하는 수준을 넘어선 것은 아닌가 하고 생각한다. 논리를 보완해 동시대에 맞게 적용하는 경지. 그녀는 이제 고작 이 년 차였다.

그들이 탄 차를 마지막으로, 다섯 대의 지프가 일렬로 흙길을 천천히 달리며 목초지를 통과한다. 자주색, 초록색, 빨간색으로 펼쳐지는 목초지를 가리는 선명한 흙갈색. 성질머리 더러운 영국인이자 램지의 오른팔인 앨버트가 운전대를 잡았다. 민디는 지난 며칠간은 그럭저럭 앨버트의 지프를 피할 수 있었지만, 앨버트는 최고의 동물을 찾아내는 데 정평이 나 있는 사람이라 오늘은 사파리 투어가 없는데도—그들은 언덕으로 거처를 옮겨 이번 여행에서는 처음으로 호텔에서 하룻밤 묵을 예정이다—아이들은 그의 차에 타겠다고 졸라댔다. 그리고 루의 아이들을 즐겁게 해주는 것, 아니

적어도 구조적으로 가능한 한 즐겁게 해주는 것은 민디의 몫이다.

구조적 분노: 두 번 이혼한 남성을 아버지로 둔 사춘기 딸에게 아버지의 새 여자친구란 참을 수 없는 존재일 것이고, 상기 여자친구에게서 아버지의 주의를 돌리기 위해 그 딸은 자신의 제한적 능력이 허락하는 모든 시도를 할 것이고, 발생기에 있는 자신의 섹슈얼리티를 주 무기로 삼을 것이다.

구조적 애정: 두 번 이혼한 남성의 사춘기 이전의 아들(또한 총애하는 자식)은 아버지의 새 여자친구를 포용하고 받아들일 것이다. 아버지의 사랑과 욕망을 자신의 것과 분리하는 법을 아직 학습하지 못했기 때문이다. 어떤 면에서는 그 역시 아버지의 여자친구를 사랑하고 욕망할 것이다. 그리고 그녀는 아직 어머니가 될 나이가 되지 않았음에도 그에게 모성애를 느낄 것이다.

루가 커다란 알루미늄 상자를 열자 분해된 라이플총처럼 발포고무 패딩 안에 부품별로 나뉘어 꽂혀 있는 새 카메라가 모습을 드러낸다. 그가 카메라를 사용하는 이유는 몸을 움직일 수 없을 때마다 몰려드는 권태를 물리치기 위해서다. 데모테이프와 러프 믹스를 들으려고 조그만 카세트플레이어와 스펀지를 씌운 이어폰까지 준비해왔다. 가끔 민디에게 의견을 구하려고 이어폰을 건네기도 하는데, 음악이―오직 그녀의―귀청에 곧장 쏟아지는 경험은 매번 눈이 튀어나올 정도로 충격적이다. 홀로 음악을 듣는 그 상태, 음악이 주변을 황금빛 몽타주로 탈바꿈시키는 그 방식에 그녀는 마치 머나먼 미래에 루와 함께한, 아프리카에서의 즐거웠던 이 순간을 회고하는 기분이 든다.

구조적 불일치: 두 번의 이혼 경험이 있는 힘 있는 남성은 한참이나 나이가 어린 여성 애인의 야망을 인식하지 못할뿐더러 용인은 더더욱 하지 못한다. 당연히, 그들의 관계는 한시적일 것이다.

구조적 욕망: 힘 있는 남성보다 한참 나이가 어리고, 그와 한시적 관계를 맺고 있는 여성은 사정거리 내에서 남성 애인의 힘에 초연한 독신 남성에게 여지없이 매료될 것이다.

앨버트는 한 팔을 차창 밖으로 내놓은 채 운전한다. 이번 사파리 여행 내내 그는 굉장히 과묵하다. 식사 텐트에서는 후딱 먹어치우고, 사람들의 질문에는 짤막하게 답한다. ("어디 살아요?" "몸바사요." "아프리카에 산 지는 얼마나 됐죠?" "팔 년이요." "어떻게 여기 오게 됐어요?" "이런저런 사정으로요.") 저녁식사 후 모닥불 주변에 둘러앉은 사람들과 어울리는 법도 거의 없다. 어느 날 밤 옥외변소로 가던 민디는 그가 스태프들 텐트 쪽에 피운 모닥불 가에서 키쿠유족 운전사들과 맥주를 마시며 웃는 모습을 얼핏 보았다. 관광객들과 있을 때는 좀처럼 웃지 않는 그다. 어쩌다 그와 시선이 마주칠 때면 민디는 부끄러움을 느낀다. 이게 다 그녀가 반반하기 때문에, 루와 자는 사이이기 때문에, 그녀가 끊임없이 이 여행은 어디까지나 집단 역학과 민족지 차원에서의 소수민족 거주지에 관한 인류학 연구의 일환이라고 스스로 합리화하기 때문이다. 실제로 그녀에게 절실한 건 사치와 모험, 그리고 불면증에 걸린 네 명의 룸메이트에게서 한숨 돌리는 것인데도.

앨버트 옆 조수석에 앉은 크로노스가 동물들에 대해 큰 소리로 투덜거린다. 그는 루가 키우는 밴드들 중 하나인 '매드 해터스'의

베이시스트로, 루의 초대를 받고서 기타리스트와 각자의 여자친구까지 데리고 이 여행을 함께 하게 되었다. 이 넷은 동물 관광을 놓고 노골적으로 경쟁하느라 여념이 없다(**구조적 집착**: 맥락상 유발된 집단적 강박관념으로, 그로부터 탐욕, 경쟁심, 시기심이 일시적으로 발생한다). 밤마다 그들은 누가 더 많이, 더 가까이에서 동물을 보았나를 놓고 겨루면서, 각자 지프에 함께 탔던 사람들을 증인으로 들먹이고, 집에 돌아가면 필름을 현상해 빼도 박도 못할 증거를 제시하겠다고 장담한다.

앨버트 뒤에는 여행 에이전트인 코라가 앉고, 그 옆자리에는 금발의 배우 딘이 앉아 창밖을 응시하고 있다. 딘은 남들도 다 아는 것—"날이 덥네"라든가 "해가 지고 있어"라든가 "나무가 별로 없네"—을 굳이 말하는 남다른 재주가 있어서 민디에게 쏠쏠한 재미를 안겨준다. 딘은 루가 사운드트랙 제작을 돕는 영화에 출연중인데, 영화가 개봉되기 무섭게 하늘 끝까지 치솟는 스타덤에 오르기라도 할 것처럼 건방지다. 딘의 뒷자리에서는 롤프와 찰리가 탐조객 중 한 명인 밀드리드에게 〈매드〉* 지를 보여주고 있다. 보통 밀드리드나 그녀의 동행인 피오나는 루 가까이 있는데, 루는 지치지도 않고 그들과 시시덕거리고 자기도 탐조에 끼워달라고 들들 볶는다. (이번 여행 전에는 알지도 못했던) 칠십대 여자들에게 이토록 응석을 부리는 루의 모습은 민디의 호기심을 자극한다. 그런 그에게서는 어떤 구조적 동인도 찾아볼 수 없기 때문이다.

---

* 1952년 DC코믹스에서 창간한 만화 잡지.

맨 마지막 줄 민디 옆자리의 루는 운전중일 때는 자리에 앉아 있어야 한다는 규칙을 무시하고 차 지붕 밖으로 상체를 내밀고 사진을 찍는다. 앨버트가 차의 방향을 홱 틀자 루가 벌러덩 뒤로 주저앉고, 카메라가 그의 이마를 찧는다. 루는 앨버트를 향해 욕설을 퍼붓지만, 지프가 덜컹거리며 키 큰 풀숲을 헤치고 가는 바람에 그 소리는 묻혀버린다. 그들이 탄 차는 이제 막 도로를 벗어났다. 크로노스가 열린 창밖으로 얼굴을 내밀자, 민디는 앨버트가 이런 우회로를 택한 건 분명 크로노스에게 라이벌들을 앞지를 기회를 주기 위해서임을 깨닫는다. 아니면 루를 주저앉히려는 유혹이 너무나 달콤해 억누를 수 없었던 걸까?

정신없이 차를 달린 지 일이 분 후, 지프는 사자 무리에서 불과 몇 미터 떨어진 지점에 다다른다. 모두가 놀란 나머지 한마디 말도 못 하고 멍하니 바라보기만 한다. 이번 여행에서 어떤 동물과 이렇게나 지척에 있기는 처음이다. 시동은 여전히 켜져 있고 앨버트는 망설이며 한 손으로는 운전대를 잡고 있지만, 사자들이 너무 느긋하고 무심해 보여 결국 시동을 끈다. 덜덜거리는 모터 소리가 멎자 사자의 숨소리까지 들린다. 암놈 두 마리, 수놈 한 마리, 새끼 세 마리. 새끼들과 암놈 한 마리는 죽은 얼룩말을 게걸스레 뜯어먹고 있다. 다른 사자들은 졸고 있다.

"식사중이네." 딘이 말한다.

카메라에 필름을 넣는 크로노스의 양손이 떨린다. "씨팔." 그는 계속 투덜댄다. "씨팔."

앨버트는 담배에 불을 붙이고—잡목림에서는 금지된 행동이다 — 화장실 밖에서 잠깐 쉬는 것처럼 무심히 기다린다.

"일어나도 돼요?" 아이들이 묻는다. "그래도 안전해요?"

"안 그러면 내 손에 장을 지진다." 루가 말한다.

루, 찰리, 롤프, 크로노스, 딘까지 모두 의자 위로 올라가 차 지붕 밖으로 상반신을 내민다. 이제 민디는 사실상 앨버트, 코라, 밀드리드하고만 차 안에 남은 셈이다. 밀드리드는 탐조용 쌍안경으로 사자를 보고 있다.

"어떻게 알았어요?" 침묵 끝에 민디가 묻는다.

앨버트가 몸을 돌려 지프의 길이만큼 떨어져 있는 그녀를 바라본다. 머리칼은 헝클어지고 부드러운 갈색 콧수염이 나 있다. 그의 얼굴엔 유머가 깃들어 있다. "그냥 짐작이었어요."

"800미터나 떨어진 곳에서?"

"육감이란 게 있나보죠." 코라가 말한다. "여기 몇 년이나 살았으니."

앨버트는 다시 몸을 돌려 창밖으로 담배 연기를 내뿜는다.

"뭘 본 거예요?" 민디가 끈질기게 묻는다.

다시 뒤돌아보지 않을 거라는 민디의 예상과 달리 앨버트가 몸을 돌려 의자 등받이에 기댄다. 아이들의 맨다리 사이로 그의 시선과 그녀의 시선이 마주친다. 민디는 가슴이 철렁하면서 그에게 반했음을 느낀다. 누가 창자를 움켜쥐고 비트는 것과 비슷한 느낌이다. 그리고 이제는 그 감정이 혼자만의 것이 아님을 알게 된다. 앨버트의 얼굴에도 똑같이 쓰여 있다.

"부러진 잡목들이요." 그가 말한다. 눈길은 그녀에게 머물러 있다.

"뭔가가 쫓겼던 것 같았어요. 아무것도 아니었을 수도 있지만요."

자신만 소외되는 상황을 느낀 코라가 지친 한숨을 내쉰다. "누구 좀 내려올래요? 나도 좀 보자고요." 그녀가 차 지붕 밖의 사람들을 부른다.

"내려갈게요." 루가 말하지만, 크로노스가 한발 더 빨리 움직여 앞자리로 내려오더니 차창 밖으로 얼굴을 내민다. 커다란 프린트 스커트 차림의 코라가 자리에서 일어선다. 민디는 피가 얼굴로 쏠리는 것이 느껴진다. 그녀의 자리는 앨버트와 마찬가지로 지프 왼편이라 그쪽 창문에서 사자 무리가 잘 보이지 않는다. 민디는 손가락에 침을 묻혀 담뱃불을 끄는 앨버트를 지켜본다. 침묵 속에서 둘은 손을 창밖으로 늘어뜨린 채 팔에 난 털이 따뜻한 산들바람에 살랑대는 것을 느끼며 앉아 있다. 사파리에서 가장 볼만하다는 동물을 구경하는 것쯤이야 아무래도 좋다는 듯.

"당신 때문에 미치겠어요." 앨버트가 말한다, 더없이 다정하게. 실전화기를 통해 들려오는 소리처럼 그 말이 그의 창문 밖으로 흘러나가 민디 쪽 창문으로 들어오는 것 같다. "그것만은 알아줘요."

"몰랐어요." 민디가 중얼중얼 대답한다.

"아무튼, 그렇다고요."

"옴짝달싹 못하는 몸이에요."

"영원히?"

민디가 미소 짓는다. "왜 이래요, 한동안 그렇다고요."

"그다음엔?"

"대학원. 버클리."

앨버트가 킬킬거린다. 민디는 웃음의 의미를 알 수 없다. 그녀가 대학원생이라는 사실이 재미있다는 건가? 아니면 버클리와 그가 사는 몸바사가 전혀 어울리지 않는다는 건가?

"크로노스. 이 미친 새끼야, 얼른 이리 안 와?"

머리 위에서 들려오는 루의 목소리다. 그러나 약에 취한 듯 나른해진 민디는 앨버트의 달라진 말투를 듣고야 비로소 반응한다. "안 돼," 앨버트가 한껏 목소리를 낮춰 말한다. "안 돼! 차로 돌아와."

민디는 반대쪽 창문으로 몸을 돌린다. 크로노스가 사자들 사이를 살금살금 돌아다니면서 잠든 수사자, 암사자의 얼굴 가까이 카메라를 들이대고 사진을 찍고 있다.

"뒷걸음질로 와." 앨버트가 숨죽인 목소리로 다급히 말한다. "뒤로, 크로노스, 천천히."

생각지도 못한 쪽에서 무언가 움직인다. 얼룩말을 뜯어먹던 암사자다. 암사자는 집에서 고양이를 키우는 사람이라면 익히 아는 날렵한 몸놀림으로 중력을 무시하듯 튀어올라 크로노스에게 달려든다. 암사자가 머리 위로 내려앉자 그는 그대로 납작하게 뻗는다. 비명과 한 발의 총성이 터져나오고, 위쪽에 있던 사람들이 우당탕 굴러넘어지듯 자리에 앉는 바람에 민디는 처음에 그 사람들이 총에 맞았다고 생각한다. 그러나 총을 맞은 건 암사자다. 앨버트가 어디엔가, 아마도 그의 좌석 밑에 숨겨놓았을 라이플총으로 암사자를 쏜 것이다. 다른 사자들은 달아났다. 눈앞에 보이는 것은 얼룩말의 잔해와 암사자의 몸뚱이, 그 밑으로 뻗어나온 크로노스의 두 다리

뿐이다.

앨버트와 루, 딘, 코라가 지프에서 뛰어나간다. 뒤따라 나서던 민디는 루가 그녀를 도로 밀어넣자 그녀가 자식들과 함께 있어주길 바란다는 걸 알아챈다. 민디는 아이들이 앉은 자리 뒤로 가서 둘을 양팔로 감싸안는다. 열린 창문 너머로 지켜보는 동안 민디는 속이 뒤집혀 토할 것 같다. 기절할지도 모른다는 위기감에 사로잡힌다. 여전히 아이들 옆 제자리에 앉아 있는 밀드리드를 본 민디는 이 나이 든 탐조객이 그녀와 앨버트가 이야기를 나누는 내내 지프 안에 있었음을 어렴풋이 떠올린다.

"크로노스는 죽었나요?" 롤프가 심상하게 묻는다.

"장담하는데 안 죽었어." 민디가 말한다.

"왜 안 움직이죠?"

"사자 밑에 깔려 있으니까. 봐봐, 사람들이 사자를 끌어내리고 있잖아. 깔려 있지만 별 이상은 없을 거야."

"사자의 입에 피가 묻어 있어." 찰리가 말한다.

"얼룩말의 피야. 아까 얼룩말 먹고 있던 것 기억하지?" 입을 다물고 있기가 너무 힘들지만, 민디는 아이들 앞에서 자신의 두려움을 내보여서는 절대 안 된다는 것을 안다—무슨 일이 벌어졌건 모두 그녀의 잘못 때문이라는 자신의 믿음을.

무덥고 광막한 한낮에 둘러싸인 채 밀려드는 고독감 속에서 그들은 기다린다. 밀드리드가 마디가 불거진 손을 민디의 어깨에 올려놓는다. 민디는 눈에 눈물이 고이는 것을 느낀다.

"괜찮을 거예요," 늙은 여인이 다정히 말한다. "두고 봐요."

산속 호텔에서 저녁식사를 마치고 바에 모일 즈음에는 모두 나름대로 얻은 것이 있는 듯 보인다. 크로노스는 밴드 멤버와 여자친구들을 상대로 압도적인 승리를 거두었다. 거기엔 대가가 따랐으니 왼쪽 뺨을 서른두 바늘 꿰매야 했는데, 득이라고 하면 득일 수 있다(어차피 그는 록스타가 아니던가). 또한 그는 눈은 반쯤 감고 숨쉴 때마다 맥주 냄새를 풍기는 영국인 외과의─앨버트의 오랜 친구로, 그가 사자 무리에서 한 시간 정도 거리에 있는 콘크리트 블록 마을을 뒤져 찾아냈다─의 처방에 따라 커다란 항생제 몇 알을 먹어야 했다.

앨버트는 영웅으로 지위가 격상됐지만, 정작 그를 봐서는 그걸 알 수 없다. 그는 버번을 꿀꺽꿀꺽 들이켜며 불사조 파의 정신없는 질문공세에 투덜투덜 대답한다. 그의 과실을 시사하는 기본적인 사실을 대놓고 언급한 사람은 아직까진 아무도 없다. 왜 잡목림 쪽으로 갔던 겁니까? 무슨 생각으로 그렇게 사자들 가까이 갔던 거죠? 크로노스가 지프 밖으로 나가는 걸 왜 막지 않았죠? 그러나 앨버트는 그런 질문들은 보스인 램지가 할 것이고, 그 결과 십중팔구 해고될 수도 있다는 걸 안다. 마인헤드로 돌아간 모친 말을 빌리면 그의 "자기 파괴적 성향"이 빚은 일련의 과오들 중 최근의 사례가 될 것이다.

램지의 사파리 멤버들은 한평생 우려먹을 이야깃거리를 얻었다. 세월이 흐른 뒤 그들 중 몇몇은 그 기억을 계기로 구글과 페이스북에서 서로를 검색할 것이다. 그런 포털 사이트들이 심어주는, 소망이 성취되리라는 환상을 떨치지 못한 채. 그 사람은 어떻게 지내고 있을까……? 하는 궁금증이 해소되리라는 환상을. 두엇은 추억을 되새길 겸 다시 만날 것이고 서로의 변한 모습에 깜짝 놀라겠지만, 그런 놀라움도 몇 분 안 가 사라질 것이다. 내내 성공을 비껴가다가 중년이 되어서야 인기 시트콤에서 입이 건 배불뚝이 배관공 역할을 맡게 되는 딘은, (지금은 불사조 파의 통통한 열두 살 소녀인) 루이즈가 이혼 후 구글링해본 것이 계기가 되어 그녀와 만나 에스프레소를 한잔 하게 될 것이다. 커피를 마시고 생각지도 못한 쪽으로 분위기가 진전되어 샌비센트* 외곽의 '데이 인'으로 가서 섹스를 할 것이고, 그런 뒤에는 팜스프링스로 주말 골프 여행을 갈 것이고, 마침내 성인이 다 된 딘의 자녀 넷과 루이즈의 십대 자녀 셋을 대동하고 결혼식장 안으로 입장할 것이다. 그러나 이런 결과는 극히 예외적인 경우일 뿐, 대부분은 다시 만나도 삼십오 년 전에 사파리 여행을 같이 했다고 해서 피차 통하는 게 많지는 않다는 걸 발견하게 될 것이고, 헤어져 제 갈 길을 가면서 정확히 자신이 뭘 바랐던 것인지 알 수 없어질 것이다.

앨버트의 지프에 탔던 승객들은 목격자의 지위를 얻어 그들이 보고 듣고 느낀 것에 대해 끝도 없는 질문을 받는다. 롤프, 찰리를 비롯해 불사조 파의 여덟 살 난 남자 쌍둥이, 통통한 열두 살 소녀 루이즈까지 한 무리의 아이들이 나무 널을 가로놓아 만든 길을 우

---

* 캘리포니아의 해안에 있는 동네.

르르 달려가 물웅덩이 옆에 있는 관찰 오두막으로 간다. 안에 벤치들이 놓여 있는 나무 오두막으로, 벽에 가로로 길게 구멍이 나 있어서 동물들에게 들키지 않고 관찰할 수 있는 곳이다. 오두막 안은 어두컴컴하다. 아이들은 구멍 쪽으로 달려가지만 물을 마시러 온 동물은 한 마리도 없다.

"진짜로 사자 봤어?" 루이즈가 감탄하며 묻는다.

"암사자야." 롤프가 말한다. "두 마리 있었어. 수사자도 한 마리 있었고. 새끼가 세 마리."

"쟤 말은 총 맞은 사자를 봤냐는 거야." 찰리가 참지 못하고 끼어든다. "당연히 봤지. 몇 센티미터 앞에 있었는걸!"

"몇 미터." 롤프가 누나의 말을 정정한다.

"센티미터가 모여서 미터가 되는 거야." 찰리가 말한다. "우린 전부 다 봤어."

롤프는 진즉부터 이런 대화에 진력이 나 있다. 대화 뒤에 깔린 가슴 두근거리는 흥분, 살판 난 것처럼 신난 찰리까지. 아까부터 한 가지 생각이 그를 괴롭히고 있다. "새끼들은 어떻게 됐을까." 그가 말한다. "총 맞은 암사자가 개네들 엄마잖아? 새끼들이랑 같이 먹고 있었는데."

"꼭 그런 건 아니야." 찰리가 말한다.

"그래도 만약 엄마가 맞으면……"

"그러면 아빠 사자가 돌봐줄 거야." 찰리가 말한다. 확신이 없는 말투다. 다른 아이들은 롤프의 말을 생각하며 잠자코 있다.

"사자들은 다 함께 새끼를 키운단다." 오두막 맨 구석에서 목소리가 들려온다. 밀드리드와 피오나가 먼저 와 있었다. 아니면 지금 막 슬며시 들어왔거나. 늙은 여자인 그들의 존재감은 쉽게 잊힌다. "같은 무리의 사자들이 새끼들을 돌봐줄 거야." 피오나가 말한다. "죽은 사자가 어미라고 해도."

"그들 어미가 아닐 수도 있고요." 찰리가 덧붙인다.

"그들 어미가 아닐 수도 있고." 밀드리드가 동의한다.

밀드리드도 같은 지프에 타고 있었지만, 아이들은 그녀에게 무엇을 봤는지 물을 생각은 하지 못한다.

"난 갈래." 롤프가 누나에게 말한다.

롤프는 길을 따라 호텔로 돌아간다. 아빠와 민디는 여전히 담배 연기 자욱한 바에 있다. 어딘가 묘하면서도 자축하는 분위기에 롤프는 불안하다. 그의 마음은 자꾸만 지프로 돌아가지만, 정작 기억은 뒤죽박죽이다. 튀어오르는 암사자. 총이 발사된 순간의 반사적인 충격. 의사에게 실려가는 동안 신음하던 크로노스, 만화책에서 본 것처럼 그의 머리에서 흘러나와 차 바닥에 흥건히 고이던 피 웅덩이. 이 모든 기억이 뒤에서 그를 끌어안고 있던 민디의 품과, 그의 머리에 대고 있던 그녀의 뺨과, 그녀에게서 나던 냄새와 뒤섞인다— 엄마한테서 나는 빵 냄새가 아닌, 거의 쌉싸름했던 짭조름한 냄새. 어쩌면 사자들에게서 나던 냄새와 비슷한 것도 같다.

롤프가 옆에 와서 서자, 한창 램지와 군 시절 이야기를 하던 아빠는 잠시 대화를 멈춘다. "피곤하니, 아들?"

"위층까지 데려다줄까?" 민디가 묻자 롤프는 고개를 끄덕인다. 정말 바라던 것이었다.

모기가 들끓는 푸르스름한 밤이 호텔 창문으로 밀려든다. 바에서 나오자 롤프는 갑자기 피곤이 덜한 느낌이다. 민디가 프런트데스크에서 방 열쇠를 받더니 말한다. "우리, 포치로 나갈까?"

그들은 밖으로 나선다. 밖은 어둡고, 밤하늘을 등진 산의 실루엣은 더욱 어둡다. 롤프의 귀에 아래 관찰 오두막에서 아이들이 떠드는 소리가 어렴풋이 들린다. 그들에게서 벗어났다는 생각에 마음이 놓인다. 민디와 함께 포치 끝에 서서 산을 바라본다. 민디의 짭조름하고 톡 쏘는 냄새가 그를 감싼다. 그녀가 뭔가 기다리고 있음을 감지하고는 롤프도 기다린다. 두방망이질하는 가슴을 안고.

포치 저 멀리서 기침 소리가 들린다. 롤프의 눈에 어둠 속에서 움직이는 오렌지색 담뱃불이 들어오고, 앨버트가 부츠발로 삐걱거리는 소리를 내며 다가온다. "안녕?" 그가 롤프에게 인사를 건넨다. 민디에게는 인사하지 않지만, 롤프는 분명 두 사람 모두에게 던진 인사말이라고 생각하기로 한다.

"안녕하세요." 롤프가 앨버트를 반긴다.

"뭐 하고 있니?" 앨버트가 묻는다.

롤프는 민디를 돌아본다. "우리가 뭐 하고 있죠?"

"밤을 즐기고 있지." 민디의 시선은 여전히 산을 향해 있지만, 목소리엔 긴장이 어려 있다. "올라가야지." 민디가 롤프에게 말하더니 불쑥 안으로 들어가버린다. 롤프는 그녀의 무례한 태도에 난처해진다. "같이 갈래요?" 그는 앨버트에게 물어본다.

"그러자."

바에서 새어나오는 왁자지껄한 소리가 흥겹게 울려퍼지는 가운데 셋은 함께 계단을 올라간다. 롤프는 무슨 말이라도 해야 할 것 같은 이상한 압박감을 느낀다. "아저씨 방도 위층에 있어요?" 그가 묻는다.

"복도 아래쪽에 있단다." 앨버트가 말한다. "3호실."

민디가 롤프의 방문을 열더니 앨버트를 복도에 남겨둔 채 안으로 들어선다. 롤프는 그런 민디에게 별안간 화가 치민다.

"내 방 구경할래요?" 롤프가 앨버트에게 말한다. "저랑 찰리 누나랑 같이 쓰거든요."

민디는 단음절의 헛웃음을 내뱉는다. 롤프의 엄마가 어이없을 정도로 짜증스러울 때 웃는 것과 똑같다. 앨버트는 롤프의 방으로 들어온다. 목재 가구와 때가 탄 꽃무늬 커튼이 있는 평범한 방이지만, 열흘 동안 텐트에서 지내고 난 후라 호사스럽게 느껴진다.

"멋진데." 앨버트가 말한다. 긴 갈색 머리와 콧수염을 기른 앨버트 아저씨는 진짜로 탐험가처럼 보여, 롤프는 생각한다. 민디는 팔짱을 낀 채 창밖만 바라본다. 롤프는 헤아릴 수 없는 종류의 감정이 방 안에 감돈다. 민디에게 화가 나면서, 앨버트도 마찬가지일 거라 생각한다. *여자들은 미친 것들이야.* 민디의 몸은 호리호리하고 탄력 있어서 열쇠구멍을 통과하거나 문 밑으로 빠져나갈 수 있을 것 같다. 그녀가 숨쉴 때마다 얇은 자주색 스웨터가 빠르게 부풀었다 꺼진다. 자신이 얼마나 화나 있는지 깨닫고 롤프는 놀란다.

앨버트가 담뱃갑을 톡톡 두드려 담배 한 개비를 꺼내지만 불은 붙이지 않는다. 필터가 없어서 양쪽 끝으로 담뱃잎 가루가 보인다. "그럼," 앨버트가 말한다. "둘 다 잘 자요."

롤프는 민디가 아까 지프에서처럼 자기를 팔로 안아 침대에 뉘어주는 광경을 상상했었다. 지금 생각해보니 말도 안 되는 상상이었다. 민디 앞에서 파자마를 갈아입을 수는 없다. 꼬마요정 무늬가 가득한 파자마를 민디에게 보이다니 더더욱 말도 안 된다. "저 혼자 있어도 돼요," 롤프가 말한다. 자신의 목소리에 묻어나는 쌀쌀맞음을 의식하면서. "이제 가도 돼요."

"그래," 민디는 이불을 젖히고, 베개를 불룩하게 만들어주고, 창문을 약간 닫아준다. 롤프는 그녀가 방에 계속 머무를 구실을 찾고 있음을 감지한다.

"아빠랑 나는 바로 옆방에 있을 거야." 민디가 말한다. "알지, 응?"

"쳇," 롤프는 투덜댄다. 그러다가 곧 감정이 누그러져서는 말한다. "알아요."

III. 모래

닷새 후 그들은 낡아빠진 긴 기차를 밤새도록 타고 몸바사로 간다. 몇 분 간격으로 기차가 속력을 늦출 때마다 사람들이 짐 꾸러미를 가슴에 끌어안고 뛰어내리거나 재빨리 올라탄다. 루 일행과 불사조 파는 바가 있는 비좁은 객차 안에 자리 잡는다. 중산모를 쓴 정장 차림의 아프리카 남자들과 함께. 찰리는 맥주 한 잔은 마셔도 된다고 허락받지만, 그녀가 앉아 있는 폭이 좁은 스툴 옆에

선 잘생긴 딘 덕에 몰래 두 잔을 더 마신다. "햇볕에 탔구나," 딘이 찰리의 뺨을 한 손가락으로 누르면서 말한다. "아프리카의 햇볕은 장난 아니야."

"그러게 말이에요," 맥주를 쭉 들이켜며 찰리가 생긋 웃는다. 민디가 딘은 상투적인 말만 한다고 지적해서인지 찰리는 그가 재미있게 느껴진다.

"자외선 차단제를 발라야지," 딘이 말한다.

"알아요. 발랐어요."

"한 번 갖곤 안 돼. 덧발라줘야 돼."

민디의 시선을 느낀 찰리는 참지 못하고 키득거린다. 아빠가 다가온다. "뭐가 그렇게 웃기니?"

"인생이요." 찰리는 아빠에게 기대며 대답한다.

"인생!" 루가 코웃음 친다. "너 몇 살이니?"

루는 딸을 끌어당겨 안는다. 찰리가 어릴 때는 늘 이렇게 안아줬지만, 자라면서 그런 일이 차츰 줄고 있다. 아빠의 몸은 따뜻하다 못해 뜨거울 정도이고, 심장은 누군가 육중한 문을 두드리는 것처럼 쿵쾅거린다.

"아야," 루가 말한다. "가시가 아빠를 찌르는구나." 검은색과 흰색이 섞인 호저豪豬의 가시다. 찰리가 구릉지대에서 발견해 핀 대신 머리를 틀어올리는 데 사용하고 있다. 아빠가 가시를 빼내자 황금빛 머리채가 산산이 부서지는 유리창처럼 그녀의 어깨 위로 쏟아져내린다. 찰리는 자신에게 향한 딘의 시선을 눈치챈다.

"마음에 드는데," 루는 실눈을 뜨고 반투명한 가시의 끝을 바라본다. "위험한 무기야."

"무기는 필수품이죠." 딘이 말한다.

 다음 날 오후, 사파리 여행객들은 몸바사 해변에서 삼십 분쯤 올라오면 있는 호텔에 여장을 푼다. 가슴팍이 울툭불툭한 남자들이 왔다갔다하며 목걸이와 조롱박을 파는 새하얀 해변에, 밀드리드와 피오나가 용감하게도 꽃무늬 수영복 차림을 하고 목에는 여전히 쌍안경을 걸고 나타난다. 크로노스는 가슴에 검푸른 메두사 문신을 했지만 정작 놀라운 건 도도록한 올챙이배다. 그것은 수많은 남자들, 특히 아버지들한테서 나타나는 환상을 깨뜨리는 특성이지만, 루만은 예외다. 그의 몸은 군살이 없고 약간 근육질인데다 이따금 서핑을 해서 구릿빛으로 그을었다. 루는 한 팔로 민디를 끌어안고 크림색 바다를 향해 걸어간다. 반짝반짝하는 파란색 비키니 차림의 민디는 기대 이상으로 (게다가 기대 수준이 높았다) 훨씬 더 근사해 보인다.
 찰리와 롤프는 야자나무 아래 누워 있다. 찰리는 이번 여행에서 입으려고 엄마와 함께 고른 빨간색 댄스킨 원피스 수영복이 쳐다보기도 싫을 정도라, 나중에 프런트데스크에서 잘 드는 가위를 빌려 비키니로 자를 작정이다.
 "집엔 절대 돌아가고 싶지 않아." 찰리가 졸린 목소리로 말한다.
 "엄마 보고 싶어." 롤프가 말한다. 아빠와 민디는 수영을 하고 있다. 물속에 있는데도 바닷물이 투명해서 민디의 반짝이는 수영복이 보인다.

"하지만 엄마가 올 수만 있다면."

"아빤 이제 엄마를 사랑 안 해," 롤프가 말한다. "엄마는 제대로 미치지 않았거든."

"그건 또 뭔 소리야?"

롤프는 어깨를 으쓱한다. "아빠가 민디를 사랑하는 것 같아?"

"절대 그럴 리 없어. 아빤 민디한테 질렸어."

"민디가 아빠를 사랑한다면?"

"뭔 상관이야?" 찰리가 말한다. "다들 아빠를 사랑하는데."

수영을 하고서, 루는 민디를 따라 호텔방으로 돌아가고 싶은 마음을 억누르고 작살과 스노클링 장비를 찾으러 간다. 보나마나 민디는 그러길 원할 테지만. 텐트 생활을 하지 않게 된 후로 (여자들은 텐트라면 유난을 떤다) 민디는 미친 듯이 달려들었다. 굶주린 여자처럼 난데없이 루의 옷을 잡아 벗기질 않나, 사정을 한 직후인데 다시 하자고 하질 않나. 여행도 이제 다 끝나가는 참이라 루는 민디에게 상냥하게 대한다. 그녀는 버클리에서 뭔가를 공부한다고 하고, 그가 여자를 위해 여행을 한 건 이번이 처음이다. 앞으로 그가 다시 그녀에게 눈길을 줄 확률은 희박하다.

롤프가 모래밭에서 책을 읽고 있는데 루가 스노클링 장비를 가지고 온다. 롤프는 투덜대는 법 없이 『호빗』을 옆에 내려놓고 자리에서 일어난다. 찰리가 그들에게 신경도 쓰지 않는 것을 보고 순간 루는 딸에게도 같이 가자고 했어야 했나 생각한다. 부자는 바다로 걸어가 마스크를 쓰고 물갈퀴를 신은 다음 허리 벨트에 작살을 건

다. 롤프는 말라 보인다. 운동을 더 할 필요가 있다. 물속에서 롤프는 소극적이다. 아이들 엄마는 독서가이자 원예가인데, 그녀가 자식들에게 미치는 영향 때문에 루는 툭하면 그녀와 언쟁을 벌인다. 아비는 아들과 함께 살고 싶지만, 변호사들은 그 말이 나올 때마다 고개를 저을 뿐이다.

산호를 갉작대는 물고기들은 색깔이 화려해 쉽게 잡힌다. 작살로 일곱 마리를 잡은 루는 그제야 아들이 한 마리도 잡지 않은 것을 알아차린다.

"뭐가 문제야, 아들?" 둘이 수면 위로 올라왔을 때 루가 묻는다.

"그냥 보고 있는 게 좋아요." 롤프가 말한다.

부자는 바다 속까지 뻗어 있는 바위투성이의 갑(岬)으로 천천히 헤엄쳐간다. 그리고 물 밖으로 조심조심 기어나온다. 바위 사이의 웅덩이들마다 불가사리니 성게니 해삼이 가득하다. 롤프는 쭈그리고 앉아 열심히 들여다본다. 루의 허리춤에 걸린 그물 자루에는 그가 잡은 물고기들이 들어 있다. 해변에서는 민디가 피오나의 쌍안경으로 그들을 지켜보고 있다. 그녀가 손을 흔들자 루와 롤프도 손을 흔들어준다.

"아빠," 롤프가 웅덩이에서 조그만 초록색 게를 집어올리며 묻는다. "민디에 대해 어떻게 생각해요?"

"민디는 멋지지. 왜?"

게가 작은 집게발을 벌린다. 루는 아들이 안전하게 게를 잡는 법을 안다는 게 흐뭇하다. 롤프가 실눈을 뜨고 아빠를 올려다본다. "있잖아요. 민디도 제대로 미친 거예요?"

루가 파안대소한다. 그는 일전에 나눈 대화를 잊고 있었는데, 롤프는 무엇 하나 잊는 법이 없다. 아버지로서 대견해할 만한 덕목이다. "제대로 미쳤지. 하지만 미친 걸로 다 되는 건 아니다."

"민디는 무례한 것 같아요." 롤프가 말한다.

"너한테 무례하게 굴어?"

"아뇨. 앨버트한테요."

루는 아들을 돌아보며 고개를 갸웃한다. "앨버트?"

롤프는 게를 놔주고 이야기를 시작한다. 롤프는 하나하나 ―포치, 계단, '3호실'―빠짐없이 기억하고 있고, 민디를 벌주고 싶은 마음에 정말로 이 이야기를 아빠에게 털어놓고 싶었음을 깨닫는다. 루는 이야기를 끊지 않고 신경을 곤두세운 채 듣는다. 그런데 롤프는 알 수 없는 이유로 분위기가 점점 심각해져가는 것을 느낀다.

이야기가 끝나자 아빠는 숨을 길게 들이마셨다가 내뱉는다. 그는 해변 쪽을 돌아본다. 거의 해질녘이 다 되어 사람들은 이제 그만 돌아가려고 수건에 묻은 고운 하얀 모래를 털고 짐을 챙기고 있다. 호텔에 디스코텍이 있어서 저녁식사 후 일행은 춤을 추러 갈 계획이다.

"지금 말한 게 정확히 언제 있었던 일이니?" 루가 묻는다.

"사자를 봤던 날, 그날 밤이요." 롤프는 잠시 기다리다가 묻는다. "민디가 왜 그렇게 무례하게 굴었다고 생각해요?"

"여자들은 개잡년이다." 아버지가 말한다. "그래서 그래."

롤프는 입이 떡 벌어진다. 화가 난 아버지의 턱 근육이 씰룩거린다. 그러자 롤프도 뜬금없이 화가 치민다. 아주 드물게 찾아들어 속을 완전히 뒤집어놓는, 깊고 너더리나는 분노가 그를 괴롭힌다. 아빠네 집 수영장과 옥상에서 즉흥연주를 벌이는 록스타들과, 과카몰레*와 커다란 냄비에 담긴 칠리 요리에 둘러싸여 떠들썩한 주말을 보내고 돌아와 혼자 방갈로에서 페퍼민트 차를 마시고 있는 엄마를 볼 때나 느끼는 감정이다. 모든 사람을 버리는 이 남자에 대한 분노.

"여자들은— 그렇지 않아요." 롤프는 아빠가 한 말을 입에 담을 수가 없다.

"그렇다니까," 루가 가차 없이 말한다. "얼마 안 가 너도 확실히 알게 될 거다."

롤프는 아빠에게서 고개를 돌린다. 달리 갈 데도 없어 롤프는 바다로 뛰어들어 해안을 향해 천천히 발장구를 친다. 태양은 낮게 떠 있고, 일렁이는 파도마다 음영이 져 있다. 롤프는 발 바로 아래 상어 떼가 있지만 자신은 방향을 돌리지도, 뒤돌아보지도 않는다고 상상한다. 백사장을 향해 계속 헤엄쳐가면서 롤프는 물에 떠 있으려고 몸부림치는 것이 아빠를 상대로 자신이 고안해낼 수 있는 가장 센 고문임을 본능적으로 안다. 또한 자신이 물 아래로 가라앉으면 루가 지체 없이 뛰어들어 구해주리라는 것도.

---

* 으깬 아보카도에 양파, 토마토, 고추 등을 섞어 만든 소스.

그날 밤, 롤프와 찰리는 저녁식사중에 와인을 마셔도 된다는 허락을 받는다. 롤프는 그 시큼한 맛은 질색이지만, 주위가 흔들리면서 흐릿해 보이는 건 재미있다. 식당엔 거대한 부리처럼 생긴 꽃들 천지다. 주방장이 아빠가 작살로 잡은 물고기를 올리브와 토마토를 곁들여 요리했다. 민디는 아른아른 빛나는 초록색 드레스를 입고 있다. 아빠는 한 팔을 그녀에게 두르고 있다. 이제는 화난 모습이 아니라서 롤프도 화가 나지 않는다.

루는 식사 전까지 침대에서 시간을 보냈다. 민디가 정신을 잃을 때까지 섹스를 하며. 지금도 그는 내내 그녀의 드레스 자락 아래로 손을 집어넣어 가냘픈 허벅지에 올려놓고는 그녀가 예의 그 몽롱한 표정이 되기를 기다린다. 루는 패배를 참지 못하는 남자다. 설령 패배를 인식한다 해도 반드시 쟁취하고야 말 승리를 위한 원동력으로만 여길 뿐이다. 그는 기필코 이겨야 한다. 앨버트 따윈 아무래도 좋다. 앨버트는 눈에 들어오지도 않는다. 앨버트는 뭣도 아니다(사실 앨버트는 관광객들을 떠나 몸바사에 있는 아파트로 돌아갔다). 지금 중요한 건 민디가 이 사실을 이해하는 것이다.

루는 밀드리드와 피오나의 뺨이 울긋불긋 달아오를 때까지 그들의 잔에 와인을 계속 채워준다. "여태 탐조하는 데 저를 안 데려가셨거든요." 그는 그들을 책망한다. "끈질기게 졸랐는데, 어째 한 번을 들어주시질 않네요."

"내일 가면 되죠." 밀드리드가 말한다. "해안에 서식하는 조류 중에 보고 싶은 게 있거든요."

"그럼 약속한 건가요?"

"정식으로 약속할게요."

"야, 롤프," 찰리가 동생에게 속삭인다. "밖으로 나가자."

둘은 북적대는 식당을 빠져나가 은빛 해변으로 잽싸게 달려간다. 야자수들에서 투둑투둑 빗방울이 듣는 소리가 나지만 공기는 건조하다.

"꼭 하와이 같다." 롤프가 그랬으면 좋겠다는 바람을 담아 말한다. 모든 조건이 동일하다. 어둠, 해변, 누나. 그러나 같은 느낌은 아니다.

"비가 안 오잖아," 찰리가 말한다.

"엄마도 없고," 롤프가 말한다.

"아빠랑 민디랑 결혼할 것 같아," 찰리가 말한다.

"말도 안 돼! 누나도 아빠가 민디를 사랑 안 한다고 했잖아."

"그래서? 아빤 그래도 결혼할 수 있을걸."

남매는 모래밭에 주저앉는다. 희미하게 온기가 남은 모래는 달빛으로 물들어 있다. 유령 같은 바다가 밀려와 그 위로 철썩 떨어진다.

"그렇게 싫지는 않은 여자야." 찰리가 말한다.

"난 싫어. 누난 왜 세상일 다 아는 사람처럼 굴어?"

찰리는 어깨를 으쓱한다. "아빠에 대해서라면 좀 알지."

찰리는 자기 자신에 대해선 알지 못한다. 사 년 후, 열여덟 살이 된 그녀는 멕시코 국경을 넘어, 카리스마 넘치는 지도자가 날계란 식단을 장려하는 사이비 종교집단에 들어갈 것이다. 그리고 살모넬라 식중독으로 죽을 뻔했다가 루의 도움으로 간신히 살아날 것이다. 코카인 흡입 때문에 망가진 코를 부분적으로 복구하면서 외모가 바뀔 것이고, 무책임하고 군림하려 드는 남자들을 전전하다 이십대 후반엔 혼자가 될 것이고, 그즈음 서로 말을 하지 않게 될 롤프와 루 부자를 화해시키려고 동분서주할 것이다.

그러나 찰리는 아버지만큼은 잘 안다. 아버지는 민디와 결혼할 것이다. 그것이 승리를 의미하기 때문이고, 또 이 이상한 사건을 끝내고 학교로 돌아가려는 민디의 열망이 그녀가 버클리에 있는 아파트 문을 열고 렌틸 콩 스튜가 부글부글 끓는 냄새 속으로 걸어 들어가는 바로 그 순간 사라질 것이기 때문이다. 룸메이트와 그녀는 값싼 스튜로 자주 끼니를 때웠다. 그녀는 길에서 주워온 등받이가 오목한 소파에 무너지듯 주저앉아 책으로 그득그득한 짐을 풀면서, 몇 주간의 아프리카 여행 내내 끌고 다녔던 책들 중 실제로 들춰본 게 한 권도 없음을 깨달을 것이다. 그러다 전화벨이 울리면 심장이 덜컥 내려앉을 것이다.

구조적 불만: 훨씬 짜릿하고 호화로운 삶을 경험하고 돌아와, 한때는 즐거웠던 일상이 더이상 참을 수 없게 되었음을 발견하는 것.

그러나 우리는 이 주제는 그만 내려놓기로 한다.

롤프와 찰리는 노천 디스코텍에서 고동치는 조명과 음악 소리에 이끌려 모래밭을 전속력으로 달리고 있다. 그리고 맨발로 고운 모래를 흩날리면서 사람들 사이로, 번쩍이는 색색의 마름모꼴 조명 불빛이 수놓은 반투명한 댄스플로어 위로 달려간다. 소름 돋는 베이스 라인이 롤프의 심장박동을 휘젓는 것만 같다.

"이리 와," 찰리가 말한다. "춤추자."

찰리는 롤프 앞에서 웨이브를 그리며 몸을 흔들기 시작한다. 새로워진 찰리가 집에 돌아가면 시도해볼 참인 춤이다. 그러나 롤프는 당혹스럽다. 누나처럼 출 줄 모른다. 일행이 그들 주변으로 모여든다. 롤프보다 한 살 많은 통통한 루이즈는 배우 딘과 춤을 추고 있다. 램지는 불사조 파의 엄마 한 명 주변에서 양팔을 휘젓고 있다. 루와 민디는 몸을 밀착한 채 춤을 추고 있다. 그렇지만 민디는 앨버트를 생각하고 있다. 이다음에 루와 결혼한 후에도, 마치 그의 피할 수 없는 바람기와 경주라도 하려는 듯 루에겐 다섯째, 여섯째 자식이 될 두 딸을 연달아 낳은 후에도, 그녀는 주기적으로 그를 떠올릴 것이다. 서류상으로 루는 무일푼이라 그녀는 결국 두 딸을 부양하기 위해 여행 에이전트로 일해야 하는 신세가 된다. 얼마간 그녀는 아무 낙이 없는 삶을 살 것이다. 지긋지긋하게 울어대는 딸들에게 시달리면서 그녀는 이 아프리카 여행이 아직 자신에게 선택권이 있고 자유롭고 걸림돌이 없었던, 인생에서 마지막으로 행복했던 순간이었다고 생각하며 간절히 그리워할 것이다. 그리고 의미 없이, 부질없이 앨버트를 그리면서 때만 되면 그는 무엇을 하고 있을까, 만약 3호실로 찾아갔을 때 그가 반농담조로 제안한 대로 함께 도망쳤다면 지금쯤 어떻게 됐을까, 하는 상념에 잠길 것이다. 물론, 훗날 그녀는 '앨버트'가 자신의 철없음과 참담한 선택에 대한 회한이 투영된 초점 그 이상도 이하도 아니라는 것을 깨닫게 될 것이다. 두 딸이 고등학교에 입학한 후 그녀는 결국 공부를 다시 시작할 것이고, UCLA 대학에서 박사학위를 받고 마흔다섯 살의 나이에 연구자 경력을 시작해 브라질의 열대우림 지역에서 삼십 년 동안 사회구조에 관한 현장연구를 할 것이다. 둘째 딸은 아버지 루 밑에서 일하게 될 것이고, 그의 피후견인이 된 후 사업을 물려받을 것이다.

"봐," 찰리가 음악 소리보다 크게 목청을 돋우어 롤프에게 말한다. "새 좋아하는 아줌마들이 우릴 보고 있어."

긴 프린트 드레스를 입은 밀드리드와 피오나가 댄스플로어 옆에 놓인 의자에 앉아 롤프와 찰리에게 손을 흔든다. 두 여자가 쌍안경을 걸지 않은 모습을 오누이가 보기는 처음이다.

"너무 늙어서 춤을 못 추나봐," 롤프가 말한다.
"아니면 우릴 보면서 새 같다고 생각하나보지," 찰리가 말한다.
"아니면 새가 없을 땐 사람들을 보든가," 롤프가 말한다.
"이리 와, 롤프," 찰리가 말한다. "나랑 춤추자."

찰리가 롤프의 두 손을 잡는다. 누나와 함께 몸을 움직이면서 롤프는 신통하게도 자의식이 희미해지는 것을 느낀다. 마치 지금 서 있는 댄스플로어에서 곧바로 성장해 누나 또래 소녀들과 춤을 추는 소년이 된 것 같다. 찰리도 마찬가지 기분이 든다. 과연, 이 각별한 기억은 앞으로도 계속해 그녀를 찾아올 것이고, 롤프가 스물여덟 살이 되는 해에 아버지 집에서 머리에 총을 쏴서 자살한 후엔 평생토록 그녀를 따라다닐 것이다. 가지런한 머리에 눈을 반짝거리며 수줍게 춤을 배우던 어린 시절의 동생. 그러나 이를 기억할 여자는 찰리가 아닐 것이다. 롤프가 죽은 후, 아프리카에서 남동생과 춤을 추던 소녀에게서 영원히 놓여나기 위해 그녀는 자신의 본래 이름인 샬린으로 되돌아갈 것이다. 샬린은 머리를 짧게 자르고

로스쿨에 들어갈 것이다. 아들을 낳고 이름을 롤프라 짓고 싶어할 테지만, 그때까지도 그녀의 부모는 상처를 감당하지 못하고 있을 것이다. 그래서 그녀는 혼자서만, 마음속으로만 롤프라 부를 것이고, 몇 년 후 운동장 옆에서 응원하는 부모들 틈에 어머니와 함께 서서 아들이 경기를 치르는 모습을, 하늘을 흘긋 바라보며 꿈꾸는 듯한 표정을 짓는 모습을 지켜볼 것이다.

"찰리 누나!" 롤프가 말한다. "내가 방금 뭘 알아냈게?"

새로운 사실을 발견하고는 희희낙락하는 남동생 쪽으로 찰리는 몸을 기울인다. 쿵쿵대는 음악 소리에 그는 얘기를 하려고 두 손을 둥글게 모아 누나의 머리칼 속에 묻는다. 따뜻하고 달콤한 숨결이 그녀의 귀를 채운다.

"저 아줌마들, 한 번도 새를 보고 있지 않았을 거야." 롤프가 말한다.

5
당신(들)

모든 것이 그대로다. 파란색 노란색 포르투갈산 타일을 붙인 수영장, 검은 돌벽을 따라 졸졸졸 떨어지는 물줄기. 집도 그때 그대로다, 조용한 것만 빼면. 조용하다니 말도 안 된다. 우리가 가정부를 따라 카펫이 깔린 방들을 굽이굽이 통과해가며 창문을 지나칠 때마다 반짝이는 수영장 물이 눈에 들어온다. 나는 궁금해진다. 신경가스? 약물 남용? 집단 검거? 그런 게 아니라면 영원히 끝나지 않을 것 같던 파티들에 종지부를 찍은 건 도대체 무엇이었을까?

하지만 그런 것하곤 아무 상관 없다. 이십 년의 세월이 흐른 것이다.

그는 코에 튜브를 꽂고 침실의 의료용 침대에 누워 있다. 두번째 뇌졸중으로 쓰러진 후 그는 다시 일어나지 못했다―처음에는 그다지 심각하진 않아서 한쪽 다리를 약간 떠는 정도였다. 베니가 전화로 얘기해주기로는 그랬다. 고등학교 동창, 우리의 옛 친구 베니 말이다. 루의 제자. 그는 나를 수소문해서 우리 어머니 집을 찾아냈다. 어머니는 벌써 몇 년 전에 샌프란시스코를 떠나 내가 있는 LA로 옮겨왔는데도. 베니가 주축이 되어 옛날에 알고 지내던 사람들을 모아서 루와 작별인사를 하게 했다. 요새는 컴퓨터만 있으면 세상에 못 찾을 사람이 거의 없는 것 같다. 그는 시애틀을 다 뒤지다시피 해서 결혼하고 성姓을 바꾼 리아를 찾아냈다.

우리 패거리 중 스코티만 연락이 되지 않았다. 컴퓨터로도 그를 찾아낼 길은 없다.

리아와 나는 루의 침대 옆에 서지만 뭘 해야 할지 모른다. 우리는 사람이 평범하게 죽어가는 일 같은 건 겪어보지 않은 시절부터 그를 알아왔다.

살아 있는 것과 반대되는 나쁜 경우라면 실마리와 암시들이 있었다(루를 보러 오기 전에 리아랑 나는 먼저 커피를 마시며 과거를 추억했다―플라스틱 테이블 너머, 기이한 성년기를 보내며 낯익은 모습들은 씻겨나가버린 얼굴을 서로 빤히 바라보면서). 물론 우리가 아직 고등학교에 다니던 시절, 수면제 과다복용으로 세상을 떠난 스코티의 어머니가 있었지만 평범한 경우라고 할 수는 없었다. 에이즈에 걸려 세상을 떠난 우리 아버지의 경우, 그 시절에 얼굴도 거의 보지 못했다. 어쨌거나 그런 죽음들은 재난이었다. 지금 이것과는 다르다. 침대 옆에는 처방약이 있고, 약과 진공청소기로 청소한 카펫의 냄새가 뒤섞여 음울한 냄새를 풍기는 지금 이것과는 다른 것이다. 병원에 와 있는 기분이다. 딱히 냄새 때문이 아니라(병원엔 카펫이 깔려 있지 않다), 고여 있는 공기 때문에, 모든 것으로부터 멀리 떨어져 있는 듯한 느낌 때문에.

우리는 말없이 그 자리에 서 있다. 내 의문은 모조리 빗나간 것 같다. 당신, 어떻게 이렇게까지 늙어버린 거야? 한순간에, 하루 만에 폭삭 늙어버린 거야? 아니면 조금씩 조금씩 쪼그라든 거야? 파티는 언제부터 안 하게 된 거야? 다른 사람들도 다 늙었어? 아니면 당신만 그런 거야? 다른 사람들은 아직 여기 있는데, 야자나무 뒤에 숨어 있거나 물속에서 숨을 참고 있는 거야? 마지막으로 수영장을 왕복한 게 언제야? 뼈가 쑤셔? 이런 날이 올 줄 알았지만 숨긴 거야? 아니면 당신도 몰랐다가 어느 날 갑자기 쓰러진 거야?

대신 나는 "안녕, 루"라고 말하고, 정확히 동시에 리아가 "와, 모든 게 어쩜 이렇게 그대로야?"라고 말하는 바람에 우리는 둘 다 웃음을 터뜨린다.

루가 미소 짓는다. 누렇고 흉한 치아들이 보이지만, 익숙한 그 미소가 따뜻한 손가락으로 내 배를 쿡 찌르는 것 같다. 이렇게 이상한 상황에서 입가에 번지는 미소라니.

"아가씨들. 아직도 끝내주게 매력적이네," 루는 헐떡거린다.

거짓말을 하고 있다. 나는 마흔세 살이고, 결혼해 세 아이를 낳고 시애틀에 사는 리아도 동갑이다. 적응이 안 된다. 셋이라니. 나는 오랫동안 혼란스러운 삶을 전전한 끝에 다시 어머니의 집으로 돌아와 UCLA 사회교육원에서 학사학위 과정을 이수하고 있다. "좌충우돌의 이십대였지," 어머니는 내 잃어버린 세월이 그럴 만한 사연이 있었고 또 재미있었던 것처럼 들리도록 그렇게 말하지만, 그 시절은 내가 이십대가 되기 전에 시작되어 이십대가 끝나고도 오래도록 지속되었다. 이젠 끝이 났길 기도하는 심정이다. 어떤 날 아침에는 창밖에 뜬 해가 이상하게 보인다. 부엌 식탁에 앉아 팔에 난 털에 소금을 뿌리다가 속에서 감정이 북받쳐오른다. 끝났어. 모든 게 지나가버렸어, 나만 빼놓고. 그 시절 나는 항상 깨어 있어야 한다는 걸 잊은 적이 없었는데. 아니면 재미있는 일은 이제부터 진짜 시작되는 걸까?

"아아, 루, 우리 둘 다 할망구가 됐어요—받아들여요." 리아가 루의 노쇠한 어깨를 살짝 때리면서 말한다.

그러고는 아이들 사진을 꺼내 루가 볼 수 있도록 얼굴 가까이 가져간다.

"딸, 귀엽네." 루가 열여섯 살 난 큰딸 나딘을 두고 말한다. 그가 윙크를 하는 것 같다. 아니면 눈가에 경련이 일어난 건지도.

"왜 이러서, 됐거든요." 리아가 말한다.

나는 아무 말 하지 않는다. 그 손가락을 다시 느낀다. 내 배를 쿡 찌르는.

"루 애들은요?" 리아가 루에게 묻는다. "자주 보고 지내요?"

"몇 놈들은," 루가 목이 졸려 내는 것 같은 생경한 목소리로 말한다.

그는 내내 권태로워하다가 결국 박차버린 세 번의 결혼에서 여섯 명의 자식을 얻었다. 둘째 롤프는 그가 가장 아낀 자식이었다. 롤프는 여기, 이 집에서 살았다. 아버지를 노려볼 때마다 파란 눈동자가 살짝 흔들리던 온화한 소년. 롤프와 나는 정확히 동갑이었다. 같은 해, 같은 날에 태어났다. 나는 각자 다른 병원에서 동시에

우는 갓난아기인 우리 둘의 모습을 종종 상상했다. 한번은 둘이 벌거벗고 전신거울 앞에 나란히 서서 우리 몸에 같은 날 태어났다는 증거가 있는지 찾아보았다. 우리가 찾을 수 있는 어떤 표지를.

나중에 롤프는 나랑 말도 하지 않았고, 내가 방에 들어가면 나가버렸다.

구깃구깃한 자줏빛 시트가 깔려 있던 루의 커다란 침대는 보이지 않는다―고마운 일이다. 신제품인 티브이는 가로가 긴 평면인데, 농구 경기가 방송되고 있는 화면이 신경이 곤두설 정도로 선명해서 방은 물론 우리까지 우중충해 보인다. 검은색 옷차림에 한쪽 귀에 다이아몬드 귀걸이를 한 남자가 들어와 튜브를 조절하고 혈압을 잰다. 시트 아래로 보이는 루의 몸 곳곳에서 나와 투명한 비닐 주머니로 들어가는 돌돌 말린 튜브들을 나는 애써 외면한다.

개 짖는 소리가 들린다. 루는 눈을 감고 코를 곤다. 근사해 보이는 간호사 겸 집사가 손목시계를 보고 시간을 확인하고는 방을 나간다.

결국 이것이었나―내가 그 모든 세월을 쏟아부은 대가가. 노쇠해버린 한 남자와, 텅 비어버린 집이라니. 감당할 수가 없다. 나는 울기 시작한다. 리아가 양팔로 나를 감싼다. 이렇게 오랜 세월이 흘렀는데도 리아는 여전히 망설이는 법이 없다. 그애의 피부는 늘어졌다―주근깨 많은 피부는 빨리 늙어, 언젠가 루가 내게 말했다. 리아는 온몸이 주근깨로 덮여 있다. "우리 친구 리아는," 루는 말했다. "희망이 없어."

"너한텐 자식이 셋이나 있잖아," 나는 리아의 머리카락에 얼굴을 묻은 채 흐느낀다.

"쉬."

"나한텐 뭐가 있니?"

내가 기억하는 고등학교 동창들은 영화를 만들고, 컴퓨터를 만들고 있다. 컴퓨터로 영화를 만들고 있다. 혁명이라고, 사람들이 하는 말을 늘 듣는다. 나는 스페인어를 배우려고 노력중이다. 밤마다 어머니가 단어카드로 시험을 본다.

세 명의 자식. 첫째 딸 나딘은 거의 내가 루를 처음 만났을 때 나이다. 열일곱 살의 나는 그때 히치하이킹을 하던 중이었다. 그는 빨간색 메르세데스를 몰았었다. 1979년에 그건 짜릿한 이야기, 무슨 일이고 벌어질 것 같은 그런 이야기의 시작이었다. 이젠 뼈아픈 농담이 되었다. "다, 아무 의미도 없었던 거야." 나는 말한다.

"절대 그렇지 않아." 리아가 말한다. "네가 아직 못 찾았을 뿐이야."

리아는 항상 제 앞가림을 잘해왔다. 춤을 출 때조차, 흐느껴 울 때조차. 혈관에 바늘을 찔러넣을 때조차 반쯤 시늉만 한 것이었다. 난 아니었다.

"난 길을 잃었어." 나는 말한다.

오늘은 일진이 좋지 않다. 햇볕이 이빨처럼 피부에 박히는 날이다. 오늘 밤 어머니는 퇴근해 돌아와서 날 보고 말할 것이다. "스페인어는 건너뛰자꾸나." 그리고 함께 마실 블러디 메리를 만들고 우산장식까지 꽂아줄 것이다. 데이브 브루벡을 들으며 함께 도미노나 진 러미*를 할 것이다. 어머니는 나와 눈이 마주칠 때마다 늘 미소 짓는다. 하지만 당신 얼굴엔 피로가 깊이 새겨져 있다.

침묵이 길게 이어지다보니 루가 우리를 응시하고 있음을 알게 된다. 더없이 휑뎅그렁한 눈을 보며 나는 그가 죽은 건 아닐까 생각한다. "통. 못 나가봤어. 밖에," 밭은기침을 하며 그가 말한다. "나가고 싶지도 않았고."

리아가 침대를 민다. 나는 링거가 걸려 있는 스탠드를 밀며 한걸음 뒤에서 따라간다. 그가 누운 침대를 밀며 집 안을 통과해가는데, 햇빛이 침대에 닿으면 폭발이라도 할 것 같아 나는 두려움에 사로잡힌다. 전화선을 길게 연결한 빨간 전화기와 초록색 사과가 든 볼을 끼고 수영장에서 살다시피 한 진짜 루가 바깥에 있는 건 아닐까, 그래서 진짜 루와 이 노쇠한 루가 한바탕 싸움을 벌이는 건 아닐까 겁이 난다. 네 주제에 어디서? 난 우리 집에 늙은이는 발을 들인 적조차 없고, 앞으로도 마찬가지야. 노추老醜—여기, 그것에 내어줄 자리는 없었다. 앞으로도 그것은 절대 이곳에 발을 들이지 못할 것이다.

"저거 봐," 루가 말한다. 늘 그랬듯 수영장을 말하는 것이다.

여전히 전화기가 놓여 있다. 작은 유리 테이블 위에 검은색 무선전화기가 있고, 그 옆에 과일 셰이크가 놓여 있다. 간호사 겸 집사인지 아니면 다른 직원인지는 알 수 없지만 빈 공간에도 손길이 미쳐 있다.

아니면 롤프가? 롤프가 아직 여기 살면서 아버지를 돌보는 건

---

* 카드 게임의 일종.

아닐까? 롤프가 이 집에? 그러자 그가 느껴진다. 그때처럼, 굳이 눈으로 보지 않아도 그가 방 안에 들어온 것을 알 수 있었던 그 옛날처럼. 한번은 콘서트가 끝나고 롤프와 둘이서 수영장에 딸린 별채 뒤에 숨자, 루가 소리쳐 내 이름을 불렀다. "조슬리인! 조슬리인!" 둘이서 킬킬대는 동안 우리의 가슴속 발전기가 웅웅 돌아갔다. 나중에 나는 생각했다. 그게 나의 첫 키스였다고. 미쳤지. 그땐 이미 하려고 마음먹었던 건 다 해본 뒤였는데.

거울에 비친 롤프의 가슴은 매끈했다. 표지標識는 없었다. 표지는 도처에 있었다. 청춘이 표지였다.

그리고 롤프의 작은 침실에서 그 일이 일어났을 때, 줄무늬 그림자 사이로 슬며시 비쳐들어온 햇빛 아래서 나는 처음인 양 굴었다. 롤프는 내 눈을 들여다보았고, 나는 내가 여전히 평범할 수 있다고 느꼈다. 우리는 둘 다 매끈했다.

"그거 어디 있어. 그거," 루가 찾는 건 침대 등받이를 조절하는 리모컨이다. 예전에 염소鹽素 냄새를 풍기는 구릿빛 다리에 빨간 수영복을 입고 앉아 주변을 내다보았던 것처럼 몸을 일으켜 앉고 싶은 것이다. 한 손에 전화기를 들고, 다른 손은 다리 사이에 낀 내 머리 위에 얹은 채로. 그때도 분명 새들은 짹짹거렸겠지만 음악 소리 때문에 들리지 않았다. 아니면 그때에 비해 지금 새들이 늘어난 걸까?

침대 등받이가 그의 몸을 들어올리며 끽끽댄다. 루는 시선이 미치는 데까지 내다본다. "난 늙었어," 그가 말한다.

개가 다시 짖는다. 수영장 물이 방금 누가 뛰어들었거나 나온 것처럼 일렁인다.

"롤프는 잘 지내요?" 나는 묻는다. "안녕" 하고 인사한 후 처음으로 한 말이다.

"롤프," 루는 그렇게 말하고, 눈을 껌벅거린다.

"당신 아들, 롤프 말이에요."

리아는 나를 보며 고개를 젓는다―내 목소리가 너무 크다. 이따금 분노에 가까운 감정이 머릿속에 꽉 차올라, 내 생각을 분필 글씨처럼 쓱쓱 지워버릴 때가 있다. 내 앞에서 죽어가는 이 노인네는 누구지? 나는 다른 남자를 원해. 이기적이고 게걸스러운 남자를, 탁 트인 이곳에서 자기 다리 사이로 나를 돌려놓고, 손에 든 수화기에 대고 웃으면서 다른 손으로는 내 뒤통수를 누르던 남자를. 이 집의 모든 방에서 수영장이 보인다는 사실 같은 건―가령 그의 아들 방에서도 보인다는 건 아랑곳 않던 남자를. 그 남자에게 한두 가지 할 말이 있단 말이야.

루가 무슨 말을 하려고 한다. 우린 몸을 수그려 귀를 기울인다. 습관이야, 내 짐작이다.

"롤프는 못 왔어." 그가 말한다.

"무슨 소리를 하는 거예요?" 내가 묻는다.

지금 이 노인네는 울고 있다. 눈물이 얼굴 위로 흘러내린다.

"뭐 하자는 거야, 조슬린?" 리아가 묻는 바로 그 순간, 나의 뇌 속에서 두 개의 지점이 서로를 인지하고, 나는 롤프에 대해 이미 알고 있었음을 깨닫는다. 리아도 알고 있었다―모두가 알고 있었다. 오래된 비극을.

"그애. 스물여덟이었어." 루가 말한다.

나는 눈을 질끈 감는다.

"오래전이야," 쌕쌕거리는 루의 가슴에서 말이 쪼개져나오고 있다. "그런데."

그래, 그랬다. 스물여덟 살은 오래전의 일이다. 햇빛 때문에 눈이 아파서 나는 눈을 꼭 감고 있다.

"자식을 잃는다는 거," 리아가 중얼거린다. "나는 상상도 못 하겠어."

분노가 나를 쥐어짜고, 안에서부터 으스러뜨린다. 두 팔이 욱신거린다. 내가 의료용 침대 아래쪽으로 손을 넣어 침대를 들어올려 뒤집어엎자 루는 미끄러져 청록색 수영장 물속으로 빠지고, 그의 팔에 꽂혀 있던 링거 바늘이 뽑히면서 흩뿌려진 핏방울들이 수면에서 누런빛으로 변한다. 난 그렇게 힘이 세다, 산전수전 다 겪고 나서도. 나는 그에게 달려든다. 리아가 비명을 지르는 가운데, 수영장으로 몸을 날린 나는 그를 잡아 눌러 무릎 사이에 단단히 끼우고는 모든 것이 잠잠해질 때까지 그대로 버틴다. 우리는 그저 기다릴 뿐이다. 루와 나는 기다린다. 그리고 그가 부르르 떨더니 내 다리 사이에서 버둥거리다가 그에게서 생명이 빠져나가기라도 하는 듯 몸을 홱 젖힌다. 그가 미동도 없이 꼼짝 않고 나서야 나는 그를 놓아주고, 그의 몸은 수면 위로 떠오른다.

눈을 뜬다. 그동안 아무도 움직이지 않았다. 루는 여전히 울면서 휑뎅그렁한 눈으로 수영장을 바라보고 있다. 리아는 침대시트 위로 루의 가슴을 쓸어주고 있다.

일진이 나쁘다. 햇빛 때문에 머리가 아프다.

"당신을 죽여버려야 하는데," 나는 루를 똑바로 보며 말한다. "당신은 죽어도 싸."

"그만해," 리아가 어머니 특유의 준열한 목소리로 말한다.

갑자기 루가 나를 지그시 바라본다. 그렇게 나를 보는 건 오늘 만난 후 처음인 것 같다. 비로소 내 눈에 그가, 내 인생에 일어난 일들 중 네가 최고야, 그리고 이 망할 놈의 세상을 같이 구경하는 거야, 그리고 어쩌면 이렇게 네가 절실한 거지?, 그리고 드라이브할까, 꼬마야? 라고 말하던 남자가 들어온다. 선명한 빨간색 차 안으로 비쳐드는 강렬한 햇빛 속에서 싱긋 웃던 남자. 어딜 갈 건지만 말하렴.

그는 겁먹은 것 같지만 미소를 짓는다. 그 옛날의 미소가 되살아난다. "너무 늦었어," 그가 말한다.

너무 늦었다. 나는 고개를 젖혀 옥상을 바라본다. 한번은 롤프와 함께 거기 앉아, 루가 키우는 밴드 중 하나를 위해 연 파티를 몰래 내려다보면서 밤을 꼬박 새운 적이 있다. 떠들썩한 소리가 끊긴 뒤에도 우리는 시원한 타일 바닥에 등을 대고 누워 있었다. 해가 뜨기를 기다리고 있었다. 빠르게 떠오르는 해는 작고 환하고 동그랬다. "아기 같다," 롤프가 말했고, 나는 울기 시작했다. 갓 떠올라 우리 품에 안긴 여린 태양.

매일 밤 어머니는 내가 또 하루를 약 없이 버텼다는 표시를 한다. 그런 지 일 년이 좀 넘었고, 나로서는 최장기록인 셈이다. "조슬린, 네 인생은 앞으로도 창창하단다." 어머니는 말한다. 그리고 그런 어머니의 말을 믿을 때면, 잠시나마 세상이 환해 보인다. 마치 어두운 방에서 밖으로 걸어나가는 것처럼.

루가 다시 말하고 있다. 말하려고 애쓴다. "양쪽으로 와서 서줘. 내 옆에. 그래줄래, 아가씨들?"

리아가 그의 한 손을 잡고, 나는 다른 손을 잡는다. 예전과 달리 그의 손은 메마르고 마디지고 묵직하다. 리아와 나는 그를 사이에 두고 서로 마주 본다. 우리는, 우리 셋은, 전처럼, 거기 있다. 처음으로 돌아온 것이다.

그는 더는 울지 않는다. 그는 자신의 세계를 보고 있다. 수영장을, 타일들을. 우리는 결코 아프리카에 가지 못했다. 어디로도 가지 못했다. 이 집 밖을 나선 적이 거의 없었다.

"좋구나. 너희랑 같이 있으니," 숨을 쉬려고 안간힘을 쓰며 그가 말한다.

그는 우리 손을 꽉 쥔다, 안 그러면 달아날까봐. 그러나 그런 일은 없다. 우리는 수영장을 바라보고, 새소리에 귀를 기울인다.

"일 분만 더," 루가 말한다. "고마워, 아가씨들. 일 분만 더. 이렇게 있자."

6
X의 것과 O의 것

    일의 발단은 이렇다. 나는 톰킨스 스퀘어 파크의 벤치에 앉아 퇴근길에 공원을 가로질러 집으로 돌아가는 이스트 빌리지 여자들을 관찰하면서, (자주 그랬던 것처럼) 내 전처는 도대체 어떻게 자기와 닮은 구석이라곤 조금도 없는 수천 명의 여자들이 사는 뉴욕에서 용을 쓰며 살았던 걸까 궁금해하는 한편, 여전히 그녀에 관한 기억에 빠진 채 허드슨 뉴스 건물에서 슬쩍한 잡지 〈스핀〉을 읽고 있었다. 그러다가 한 가지 사실을 발견했다. 나의 옛 친구 베니 살러자르가 레코드 프로듀서라니! 〈스핀〉에 떡하니 실려 있었다. 기사 하나가 통째로 베니와, 삼사 년 전 그가 멀티플래티넘을 기록한 '콘디츠'라는 밴드로 이름을 날리게 된 과정을 다루고 있었다. 베니가 무슨 상을 받는 사진도 함께 실렸는데, 숨도 제대로 못 쉬는 것 같은데다 살짝 사팔뜨기처럼 보였다―그야말로 얼떨떨하고 정신없는 순간이 포착된 것으로, 딱 봐도 완전무결하게 행복한 삶을 살고 있다는 걸 알 수 있었다. 나는 일 초도 안 되는 짧은 순간 동안 그 사진을 일별한 후 잡지를 덮었다. 그리고 베니에 대해서 생각하지 않기로 했다. 어떤 사람을 생각하는 것과, 생각하지 않겠다고 생각하는 것의 차이는 종이 한 장밖에 안 되지만, 나는 진득하니 자제할 줄 아는 성격인지라 몇 시간 동안은 그 경계를 넘지 않을 수 있다. 필요하다면 며칠도 가능하다.

  베니를 생각하지 않은 지 일주일이 지났을 때―베니를 생각하지 않겠다는 생각이 어찌나 강렬했는지, 다른 생각 같은 건 들어설 자리가 없을 정도로 머릿속이 포화상태에 이르렀을 때―나는 그에게 편지를 쓰기로 결심했다. 그의 레코드 레이블 주소로 편지를 썼다. 알고 보니 그의 회사는 파크 애비뉴와 52번가의 모퉁이에 자리한 초록색 유리 건물에 있었다. 나는 거기까지 지하철을 타고 가 건물 앞에 서서 고개를 뒤로 젖히고는 위를, 더 높은 위를 바라보면서 베니의 사무실은 얼마나 높이 있을까 궁금해했다. 건물 바로 앞 우체통에 편지를 넣으면서도 건물에서 시선을 떼지 않았다. 편지에는 다음과 같이 썼다. 헤이, 벤조(예전에 그를 부르던 이름이다), 오랜만이지. 거물이 됐다면서? 축하. 정말 억세게 운 좋았구나, 잘 지내라. 스코티 하우스먼.

  답장이 왔다! 닷새 후, 이스트 6번가의 내 찌그러진 우편함에 그의 편지가 도착했다. 타자로 친 걸 보니 비서가 대신 쓴 모양이지만, 그래도 베니의 편지라는 걸 알 수 있었다.

  스코티, 이 자식아. 소식 전해줘서 반갑다. 그동안 어디 숨어 있었던 거야? 요새도 가끔 딜도스 시절을 생각하는데. 여전히 네가 슬라이드 기타를 연주하고 있으면 좋겠구나. 친구, 베니. 타자로 친 그의 이름 위로 비뚜름하게 서명이 되어 있었다.

베니의 편지가 내게 일으킨 파장은 꽤 컸다. 이전까진 모든 것이—뭐라고 할까—무미건조했다. 예전엔 세상만사가 그냥저냥 무미건조했다. 나는 시市에 고용되어 인근 초등학교에서 잡역부로 일했고 여름엔 이스트 강을 따라 조성된, 윌리엄스버그 다리 근처의 공원에서 폐품을 수집하며 살았다. 이런 일을 한다고 해서 수치스럽다는 느낌은 절대 없었다. 이 세상 거의 누구도 깨닫지 못한 사실을 이해했기 때문이다. 파크 애비뉴의 초록색 유리 고층건물에서 일하는 것과 공원에서 폐품을 수집하는 것 사이에는 극히 미미한, 인간의 상상이 빚어낸 허구를 제하면 존재한다고 할 수도 없는 지극히 사소한 차이만 존재한다는 사실이었다. 기실 차이가 전혀 없는지도 모른다.

베니의 편지를 받은 다음 날이 우연찮게도 휴일이라, 아침 일찍 이스트 강으로 가서 낚시를 했다. 난 늘 낚시를 했고, 잡은 고기를 먹기도 했다. 오염됐다고, 맞다. 그러나 이 사실의 아름다움은 사람들이 오염에 대해선 속속들이 알아도 정작 매일 먹고 마시는 수많은 독성물질에 대해선 무지하다는 것이다. 나는 낚시를 했고, 필시 하늘이 도왔거나 베니의 행운이 내게 옮겨왔는지 이제껏 낚은 것 중에서 가장 멋진 놈을 건져올렸다. 거대한 줄무늬 농어를 잡은 것이다! 내가 이런 월척을 낚은 것을 본 낚시 친구 새미와 데이브는 입이 떡 벌어졌다. 나는 놈을 기절시킨 다음 신문지에 싸서 봉지에 넣고는 겨드랑이에 끼고 집으로 왔다. 그리고 가진 옷 중 그나마 제일 정장에 가까운, 카키색 바지와 무수히 드라이클리닝을 한 재킷을 걸쳤다. 지난주에 드라이클리닝 비닐을 씌운 채로 재킷을 세탁소에 가져갔을 때 카운터에 있던 여종업원은 피곤하다는 듯이 말했었다. "왜 세탁하시게요? 세탁한 채로 비닐 안에 그대로 있는데. 괜히 돈 버리시는 거예요." 지금 이야기가 곁길로 빠지고 있다는 건 아는데, 조금만 더 얘기하자면, 내가 있는 힘껏 비닐 속 재킷을 잡아채 꺼내자 여자는 입을 다물었다. 그리고 나는 재킷을 조심스럽게 카운터에 올려놓았다. "메르시 포르 부 콩시데라시옹, 마담(신경 써주셔서 감사합니다, 부인)." 내 말에 여자는 군말 없이 옷을 받아들었다. 일단 그날 아침 베니 살러자르를 방문하기 위해 내가 입은 재킷이 깨끗한 것이었다는 사실만큼은 말해두겠다.

베니가 있는 건물은 언제든 보안이 삼엄할 수도 있는 곳 같지만 그날은 그럴 필요가 없었던 모양이다. 베니의 행운이 다시 한 번 내게 꿀처럼 흘러내린 셈이다. 그렇다고 내 운이 늘 거지같았다는 소리는 아니다. 내 운은 딱 중간이고, 가끔 나쁜 쪽으로 기울었다고 말할 것이다. 가령 나는 새미보다 더 자주 더 좋은 낚싯대로 낚시를 했지만, 그만큼 많이 낚지는 못했다. 그러나 그날 내가 누렸던 운이 베니의 행운이었다면, 내 행운이 그의 것이기도 하단 뜻일까? 내가 불쑥 방문한 것이 그에게 행운이었다는 말인가? 혹시 내가 그의 행운의 방향을 바꿔서 잠시 빼돌렸기 때문에 그날 그에겐 어떤 운도 따르지 않았던 건 아닐까? 후자의 경우를 힘들여 해낸 거라면 내가 어떻게 그렇게 한 걸까? 그리고 (가장 중요한 것인데) 어떻게 하면 앞으로도 영원히 그럴 수 있을까?

층별 안내도를 확인해보니 소즈 이어 레코드는 45층에 있었다. 나는 엘리베이터를 타고 올라가 아무런 난관 없이 베이지색 유리문을 열고 대기실로 들어갔다. 상당히 고급스럽게 꾸며진 곳이었다. 어쩐지 1970년대 독신자 아파트가 떠올랐다. 검은색 가죽 소파, 푹신푹신하고 두툼한 양탄자, 〈바이브〉〈롤링스톤〉 같은 잡지들로 뒤덮인 육중한 유리 상판과 크롬 다리로 이뤄진 테이블. 세심하게 밝기를 낮춘 조명. 이 희미한 조명이야말로 필수라는 걸 나는 알고 있었다. 그래야 뮤지션들이 핏발 선 눈동자나 주삿바늘 자국을 보이지 않고 기다릴 수 있을 것 아닌가.

나는 대리석으로 만들어진 리셉션 데스크에 물고기를 철썩 내려놓았다. 놈이 질척하니 귀가 뻥 뚫릴 정도로 시원하게 철퍼덕 소리를 냈다. 신께 맹세하건대, 도저히 물고기가 내는 소리라고 할 수 없을 정도였다. 그 여자(빨간 머리, 초록색 눈, 꽃잎 같은 입술. 몸을 가까이 기울이고 으흠, 귀에 살살 감겨들게, **진짜로 똑똑하신 분인가보다, 그게 아니면 어떻게 이 자리까지 올라올 수 있었어요?**라고 말하고 싶어지는 여자다)가 고개를 들더니 말했다. "안녕하세요."

"베니를 만나러 왔는데요," 내가 말했다. "베니 살러자르."

"선약을 하신 건가요?"

"지금 당장은 아닌데요."

"성함이?"

"스코티."

여자는 헤드셋을 쓰고 있었는데, 입 근처로 뻗어나온 장치에 대고 말하는 것을 보고야 그게 전화기라는 것을 알았다. 내 이름을 말하고 난 여자의 입술이 미소를 감추기라도 하듯 비죽거리는 것을 나는 놓치지 않았다. "지금 회의중이세요." 여자가 말했다. "전하실 말씀을 제게—"

"기다리죠."

나는 유리 커피테이블 위 잡지 옆에 물고기를 올려놓고, 검은 가죽 소파에 자리 잡고 앉았다. 쿠션에서 더없이 기분 좋은 가죽 향이 풍겼다. 깊은 편안함이 몸으로 스며들었다. 졸리기 시작했다. 그 자리에 영원히 머물렀으면, 이스트 6번가의 아파트를 버리고 베니 사무실의 대기실에서 남은 생을 보내고 싶어졌다.

진실: 하루의 대부분을 다른 사람들과 복닥거리며 산 지도 꽤 됐다. 그러나 우리네 '정보시대'에 그런 사실이 하등 의미가 있을까? 쓰레기 더미에서 주워온 뒤로 이스트 6번가 아파트의 중심이 된 초록색 벨벳 소파에서 한 발짝도 움직이지 않아도 지구 행성과 우주를 샅샅이 뒤질 수 있는데. 매일 밤 나는 후난湖南산 깍지콩을 배달시켜 예거마이스터*의 안주로 먹기 시작했다. 깍지콩을 그렇게나 많이 먹을 수 있는 나 자신에게 감탄을 금할 수가 없었다. 4인분, 5인분, 가끔은 더 먹을 때도 있었다. 함께 배달된 플라스틱 간장종지와 젓가락들을 세어보니 '퐁유'에선 내가 여덟아홉 명의 채식주의자들에게 파티 음식으로 깍지콩을 내놓는 줄 아는 모양이었다. 예거마이스터의 화학성분 중 깍지콩에 빠져들게 만드는 성분이 있는 걸까? 깍지콩에 드물게 예거마이스터와 함께 먹으면 중

---

* 허브와 향신료를 주원료로 하는 독일산 리큐르.

독되는 성분이 있는 걸까? 깍지콩을 포크로 한가득 찍어 입에 넣고 아삭아삭 씹으며 이런 의문을 떠올렸고, 티브이를 보았다. 케이블 쇼는 대부분이 요상한데다 뭐가 뭔지 알 수 없어서 자주 보지는 않았다. 어쩌면 내가 이런 쇼들을 토대로 나만의 쇼를 만들어냈다고 할 수 있을지도 모르겠다. 아마도 내 쇼가 그 쇼들 자체보다 나을 것이다. 사실은, 그렇다고 확신한다.

요점을 말하자면 다음과 같다. 만약 인간이라는 존재가 정보 처리 기계라서 X의 정보와 O의 정보를 읽은 후 이를 사람들이 아, 숨가쁘게도 '경험'이라 부르는 것으로 번역하는 것이라면, 그리고 만약 내가 쉬는 날 허드슨 뉴스 건물에서 연달아 네다섯 시간 동안 (내 최고 기록은 여덟 시간이다. 나를 신문사 직원이라고 착각해 점심을 먹으러 간 나보다 어린 직원을 대신해 방문기록부를 지킨 삼십 분까지 포함시켰다) 얼마든지 읽을 수 있는 수많은 잡지들과 케이블티브이를 통해 그 모든 동일한 정보를 얻었다면—단순히 정보만 습득하는 게 아니라 내 머릿속의 컴퓨터를 사용해 (나는 진짜 컴퓨터가 무섭다. 당신이 '그것들'을 찾아내면, '그것들'도 당신을 찾아낼 수 있다. 하지만 나는 발각되고 싶지 않다) 그 정보를 형상화하는 예술성을 가졌다면, 그렇다면, 엄밀히 말해 내가 다른 사람들과 완전히 똑같은 경험을 하고 있는 건 아니지 않을까?

내 이론을 시험해볼 생각으로 5번 애비뉴와 42번가 모퉁이에 자리 잡은 공립도서관에서 심장병 환자들을 위한 자선 갈라쇼가 진행되는 동안 밖에 서 있었던 적이 있다. 임의로 고른 곳이었다. 폐관 시간이 되어 정기간행물실을 나서는데, 잘 차려입은 사람들이 테이블마다 흰 천을 씌우고 커다란 난초 꽃다발을 도서관 입구의 거대한 홀로 나르는 광경이 보였다. 메모장을 든 금발 여자에게 무슨 일이냐고 물으니 심장병 환자들을 위한 자선 갈라쇼가 열린다고 했다. 나는 집에 돌아와 깍지콩을 먹긴 했지만, 그날 밤은 티브이를 보는 대신 다시 지하철을 타고 도서관으로 되돌아갔다. 내가 도착했을 즈음 갈라쇼는 한창 무르익어가고 있었다. 안에서는 〈Satin Doll〉*을 연주하는 소리가 들려왔고, 키득거리는 소리, 외치는 소리, 왁자하게 웃음을 터뜨리는 소리도 들렸다. 나는 대략 백 대쯤 되는 기다란 검은색 리무진들과 그보다는 차체가 짧은 타운카**들이 연석을 따라 늘어서서 공회전하고 있는 모습을 보았다. 그리고 공립도서관 안에서 테너색소폰 파트가 약한 관악단의 연주에 맞춰 춤추고 있는 사람들과 나 사이에는 돌벽이라고 알려진 사물을 구성하는, 특정한 방식으로 결합된 일련의 원자들과 분자들이 있을 뿐이라는 생각을 했다. 그런데 귀를 기울이며 듣던 중에 이상한 일이 일어났다. 고통을 느낀 것이다. 머리가 아니라, 팔이 아니라, 다리가 아니라 모든 부위에서, 한꺼번에 통증이 느껴졌다. 나는 '안에' 있든 '밖에' 있든 아무 차이도 없다고, 얼마든지 다양한 방법으로 얻을 수 있는 X의 정보와 O의 정보로 간단히 설명된다고 스스로를 타일렀지만, 통증이 점점 심해져서 결국 이러다 쓰러질지도 모른다는 생각에 휘청거리며 그 자리를 떴다.

---

* 재즈 거장 듀크 엘링턴과 빌리 스트레이혼의 명곡.
** 앞뒤 좌석 사이에 칸막이 유리창이 달린 자동차.

모든 실패한 실험들이 그렇듯이 그 일화는 생각지 못한 무언가를 남겼다. 소위 경험이라는 것의 한 가지 핵심 요소는 경험이 독특하고 특별하고, 경험에 포함된 것들은 특권적이고, 경험에서 배제된 것들은 도태된다고 믿는 망상과도 같은 믿음이다. 그리고 나는, 실험실에서 가열하던 비커 속 유독성 연기를 부지불식간에 들이마시는 과학자처럼 순전한 물리적 근접 때문에 그와 똑같은 망상에 감염되었고, 그렇게 몽롱한 상태에서 나는 '도태되었다'고 믿기에 이른 것이다. 언제까지나 5번 애비뉴와 42번가 모퉁이에 자리한 공립도서관 밖에서 그 안의 휘황찬란한 광경을 상상하면서 벌벌 떨며 서 있어야만 하게 되었다고.

나는 두 손으로 물고기를 잘 들고는 적갈색 머리의 리셉셔니스트가 있는 데스크로 갔다. 신문지에 생선 물이 배어나오기 시작했다. "이거 생선이거든요." 나는 여자에게 말했다.

여자는 고개를 갸웃하더니 불현듯 나를 알아보는 듯한 표정을 지었다. "아," 여자가 말했다.

"베니한테 이놈이 금세 썩은 내를 풍길 거라고 전해주세요."

다시 자리에 돌아와 앉았다. 대기실에 있는 나의 '이웃들'은 남자 한 명과 여자 한 명이었는데, 둘 다 대기업 임원입네 하는 족속이었다. 두 사람이 내게서 슬금슬금 물러앉는 게 느껴졌다. "저는 뮤지션이에요." 나는 자기소개를 할 겸 말했다. "슬라이드 기타를 연주하죠."

그들은 대답이 없었다.

마침내 베니가 나왔다. 그는 멀끔해 보였다. 몸이 탄탄해 보였다. 검은 바지를 입고 흰 셔츠의 단추는 목까지 채웠지만 넥타이는 하지 않았다. 그 셔츠를 보자마자 대번에 무언가를 이해할 수 있을 것 같았다. 비싼 셔츠는 싸구려보다 훨씬 근사해 보인다는 사실을. 옷감이 번들거리지 않았다. 그럴 리가 있나—번들거리면 싸구려라는 소리다. 하지만 그 셔츠는 안에서부터 빛이 배어나오는 듯 은은한 광택이 났다. 그러니까 내 말은, 지랄 맞게 아름다운 셔츠였단 뜻이다.

"스코티, 이 친구야, 어떻게 된 거야?" 베니가 말했고, 우리가 악수를 나누는 동안 그는 내 등을 다정하게 두드려주었다. "기다리게 해서 미안해. 사샤가 섭섭지 않게 대해줬겠지." 그가 방금 전까지 나를 상대했던 리셉셔니스트를 몸짓으로 가리키자, 그녀는 속 편한 미소를 지었다. 그 미소의 의미를 대략 옮기자면, 그 사람은 이제 공식적으로 내 소관이 아니에요였다. 나는 정확히 다음과 같은 뜻으로 그녀를 향해 윙크를 날렸다. 방심은 금물이야, 자기.

"이리 와, 내 사무실로 들어가자고." 베니가 말했다. 그는 내 어깨에 팔을 두르고 복도 쪽으로 이끌었다.

"잠깐만— 깜박 잊고 있었어!" 나는 부르짖고 생선을 가지러 돌아갔다. 커피테이블에서 봉지를 홱 잡아들자 봉지 한 귀퉁이에서 생선 물이 떨어졌고, 그러자 아까 그 두 남녀는 핵물질이라도 새어나온 것처럼 앉은 자리에서 펄쩍 뛰었다. 나는 몸을 잔뜩 움츠리고 있을 거라 생각하고 저편의 '사샤'를 보았는데, 정작 그녀는 재미있어하는 거라고밖에는 생각할 수 없는 표정으로 상황을 지켜보고 있었다.

베니는 복도 쪽에서 나를 기다리고 있었다. 나는 고등학생 시절보다 더 짙어진 그의 갈색 피부를 흡족해하며 보았다. 햇볕에 노출된 시간이 수년간 축적되면 피부색이 점점 어두워진다는 글을 읽은 적이 있는데, 베니는 '백인종'이라고 부르는 게 어폐가 있을 정도로 햇볕을 많이 쐬었었다.

"사온 거야?" 베니가 내 꾸러미에 시선을 던지며 물었다.

"낚시했어," 내가 대답했다.

베니의 사무실은 죽여줬다. 이 말은 스케이트보드나 타는 십대 소년들이 입버릇처럼 내뱉는 말과는 차원이 다르다—말 그대로 의고擬古적인 의미에서 죽여준다는 뜻이다. 칠흑 같은 타원형 책상에서는 최고가의 피아노에서나 볼 수 있는 촉촉한 윤기가 흘렀다. 새카만 얼음을 깐 아이스링크가 떠올랐다. 책상 뒤에는 아무것도 없었다. 경치를 빼면—노점상이 번쩍거리는 싸구려 손목시계와 벨트가 잔뜩 걸린 천을 쫙 펼쳐놓듯 도시 전체가 우리 앞에 펼쳐져 있었다. 뉴욕의 모습이 꼭 그랬다. 나 같은 사람도 어렵지 않게 가질 수 있는 화려한 것처럼. 나는 생선을 들고서 문가에 서 있었다. 베니는 윤기 흐르는 검은색 타원형 책상을 돌아 반대쪽으로 갔다. 책상 표면은 마찰력이 없어서 동전을 미끄러뜨리면 가장자리까지 둥둥 떠가다가 바닥으로 떨어질 것 같았다. "앉아, 스코티," 베니가 말했다.

"잠깐만," 내가 말했다. "이거 선물이야." 그리고 앞으로 가서 생선을 가만히 책상에 놓았다. 일본의 가장 높은 산꼭대기에 있는 신도교 사당에 제물을 바치는 기분이었다. 경치 때문에 얼이 빠진 것 같았다.

"나한테 생선을 주는 거야?" 베니가 말했다. "그거 생선이야?"

"줄무늬 농어야. 오늘 아침에 이스트 강에서 낚았어."

나를 보는 베니의 표정은 내가 언제라도 신호만 보내면 웃음을 터뜨릴 태세였다.

"사람들이 생각하는 것만큼 오염되진 않았어." 나는 베니의 책상과 마주한 작은 검은색 의자 두 개 중 하나에 앉으며 말했다.

그는 일어나서 생선을 들고 책상을 돌아나와 내게 도로 건넸다. "고마워, 스코티," 그가 말했다. "날 이렇게까지 생각해줘서 고마워, 진심이야. 그런데 여기 사무실에 두면 결국 버리게 될 거야."

"집에 가져가서 먹어!"

베니는 평온한 미소를 지었지만, 다시 물고기를 받아들 생각은 조금도 없어 보였다. 좋아, 내가 먹어야겠네, 나는 생각했다.

내가 앉은 검은색 의자는 불편해 보였었다—방금 의자에 앉으면서 나는 엉덩이가 아프다 못해 마비되어버리는 개똥같은 의자일 거라고 생각했었다. 그러나 막상 앉아보니 의문의 여지 없이 이제껏 내가 앉아본 의자 중 최고로 편안했다. 심지어 아까 대기실에서 앉았던 가죽 소파보다도 더 안락했다. 소파에선 졸렸는데, 이 의자에선 공중에 붕 뜬 느낌이었다.

"말해봐, 스코티," 베니가 말했다. "나한테 들려줄 데모 테이프 가져온 거지? 앨범을 만든 거야? 밴드를 하고 있어? 프로듀싱해야 될 곡들이 있는 거야? 말 좀 해봐."

그는 검은색 책상 앞쪽에 살짝 기대고는 발목을 꼬았다—매우 편안해 보이지만 사실 몹시 긴장했을 때 취하는 자세다. 눈을 들어 그를 본 나는 폭포수처럼 한꺼번에 쏟아져내리는 몇 가지 깨달음을 경험했다. 1)베니와 나는 더이상 친구가 아니고, 앞으로도 어림없을 것이다. 2)그는 잡음을 일으키지 않고 최대한 빨리 나를 내쫓을 방법을 궁리중이다. 3)나는 이렇게 될 줄 이미 알고 있었다. 여기 도착하기 전부터 알고 있었다. 4)바로 이런 이유로 그를 보러 여기에 온 것이다.

"스코티? 내 말 듣고 있어?"

"그래서," 나는 입을 열었다. "넌 이제 거물이라 다들 네게서 뭐든 뜯어내고 싶어한다는 거지."

베니는 책상을 돌아 자기 의자로 가 앉더니 팔짱을 끼고 나를 바라보았다. 아까보다 덜 편안해 보였지만 사실은 얼마간 더 편안해진 자세였다. "왜 이래, 스코티," 그가 말했다. "불쑥 편지를 보내놓고, 이제 이렇게 사무실까지 찾아온 건 너잖아—생선 한 마리 주려고 여기까지 온 것 같진 않은데."

"아니, 그건 선물이었어," 나는 말했다. "내가 온 건 A와 B 사이에 무슨 일이 있었는지 알고 싶어서야."

베니는 내가 더 말하길 기다리는 것 같았다.

"A는 우리가 밴드를 하며 같은 여자를 쫓아다닐 때야. B는 지금이고."

말이 끝나기 무섭게 나는 앨리스 이야기를 꺼내길 잘했다는 것을 알았다. 말 그대로였다, 맞다. 하지만 그 기저에는 다른 사실이 깔려 있었다. 우리는 둘 다 거지발싸개였지만, 지금은 나만 거지발싸개라는 사실. 왜? 그 기저에도 또다른 사실이 깔려 있다. 한 번 발싸개는 영원히 발싸개라는 사실. 그리고 그 모든 것의 가장 밑바닥에 깔린 사실이 있었다. 너도 쫓아다녔잖아. 하지만 그 여자는 날 택했어.

"별별 미친 짓을 다 하고 다녔지," 베니가 말했다. "그게 그사이에 있었던 일이야."

"이하동문."

우리는 검은색 책상을, 베니의 권좌를 사이에 두고 마주 보았다. 묘한 침묵이 길게 이어졌고, 그 침묵 속에서 나는 베니를—혹은 그가 나를—데리고 그 옛날의 샌프란시스코를, 둘이 함께 플레이밍 딜도스에 몸담았던 시절을 되돌아보고 있음을 느꼈다. 베니는 발에 챌 만큼 흔한, 더럽게 실력 없는 베이시스트 중 하나였고, 갈색 피부에다 손등에도 털이 난 아이였고, 나의 가장 친한 친구였다. 분노의 발길질이 어찌나 거센지 정신이 다 혼미했다. 나는 눈을 감고는, 책상 너머 베니에게 다가가 지저분하게 뒤엉킨 잡초의 뿌리를 통째로 뽑듯이 그 아름다운 흰 셔츠에서 머리통을 홱 잡아뽑는 광경을 상상했다. 덥수룩한 머리칼을 쥐고 그의 머리통을 고급스러운 대기실로 가져가 사샤의 데스크에 떨어뜨리는 광경을 그려보았다.

내가 자리에서 일어나자 동시에 베니도 일어났다—아니, 튀어올랐다고 해야 할 것이다. 내가 눈길을 주었을 때 그는 이미 일어나 있었으니까.

"창밖 좀 봐도 돼?" 내가 물었다.

"물론이지." 목소리만 들으면 아닌 것 같지만 나는 그에게서 두려움의 냄새를 맡았다. 식초. 두려움은 식초와 비슷한 냄새를 풍긴다.

나는 창가로 걸어갔다. 경치를 보는 척했지만, 실은 눈을 감고 있었다.

잠시 후 베니가 내 쪽으로 다가와 있는 것을 알아차렸다. "지금도 음악을 하긴 하는 거야, 스코티?" 그가 부드럽게 물었다.

"그러려고 해," 내가 대답했다. "주로 혼자서 해, 그냥 설렁설렁 하려고." 눈을 뜰 수는 있었지만 그를 볼 수는 없었다.

"너 기타 죽여주게 쳤잖아," 베니는 그렇게 말하고는 물었다. "결혼은 했어?"

"이혼했어. 앨리스랑."

"알아," 그가 말했다. "내 말은 재혼 안 했냐고."

"사 년 만에 끝났어."

"저런, 유감스럽게 됐네."

"그게 최선이었어," 그제야 나는 고개를 돌려 베니를 보았다. 그는 창을 등지고 서 있었다. 나는 그가 한 번이라도 창밖을 내다보기는 할까, 이토록 지척에 펼쳐져 있는 아름다운 풍경이 그에게 일말의 의미라도 있기는 한 걸까 궁금해졌다. "너는?" 내가 물었다.

"결혼했어. 세 달 된 아들도 있고," 그는 어린 아들을 떠올리며 시시껄렁하고 쑥스러워하는 미소를 지었다—스스로도 그만큼 누릴 자격이 없다는 것을 안다는 듯이. 그리고 베니의 미소 뒤엔 두려움이 도사리고 있었다. 삶이 그에게 퍼다준 이런 선물들을 낚아

채가려고, 단 몇 초 만에 쓸어가려고 내가 그를 수소문해 찾아왔으리라는 두려움이. 거기까지 생각이 미치자 나는 웃음을 터뜨리며 소리치고 싶어졌다. 야, '인마', 모르겠냐? 내가 못 가진 건 너도 못 가졌어! 모든 건 그저 X의 정보와 O의 정보에 지나지 않아, 그리고 넌 오만 가지 방법으로 그것들을 얻을 수 있잖아. 그러나 거기 서서 베니가 풍기는 두려움의 냄새를 맡는 동안 두 가지 생각 때문에 심란해졌다. 1)베니가 가진 것이 내게는 없다. 2)그가 옳다.

대신 나는 앨리스를 생각했다. 이것—바로 그녀를 생각하는 것은 나 스스로 금기시하다시피 하는 것이었다. 거의 한결같이 지켜온, 그녀를 생각하지 않기로 생각하는 것에 정반대되는 행동이었다. 내 마음속에서 봉인돼 있던 앨리스에 대한 생각이 깨지며 활짝 열렸고, 마침내 햇빛 아래 빛나는 그녀의 머리칼— 황금빛, 그녀의 머리칼은 황금빛이었다—이 보였고, 그녀가 손목에 드로퍼로 가볍게 두드리던 오일 향을 맡았다. 파촐리? 머스크? 오일 이름은 기억나지 않았다. 여전히 사랑이 넘치는 그녀의 얼굴이 보였다. 미안하게도 나로 인해 그녀가 맛보았을 분노나 두려움은 찾아볼 수 없었다. 안으로 들어와, 그녀의 얼굴이 말했고, 나는 그대로 따랐다. 한동안 나는 그 안에 있었다.

나는 도시를 내려다보았다. 그 화려함이 유전에서 펑펑 솟아나오는 석유나, 베니가 쟁여두고 혼자 다 써버려서 다른 사람에게는 조금도 돌아가지 못하는 값진 물건들처럼 낭비되는 느낌이었다. 나는 생각했다. 매일 이런 경치를 내려다보며 살 수 있다면 세상을 정복할 만한 에너지와 영감이 솟아날 텐데. 문제는 정작 가장 절실한 사람에겐 그런 경치가 절대 주어지지 않는다는 것이었다.

나는 숨을 길게 들이마시고는 베니를 돌아보았다. "형제여, 건강과 행복이 늘 함께하기를," 나는 그렇게 말하고는 그를 만난 후 처음이자 마지막으로 그에게 미소 지어 보였다. 즉, 입을 벌려 입술을 양옆으로 끌어당긴 것이다. 이가 양쪽 다 거의 남아 있지 않아서 그렇게 미소 짓는 경우는 극히 드물다. 그나마 남은 이는 크고 하얘서 그 사이에 검게 뚫린 부분을 보면 정말 놀라울 지경이다. 아니나 다를까 베니 역시 충격을 받은 기색이 역력했다. 그러자 방 안의 균형이 한쪽으로 기울어지며 베니의 권력―책상, 경치, 공중부양 의자―이 갑자기 내 것이 된 듯 나 자신이 강해진 것처럼 느껴졌다. 베니도 그것을 느꼈다. 권력이란 그런 것이다. 모두가 그것을 단숨에 알아차린다.

나는 여전히 미소 지은 채 돌아서서 문 쪽으로 걸어갔다. 마치 베니의 흰 셔츠를 입고 있어서 그 안에서부터 빛이 뿜어져나오는 것처럼 기분이 밝아졌다.

"야, 스코티, 기다려봐," 날 부르는 베니의 목소리가 떨리는 것처럼 들렸다. 그는 몸을 홱 돌려 책상으로 돌아갔지만 나는 멈춰 서지 않았다. 나의 미소가 복도에 들어서서 사샤가 앉아 있는 리셉션 구역까지 나를 이끌었고, 내 신발은 걸음걸음 느긋하고 당당하게 카펫 위에서 속삭였다. 베니가 뒤따라와 명함을 건넸다. 고급 종이에 돋을새김을 한 명함이었다. 나는 아주 조심스럽게 받아들고는 소리내어 읽었다. "대표."

"남처럼 굴지 마, 스코티." 베니가 말했다. 당황한 목소리였다.

내가 어떻게 그의 사무실에 오게 됐는지 잊은 것처럼, 그가 직접 나를 초대했는데 내가 너무 일찍 자리를 뜨기라도 하는 것처럼. "내게 들려줄 음악이 있으면 뭐든 좋으니 꼭 보내줘."

나는 끝내 참지 못하고 마지막으로 사샤를 한 번 더 보았다. 그녀의 눈은 진지하다 못해 거의 슬퍼 보이기까지 했지만, 그래도 그녀는 여전히 예쁜 미소를 깃발처럼 내걸고 있었다. "살펴 가세요, 스코티," 그녀가 말했다.

건물 밖으로 나온 나는 곧장 며칠 전 베니에게 쓴 편지를 집어넣었던 우체통으로 갔다. 목을 뒤로 젖혀 실눈을 뜨고 초록색 유리 탑을 올려다보며 45층까지 세어보려 했다. 그리고 그제야 내가 빈손임을 깨달았다―베니의 사무실에 생선을 두고 온 것이다! 이 생각에 어찌나 신이 났는지 큰 소리로 웃어대며 상상해보았다. 아까 봤던 남녀가 베니의 책상 앞 공중부양 의자에 앉고, 이윽고 한 사람이 바닥에서 그 축축하고 묵직한 봉지를 들어올렸다가 뭔지 알아차리고는―으악, 이거 아까 그 남자 생선 아니야―비위가 상해 바닥에 떨어뜨리는 광경을. 그러면 베니는 어떤 반응을 보일까? 지하철역으로 천천히 걸어가는 동안 궁금해졌다. 그 자리에서 당장에 치워버릴까? 아니면 사무실 냉장고에 넣어두었다가 그날 밤 집으로 가져간 다음 아내와 어린 아들에게 내가 찾아왔다고 말할까? 만약 집까지 가져간다면, 별생각 없이 봉지를 열고 안을 들여다볼 수도 있지 않을까?

그러길 바랐다. 그는 분명 감탄해 마지않을 것이다. 반짝반짝 빛나는, 아름다운 물고기니까.

그러고 나서 그날 거의 내내 컨디션이 별로였다. 어릴 때 눈에 손상을 입은 후 툭하면 두통에 시달리는데, 머리가 어찌나 지끈거리는지 눈부시고 어지러운 영상들이 마구 달려든다. 그날 오후 눈을 감고 침대에 누워 있는데, 어둠 속에 매달려 사방으로 빛을 쏘아대는 불타는 심장이 보였다. 꿈이 아니었다. 아무 일도 일어나지 않았으니까. 심장은 그저 거기 매달려 있기만 했다.

그날 오후 늦게 잠자리에 들었다가 해가 뜨기 전에 일어나 아파트를 나섰다. 그리고 윌리엄스버그 다리 밑으로 가서 이스트 강에 낚싯줄을 드리웠다. 잠시 후 새미와 데이브가 왔다. 사실 데이브는 물고기에 그다지 관심이 없다―그가 여기 오는 건 어디까지나 NYU로 등교하거나 부티크로 출근하거나 그밖에 주중에 하는 일을 시작하기 전에 아침 조깅을 하는 이스트 빌리지 여자들을 지켜보기 위해서다. 데이브는 여자들이 착용하는 조깅브라에 불만이 많다. 여자들의 가슴이 그의 성에 찰 만큼 출렁이지 않는다는 것이었다. 새미와 나는 그냥 흘려들었다.

그날 아침 데이브가 똑같은 불만을 늘어놓기 시작하자 나는 한마디 하고 싶어졌다. "이봐, 데이브." 내가 말했다. "내 생각엔 그게 핵심인 것 같은데."

"뭐 핵심?"

"가슴이 출렁거리지 않는 것 말이야." 내가 말했다. "출렁거리면 아프거든. 그래서 여자들이 조깅브라부터 하는 거야."

데이브가 경계하는 표정으로 나를 보았다. "언제부터 전문가가 되셨나?"

"내 아내도 조깅을 했거든." 내가 말했다.

"했거든? 그럼 이젠 아니고?"

"이제는 내 아내가 아니란 소리야. 아마 조깅은 계속할걸."

조용한 아침이었다. 윌리엄스버그 다리 뒤편 테니스코트에서 공을 천천히 치는 팡, 팡 소리가 들렸다. 조깅하는 사람들과 테니스 치는 사람들을 제외하면, 꼭두새벽부터 강가에 나와 있는 사람들은 대개 약쟁이 몇 명뿐이었다. 그들 중 내가 늘 찾는 얼굴이 있었는데, 허벅지까지 내려오는 가죽 재킷 차림에 다리는 말라비틀어진데다 황폐한 얼굴의 남녀 커플이었다. 분명 뮤지션들이었다. 그쪽 세계에서 발을 뺀 지 꽤 되었지만, 어딜 가나 뮤지션만큼은 단번에 알아볼 수 있었다.

태양이, 크고 둥근 빛나는 태양이 천사가 고개를 드는 것처럼 떠올랐다. 지금껏 여기서 지켜본 일출 중 단연 가장 눈부셨다. 수면으로 은銀이 쏟아져내렸다. 강에 뛰어들어 수영하고 싶었다. 오염? 나를 더 오염시켜줘. 내 심정은 그랬다. 그때 그 소녀가 눈에 들어왔다. 소녀는 체구가 작고 주변 사람들과 달리 높이, 도약하듯이 뛰고 있었기 때문에 곁눈으로도 알아챌 수 있었다. 소녀의 머리는 밝은 갈색이었는데, 햇빛이 그 머리칼에 닿자 모두의 시선을 사로잡는 무슨 일인가가 일어났다. 룸펠슈틸츠헨*이야, 나는 생각했다. 데이브는 입을 헤벌리고 보고 있었고 새미조차 고개를 돌려 바라봤지만 나는 줄곧 강물에만 시선을 둔 채 낚싯줄이 당겨지길 기다리고 있었다. 눈으로 보지 않아도 소녀의 모습이 그려졌다.

"야, 스코티," 데이브가 말했다. "방금 네 아내가 지나간 것 같은데."

"난 이혼했다니까," 내가 말했다.

"근데, 아까 그 여자는 네 아내였어."

"아냐," 내가 말했다. "그 여자는 샌프란시스코에 살아."

"그럼 네 미래의 마누라인가보지," 새미가 끼어들었다.

"내 미래의 마누라야," 데이브가 말했다. "저 여자랑 결혼하면 내가 제일 먼저 뭐라고 할 것 같아? 가슴 동여매지 마. 출렁이게 놔두라고."

내 낚싯줄이 햇빛 속에서 휙휙 움직이는 것이 보였다. 내 운은 바닥났다. 나는 아무것도 잡지 못하리라는 것을 알았다. 잠시 후엔 일하러 가야 했다. 나는 낚싯줄을 감은 후 강을 따라 북쪽으로 걸어갔다. 소녀는 벌써 저만치 앞에 가 있었고, 걸을 때마다 머리칼이 흩날렸다. 나는 소녀를 따라갔지만, 워낙 거리가 벌어진 터라 사실 따라간다고 할 수도 없었다. 그저 같은 방향으로 걷고 있을 뿐이었다. 소녀만 뚫어져라 바라보며 가느라 내 쪽으로 걸어오던 약쟁이 커플을 거의 지나칠 무렵에야 알아보았다. 몸을 잔뜩 움츠리고 서로 꼭 붙어 있는 모습이 초췌하면서도 섹시해 보였다. 그것도 젊었을 때 한순간이지, 얼마 안 가 그냥 피골이 상접해 보이기만 할 것이다. "저기요," 그들을 막아서며 내가 말했다.

---

* 그림 형제의 동화에 나오는 난쟁이.

그 강가에서만 스무 번은 마주쳤는데도 남자는 생전 처음 본다는 듯 선글라스 낀 얼굴로 나를 보았고, 여자는 아예 눈길도 주지 않았다. "음악 하죠?" 내가 물었다.

남자는 나를 피해 가버리는데, 여자가 고개를 들었다. 충혈되고 쓰라려 보이는 여자의 눈을 보며 햇빛 때문에 눈이 손상된 건지, 그렇다면 남자친구인지 남편인지 뭐든 간에 이 남자는 왜 여자에게 자기 선글라스를 벗어주지 않는 건지 의아했다. "이이, 진짜 죽여줘요." 여자는 십대 스케이트보드 족 남자애들처럼 말했다. 아니면 그런 게 아닐지도 모르지, 나는 생각했다. 진짜 그가 죽여준다고 말한 건지도.

"믿어요," 나는 말했다. "그가 죽여주는 뮤지션이라는 말, 믿는다고요."

나는 셔츠 주머니에 손을 넣어 베니의 명함을 꺼냈다. 어제 입었던 재킷에서 오늘 입은 셔츠로 옮겨넣을 때, 명함이 구부러지거나 접히거나 더럽혀지지 않도록 클리넥스로 집었다. 돋을새김이 된 글자가 로마시대의 동전을 연상시켰다. "이 사람한테 전화해요," 내가 말했다. "레코드 회사 대표예요. 스코티 소개로 왔다고 말하고요."

둘은 비스듬히 비치는 햇빛 속에서 실눈을 뜨고 명함을 보았다.

"전화해요," 내가 말했다. "내 친구예요."

"그럴게요," 남자가 확신 없이 말했다.

"꼭 전화하면 좋겠네요." 말은 그렇게 했지만 속수무책의 심정이었다. 내가 이럴 수 있는 것도 단 한 번뿐이다. 그 명함을 손에 넣는 일은 두 번 다시 없을 테니까.

남자가 명함을 들여다보는 동안 여자는 날 응시했다. "이이가 전화할 거예요." 여자는 미소 지었다. 교정을 해야만 얻을 수 있는 작고 가지런한 치아를 드러내며. "제가 꼭 전화하게 할게요."

나는 고개를 끄덕이고는 두 약쟁이를 남겨두고 자리를 떴다. 북쪽으로 걸어가면서 최대한 멀리 보려고 애썼다. 그러나 내가 한눈을 파는 사이 조깅하는 소녀는 사라지고 없었다.

"잠깐만요." 뒤에서 두 사람이 갈라진 목소리로 나를 불렀다. 돌아보자 그들이 동시에 소리쳤다. "고맙습니다."

뭔가를 베풀고 감사를 받아본 게 얼마 만이던가. "고맙습니다." 나는 혼잣말을 했다. 그들의 목소리를 고스란히 마음에 새기고 싶어서, 가슴을 치던 놀라움을 다시 느끼고 싶어서 나는 그 말을 되뇌고 또 되뇌었다.

따스한 봄의 대기에 어떤 기운이 깃들어 새들이 더 목청 돋우어 노래하는 걸까? FDR 도로를 가로지르는 육교를 건너 이스트 6번가로 가면서 나는 스스로 물었다. 나무마다 꽃들이 피어나고 있었다. 꽃가루 향을 맡으며 나무 아래를 종종걸음으로 지나 서둘러 아파트로 향했다. 일하러 가는 길에 세탁소에 들러 재킷을 맡기고 싶었다— 어제부터 그러고 싶어 좀이 쑤셨다. 침대 옆 바닥에 구깃구깃한 채 놔두었던 재킷을 그대로, 너절한 상태 그대로 갖다줄 생각이다. 재킷을 카운터 위에, 아, 정말이지 아무렇지도 않게 툭 던져버릴 것이다. 내게 도전할 세탁소 여자에 맞서서. 그런데 그 여자가 무슨 수로 나한테 도전하겠는가?

어딜 좀 다녀왔거든요. 재킷 좀 드라이클리닝 해주세요. 여느 사람들과 다름없이 말할 것이다. 그러면 여자는 다시 새 옷처럼 만들어줄 것이다.

7
A to B

I

스테파니와 베니는 크랜데일에서 산 지 일 년이나 지나서야 파티에 초대받았다. 크랜데일은 이방인에게 살가운 곳은 아니었다. 부부는 알고도 그곳으로 이사를 갔고, 개의치 않았다―그들에겐 친구들이 있었다. 그러나 스테파니는 처음 예상했던 것보다 더 마음고생을 했다. 크리스를 유치원에 데려다주면서 SUV나 허머에서 금발 아이들을 내려주는 금발 엄마들에게 손을 흔들거나 미소를 보냈다가 누구시더라?라고 해석될 법한 거북하고도 냉소적인 미소를 돌려받았을 때가 그랬다. 매일 오가며 얼굴을 마주친 게 몇 달째인데 어떻게 모를 수가 있지? 속물들이거나 천치들이거나 둘 다라고 자위했지만, 그들의 싸늘한 태도에 뭐라고 설명할 수 없이 상처받은 건 사실이었다.

크랜데일에 입성해 맞은 첫 겨울에 베니의 레이블 소속 아티스트의 여자형제가 보증을 서주어 그들 부부는 크랜데일 컨트리클럽에 가입할 수 있었다. 시민권 획득 절차보다 더 까다로웠으면 까다로웠지 결코 쉽다고 할 수 없는 절차를 거친 후, 그들은 6월 말에 가입 승인을 받았다. 첫날 그들은 수영복과 타월을 들고 클럽에 도착했다. CCC(라고 알려진 곳)에서는 풀장 주변이 통일성 없이 여러 색이 난무하는 것을 막기 위해 자체적으로 단색 수건을 제공한다는 사실을 알지 못한 채였다. 여자 탈의실에서 크리스와 같은 학교에 다니는 금발 아이들 중 한 명의 엄마 옆을 지나칠 때, 스테파니는 처음으로 "안녕하세요"라는 인사말을 들었다. 스테파니가 별개의 두 장소에 모습을 보임으로써 인성을 보증하는 데 필요한 모종의 삼각측량이 완료되었다고 캐시는 받아들인 모양이었다. 캐시, 그것이 그녀의 이름이었다. 스테파니는 처음부터 그녀의 이름을 알고 있었다.

캐시는 테니스 라켓을 들고 있었다. 몸에 딱 달라붙는 흰색 드레스 밑에 팬티라고밖에 볼 수 없는 흰색 테니스용 반바지를 훤히 드러나게 입은 모습이었다. 아이를 어디로 낳은 건지 종잇장 같은 허리와 멋지게 그을린 이두박근은 군살 한 점 없이 매끈했다. 빛나는 머리칼을 뒤로 모아 포니테일로 단단히 묶고 흘러내린 머리칼은 금색 실핀으로 정리했다.

스테파니는 수영복으로 갈아입고 베니와 크리스가 기다리는 스낵바 근처로 갔다. 세 가족이 알록달록한 타월을 든 채 어찌해야 할지 몰라 우두커니 서 있는데, 문득 스테파니의 귀에 저 멀리서 테니스공이 탁, 탁 라켓에 맞는 소리가 들렸다. 그 소리가 불러일으킨 향수에 쓰러질 것 같았다. 스테파니도 베니처럼 뭐 하나 볼 것 없는 출신이긴 했지만 경우가 달랐다—베니는 캘리포니아 데일리 시티의 뭐 하나 볼 것 없는 곳 출신으로, 부모가 돈벌이에 매여 아예 없는 것이나 마찬가지인 동안 사는 데 지친 할머니가 베니와 네 누이들을 키워주었다. 반면 스테파니는 중서부의 뭐 하나 볼 것 없는 교외 출신이었지만, 나름대로 그곳엔 여기처럼 신선한 참치를 살짝 구워 곁들인 니스식 샐러드까지는 아니어도 얇고 기름진 버거를 파는 스낵바가 딸린 클럽이 있었다. 햇볕에 쩍쩍 갈라진 테니스코트에서 테니스를 쳤어도 열세 살쯤에는 괄목할 만한 기량을 쌓았다. 그후로는 한 번도 테니스 라켓을 잡은 적이 없었다.

 클럽 첫날이 끝나갈 무렵, 샤워 후 옷을 갈아입은 세 가족은 햇볕 때문에 나른해진 채 판석을 깐 테라스에 앉았다. 반짝이는 업라이트 피아노 앞에 앉은 피아니스트가 무난한 선율을 연주하고 있었다. 해가 저물기 시작했다. 크리스는 근처 잔디밭에서 유치원의 같은 반 여자애 두 명과 놀고 있었다. 베니와 스테파니는 진토닉을 홀짝이며 반딧불을 물끄러미 바라보았다. "그래, 이렇게들 산단 말이지," 베니가 말했다.

 스테파니는 대답이 될 만한 애깃거리들을 여럿 떠올렸다. 그들 부부가 아직 아는 사람이 한 명도 없다는 사실을 암시할 만한 말을 생각하다가, 알고 지내봤자 득이 될 사람이 있을까 하는 의심이 들었다. 그러나 그런 생각들도 다 흘려버렸다. 크랜데일을 선택한 건 베니였고, 어떤 점에서 스테파니는 남편의 깊은 심중을 헤아렸다.

전용 제트기를 타고 록스타들이 소유한 섬들을 다녔지만, 이 컨트리클럽이야말로 베니에게는 검은 눈의 할머니가 사는 데일리 시티에서 가장 멀리 온 곳이었다. 작년에 베니는 레코드 레이블을 매각했다. 한 번도 속해보지 않은 세계에 진입하는 것만큼 자신의 성공을 입증할 좋은 방법이 또 있을까?

스테파니는 베니의 손을 잡고 손가락 관절에 입을 맞추었다. "나 테니스 라켓 하나 살까봐." 그녀가 말했다.

삼 주 후 파티 초대장이 날아왔다. 덕이라는 헤지펀드 매니저가 주관하는 파티로, 자신이 좋아하는 록그룹인 콘디즈를 베니가 발굴해 앨범을 제작했다는 얘기를 듣고서 그들 부부를 초대한 것이었다. 스테파니는 첫번째 테니스 레슨을 받고 돌아와 수영장 옆에서 한창 대화에 열중해 있는 두 사람의 모습을 본 적이 있었다. "멤버들이 다 함께 복귀하면 좋을 텐데," 덕이 생각에 잠겨 말했다. "그 저능아 같은 기타리스트한테 무슨 일이 생긴 거죠?"

"보스코? 그 친구는 아직 녹음중이에요," 베니가 요령 있게 둘러댔다. "두세 달 안에 새 앨범이 나올 거예요, 〈A to B〉라고. 솔로 앨범은 더 내면적이에요." 베니는 보스코가 비만에 알코올중독에 암까지 걸렸다는 말은 하지 않았다. 보스코는 부부의 가장 오랜 친구였다.

스테파니는 베니의 접의자 가장자리에 걸터앉았다. 그녀의 얼굴은 달아올라 있었는데, 레슨 시간에 공도 잘 받아쳤고, 톱스핀도 여전히 흠잡을 데 없었고, 서브도 날카로웠다. 테니스코트 주변에 멈춰 서서 지켜보는 금발 여자 한두 명의 시선을 느끼며 스테파니는 그런 여자들과는 전혀 다른 자신의 외양에 긍지를 느꼈다. 짧게 친 검은 머리, 한쪽 장딴지를 휘감은 미노스 문어 문신, 손가락에 낀 굵직굵직한 반지들. 그래도 이때를 위해 입을 셈으로 테니스 드레스를 사둔 건 사실이었다. 얇고 하얗고, 앙증맞은 반바지를 받쳐 입는. 어른이 된 후 처음 산 흰색 옷이었다.

칵테일파티에서 스테파니는 사람들로 북적이는 넓은 테라스 건너편에 있는 캐시—달리 누가 있겠는가?—를 알아보았다. 자신이 이번에도 안녕하세요 인사를 받을 만한 자격이 있는지 아니면 심술궂은 '누구시더라?' 미소로 강등당할지 궁금해하던 차에, 눈이 마주친 캐시가 그녀 쪽으로 다가왔다. 소개가 이어졌다. 캐시의 남편 클레이는 시어서커 반바지에 분홍색 옥스퍼드 셔츠 차림이었는데, 다른 부류의 사람이 입었다면 이상하게 보였을 법한 옷차림이었다. 캐시는 밝은 파란색 눈이 돋보이는 클래식한 군청색 옷을 입고 있었다. 베니의 시선이 캐시에게 머물자 스테파니는 긴장하는 자신을 느꼈지만, 남편이 금세 관심을 돌리자 (지금은 클레이와 이야기하고 있다) 불현듯 생겨났던 불안의 여운도 금세 가셨다. 캐시는 금발을 풀어 늘어뜨렸지만 양쪽에 여전히 실핀을 꽂고 있었다. 스테파니는 이 여자가 일주일에 실핀을 몇 개나 쓸지 멍하니 생각했다.

"테니스코트에서 뵌 적 있어요." 캐시가 말했다.

"얼마 안 됐죠," 스테파니가 말했다. "막 다시 시작한 참이거든요."

"언제 한번 시합해요."

"좋죠." 스테파니는 편하게 말했지만 두근대는 심장박동이 뺨에서 느껴질 지경이었고, 클레이와 캐시 부부가 자리를 떴을 땐 부끄럽게도 현기증까지 났다. 그것은 스테파니 인생에서 가장 어리석은 승리였다.

II

몇 달 지나지 않아 모두가 스테파니와 캐시가 친구라고 얘기하게 되었다. 두 사람은 일주일에 두 번 아침에 만나 테니스를 쳤고, 클럽 간 리그에서 환상적인 복식조를 이루어 가까운 동네에 사는 손바닥만 한 테니스복을 입은 금발 여자들을 상대로 경기를 하기도 했다. 둘의 생활상은 그들의 이름—캐스와 스테프, 스테프와 캐스—만큼이나 딱딱 맞아떨어졌고, 아들들 역시 똑같이 1학년이었다. 크리스와 콜린, 콜린과 크리스. 임신했을 당시 스테파니는 베니와 함께 온갖 이름들—재너두, 피커부, 리닐도, 크리킷—을 놓고 고민했는데, 신기하게도 그들이 최종적으로 고른 이름은 따분한 크랜데일식 작명 풍속도에 완벽하게 녹아드는 것이었다.

이 지역 금발들의 위계에서 높은 자리를 차지하고 있는 캐시 덕에 스테파니는 손쉽고 순탄하게 그 세계에 들어갈 수 있었고, 짧게 친 검은 머리와 문신까지도 용인되는 안전한 지위를 얻었다. 다르지만 괜찮다고 받아들여져, 몇몇 사람들이 쏟아내는 사나운 험담에서도 면제되었다. 캐시는 결코 스테파니가 좋아할 만한 사람이 아니었다. 캐시는 공화당원이었다. 자신의 타고난 행운이나 다른 사람에게 닥친 재난에 대해 얘기할 때 으레 '팔자소관'이라는 용서할 수 없는 말을 입에 담는 부류였다. 캐시는 스테파니의 인생에 대해선 거의 아는 게 없었다—이를테면 몇 년 전 잡지 〈디테일스〉를 위해 젊은 영화스타 키티 잭슨을 인터뷰하던 중 폭행해서 헤드라인을 장식했던 셀러브리티 전문 기자가 스테파니의 오빠 줄스였다는 사실을 알았다면 놀라서 할 말을 잊었을 것이다. 때때로 스테파니는 이 친구가 그녀를 인정하는 것 이상으로 이해를 하는 건지 궁금해서 그녀의 속내를 상상해보았다. 너 우리 싫어하지? 우리도 네가 싫거든? 그래도 우리 함께 작정한 바가 있으니 스카즈데일 년들이나 박살내러 가자고. 스테파니는 자신의 지칠 줄 모르는 맹렬한 테니스 사랑이 스스로도 살짝 당황스러웠다. 그녀는 라인콜*과 백핸드**를 꿈꿨다. 여전히 캐시가 더 잘 쳤지만 실력 차가 점점 근소해져서 그 사실에 둘 다 똑같이 자존심 상할 때도 있고 우쭐할 때도 있는 듯했다. 파트너이자 적수로, 아이 엄마이자 이웃으로 스테프와 캐스는 찰떡궁합이었다. 단 한 가지 문제는 베니였다.

크랜데일 침공 이 년째를 맞은 여름, 남편이 수영장에서 자기를 바라보는 사람들 눈빛이 이상하다고 말했을 때 스테파니는 처음엔 믿지 않았다. 당시에 남편 말을 여자들이 수영복 위로 울툭불툭 솟은 갈색 근육과 크고 검은 눈동자를 황홀한 눈길로 바라봤다는 뜻

---

* 테니스 경기에서 공이 라인 안에 떨어졌는지 벗어났는지 판정하는 것.
** 라켓을 쥔 손의 반대 방향으로 날아오는 공을 치는 것.

으로 받아들인 스테파니는 딱 잘라 말했다. "당신이 언제부터 그런 시선을 불편해했다고?"

그러나 베니는 그런 뜻으로 한 말이 아니었고, 얼마 지나지 않아 스테파니도 똑같은 느낌을 받았다. 사람들이 남편 이야기가 나오면 머뭇거리거나 질문을 했다. 베니는 심각하게 여기지 않는 듯했다. 이제껏 살아오면서 '살러자르라는 성도 다 있나?'라는 말을 이골이 나게 들은 탓에 자신의 태생과 인종에 회의를 느끼지 않을 정도로 무덤덤해졌고, 설령 회의가 들더라도 얼마든지 날려버릴 수 있는 매력, 특히 여자들에게 어필하는 매력을 갈고닦아왔다.

두번째 여름이 한창일 무렵 또다른 헤지펀드 매니저가 칵테일 파티를 열었다. 베니와 스테파니는 캐시와 (베니 부부 사이에서는 '허수아비'라고 불리는) 클레이와 다른 몇몇 사람들과 얘기를 나누고 있었는데, 외교 협회 회의를 마치고 파티에 온 지역 하원의원 빌 더프도 합류하게 되었다. 뉴욕 지역 알카에다의 존재가 화제에 올랐다. 빌이 비밀이라며 들려준 바로는, 조직원들은 실제로 존재하며, 특히 뉴욕 외곽 자치구에서 서로 접촉하고 있을 수도 있다는 것이었다(스테파니는 클레이가 옅은 눈썹을 갑자기 치켜올리며, 한쪽 귀에 물이라도 들어간 것처럼 괴상하게 고개를 홱 젖히는 것을 보았다). 문제는 그들이 알카에다 본부와 얼마나 긴밀히 연결되어 있는가인데—이 대목에서 빌은 웃음을 터뜨렸다—그도 그럴 것이 사회에 원한을 품은 부적응자라면 누구든지 알카에다를 자임할 순 있겠지만, 자금과 훈련과 지원책이 부족한 걸 보면 (클레이는 또 한번 고개를 재빨리 흔들고는 오른쪽에 있는 베니를 홀긋 보았다) 본부에서 지원을 받았을 리 만무하기 때문인데……

말끝을 흐리며 입을 다문 빌은 당황한 기색이 역력했다. 또다른 부부가 끼어들었고, 베니는 스테파니의 팔을 잡고 자리를 떴다. 베니의 눈은 고요하다 못해 졸려 보이기까지 했지만, 스테파니의 손목을 아플 정도로 꽉 쥐고 있었다.

그들은 일찍 파티장을 떠났다. 베니는 별명이 스쿠터인 열여섯 살 베이비시터에게 돈을 주고, 차로 집까지 바래다주었다. 그러고는 스테파니가 시계를 한 번 흘끗 보거나 스쿠터의 예쁘장한 얼굴을 미처 떠올리기도 전에 부리나케 집으로 돌아왔다. 남편이 도난경보기를 설정하는 소리가 들리더니 곧이어 고양이 실프가 겁을 집어먹고 침대 밑으로 숨을 만큼 요란하게 계단을 올라오는 소리가 들렸다. 침실에서 달려나온 스테파니는 계단을 다 올라온 베니와 마주쳤다. "이런 개똥같은 동네에서 내가 뭘 하고 자빠진 거지?" 그가 소리를 질렀다.

"쉬잇. 크리스 깨겠어."

"완전 끔찍했다고!"

"역겨웠어." 스테파니가 말했다. "클레이가 지나치긴 했—"

"당신 지금 그것들을 두둔하는 거야?"

"당연히 아니지. 그냥 클레이 한 사람을 얘기한 거잖아."

"거기 있던 인간들이 무슨 상황인지 몰랐다고 생각하는 거야?"

남편의 말이 사실일 수도 있다는 생각에 스테파니는 두려웠다—다들 알고 있었다고? 남편이 그렇게 생각하지 않기를 바랐다. "그냥 다 피해망상이야. 캐시 같은 사람 말도—"

"또 그런다! 지금 뭐 하는 거야!"

계단 맨 위에 있던 베니가 주먹을 움켜쥐고 일어섰다. 스테파니는 그에게 다가가 안아주었고, 그러자 베니는 그녀를 쓰러뜨릴 기세로 몸을 기대왔다. 그의 호흡이 느려질 때까지 둘은 그렇게 부둥켜안고 있었다. 스테파니가 부드럽게 말했다. "이사 가자."

베니는 깜짝 놀라 몸을 뒤로 뺐다.

"진심이야." 스테파니가 말했다. "여기 사람들 따위 신경 안 써. 일종의 실험 아니었어? 이런 곳으로 이사온 것 말이야."

베니는 대답하지 않았다. 주변의 마룻바닥을 보았다. 장미 문양 쪽모이 세공 마루는 인부에게 돈을 줘가며 맡겨도 성에 차지 않을 섬세한 작업이라 그가 직접 기어다니며 일일이 시공한 것이었다. 또 침실 문의 창들을 보았다. 그가 몇 주에 걸쳐 창을 덮고 있던 겹겹의 페인트를 면도칼로 긁어내고 그 형태를 되살려낸 것이었다. 계단통의 움푹 들어간 공간도 그가 심사숙고해서 오브제를 하나 들여놨다가 이내 다른 오브제로 바꾸었고, 조명도 어울리는 것으로 설치했다. 아버지가 전기기사였기 때문에 그는 못 다루는 조명이 없었다.

"그것들이 이사가게 만들자고." 베니가 말했다. "씨팔, 여긴 내 집이야."

"좋아. 하지만 내 말은 우리가 가버리면 끝이라는 거야. 내일이든. 한 달 후든. 일 년 후든."

"난 여기서 늙어 죽고 싶어," 베니가 말했다.

"미치겠네," 스테파니가 그 말을 내뱉는 순간 그들은 별안간 간지러운 듯이 쿡쿡 웃었고 이내 포복절도하며 배를 움켜쥐고 마룻바닥에 쓰러져서는 서로 소리를 낮추라고 주의를 주었다.

결국 부부는 눌러앉게 되었다. 그날 이후, 아침에 스테파니가 흰 테니스복을 입는 것을 보면 베니는 종종 한마디씩 했다. "파시스트들이랑 놀러 가나?" 스테파니는 '허수아비'의 편협함과 아둔함에 대한 항의의 표시로 테니스를 관두고 캐시와 절교하기를 바라는 남편의 심중을 모르지 않았다. 그래도 관둘 생각은 전혀 없었다. 이왕 컨트리클럽을 중심으로 사교생활이 돌아가는 곳에서 살겠다고 마음먹었다면, 쉽게 동화되도록 뒷받침해준 여자와 원만한 관계를 유지하는 것은 당연한 일이었다. 노린처럼 오갈 데 없는 신세가 될 생각은 추호도 없었다. 오른쪽 집에 사는 노린은 음 연상 버릇*을 가진데다 얼굴을 다 가리다시피 하는 큰 선글라스를 끼고 다녔고, 손을 심하게 떨었다—스테파니가 짐작하기론 약 때문이었다. 노린에겐 사랑스럽지만 어딘가 불안해 보이는 아이가 셋 있었는데, 동네의 어느 여자도 그녀와 말을 섞지 않았다. 그녀는 유령이었다. 전 사양할게요, 스테파니는 생각했다.

가을이 되어 날씨가 선선해지자 스테파니는 베니가 집에 없는 좀더 늦은 시간에 테니스를 쳤고, 베니는 더이상 아내가 테니스복으로 갈아입는 것을 못 보게 되었다. 그녀는 라 돌의 홍보사에서 프리랜서로 일하고 있었고, 맨해튼에서의 미팅을 원하는 시간으로

---

* 말할 때 의미나 논리적 관계보다는 소리에 의거해 단어를 선택하는 증세로 주로 정신분열증이나 조증에서 나타난다.

잡을 수 있어서 그 시간에 테니스를 치는 데는 어려움이 없었다. 물론 어느 정도 남편을 속이는 것이긴 했다. 그러나 어디까지나 그가 이 사실을 알고 언짢아하지 않도록 배려하는 차원에서 그를 배제한 것이었다. 그가 물었을 때 테니스를 치고도 치지 않았다고 말한 적은 없었다. 말이 나왔으니 말인데, 베니야말로 지난 몇 년간 거짓말을 입에 달고 살다시피 하지 않았던가? 그녀가 고작 몇 번 거짓말을 했다고 그가 뭐라고 할 입장은 아니지 않은가?

III

이듬해 봄, 스테파니의 오빠 줄스가 애티카 교도소에서 가석방되어 그들과 함께 살게 되었다. 줄스는 오 년간 복역했다. 키티 잭슨 강간 미수에 대한 공판을 기다리며 라이커스 섬에서 첫 일 년을 보냈고, (키티 잭슨의 요청으로) 기소가 취하된 후 납치와 가중 폭행으로 유죄 판결을 받아 사 년을 보냈다―문제의 햇병아리 스타가 제 발로 줄스와 함께 센트럴파크로 갔고 털끝 하나 다치지 않았다는 사실을 고려하면 어처구니없는 판결이었다. 사실 그녀는 막판에 줄스의 변호인 측 증인으로 재판정에 서기까지 했다. 그러나 지방검사는 키티가 줄스를 옹호하는 건 일종의 스톡홀름신드롬이라며 배심원단을 설득했다. "잭슨 양이 계속해서 피고를 감싸려 드는 것이야말로 그녀가 피고로 인해 더없이 심각한 정신적 손상을 입었음을 재삼 입증하는 것으로……" 스테파니는 장장 열흘 동안 괴로운 심정으로 지켜보았던 오빠의 재판에서 지방검사가 차분하게 내뱉던 말을 다시 떠올리면서, 좋은 쪽으로 생각하려고 애썼다.

　줄스는 수감되어 있는 동안 폭행사건이 있기 전 몇 달간 파란만장하게 잃어버렸던 마음의 평정을 되찾은 듯 보였다. 조울증 약을 계속 복용했고, 파혼 사실도 별 동요 없이 받아들였다. 교도소에서 일주일에 한 번 발행하는 신문을 편집하고, 9·11이 수감자들의 삶에 미친 영향을 다룬 머리기사로 PEN 수감자 작문 프로그램에서 수여하는 표창장을 받았다. 수상을 위해 외출 허락을 받아 뉴욕에 온 그가 더듬더듬 소감을 말하는 내내 베니와 스테파니, 부모님까지 모두 눈물을 흘렸다. 그는 농구를 다시 시작해서 뱃살을 뺐고, 기적적으로 습진까지 없어졌다. 이제야 비로소, 이십 년도 더 전에 진지하게 저널리스트 경력을 쌓을 생각으로 뉴욕에 왔던 그때로 되돌아갈 준비가 된 것 같았다. 가석방 심사위원회에서 그의 조기 석방을 결정할 즈음엔 이미 스테파니와 베니가 그에게 자립할 수 있을 때까지 함께 살자고 선뜻 제안한 상황이었다.

　그러나 줄스가 동생 부부의 집에 들어와 산 지 두 달이 지난 지금, 그는 심상찮은 정체 상태에서 벗어나지 못하고 있었다. 초반에 두려움으로 식은땀을 흘리면서 인터뷰를 몇 건 진행했지만, 여태 아무 기사도 내놓지 못하고 있었다. 줄스는 크리스를 덮어놓고 예뻐했고, 아이가 학교에 가 있는 동안 자디잔 레고 블록들을 조립해 방대한 도시를 만들어 방과 후 집에 온 아이를 깜짝 놀래주었다. 그러나 여동생인 스테파니에 대해선 냉소적인 거리를 유지했고,

그녀가 헛되이 종종거리며 사는 모습(이를테면 오늘 아침 세 식구가 학교와 직장으로 헐레벌떡 뛰어가는 광경)에 멍한 쓴웃음을 짓는 듯했다. 아무렇게나 자란 머리카락에 얼굴은 풀이 죽고 힘없어 보이는 오빠를 보면 스테파니는 가슴이 아팠다.

"차 가지고 시내 나갈 거야?" 스테파니가 아침 먹은 그릇들을 개수대에 아무렇게 던져놓고 있는데 베니가 물었다.

그녀는 운전할 일이 없었다—아직은. 날씨가 따뜻해져서 다시 아침에 캐시와 테니스를 치기 시작한 터였다. 하지만 베니의 눈에 띄지 않고 테니스를 칠 멋진 방법을 생각해냈다. 흰 테니스복은 클럽에 두고, 아침엔 출근 차림을 하고 남편을 회사에 보낸 다음 클럽에 가서 운동복으로 갈아입고 테니스를 치는 것이다. 남편을 속이는 걸 가급적 줄일 셈으로, 순전히 시간 순서만 바꾸는 정도로 거짓말을 했다. 베니가 어디를 가는 거냐고 물어보면 언제나 그녀는 실제로 그날 늦게 잡혀 있는 미팅을 언급했고, 저녁때 베니가 미팅이 어땠냐고 물어보면 정직하게 대답할 수 있었다.

"열시에 보스코를 만날 거야," 스테파니가 말했다. 보스코는 그녀가 여전히 홍보를 담당하고 있는 유일한 로커였다. 사실 미팅 시간은 세시였다.

"보스코를? 열두시 전에?" 베니가 물었다. "보스코가 그러재?"

그 즉시 스테파니는 실수를 깨달았다. 보스코는 밤마다 알코올의 안개 속을 헤매는 사람이라 오전 열시에 멀쩡하게 깨어 있을 확률은 제로였다. "그랬던 것 같은데," 스테파니가 답했다. 남편의 면전에 대고 거짓말을 하자니 어지러질 현기증이 일었다. "당신 말을 듣고 나니, 수상하긴 하네."

"무섭기까지 한걸," 베니는 스테파니에게 키스를 하고 크리스와 함께 문으로 향했다. "그 친구 만나고 나한테 전화 좀 해줘."

그 순간 스테파니는 캐시와의 테니스 게임을 취소하고—엄밀하게는 캐시를 바람맞히고—맨해튼으로 차를 몰고 가서 열시에 보스코를 만나야 한다는 걸 알았다. 달리 방법이 없었다.

남편과 아들이 집을 나선 후, 스테파니는 줄스와 둘만 남을 때마다 어김없이 감도는 긴장감을 느꼈다. 오빠의 계획과 일정에 대한 무언의 질문들과, 그것을 피하려고 그가 쳐둔 보호기제가 소리 없이 충돌했다. 레고 블록 쌓는 것 말고 오빠가 하루 종일 뭘 하며 지내는지 알 길이 없었다. 귀가해서 그녀의 침실 티브이가 포르노채널에 맞춰져 있는 것을 두 번이나 발견하고는, 너무 신경이 쓰여서 남편에게 오빠가 지내는 게스트룸에 티브이를 놓자고 부탁한 적도 있었다.

그녀는 위층으로 올라가 캐시의 휴대전화에 게임을 취소하자는 음성메시지를 남겼다. 부엌으로 돌아와보니 줄스는 아침식사를 하는 부엌 구석 자리 쪽 창밖을 유심히 보고 있었다. "네 이웃집 사람은 뭐가 문제인 거니?" 그가 물었다.

"노린?" 스테파니가 말했다. "제정신은 아닌 것 같더라."

"우리 집 울타리 근처에서 뭘 하고 있는데?"

스테파니는 창가로 갔다. 오빠 말이 맞았다. 너나 할 것 없이 모발에 자연스럽게 살짝 하이라이트를 주는 행태를 풍자하기라도 하듯 과도하게 탈색해 포니테일로 묶은 노린의 머리칼이 울타리 옆에서 오르락내리락하는 것이 얼핏 보였다. 거대한 검은 선글라스 때문에 노린의 얼굴은 만화에 나오는 파리나 외계인처럼 보였다. 스테파니는 어깨를 으쓱하면서도, 노린에게까지 신경 쓸 여유가 있는 오빠가 짜증스러웠다. "나 서둘러야 해." 그녀가 말했다.

"시내까지 차 좀 얻어타도 되니?"

스테파니는 가슴이 살짝 뛰는 것을 느꼈다. "당연하지," 그녀가 말했다. "약속 있나봐?"

"그런 건 아니고, 그냥 나가고 싶어서."

함께 자동차로 걸어가던 중 줄스가 흘긋 뒤돌아보더니 말했다. "저 여자, 우릴 지켜보고 있는 것 같은데. 노린 말이야. 울타리 뒤에서."

"놀랍지도 않아."

"그냥 저렇게 놔둘 거야?"

"그럼 뭐 어떡해? 해코지하진 않을 거야. 주거침입을 한 것도 아니고."

"뭔 일을 저지를지 어떻게 알아?"

"오빠가 그런 말 할 처지야?"

"말본새하고는," 줄스가 말했다.

볼보를 타고 가면서 스테파니는 보스코의 새 앨범 〈A to B〉의 견본 시디를 시디플레이어에 집어넣었다. 알리바이를 더 탄탄히 할 수 있다는 생각에서였다. 보스코가 최근에 발표한 앨범들은 어설픈 우쿨렐레 연주를 곁들인 노래들로 채워져 있었다. 베니가 아직도 그의 앨범을 제작해주는 건 어디까지나 우정에서 비롯된 것이었다.

"이것 좀 꺼도 될까?" 두 곡을 듣고 난 줄스가 묻더니 스테파니가 미처 대답하기도 전에 꺼버렸다. "오늘 우리가 만날 사람이 이 사람이야?"

"우리? 차만 얻어탄 것 아니었어?"

"따라가도 돼?" 줄스가 물었다. "부탁할게."

오빠의 목소리가 초라하고 애처롭게 들렸다. 갈 곳도 할 일도 없는 한 남자의 목소리. 스테파니는 비명을 지르고 싶었다. 베니에게 거짓말한 죄로 벌을 받는 걸까? 삼십 분 만에 고대했던 테니스 게임을 마지못해 취소한데다 캐시를 열받게 했고, 급조한 용무 때문에 아직 비몽사몽일 게 분명한 사람을 찾아가게 된 것도 모자라 이젠 마땅히 할 일도 없고 깎아내리기만 좋아하는 오빠까지 합세해 자신의 알리바이가 거짓으로 들통나는 현장을 구경하게 생겼다. "가봐야 별로 재미 없을 텐데," 스테파니가 말했다.

"괜찮아," 줄스가 말했다. "재미 없는 덴 이골이 났으니까."

그는 스테파니가 허치에서 크로스 브롱크스 고속도로로 진입하기 위해 슬쩍 끼어드는 것을 노심초사하며 지켜보았다. 차를 타는 게 긴장되는 모양이었다. 차량 행렬 사이에 완전히 자리를 잡자 그가 물었다. "너 바람피우니?"

스테파니는 오빠를 뚫어져라 보았다. "오빠, 미쳤구나."

"앞을 봐!"

"왜 그런 걸 묻는 거야?"

"신경이 너무 날카로운 것 같아서. 너도 그렇고 매제도 그렇고.

예전에 알던 모습들이 아니야."

스테파니는 그 말에 몹시 심란해졌다. "그이가 신경이 날카로운 것 같다고?" 이 년 전 마흔 살이 되면서 베니가 굳게 약속한데다 그를 의심할 근거가 전무했음에도, 해묵은 두려움이 손으로 목을 움켜쥐듯 순식간에 그녀를 사로잡았다.

"넌 뭐랄까, 모르겠다. 깍듯해."

"감옥에 있는 사람들에 비해 그렇단 소리야?"

줄스가 미소 지었다. "됐다." 그가 말했다. "아마 이런 데 살아서 그런가보지. 크랜데일, 뉴욕이라……" 뒷말을 길게 끌며 말했다. "보나마나 공화당 것들이 우글거리겠지."

"반은 그렇고 반은 아니야."

줄스가 고개를 돌려 믿을 수 없다는 표정으로 그녀를 바라보았다. "너, 공화당 지지자들하고 어울리니?"

"오빠, 다 그러고 사는 거 아니야?"

"너랑 베니가? 공화당 지지자들하고 어울린다고?"

"왜 소릴 질러?"

"앞을 보라니까!" 줄스가 큰 소리로 말했다.

스테파니는 앞을 보았지만, 핸들을 잡은 손은 떨리고 있었다. 차를 돌려 오빠를 집에 데려다주고 싶었지만, 그러면 있지도 않은 미팅에 못 갈 것이다.

"몇 년 동안 떠나 있었더니 좆같은 세상이 확 뒤집어졌구나," 줄스가 화를 내며 말했다. "건물이 없어지질 않나. 다른 사람 사무실에 갈 때마다 알몸 수색을 당하질 않나. 이놈 저놈 할 것 없이 다

뽕 맞은 것처럼 말하질 않나. 하긴 한 사람이랑 통화를 하면서 다른 사람들한테 이메일을 보내고 있으니 그럴 수밖에. 톰과 니콜*은 다른 사람이랑 결혼을 하지 않았나…… 이젠 내 로큰롤 빠순이 동생 부부까지 공화당 것들이랑 어울리고 있으니. 이런 씨팔!"

스테파니는 마음을 가라앉히려고 길게 숨을 내쉬었다. "오빤 어쩔 작정이야?"

"말했잖아. 너랑 같이 가서 만난다고, 이 작자—"

"내 말은 앞으로 뭘 할 계획이냐고."

긴 침묵이 이어졌다. 마침내 줄스가 입을 열었다. "나도 몰라."

스테파니는 오빠를 흘긋 보았다. 차가 헨리 허드슨 파크웨이로 접어들었다. 줄스는 아무런 기력도, 희망도 찾아볼 수 없는 얼굴로 강물을 응시하고 있었다. 스테파니는 가슴을 옥죄는 두려움을 느꼈다. "처음 뉴욕에 왔을 때," 그녀가 입을 열었다. "그때 오빠는 아이디어가 넘치는 사람이었어."

줄스가 코웃음을 쳤다. "스물네 살에 누군들 안 그렇겠니?"

"내 말은, 그때 오빠는 목표가 확실했다고."

줄스가 미시건 대학을 졸업한 지 이삼 년 지났을 무렵이었다. NYU 신입생 시절 스테파니의 기숙사 룸메이트가 거식증 치료 때문에 휴학을 하자, 줄스는 세 달 동안 그 방에 기거하면서 노트 한 권 달랑 들고 도시를 배회하고, 〈파리 리뷰〉**에서 주최하는 파티에 쳐

---

* 톰 크루즈와 니콜 키드먼.
** 1953년 뉴욕에서 창간된 문학, 예술 잡지. 잭 케루악, 필립 로스, 이탈로 칼비노, 장 주네 등 유명 작가들의 작품과 인터뷰로 유명하다.

들어갔다. 거식증에 걸린 룸메이트가 돌아왔을 즈음엔 〈하퍼스〉에서 일자리를 구해 81번가와 요크 애비뉴의 모퉁이에 아파트를 얻어 룸메이트 셋과 함께 살았다―그중 둘은 현재 잡지사의 편집장이 되었다. 나머지 한 사람은 퓰리처상을 받았다.

"이해가 안 가, 오빠." 스테파니가 말했다. "오빠에게 무슨 일이 일어난 건지 이해가 안 가."

줄스는 어딘지도 모른 채 로어 맨해튼의 반짝이는 스카이라인을 응시했다. "내가 꼭 미국 같아," 그가 말했다.

스테파니는 불안해져서 휙 돌아보았다. "무슨 소리 하는 거야?" 그녀가 말했다. "약 끊었어?"

"우리의 손은 더럽다," 줄스가 말했다.

IV

스테파니와 줄스는 6번 애비뉴의 주차장에 차를 세우고, 방 하나만 한 크레이트 앤드 배럴 쇼핑백을 주렁주렁 들고 다니는 쇼핑족들을 뚫고 소호로 향했다. "그래, 보스코란 작자는 어떤 사람이야?" 줄스가 물었다.

"콘디츠 기억해? 거기 기타리스트였어."

줄스가 걸음을 멈췄다. "우리가 만날 사람이 그 사람이야? 콘디츠의 보스코? 삐쩍 마른 빨간 머리?"

"그래. 근데 외모가 좀 변했지."

그들은 우스터에서 남쪽으로 꺾어 커낼로 향했다. 자갈길을 비추던 햇빛이 문득 사라지면서 스테파니의 마음속에 기억의 희미한 풍선 하나가 둥실 떠올랐다. 바로 이 거리에서 콘디츠의 데뷔앨범 커버 사진을 찍었고, 사진작가가 카메라를 만지작거리는 동안 보스코는 초조하게 웃으며 주근깨 부위에 파우더를 발랐다. 스테파니는 멍하니 그 기억에 잠겨서 보스코의 집 초인종을 누르고 기다리면서 속으로 기도했다. 제발 집에 없기를 제발 대답하지 말아줘 제발. 그래준다면 이날의 헛짓거리만큼은 끝날 것이었다.

인터컴에 대답하는 사람 없이 버저 소리만 울렸다. 혼란스러워진 스테파니는 보스코와 정말로 열시에 보기로 약속을 했던 건지도 모른다고 생각하며 문을 밀어 열었다. 아니면 엉뚱한 집의 초인종을 누른 걸까?

그들은 안으로 들어가 엘리베이터 버튼을 눌렀다. 엘리베이터가 통로 안에서 끽끽 소리를 내면서 한참 후에야 내려왔다. "저거, 안전한 건가?" 줄스가 물었다.

"여기서 기다려도 돼."

"날 쫓아낼 생각은 그만하시지."

보스코는 몰라보게 변해버린 모습이었다. 왕년에 그는 깡마른 몸에 스토브파이프 팬츠*를 입고 펑크와 스카가 섞인 80년대 후반 사운드를 선보였고, 무대 위의 이기 팝마저 게을러 보일 만큼 열혈인 빨간 머리 팬들을 거느렸다. 콘디츠의 공연 도중에 보스코가 발

---

* 엉덩이에서부터 바지 끝까지 일자로 떨어지는 통이 좁은 바지.

작을 일으킨 게 틀림없다고 생각한 클럽 사장이 911에 전화를 했던 적이 한두 번이 아니었다.

이제 그는 몸집이 어마어마하게 불었다―딴엔 암 투병과 항우울제 탓이라고 주장했지만, 쓰레기통에는 거의 항상 드레이어스 로키 로드 아이스크림의 갤런 사이즈 통이 있었다. 지저분하고 희끗희끗해진 빨간 머리는 포니테일로 묶었다. 고관절 대체물 수술에 실패해 걸을 때마다 손수레에 실은 냉장고처럼 뱃살이 출렁거리고 비틀거렸다. 그래도 지금은 깨어 있는데다 옷도 입었다―심지어 면도까지 한 얼굴이었다. 로프트의 블라인드는 올라가 있었고, 갓 내린 커피 향이 샤워 후 공기중에 퍼진 습기를 상큼하게 몰아냈다.

"세시에 보기로 한 줄 알았는데," 보스코가 말했다.

"열시 약속 아니었어?" 보스코의 시선을 피하려고 가방 안을 들여다보면서 스테파니가 말했다. "내가 시간을 착각했나?"

보스코는 바보가 아니었다. 그는 스테파니가 거짓말하고 있다는 걸 알아챘다. 하지만 호기심을 느꼈고, 그 호기심은 자연스레 줄스에게로 기울었다. 스테파니는 둘을 소개했다.

"영광입니다." 줄스가 진지하게 말했다.

보스코는 그 말에 반어적인 뜻이 있는 건 아닌지 그를 유심히 살펴보다 악수했다.

스테파니는 보스코가 대부분의 시간을 보내는 검은 가죽 리클라이너 소파 근처에 있는 접의자에 걸터앉았다. 옆의 먼지 낀 창문 너머로 허드슨 강은 물론 호보큰까지도 살짝 보이는 자리였다. 보스코가 스테파니에게 커피를 건네고 의자에 격하게 몸을 던지자, 그의 몸은 젤라틴처럼 착 달라붙는 의자에 에워싸였다. 〈A to B〉의 홍보 방안을 논의하기 위해 만난 자리였다. 이젠 베니가 회사 상사들에게 업무를 보고해야 하는 처지가 되었기 때문에, 보스코에겐 음반 제작과 물류비용 외엔 한 푼도 쓸 수 없었다. 그래서 보스코가 스테파니를 시간제로 고용해 자신의 홍보 담당과 출연계약 담당을 맡긴 것이었다. 그러나 그런 직함은 상징적인 데 그칠 때가 많았다. 그의 몸 상태가 심각하게 나빴던 탓에 앞서 발표했던 두 장의 앨범과 관련해서는 거의 아무 활동을 못 했던데다, 그의 무기력한 태도도 세상의 무관심과 얼추 맞아떨어졌다.

"이번엔 완전히 다르게 나갈 거야," 보스코가 얘기를 시작했다. "스테파니, 자기야, 이번에 일 한번 제대로 해야지? 이건 내 컴백 앨범이 될 거야."

스테파니는 그가 농담한다고 생각했다. 그러나 검은색 가죽 주름들에 파묻혀 그녀를 바라보는 그의 눈빛은 차분했다.

"컴백?" 스테파니가 물었다.

줄스는 아까부터 로프트 안을 왔다갔다하며 벽을 뒤덮다시피 한 콘디츠의 골드 앨범과 플래티넘 앨범 액자들과, 거의 다 팔고 남겨둔 기타 몇 대와, 손자국 하나 없는 유리 상자 안에 고이 모셔놓고 절대 팔지 않는 미 대륙 발견 이전의 공예품들을 구경하고 있었다. 스테파니는 오빠가 '컴백'이란 말에 별안간 주의를 기울이는 것을 감지했다.

"앨범 타이틀이 'A to B'잖아, 그렇지?" 보스코가 말했다. "그게 바로 내가 탁 까놓고 다루고 싶은 질문이라고. 내가 어떻게 록스타에서 아무도 거들떠보지 않는 뚱보 만신창이로 전락했는가 하는 질문 말이야. 그런 일은 없었던 척하지 말자고."

스테파니는 너무 놀라 아무 대꾸도 할 수 없었다.

"나 인터뷰도 하고, 티브이 출연도 하고 싶어. 뭐든 말만 해," 보스코가 말을 이었다. "그딴 걸로 내 인생을 꽉꽉 채워줘. 지지리 궁상떠는 짓거리를 하나도 빼놓지 않고 기록하는 거야. 이런 게 현실 아니겠어? 이십 년 지나면 반반했던 얼굴도 맛이 가. 뱃살의 반을 잘라낸 사람은 더하지. 시간은 깡패잖아? 그게 제대로 표현한 거 아냐?"

줄스가 방 반대편에서 천천히 다가왔다. "처음 듣는 말이네요." 그가 말했다. "시간이 깡패라고요?"

"반대하시게?" 보스코가 다소 도전적으로 말했다.

침묵이 흘렀다. "아뇨," 줄스가 말했다.

"저기," 스테파니가 나섰다. "보스코, 당신 솔직한 건 좋은데—"

"'보스코, 당신 솔직한 건 좋은데' 같은 말 하지 마." 보스코가 말을 잘랐다. "홍보성 감언이설 따위 집어치우라고."

"난 당신 홍보 담당이야," 스테파니가 보스코에게 상기시켰다.

"그래, 하지만 그딴 걸 신봉하기 시작하면 안 되지," 보스코가 말했다. "당신 너무 늙었어."

"외교적으로 대답하려 했던 거야," 스테파니가 말했다. "요점은 당신 인생이 지옥에 빠졌다고 관심을 가질 사람은 한 명도 없다는 거야, 보스코. 그런 게 재미있을 거라고 생각해? 농담이지? 당신이 록스타라면 맞는 말일지도 모르지만, 당신은 록스타가 아니야. 퇴물이라고."

"참 못되게도 말한다." 줄스가 말했다.

보스코가 웃음을 터뜨렸다. "내가 늙었다고 하는 바람에 열받아서 저러는 거예요."

"맞아," 스테파니가 인정했다.

줄스는 불편한 표정으로 둘을 번갈아 보았다. 그는 어떤 종류의 갈등에도 동요하는 것 같았다.

"보자고," 스테파니가 말했다. "지금 한 얘기가 멋지고 혁신적인 아이디어라고 쳐줄게. 그러니까 이대로 접자. 못 접겠다면 사실대로 말해주지. 바보 같은 생각이야. 아무도 관심 없을 거야."

"아직 내 아이디어가 뭔지 듣지도 않았잖아," 보스코가 말했다.

줄스가 접의자를 하나 가져와 앉았다. "난 투어를 하고 싶어," 보스코가 말했다. "예전처럼, 무대 위에서 보여줬던 모든 걸 그대로 다시 보여줄 거야. 예전처럼 무대를 누빌 거야. 아니, 그보다 더 할 거야."

스테파니는 잔을 내려놓았다. 여기 베니가 있었으면 좋겠다고 생각했다. 베니만이 그녀가 지금 목도하는 자기망상의 정도를 가늠할 수 있었다. "정리 좀 해보자고," 그녀가 말했다. "인터뷰도 많이 하고, 당신이 왕년의 모습의 늙고 병든 그림자에 지나지 않는다는 걸 언론에 알리고 싶다는 거지. 그리고 투어도 하고 싶고—"

"전국 투어."

"전국 투어. 예전에 **했던** 대로 공연을 하겠다는 거지."

"빙고."

스테파니는 숨을 깊이 들이마셨다. "몇 가지 문제가 있어, 보스코."

"그럴 것 같았어," 보스코는 그렇게 말하고 줄스에게 눈을 찡긋 했다. "어디 말해봐."

"그래. 첫째, 이런 데 관심 가질 작가를 구하기 쉽지 않을 거야."

"난 관심 있는데," 줄스가 끼어들었다. "나 작가잖아."

하느님, 좀 살려주세요, 하마터면 스테파니는 그렇게 말할 뻔했지만 꾹 참았다. 오빠가 작가라고 자칭한 건 실로 몇 년 만이었다.

"좋아, 그럼 방금 작가 하나가 관심을 보였다 치고—"

"뭐든 다 해도 돼," 보스코는 그렇게 말하고는 고개를 돌려 줄스를 보았다. "뭐든 다 해요. 백 퍼센트 접근 가능. 필요하면 똥 누는 것도 보여줄게요."

줄스는 곧이곧대로 받아들였다. "생각 좀 해보고요."

"내 말은 제약이 없다고. 전혀."

"오케이," 스테파니가 이야기를 재개했다. "그러니까 당신은—"

"날 촬영해도 돼요," 보스코가 줄스에게 말했다. "다큐멘터리 영화를 만들 수 있잖아요, 관심 있으면."

줄스는 슬슬 불안해지기 시작한 눈치였다.

"제가 씨팔 말 좀 끝까지 하게 해주실래요?" 스테파니가 요청했다. "세상 누구도 관심을 갖지 않을 이딴 얘기에 작가 하나 붙었다고—"

"이런 사람이 내 홍보 담당이라니 믿어져요?" 보스코가 줄스에게 물었다. "이 사람 해고할까요?"

"어디 괜찮은 사람 잘 찾아보시고," 스테파니가 말했다. "이제 투어 얘기를 해보죠."

보스코는 누가 보더라도 소파로 생각할, 몸에 착 감기는 의자에 감싸인 채 히죽거리고 있었다. 스테파니는 문득 그런 그가 가여워졌다. "공연장 예약하기도 쉽지 않을 거야." 그녀의 어조가 누그러졌다. "오랫동안 투어를 안 했으니까, 그런데다…… 예전처럼 공연하고 싶다지만……" 보스코가 면전에서 웃고 있었지만, 스테파니는 기죽지 않았다. "몸 상태로 봤을 때 당신은— 그러니까 내 말은, 당신 건강이……" 스테파니는 보스코가 예전처럼 공연할 가능성은 희박하며 섣불리 시도했다간 훗날도 아니고 조만간 죽을 거라고 꼬집지 못하고 말을 빙빙 돌리고 있었다.

"모르겠어, 스테프?" 마침내 보스코가 역정을 냈다. "그게 바로 핵심이라고. 우린 결과를 알고 있어, 하지만 마침내 그 일이 일어날 때 언제, 어디서, 누가 그 자리에 있게 될지는 몰라. 이건 '자살 투어'라고."

스테파니는 웃음을 터뜨렸다. 뭐라 설명할 순 없지만 그의 아이디어가 재미있게 느껴졌다. 그런데 보스코는 불현듯 진지해졌다. "난 맛이 갔어." 그가 말했다. "늙었고, 슬퍼—그것도 그나마 기분 좋을 때 얘기야. 이런 만신창이 신세를 끝장내고 싶다고. 그렇다고 사라지고 싶단 건 아니야. 장렬히 산화하고 싶어. 내 죽음이 명물이 되고 구경거리가 되고 미스터리가 됐으면 좋겠어. 예술작품 말이야. 자, '홍보의 여왕님.'" 보스코는 늘어진 살집을 추슬러 그녀 쪽으로 몸을 기울이며 말했다. 두둑하게 살이 붙어 커다래진 머리통에 달린 눈이 반짝반짝했다. "그런 것에 관심 가질 사람은 한 명도 없을 거라는 거지? 리얼리티 쇼? 흥, 어디 내 이야기만큼 실감나겠어? 자살은 무기야, 우리 모두 알잖아. 하지만 예술은 어떻지?"

그는 스테파니를 뚫어져라 바라보았다. 하나 남은 대담한 아이디어가 그녀의 마음에 들길 간절히 바라는 덩치 크고 병약한 사내. 긴 침묵이 흐르는 동안 스테파니는 생각을 정리하려 애썼다.

줄스가 먼저 말했다. "천재적인 생각이에요."

자기 말에 스스로 감동한 보스코는 줄스도 감동했다는 사실에 재삼 감동해 그를 상냥한 눈으로 보았다.

"둘 다 내 얘기 좀 들어봐요." 스테파니가 말했다. 자신의 머릿속에 삐딱한 생각이 번득이는 것을 알아차린 것이다. 만약 보스코의 아이디어가 정말로, 어떻게든 지속적인 관심을 끈다면 (그럴 확률이 거의 없다는 것은 분명했다—정신 나간 생각인데다 어쩌면 불법일 수도 있고, 변태적이라 할 만큼 불쾌한 것이었다) 그녀도 진짜 작가를 붙여주고 싶을 것 같았다.

"어라, 아니지, 아니지, 아니야." 스테파니가 이런 꿍꿍이속을 큰 소리로 말하기라도 한 양 보스코는 한 손가락을 흔들어 보였다. 그러고는 한숨을 내쉬고 신음을 내뱉더니, 부축해주겠다는 그들의 손길을 뿌리치고 의자에서 몸을 일으켰다. 의자는 그를 놓아주며 작게 낑낑 소리를 냈다. 보스코는 비틀거리며 방 반대편의 잔뜩 어질러진 책상으로 가 거기 기대서서 소리 나게 숨을 헐떡였다. 이윽고 그는 책상을 뒤져 종이와 펜을 꺼냈다.

"이름이 뭐라고 했죠?" 그가 외쳤다.

"줄스. 줄스 존스예요."

보스코가 몇 분간 끼적였다.

"오케이," 그는 힘겹게 돌아와 줄스에게 종이를 건넸다. 줄스가 소리내어 읽었다. "나 보스코는 심신이 온전한 상태에서, 줄스 존스에게 본인의 쇠락과 '자살 투어'에 관한 이야기를 취재할 유일하고 독점적인 방송 권리를 이 자리에서 위임합니다."

분투 끝에 보스코의 체력은 바닥난 상태였다. 그는 의자에 축 늘어져 눈을 감고 숨을 천천히 들이마셨다. 그들 앞의 뚱한 거구는 완전히 사라지고 미친 허수아비 쇼맨 보스코가 스테파니의 마음속에 유령처럼 홀연히, 다짜고짜 나타났다. 슬픔의 파도에 스테파니는 무너졌다.

보스코는 눈을 뜨더니 줄스를 바라보았다. "그거," 그가 말했다. "선생 겁니다."

모마MoMA의 조각 정원에서 점심을 먹을 때 보니 줄스는 다시 태어난 것 같았다. 활기 넘치고 흥분해서 새로 공사한 박물관에 대한 자기 생각을 거듭 얘기했다. 그는 여기 오는 길에 기프트숍으로 곧장 가 다음 날 아침 열시에 보스코와 만나기로 한 약속을 기록해두기 위해 스케줄러와 펜(둘 다 마그리트의 구름으로 뒤덮여 있었다)을 사두었다.

스테파니는 터키 랩 샌드위치를 먹으며 피카소의 〈암염소〉를 바라보면서, 오빠의 의기양양한 기분을 함께 만끽하고 싶었지만 도저히 그럴 수 없었다. 마치 그녀 안의 신명이 뽑혀나가 줄스에게 옮겨진 양, 정확히 그녀가 진이 빠진 만큼 오빠가 기운을 차린 것 같았다. 부질없게도 그녀는 어느새 테니스 게임을 놓친 것을 아쉬워하고 있었다.

"뭐가 문제야?" 세번째로 시킨 크랜베리 소다를 단숨에 들이켜면서 마침내 줄스가 물었다. "축 처진 것 같다."

"모르겠어," 스테파니가 대답했다.

큰오빠 줄스가 몸을 수그려오자 스테파니는 불현듯 그들의 어린 시절을 떠올렸다. 줄스는 몸으로 그녀를 보호해주다시피 했던 수호자이자 감시인이었고, 테니스 경기에 따라와 동생 다리에 쥐가 나면 마사지를 해주기도 했다. 줄스의 혼란스러웠던 몇 년간의 세월에 가려 묻혀 있던 그 느낌이 지금 따스하고 생생하게 밀려올라와 스테파니의 눈에 눈물이 맺혔다.

그녀의 오빠는 어리벙벙한 표정을 지었다. "스테프," 오빠가 그녀의 손을 잡으며 말했다. "왜 그래?"

"모든 게 다 끝나가고 있는 것 같아서," 스테파니가 말했다.

그녀는 옛날을 생각하고 있었다. 그녀와 베니는 이제 그 시절을 그렇게 불렀다―단순히 크랜데일로 이사 오기 전이 아니라, 결혼하기 전, 부모가 되기 전, 돈이 생기기 전, 마약을 끊기 전, 뭐가 됐든 책임이란 것을 떠맡기 전의 시절, 그들이 아직 보스코와 함께 로어 이스트사이드를 배회하고, 해가 뜨고 나서야 잠자리에 들고, 모르는 사람의 아파트에 불쑥 나타나고, 공공장소나 다름없는 곳에서 섹스를 하고, (스테파니의 경우에는) 헤로인을 한 번도 아닌 여러 번 맞는 것 같은 도발적인 행동들을 했던 시절을 가리켰다. 그중 아무것도 진지하게 하지 않았기 때문이었다. 그들은 젊었고 운이 좋았고 강했다―그들이 걱정할 게 뭐가 있었겠는가? 결과가 마음에 들지 않으면 되돌아가 다시 시작할 수 있었다. 그런데 이제 보스코는 아파서 운신도 제대로 할 수 없는 몸이 되었고, 죽을 계획을 짜는 데 혈안이 돼 있었다. 이런 결과는 자연법에서 기형적인 일탈일까, 아니면 마땅히 이렇게 될 줄 알았어야만 했던 평범한 일일까? 어느 정도는 그들이 자초했던 건 아닐까?

줄스가 한 팔을 동생의 어깨에 둘렀다. "오늘 아침에 물어봤다면 우린 다 끝났다고 대답했을 거야." 그가 말했다. "우리 모두가, 이 나라가 통째로―이 씨팔 놈의 세상이 다. 하지만 지금 내 기분은 그 반대야."

스테파니는 알았다. 오빠 안에서 희망이 세차게 흐르는 소리가 실제로 귀에 들리는 것 같았다. "그래서 지금은 뭐라고 대답할 건데?" 스테파니가 물었다.

"물론 모든 게 끝나가고 있지," 줄스가 말했다. "하지만 아직은 아니야."

V

그다음에 스테파니는 작은 에나멜가죽 핸드백을 만드는 디자이너와 미팅을 한 후, 본능의 경고를 무시하고 사무실에 들렀다. 언제나처럼 라 돌 사장은 통화를 하던 중이었지만, 수화기를 막고 자기 방에서 스테파니에게 소리쳤다. "문제 생긴 거야?"

"아뇨," 스테파니는 깜짝 놀라 말했다. 아직 방에 들어서기도 전이었다.

"핸드백맨하고는 다 잘돼가고?" 라 돌은 직원들의 일정을 어렵지 않게 파악했고, 스테파니 같은 프리랜서도 예외는 아니었다.

"아주 잘돼가요."

라 돌은 전화 통화를 끝내고, 책상 위 크룹스 머신에서 밑바닥을 잘라낸 골무만 한 잔에 에스프레소를 내린 후 말했다. "들어와, 스테프."

스테파니는 으리으리한 사장실로 들어갔다. 라 돌은 잘 아는 사람들에게조차 디지털로 보정한 것처럼 보이는 사람 중 하나였다. 보브 컷으로 자른 밝은 금발, 잡아먹을 듯이 립스틱을 바른 입술, 여기저기 두리번거리는 알고리즘적인 눈까지. "다음 미팅은," 라 돌이 족집게 같은 시선으로 스테파니를 한 번 보고선 말했다. "취소해."

"네?"

"복도에서부터 자기의 우울한 기운이 느껴졌어," 라 돌이 말했다. "그건 감기 같은 거야. 고객들한테 퍼뜨리지 마."

스테파니는 웃음을 터뜨렸다. 사장과는 평생을 알고 지내왔다―그 말이 백 퍼센트 진담이라는 것 정도는 얼마든지 알아들을 정도로 오래. "사장님 진짜 너무하네요." 그녀가 말했다.

스테파니의 말에 벌써 다른 전화를 걸고 있는 라 돌이 킥킥댔다. "이렇게 사는 건 쉬운 줄 알아?"

스테파니는 축구 연습을 하는 크리스를 데리러 크랜데일로 돌아갔다(줄스는 기차를 타고 먼저 갔다). 일곱 살인 아들은 한나절 떨어져 있었을 뿐인데도 엄마를 보고는 두 팔 벌려 안겨왔다. 스테파니는 아들을 꼭 껴안고는 머리칼에서 풍기는 밀 냄새를 맡았다. "줄스 삼촌 집에 있어?" 크리스가 물었다. "뭐 조립하고 있어?"

"사실 줄스 삼촌이 오늘 일을 했거든," 그 말을 하면서 스테파니는 뭉클하니 솟아오르는 자부심을 느꼈다. "시내에서 일했단다."

하루 동안 겪은 우여곡절을 베니에게 어서 들려주고 싶다는 바람이 아까부터 붕붕거렸다. 아까 남편의 비서인 사샤와 통화를 했다. 오랫동안 베니의 부정을 숨겨주는 문지기라고 생각해 불신했지만, 몇 년 전부터, 그러니까 남편이 개심하고부터는 점차 좋아하게 되었다. 베니가 퇴근길에 길이 막힌다고 전화해왔지만, 그때쯤 스테파니는 얼굴을 보며 직접 이야기하고 싶어졌다. 남편에게 보스코 이야기를 들려주며 함께 웃다가 묘하게 비참한 심정이 되는 모습이 머릿속에 그려졌다. 그리고 한 가지를 깨달았다. 테니스에 대해 거짓말하는 것도 이젠 끝이었다.

스테파니와 크리스가 집에 왔을 때까지도 베니는 도착하지 않았다. 농구공을 들고 나타난 줄스가 크리스에게 호스 게임을 하자고 해서 둘은 진입로로 나갔고, 차고 문이 부서져라 공을 던지며 놀았다. 해가 지기 시작했다.

마침내 집에 도착한 베니는 곧장 샤워를 하러 위층으로 올라갔다. 스테파니는 냉동 닭다리 몇 개를 해동하려고 따뜻한 물에 넣어두고는 남편을 따라 올라갔다. 열린 욕실 문으로 수증기가 새어나와 침실 안을 비추는 마지막 햇살 속에서 춤추었다. 스테파니도 샤워를 하고 싶었다. 욕실엔 샤워기 두 대와 함께 수공으로 만든 세면대니 변기니 수납장들이 있었다. 터무니없이 비싼 시공비 때문에 부부는 설전을 벌였지만 베니는 조금도 물러서지 않았다.

스테파니는 신발을 벗고, 블라우스 단추를 풀어 벗어선 베니의 옷가지가 놓여 있는 침대 위에 던졌다. 남편이 호주머니에서 꺼낸 물건들이 평소처럼 작은 앤티크 테이블 위에 흩어져 있었다. 스테파니는 무엇이 있나 재빨리 확인했다. 의심하며 살던 시절의 해묵은 버릇이었다. 동전들, 껌 포장지, 주차권. 발을 옮기는데 뭔가가 발바닥을 찔렀다. 그녀는 그것―실핀―을 집어들고는 쓰레기통으로 갔다. 쓰레기통에 던지기 전에 머리핀을 힐긋 보았다. 흔히 볼 수 있는 밝은 금색에, 크랜데일에 사는 여느 여자 집에서나 쉽게 볼 수 있을 헤어핀이었다. 스테파니의 집만 빼면.

스테파니는 머리핀을 든 채 멈춰 섰다. 그 핀이 그 자리에 있을 만한 이유는 천 가지―그들 부부가 열었던 파티, 화장실을 쓰려고 방에 들어왔을지도 모르는 친구들, 가사도우미 아줌마―는 됐다. 그러나 스테파니는 누구 것인지 알았다. 마치 전부터 알고 있기라도 했던 것처럼, 마치 그 사실을 발견한 것이 아니라 기억해낸 것처럼. 그녀는 치마와 브래지어만 입은 채 침대에 주저앉았고, 열이 오른 몸을 부들부들 떨었고, 충격으로 눈을 깜빡였다. 말할 필요도 없었다. 고통, 원한, 권력, 욕망. 그 모든 것이 하나의 결론으로 수렴되는 데는 굳이 상상력을 동원할 필요도 없었다. 남편은 캐시와 잔 것이다. 말할 필요도 없었다.

 스테파니는 실핀을 손에 든 채 다시 셔츠를 입고 조심스레 단추를 채웠다. 그리고 욕실로 들어가 수증기와 쏟아져내리는 물줄기 사이에서 베니의 깡마른 갈색 몸을 찾았다. 그때까지도 그는 아내를 보지 못했다. 그런데 바로 그때 소름끼치도록 익숙한 감각이 스테파니에게 제동을 걸었고, 그녀는 제풀에 관둬버렸다. 그들이 어떤 말을 나누게 될지 알고 있었다. 베니는 잡아떼는 것에서 시작해 자아비판에 가까운 사과의 말을 늘어놓을 것이었고, 스테파니는 분노에서 시작해 상처 입은 마음을 감내하는 지난한 과정이 뒤따를 것이다. 지금껏 그녀는 그 과정을 다시 겪을 일은 결코 없을 거라고 생각했다. 진심으로 그렇게 믿었다.

 스테파니는 욕실을 나와 실핀을 쓰레기통에 던졌다. 맨발로 소리 없이 정면 계단을 내려갔다. 줄스와 크리스는 부엌에 있는 브리타 정수기에서 물을 따라 벌컥벌컥 마시고 있었다. 스테파니는 사라져버리고 싶은 마음뿐이었다. 마치 실수류탄을 집 안에서 밖으로 옮기고 있는데, 그것이 폭발하더라도 자기만 죽기를 바라듯이.

 나무 위로 보이는 하늘은 강청鋼靑빛이었지만 마당은 어둡게 느껴졌다. 잔디밭 가장자리로 가서 앉은 스테파니는 무릎에 이마를 묻었다. 잔디와 흙엔 아직 낮의 온기가 남아 있었다. 울고 싶었지만 눈물이 나지 않았다. 지독히도 아득한 심정이어서였다.

스테파니는 잔디 위에 모로 누워 몸을 웅크렸다. 상처받은 부위를 보호하려는 것처럼, 아니면 안에서 흘러나오는 고통을 막으려는 것처럼. 생각이 떠오를 때마다 어김없이 두려움이, 회복할 수 없을 것이고 더 버틸 여력이 없다는 확신이 커져만 갔다. 왜 다른 때보다 유독 괴로울까? 어쨌거나 더 괴로웠다.

부엌에서 베니가 부르는 소리가 들렸다. "스테프?"

스테파니는 일어나서 비틀비틀 화단 쪽으로 갔다. 글라디올러스, 비비추, 노랑데이지. 베니와 함께 심은 것들이었다. 발밑에서 잎줄기들이 밟혀 부러지는 소리가 났지만 그녀는 내려다보지 않았다. 그렇게 울타리까지 쭉 가서 흙바닥에 무릎을 꿇었다.

"엄마?" 위층에서 크리스가 부르는 소리가 들렸다. 스테파니는 귀를 막았다.

그때 다른 목소리가, 두 손으로 귀를 막고 있어도 들릴 만큼 지척에서 났다. 그 목소리가 속삭였다. "저, 안녕하세요."

아주 잠깐 스테파니는 그 낯선 지척의 목소리와 집 안에서 나는 목소리를 분간하지 못했다. 두려움보다는 일종의 무딘 호기심만 일었다. "누구세요?"

"저예요."

스테파니는 자신이 눈을 감고 있음을 깨달았다. 그제야 눈을 뜨고 울타리의 널빤지들 사이를 보았다. 그림자 사이로 반대편에서 엿보는 노린의 하얀 얼굴이 보였다. 선글라스는 쓰지 않았다. 스테파니는 겁먹은 듯한 눈을 멍하니 보았다. "노린, 안녕하세요." 그녀가 말했다.

"여기 앉아 있는 걸 좋아해요," 노린이 말했다.

"알아요."

스테파니는 자리를 뜨고 싶었지만 움직일 수 있을 것 같지 않았다. 다시 눈을 감았다. 노린은 아무 말이 없었고, 몇 분이 지나자 구석구석을 더듬는 미풍과 벌레들의 재잘거림 속으로 사라져버린 것 같았다. 마치 밤이 살아 움직이기라도 하듯. 스테파니는 흙바닥에 오래도록, 혹은 오래라고 느껴질 때까지— 단 일 분에 지나지 않았는지도 모른다—쭈그리고 앉아 있었다. 그렇게 무릎을 꿇고 앉아 있는데 다시 그녀를 부르는 소리가 들려왔다—줄스까지 합세해, 그의 두려움에 사로잡힌 목소리가 어둠 속을 위태롭게 달렸다. 결국 그녀는 비틀대며 일어섰다. 몸을 펴면서 고통의 응어리가 가슴속에 자리 잡는 것을 느꼈다. 새로 더해진 거북한 무게감 때문에 무릎이 후들거렸다.

"잘 자요, 노린," 조심조심 꽃과 관목을 헤치고 집으로 돌아가면서 스테파니는 말했다.

"잘 자요," 어렴풋이 그런 소리가 들렸다.

8
장군님 팔기

돌리가 맨 먼저 생각해낸 묘안은 모자였다. 그녀는 암회색이 섞인 파란색에 털이 북슬북슬하고, 장군의 말린 살구 같은 커다란 귀를 가릴 정도로 귀덮개가 내려오는 모자를 골랐다. 장군의 보기 흉한 귀는 감추는 게 상책이었다.

며칠 지나 〈타임스〉에 실린 장군의 사진을 본 돌리는 먹던 수란이 목에 걸려 숨이 막힐 뻔했다. 장군은 아기, 그것도 커다란 콧수염에 겹턱의 덩치 크고 아픈 아기처럼 보였다. 헤드라인은 고약하기 짝이 없었다.

장군의 괴상한 모자, 암 발병 루머 부채질해
현지 주민 불안 가중

반쯤 혼이 나간 돌리는 지저분한 부엌에서 급히 뛰쳐나가다가

정신없이 되돌아오는 바람에 목욕가운에 차를 엎지르고 말았다. 그녀는 정신 나간 사람처럼 장군의 사진을 살폈다. 그러고는 깨달았다. 끈이 문제였다. 그녀의 지시대로 모자 끈을 자르지 않고 장군의 겹턱 아래 커다랗게 리본 모양으로 매듭지은 것이 재앙이 되고 만 것이다. 돌리는 사무실로 쓰는 침실을 향해 맨발로 달려갔고, 장군의 인맥 담당인 아크 대령에게 연락하기 위해 팩스 종이들을 참을성 있게 뒤지며 가장 최근 번호를 찾았다. 장군은 암살당할까봐 수없이 거처를 옮겼지만, 그때마다 아크는 꼼꼼하게 돌리에게 팩스로 새로운 연락처를 알렸다. 팩스는 대개 새벽 세시쯤 왔고 잠자는 돌리를, 가끔은 딸인 룰루까지 깨웠다. 돌리는 절대로 불만을 표하지 않았다. 장군과 그 수행원들은 돌리가 뉴욕 최고의 홍보 전문가라고 알고 있었고, 그렇기 때문에 그녀의 팩스가 뉴욕시 전경이 파노라마처럼 펼쳐지는 고급 사무실에 있지(수년 동안은 정말로 그랬지만), 그녀가 잠자는 접이식 소파에서 불과 30센티미터 떨어진 곳에 있다고는 생각하지 못했다. 돌리는 그들이 〈베니티 페어〉나 〈인스타일〉이나 〈피플〉을 뒤적이다 그녀가 당시 쓰던 '라 돌'이라는 이름으로 소개된 철지난 기사를 보고 오해했다고밖에 생각할 수 없었다.

　장군의 캠프에서 첫 전화가 걸려온 것은 그야말로 절묘한 순간이었다. 돌리가 마지막 보석까지 전당포에 맡긴 직후였던 것이다. 그녀는 새벽 두시까지 교과서를 교열하고, 다섯시까지 자고, 영어 회화를 배우려는 도쿄 사람과 전화로 예의 바르게 수다를 떨고 나면 룰루를 깨우고 아침밥을 챙겨주었다. 그런데 이렇게 생활해도 룰루를 미스 러트거스 여학교에 보내기엔 턱없이 부족했다. 돌리는 세 시간으로 정한 수면시간 동안에도 다음번에 날아올 무시무시한 등록금 청구서 걱정이 불쑥불쑥 들어 잠을 설치기 일쑤였다.

　바로 그때 아크가 전화를 해온 것이다. 장군은 자신만을 전담해주길 바랐다. 그는 복귀를, 미국의 지지를, CIA의 암살 시도 중단을 원했다. 카다피도 했는데 그라고 못 하겠는가. 돌리는 과로와 수면 부족으로 환청을 들은 건 아닌가 진지하게 자문했지만 그래도 액수를 불렀다. 아크는 그녀의 은행 정보를 받아적기 시작했다. "장군께선 이보다 더 높은 액수를 예상하셨습니다만," 아크는 그렇게 말했고, 만약 그때 돌리가 말을 제대로 할 수 있었다면 이렇게 대답했을 것이다. 그건 주급이야, 인마, 월급이 아니라. 아니면 여보세요, 실비용을 어떻게 청구할지는 아직 말씀 안 드렸거든요? 아니면 그건 어디까지나 제가 일을 할지 여부를 결정하는 이 주 시험 기간 동안의 비용이거든요?라고. 그러나 돌리는 입을 열 수 없었다. 그녀는 울고 있었다.

　첫 보수가 은행계좌로 들어왔을 때 돌리는 무한에 가까운 안도감을 느낀 나머지, 내면의 목소리가 조그맣게 구시렁거리는 걱정 같은 건 묵살해버리다시피 했다. 너의 고객은 대량학살을 자행한 독재자야. 돌리가 전에 같이 일했던 개차반들을 몰라서 하는 소리였다. 돌리가 이 일을 맡지 않더라도 누군가 채갈 것이다. 홍보 전문가는 고객을 평가하는 사람이 아니다—만에 하나 이 작은 반대의 목소리가 용기를 얻어 커지더라도, 이런 변명들이 줄줄이 편대를 이루어 만반의 대비를 하고 있었다. 최근 들어선 그나마 들려오지도 않았다.

그녀가 해진 페르시아 러그 위를 허둥지둥 오가며 가장 최근에 받은 장군의 전화번호를 찾고 있는데 전화벨이 울렸다. 오전 여섯시였다. 돌리는 룰루가 잠에서 깨지 않기를 바라며 전화기로 돌진했다.

"여보세요?" 말은 그렇게 했지만 돌리는 상대가 누구인지 알고 있었다.

"기분이 좋지 않습니다." 아크였다.

"저도요." 돌리가 말했다. "그걸 왜 안 뗐는지—"

"장군님께서 심기가 불편하십니다."

"아크, 내 말 좀 들어봐요. 끈을 잘라내야—"

"장군님께서 심기가 불편하십니다, 필 씨."

"내 말을 들어봐요, 아크."

"그분 심기가 불편하십니다."

"그럴 수밖에 없는 게— 저기요, 가위를 가져다가—"

"그분 심기가 불편하십니다, 필 씨."

돌리는 입을 다물었다. 아크가 명령받은 대로 전달하면서 슬며시 비꼬고 있는 게 분명하다는 생각이 든 다음부터는, 암호로 말하고 있기라도 한 양 그의 매끄럽고 억양 없는 목소리에 잠자코 귀 기울일 때가 종종 있었다. 지금은 침묵이 이어지고 있었다. 돌리는 더없이 부드러운 어조로 말했다. "아크, 가위를 가져다가 모자 끈을 잘라버려요. 장군님의 턱 밑에 병신 같은 리본이 있으면 안 된다고요."

"장군님께선 더는 그 모자를 쓰지 않으실 겁니다."

"장군님께선 모자를 **쓰셔야** 해요."

"안 쓰실 겁니다. 안 쓰신답니다."

"끈을 잘라버려요, 아크."

"소문 들었습니다, 필 씨."

돌리는 가슴이 덜컥 내려앉는 것 같았다. "소문이요?"

"필 씨가 예전처럼 '최고'는 아니라는 소문. 그래서 지금 이 모자도 성공적이지 않다는 것."

돌리는 주변으로 밀어닥치는 부정적인 기운을 느꼈다. 창문 아래 8번 애비뉴에서 차량 행렬의 시끄러운 소음이 들려오는 가운데, 그녀는 그 자리에 서서 더이상 염색하지 않고 방치해 길게 자란 잿빛 곱슬머리를 손가락으로 꼬며 폐부를 찌르는 강한 위기감을 느꼈다.

"내겐 적들이 있어요, 아크," 돌리는 말했다. "장군님과 마찬가지로."

아크는 말이 없었다.

"내 적들 말에 귀 기울이시면 내가 어떻게 일을 하겠어요. 이제 그 고급 펜을 꺼내요. 신문에 실린 사진마다 주머니에 꽂혀 있는 걸 봤어요. 그리고 이렇게 받아적으세요. 모자 끈을 잘라버릴 것. 매듭을 풀 것. 모자를 뒤로 약간 젖혀 장군님의 앞머리가 보이게 할 것. 그대로 해요, 아크. 결과를 두고 보자고요."

분홍색 파자마 차림의 룰루가 방 안에 들어와 눈을 비비고 있었다. 시계를 본 돌리는 딸이 삼십 분 일찍 깬 것을 알고 학교에서 피곤할 거란 생각에 마음이 살짝 아려왔다. 딸의 어깨에 양팔을 둘렀다. 룰루는 특유의 여왕 같은 태도로 엄마의 포옹을 받아주었다.

돌리는 아크를 잊고 있었지만, 목께 수화기에서 그의 목소리가 들렸다. "그대로 하겠습니다, 필 씨."

몇 주 지나 장군의 사진이 다시 실렸다. 이번엔 모자를 뒤로 젖혀 쓰고 끈도 사라지고 없었다. 헤드라인은 다음과 같았다.

B의 전쟁범죄 사실, 과장됐을 수도 있어
새로운 증거 나와

모자 덕이었다. 모자를 쓴 장군은 다정해 보였다. 북슬북슬한 파란색 모자를 쓴 남자가 제 앞길을 사람 뼈로 뒤덮었다는 게 말이 되는가?

라 돌이 파산을 맞은 건 이 년 전에 열린 송년의 밤 파티에서였다. 돌리로서는 적임자라고 생각한, 문화사文化史에 훤한 전문가들이 트루먼 카포티의 '흑백 무도회Black and White Ball'*에 버금가는

---

* 『인 콜드 블러드』로 엄청난 성공을 거둔 카포티가 사교계 복귀를 위해 뉴욕 플라자 호텔에서 주최한 화려한 파티. 앤디 워홀, 미아 패로, 프랭크 시내트라 등 당대 최고의 유명인들이 참석한 가면무도회였다.

파티로 기획한 행사였고 엄청난 기대를 모았다. 그래서 '그 파티' 혹은, 그 사람도 그 리스트에 올랐어?라고 말할 때의 '그 리스트'라고 불렸다. 뭘 기념했던 파티였더라? 돌이켜봐도 돌리 자신도 딱히 기억나지 않았다. 온 세상이 뒤숭숭한 와중에도 미국인들은 전례 없는 부를 누렸다는 사실을 기념했던가? 파티의 명목상 주최자들은 있었지만, 그것도 모두 명사들이었지만, 진정한 주최자는 누구나 알고 있듯이 라 돌이었다. 그 사람들을 모두 합친 것보다도 더 넓은 인맥과 접촉 기회와 마법 같은 친화력을 가진. 그리고 라 돌은 다분히 인간적인 실수를 저질렀으니—혹은 자신의 몰락에 대한 기억이 달궈진 부지깽이처럼 몸을 후벼파는 바람에 소파베드에서 몸부림치다 브랜디를 병째 들이켜는 밤이면, 실수라고 생각하며 스스로를 위로하려 했다—자신이 한 가지(즉, 최고의 명사들을 한 번에 한자리에 모아놓는 것)를 아주, 아주 잘하니까 다른 것도 잘하리라고 생각한 것이었다. 가령 디자인. 라 돌은 한 가지 착상을 떠올렸다. 색색의 작은 스포트라이트 아래 넓은 반투명 트레이들에 물과 기름을 담아 매달면 섞이지 않는 두 액체가 스포트라이트의 열기로 인해 일그러지고 부글거리고 소용돌이칠 것이다. 그녀는 사람들이 움직이는 액체의 모양에 홀려 목을 빼고 위를 올려다보는 광경을 상상했다. 과연 사람들은 위를 보았다. 조명을 받은 트레이에 경탄했다. 라 돌은 자신이 이룩한 장관을 음미할 수 있도록 한쪽에 높이 설치해놓은 작은 부스에서 사람들을 내려다보았다. 자정이 가까워지면서 물과 기름이 담긴 반투명 트레이들이 뭔가 심상치 않다는 것을 가장 먼저 알아차린 사람도 바로 그 자리에 있었던 그녀였다. 트레이 가운데가 살짝 아래로 처지고 있었다. 그랬나? 사슬에 매달려 있던 트레이들이 부대자루처럼 가운데가 점점 내려앉으면서 녹고 있었다. 트레이들이 무너지고 쑥 내려오는가 싶더니 간신히 매달려 있다가 툭 떨어지면서, 미국은 물론 다른 나라들에서도 온 매력적인 사람들의 머리 위로 뜨거운 기름이 쏟아져내렸다. 그들은 화상을 입고 흉터가 생기고 불구가 되었다. 영화스타의 이마에 생긴 눈물방울만 한 흉터, 미술상이나 모델이나 일반적인 유명 인사들의 머리에 남은 조그만 땜빵을 일컬어 불구가 되었다고 말했을 때 그렇다는 뜻이다. 그러나 멀찍이 끓는 기름이 튀지 않는 자리에 서 있던 라 돌은 사고가 정지된 것 같았고, 911에 신고도 못 했다. 세속적 향락을 누리다 지옥에 떨어진 사람들을 그린 중세의 제단화처럼 초대 손님들이 비명을 지르고, 비틀거리고, 머리를 감싸고, 젖어서 뜨거운 천이 살에 닿지 않게 하려고 옷을 찢고, 바닥을 기어다니는 광경이 도저히 믿기지 않아서 그녀는 입이 떡 벌어진 채로 꼼짝도 못 했다.

이후 그녀에게 제기된 혐의—의도적으로 저지른 행위였으며, 그녀가 사디스트여서 사람들이 고통받는 광경을 즐겼다—는 기실 라 돌에겐 초대 손님 5백 명의 머리 위로 가차 없이 기름이 쏟아지는 것을 보는 것보다 더욱 끔찍했다. 그 전까지는 충격이라는 차단막 안에 보호되었다. 그러나 뒤이어 정신을 차린 그녀가 지켜볼 수밖에 없었던 사실은 자명했다. 사람들은 그녀를 증오했다. 그녀를 제거해버리고 싶어 안달복달했다. 마치 그녀가 인간이 아니라 쥐나 벌레라도 되는 것처럼. 그리고 그들은 소망을 이루었다. 업무상

과실죄로 육 개월 동안 복역하기도 전에, 또 집단소송으로 그녀의 순자산이(겉보기만큼 그렇게 어마어마하지는 않았다) 마지막 한 푼까지 피해자들에게 남김없이 소액 분배되기도 전에, 라 돌은 이미 없는 사람이 되었다. 온데간데없이 쓸려가버렸다. 그녀는 14킬로그램도 더 불어난 몸에 헝클어진 백발, 쉰 살은 더 되어 보이는 모습으로 출소했다. 아무도 그녀를 알아보지 못했고, 그녀가 승승장구하던 세상은 순식간에 증발해버리고 없었다―이제 부자들조차 스스로가 가난하다고 믿는 시대가 되었다. 전에 없이 만신창이가 된 그녀의 모습을 좋아라 하는 몇몇 헤드라인과 사진들이 이어진 후 세상은 그녀를 잊어버렸다.

 홀로 남겨진 돌리는 자신의 계산착오에 대해 곱씹어보았다―비단 플라스틱의 융해온도와 사슬들이 지탱하는 무게의 적절한 분산 같은 명백한 문제들에 대해서만이 아니었다. 그 모든 것 이전에 더 근본적인 착오가 있었다. 그녀는 거대한 지각변동을 간과했었다―사실상 이미 끝나버린 시대를 결정화結晶化하는 이벤트를 생각해냈던 것이다. 홍보 전문가로서 그보다 더 큰 실수도 없을 것이다. 세상이 그녀를 깡그리 잊어버릴 만도 했다. 이따금 돌리는 자신이 직접 맞닥뜨린 새로운 세상을 정의하는 이벤트나 수렴점이 어떤 형태여야 했는지 궁금했다. 카포티의 파티나 우드스탁 페스티벌, 말콤 포브스의 70세 생일파티, 토크 매거진 파티는 달랐던가. 돌리로서는 전혀 알 수가 없었다. 이미 판단력을 상실한 뒤였다. 룰루와 그 세대가 판결을 내릴 일이었다.

B장군과 관련된 헤드라인들이 눈에 띄게 잠잠해지고, 장군에게 불리한 증언을 했던 사람들이 반대파의 돈을 받았다는 사실이 드러날 무렵, 아크가 다시 전화를 했다. "장군님은 필 씨에게 매달 상당한 액수의 돈을 지불하십니다. 단 한 가지 아이디어에 대한 사례만은 아니죠."

"멋진 아이디어였잖아요. 인정하시죠."

"장군님은 성격이 급하십니다. 필 씨." 아크가 그렇게 말했을 때 돌리는 그가 미소 짓는 모습을 상상했다. "이제 모자는 새롭지 않아요."

그날 밤 돌리의 꿈에 장군이 나타났다. 모자는 없었고, 회전문 밖에서 금발의 미녀와 만나고 있었다. 금발 미녀가 장군의 팔을 잡았고, 둘이 꼭 붙어서 회전문을 통해 안으로 들어왔다. 그 순간 돌리는 자신이 꿈을 꾸고 있음을 인식했고, 의자에 앉아 장군과 그 애인을 바라보면서 둘이 참으로 그럴듯하게 역할극을 한다고 생각했다. 그리고 누가 흔들어 깨우기라도 한 듯 화들짝 눈을 떴다. 하마터면 달아날 뻔한 꿈을 붙잡아 가슴에 새겼다. 그녀는 감을 잡았다. 장군을 영화스타와 맺어주어야 한다.

돌리가 소파베드에서 허둥지둥 내려오는데 망가진 블라인드 살 사이로 새어들어온 거리의 불빛에 밀랍 같은 다리가 잠깐 드러났다. 영화스타. 누구나 알아보는 매력적인 사람―비인간적인 남자를 인간적으로 보이게 하는 데 이보다 더 좋은 방법이 있을까? 장군이 여배우랑 그럴듯하게 어울려 보인다면…… 이런 생각이 한편에서 떠올랐다. 그리고 또 떠오른 생각. 장군이 나랑 취향이 비슷하네. 그 배우 말이야. 아니면 이런 생각. 그 여배우는 장군의 삼각형 머리가 섹시하다고 생각하는 게 분명해. 심지어 이런 생각도. 장군 춤 솜씨는 어떨까? 돌리가 사람들에게 이런 궁금증을 불러일으킬 수만 있다면 장군의 이미지 문제는 해결될 것이다. 장군이 수천 명에 달하는 사람들을 학살했다는 사실은 중요하지 않았다―장군에 대한 대중의 환상에 댄스플로어를 포함시킬 수 있다면 그런 문제는 전부 뒷전으로 밀려날 것이다.

 어울릴 만하다 싶은 퇴락한 여배우들은 깔렸지만 돌리가 특히 염두에 둔 사람이 있었다. 바로 키티 잭슨이었다. 십 년 전 영화 〈오, 베이비, 오〉에서 곡예에 가까운 액션을 펼치며 범죄자들과 싸우는 호전적인 역할로 데뷔한 배우였다. 키티가 진짜 유명해진 계기는 그 이듬해 잡지 〈디테일스〉 인터뷰 도중 돌리 후배의 오빠인 줄스 존스에게 폭행을 당하면서였다. 폭행사건과 이어진 재판으로 키티는 순교자로서 열렬한 찬양의 안개에 둘러싸이게 되었다. 안개가 말끔히 걷힌 후 사람들은 급격하게 변해버린 여배우의 모습을 발견하고는 더욱 경악했다. 천진난만한 소녀는 온데간데없이 사라지고 대신 그 자리엔 '허튼수작 따위 용납하지 않는' 만만찮은 사람이 들어서 있었다. 키티의 연이은 비행과 위신의 추락은 끊임없이 타블로이드 지면을 장식했다. 서부영화 세트장에서 키티는 잘나가는 스타의 머리에 말똥을 쏟아부었다. 디즈니 영화에서 수천 마리의 여우원숭이를 풀어주었다. 힘 있는 프로듀서가 그녀를 침대로 꼬드겼을 땐 그의 아내에게 전화를 했다. 이젠 누구도 키티를 고용하려 하지 않겠지만, 대중은 그녀를 기억할 것이다—이것이야말로 돌리에게 중요한 것이었다. 게다가 키티는 아직 스물여덟 살이었다.

키티를 찾는 건 어렵지 않았다. 굳이 애써 그녀를 숨겨주려는 사람도 없었다. 정오쯤 돌리는 그녀와 연락이 닿았다. 졸음이 가시지 않은 목소리였고, 담배를 피우는 소리가 들렸다. 얘기를 끝까지 들은 키티는 돌리가 후하게 제시한 보수의 액수를 다시 말해달라고 하더니, 한동안 말이 없었다. 그 침묵에서 돌리는 그녀 자신도 너무 잘 아는 자포자기와 결벽증이 뒤섞인 심정을 감지했다. 그간의 행보로 이 지경까지 이르게 된 여배우가 안됐다는 생각에 별안간 욕지기가 치밀었다. 그때 키티가 좋아요, 라고 말했다.

쾌재를 부르며 오래된 크룹스 머신으로 에스프레소를 내려 마시고 흥이 난 돌리는 아크에게 전화를 걸어 자신의 계획을 들려주었다.

"장군님은 미국 영화를 좋아하지 않으십니다." 아크의 반응은 그랬다.

"무슨 상관이에요? 미국인들이 그 여자를 아는데."

"장군님의 여자 취향은 꽤 독특합니다." 아크가 말했다. "융통성이 없는 분이시죠."

"키티에게 손끝 하나 댈 필요 없어요, 아크. 말을 걸 필요도 없고요. 그냥 옆에 서서 사진만 찍으면 돼요. 그리고 미소를 지어야 하고요."

"……미소를?"

"행복해 보여야 해요."

"장군님께선 미소 짓는 일이 거의 없습니다, 필 씨."

"모자는 썼잖아요, 안 그래요?"

오랜 침묵이 흘렀다. 마침내 아크가 입을 열었다. "필 씨가 그 여배우를 데려와야만 합니다. 그때 가서 보죠."

"여배우를 데리고 어디로요?"

"여기로. 우리가 있는 곳."

"이런, 아크."

"필요한 절차입니다." 아크가 말했다.

룰루의 방에 들어가면 돌리는 오즈에서 깨어난 도로시가 된 기분이었다. 모든 물건이 색으로 넘쳐났다. 침대머리 위 램프에 씌운 분홍색 갓. 천장에서 아래로 드리운 얇게 비치는 분홍색 천. 벽에 스텐실로 찍은 분홍색 날개 달린 공주들까지. 교도소에 있을 때 미술 강좌에서 스텐실을 배운 돌리는 룰루가 학교에 간 틈을 타 며칠간 방을 꾸몄다. 구슬을 길게 꿴 줄들이 천장에서부터 늘어져 있었다. 집에 와도 룰루가 방에서 나오는 건 밥을 먹을 때뿐이었다.

룰루는 미스 러트거스 학교 내 형성된 여학생 조직의 일원이었다. 그물망 같은 그들의 친분은 더없이 촘촘하고 섬뜩하리만큼 돈독해서 룰루의 엄마가 망했고 징역을 살았다고 해서(그동안 미네소타에 사는 할머니가 손녀를 돌보기 위해 와 있었다) 와해되는 법은 없었다. 소녀들을 결속시키는 그물망은 실이 아니라 철사로 되어 있었다. 그리고 룰루는 그 철사가 돌돌 말려 있는 막대기였다. 딸과 친구들의 전화 통화를 엿들으면서 돌리는 딸의 권위에 외경심을 느꼈다. 룰루는 필요할 때 단호했지만 그러면서도 다정했다. 친절했다. 룰루는 아홉 살이었다.

룰루는 분홍색 빈백 의자에 앉아 노트북으로 숙제를 하면서 친구들과 메신저를 하고 있었다(장군 일을 맡은 후부터 돌리는 무선랜 비용을 지불할 수 있게 되었다). "안녕, 돌리." 돌리가 출소한 후부터 룰루는 돌리를 '엄마'라고 부르지 않았다. 실눈을 뜨고 엄마를 바라보는 폼이 정말 엄마가 맞느냐는 투였다. 그러면 돌리는 이 화사한 궁중 내실을 침범한 무채색, 우중충한 바깥에서 쫓겨 들어온 난민이 된 기분이었다.

"출장을 가게 됐어," 돌리가 룰루에게 말했다. "고객을 만나야 되거든. 넌 친구네 집에 가 있으면 어떨까? 그러면 학교도 빠지지 않아도 되고."

룰루에게 학교란 삶이 전개되는 곳이었다. 룰루는 절대로 학교에 엄마를 들이지 않았다. 한때는 자신의 보루였었던 엄마가 망신스러운 꼴로 미스 러트거스 학교에서의 자기 입지를 위태롭게 할까봐서였다. 요즘 돌리는 모퉁이를 돌기 전까지만 딸을 데려다주고 어퍼 이스트사이드의 눅눅한 석조건물 너머에서 딸이 무사히 교문 안으로 들어가는지 지켜보기만 했다. 학교가 끝나는 시간에도 같은 곳에서 기다렸고, 그동안 룰루는 학교 밖에서 친구들과 노닥거리고 잘 손질된 관목 숲과 (봄에는) 튤립 화단을 거닐며 자신의 권력을 강화하고 유지하는 데 필요한 볼일을 봤다. 친구네 집에서 노는 날에도 딸을 데리러 온 돌리는 로비 이상 올라가선 안 되었다. 홍조 띤 얼굴로 엘리베이터에서 나온 룰루는 향수나 갓 구운 브라우니 냄새를 풍기며 엄마 손을 잡아끌고 도어맨을 지나 밤거리로 나섰다. 사과를 하는 게 아니라—룰루는 사과할 이유가 전혀 없었다—다만 모녀에게 힘겨울 수밖에 없는 상황을 안타까워하면서.

룰루는 호기심에 고개를 갸웃했다. "출장. 그거 좋은 거지, 그렇지?"

"당연히 좋은 거지," 돌리는 살짝 초조해져서 말했다. 딸에게 장군 일은 비밀에 부쳐왔다.

"얼마나 오랫동안?"

"며칠 안 걸려. 한 나흘 정도."

긴 침묵이 흘렀다. 마침내 룰루가 말했다. "나도 가도 돼?"

"나랑?" 돌리는 깜짝 놀랐다. "하지만 그럼 학교를 못 가잖아."

또다시 침묵이 흘렀다. 룰루는 속으로 결석이 또래 관계에 미칠 영향과 다른 사람의 집에서 지내는 것을 저울질하고 있었다. 아니면 엄마와 연락이 되지 않아 다른 사람 집에서 더 오래 머무르게 되면 어쩌나 하는 문제를 생각하는 중일지도 몰랐다. 무슨 생각 중인지 돌리로선 알 도리가 없었다. 어쩌면 룰루 자신도 모를 것이었다.

"어딘데?" 룰루가 물었다.

돌리는 당황했다. 딸에게 안 된다고 말하는 덴 영 소질이 없는 그녀였다. 하지만 딸과 장군이 한 장소에 있다고 생각해보니 목구멍이 죄어드는 느낌이었다. "그건— 그건 얘기해줄 수 없는데."

룰루는 따지지 않았다. "그럼 돌리?"
"그래, 말해보렴."
"돌리는 다시 금발로 돌아갈 수 있는 거야?"

모녀는 케네디 공항의 개인전용 활주로 옆 라운지에서 키티 잭슨을 기다렸다. 마침내 여배우가 도착했을 때 청바지에 빛바랜 노란색 트레이닝복 상의 차림을 보고 돌리는 뼈저리게 후회했다—먼저 만나봤어야 했는데! 키티는 너무 망가져 보였다. 사람들이 알아보지도 못할 것 같았다! 키티는 여전히 금발이었고(반항적으로 빗질도 안 한데다 아무래도 감지도 않은 듯 보였다) 눈은 크고 파랬다. 그러나 냉소적인 표정이 아예 얼굴에 자리를 잡아서, 파란 눈은 상대를 똑바로 보고 있을 때조차 딴 데를 보고 있는 것만 같았다. 눈 아래와 입가에 거미줄처럼 쳐진 잔주름보다도 그 표정 때문에 이제는 젊게 보이지 않았다. 아니, 젊은 축에 끼지도 못했다. 이 여자는 키티 잭슨이 아니었다.

룰루가 화장실에 간 동안 돌리는 서둘러 여배우에게 계획을 늘어놓았다. 최대한 매력적인 모습을 보여줄 것(돌리는 키티의 작은 여행가방을 걱정스러운 눈으로 힐긋 보았다), 돌리가 몰래 숨겨놓은 카메라로 사진을 찍을 동안 진하게 PDA*까지 곁들이며 장군에게 친근하게 굴 것. 돌리는 진짜 카메라도 가져왔지만 그건 어디까

---

* 공공장소에서의 애정행위(Public Display of Affection)를 뜻하는 약어.

지나 소품이었다. 키티는 입꼬리를 올려 느물느물한 미소를 보일 듯 말 듯 지으며 고개를 끄덕였다.

"딸을 데려가네요?" 이것이 키티가 보인 유일한 반응이었다. "장군을 만나러?"

"딸애가 장군을 만나는 일은 없을 거예요," 룰루가 화장실에서 나오진 않았는지 확인하면서 돌리는 목소리를 낮추었다. "그앤 장군에 대해선 전혀 몰라요! 개 앞에서 장군 이름은 꺼내지도 마요."

키티는 믿기지 않는다는 듯 돌리를 보았다. "팔자 좋은 애네," 그녀가 말했다.

그들은 해질 무렵 장군의 전용기에 올랐다. 비행기가 이륙하자 키티는 전용기의 스튜어디스에게 마티니 한 잔을 주문해 단숨에 들이켜더니, 의자를 일자로 눕히고 (수중의 물건 중 유일하게 새것처럼 보이는) 수면마스크를 하더니 코를 골기 시작했다. 룰루는 몸을 기울여, 자는 모습이 어리고 천진해 보이는 여배우의 얼굴을 자세히 들여다보았다.

"아픈 거야?"

"아니," 돌리는 한숨을 쉬었다. "하긴 그럴 수도 있겠다. 난 모르겠네."

"휴가가 필요한 것 같은데," 룰루가 말했다.

스무 개의 검문소가 장군이 기거하는 건물 단지에 도착했음을 예고했다. 검문소마다 기관단총을 든 군인 두 명이 검은색 메르세

데스 뒷좌석에 앉아 있는 돌리와 룰루와 키티를 자세히 들여다보았다. 네 번은 차에서 내려, 샅샅이 훑어대는 햇빛 속으로 나가 총 끝으로 몸수색을 당했다. 그때마다 돌리는 학습된 침착함을 보이는 딸에게서 정신적 외상의 징후가 나타나지는 않는지 면밀히 살폈다. 차 안에서 룰루는 분홍색 케이트 스페이드 책가방을 무릎에 올려놓고 꼿꼿이 앉아 있었다. 딸은 지난 몇 년 동안 헛되이 자신을 끌어내리려 한 수많은 여자애들을 내려다보던 때와 조금도 다르지 않은 흔들림 없는 시선으로 기관단총을 든 사내들을 마주 보았다.

높다란 흰 담장이 길을 따라 막고 서 있었다. 자줏빛 부리가 낫처럼 휜 포동포동하고 윤기 흐르는 검은 새 수백 마리가 담장 위에 줄지어 앉아 있었다. 돌리는 그렇게 생긴 새는 처음 보았다. 그 새들은 째진 소리로 울어댈 것 같았지만, 총을 쥐고 꼬나보는 악한들이 시키는 대로 차창을 내릴 때마다 고요해서 돌리는 오히려 불안했다.

마침내 벽의 한 지점을 돌자 트인 곳이 나왔고, 차는 길에서 벗어나 거대한 단지 앞에 섰다. 녹음이 우거진 정원들과 반짝이는 물, 그 끝이 보이지 않는 새하얀 저택이 눈앞에 펼쳐졌다. 새들이 건물 지붕에 앉아 아래를 굽어보고 있었다.

운전사가 차 문을 열어주었고, 돌리와 룰루와 키티는 햇빛 속으로 나섰다. 돌리는 목덜미에 와 닿는 햇볕을 느꼈다. 예전에 트레이드마크였던 턱까지 내려오는 금발을 할인가에 재현한 덕분이었다. 키티는 더운지 트레이닝복 상의를 벗었다. 고맙게도 안에 깨끗한 흰 티셔츠를 입고 있었다. 양팔을 보기 좋게 태닝했지만, 한쪽 손목 위에 살갗이 벗겨진 듯한 분홍빛 자국이 여기저기 있어서 보기 흉했다. 흉터였다. 돌리는 그 자국을 뚫어져라 보았다. "키티, 그 자국들……" 그러다 말을 더듬었다. "팔에 있는 거, 그거……"

"화상 자국이에요." 키티가 그렇게 말하며 자신을 보았을 때 돌리는 배 속이 뒤틀렸고, 뒤이어 자욱한 안개 속에서 일어났던 일인 양, 혹은 아주 어릴 적 일인 양 어렴풋하게 어떤 기억이 떠올랐다. 누군가에게서 키티 잭슨을 파티 초대 리스트에 올려달라고 부탁―애원―을 받았는데 거절했던 일이었다. 절대 아냐, 말이 안 되는 얘기지―키티의 주가가 너무 낮을 때였다.

"내가 일부러 낸 거예요." 키티가 말했다.

돌리는 언뜻 이해가 가지 않아 그녀를 멍하니 보았다. 키티가 싱긋 웃었는데, 잠깐이었지만 〈오, 베이비, 오〉에 출연한 스타답게 사랑스러운 장난꾸러기처럼 보였다. "저 말고도 한둘이 아닌 걸요," 그녀가 말했다. "몰랐어요?"

돌리는 그녀가 농담을 하는 건지 종잡을 수가 없었다. 룰루 앞에서 속아 넘어가는 모습은 보이고 싶지 않았다.

"그 파티에 온 사람들을 당신이 어떻게 일일이 알겠어요?" 키티가 말했다. "하지만 그 사람들한텐 증거가 있죠. 우린 모두 증거가 있다고요―그러니 누가 우리더러 거짓말한다고 하겠어요?"

"왔던 사람은 다 알아요," 돌리가 말했다. "아직도 내 머릿속에 리스트가 있으니까."

"그렇지만…… 당신이 뭔데요?" 키티가 여전히 미소 지으며 말했다.

돌리는 아무 말 하지 않았다. 자신을 향한 룰루의 잿빛 눈을 의식했다.

그때 키티가 예기치 않은 행동을 했다. 햇살 아래 손을 뻗어 돌리의 손을 잡은 것이다. 힘이 들어간 그녀의 따뜻한 손길에 돌리는 눈시울이 뜨거워졌다.

"그딴 것들, 다 뒈져버려야 돼요, 안 그래요?" 키티가 다정하게 말했다.

늘씬하고 다부진 몸매에 아름답게 재단된 정장을 입은 남자가 건물에서 나와 그들을 맞이했다. 아크였다.

"필 씨, 드디어 만났군요." 그가 미소 지으며 말했다. 그리고 고개를 돌려 키티를 보았다. "잭슨 씨, 반갑습니다. 물론 더없는 영광이고요." 돌리는 키티의 손에 입을 맞추는 아크의 표정이 짓궂다고 생각했다. "출연작을 봤습니다. 장군님과 함께요."

돌리는 키티가 어떻게 대답할지 몰라 단단히 각오했는데, 의외로 키티는 아양이 살짝 섞인 것만 빼면 어린애처럼 낭랑한 목소리로 대답했다. "아, 물론 그보다 더 훌륭한 작품을 많이 보셨겠죠."

"장군님께서 좋은 인상을 받으셨습니다."

"그럼, 저야 영광이죠. 장군님이 볼만하다고 생각하셨다면 영광이에요."

돌리는 두려움에 떨며 여배우를 흘긋 바라보았다. 그녀의 입에서 으레 나올 법한 조롱 섞인 말들이 손쓸 수 없을 정도로 노골적이지 않기만을 바라며. 놀랍게도 그런 건 일절 찾아볼 수 없었다—그 비슷한 것조차. 겸손하고 더없이 진실한 것이, 마치 지난 십 년 세월을 떨쳐내고 다시 한번 매사에 감사하고 열성적인 햇병아리 스타로 돌아오기라도 한 듯했다.

"어쩌죠, 좋지 않은 소식을 전해드려야겠습니다," 아크가 말했다. "장군님께서 부득이한 사정으로 급작스레 여행을 떠나셨습니다." 그들은 아크를 쳐다보았다. "정말 유감스럽습니다." 아크가 말을 이었다. "장군께서 진심으로 죄송하다는 말씀을 전하셨습니다."

"그렇지만 저희가…… 장군님 계신 곳으로 가도 될까요?" 돌리가 물었다.

"아마도요," 아크가 말했다. "여행 일정이 늘어나도 괜찮으시겠습니까?"

"그거야," 돌리가 룰루를 흘긋 보며 말했다. "얼마나 걸리느냐에 따라—"

"괜찮고말고요." 키티가 끼어들었다. "장군님이 바라신다면 어디든 가야죠. 무슨 수를 내서라도 가야죠. 그렇지, 꼬마야?"

룰루가 '꼬마'란 말이 자기를 가리킨다는 걸 깨닫는 데는 시간이 좀 걸렸다. 키티가 룰루에게 직접 말을 건 건 그때가 처음이었다. 룰루는 여배우를 흘긋 보더니 이윽고 미소 지었다. "그래요," 아이가 대답했다.

그들은 이튿날 아침에 새로운 장소로 떠나기로 했다. 그날 밤,

아크는 그들에게 시내로 드라이브를 시켜주겠다고 제안했지만 키티는 난색을 표했다. "관광 안내는 사절할게요." 개인 수영장이 딸린 침실 두 개짜리 스위트룸에 짐을 푼 키티가 말했다. "방구석에서 노는 게 더 좋아요. 곧잘 이런 방을 잡아줬거든요." 키티는 씁쓸하게 웃음을 터뜨렸다.

"너무 마시지는 마요." 룸에 딸린 바로 가는 키티를 보고 돌리가 말했다.

키티는 실눈을 뜨고 뒤를 돌아보았다. "왜 이래요, 아까 내가 어쨌길래요? 지금까지 안 좋은 얘기가 하나라도 나왔나요?"

"완벽했어요." 그렇게 말한 돌리는 룰루에게 들리지 않게 목소리를 낮추어 덧붙였다. "우리가 상대하는 사람이 누구라는 것만 잊지 마요."

"하지만 잊고 싶은걸요." 키티는 진토닉을 만들었다. "떠올리지 않으려고 얼마나 애쓰고 있는데요. 룰루는 좋겠네요ㅡ아무것도 모르잖아요." 키티는 돌리를 향해 술잔을 들어 보인 후 한 모금 들이켰다.

돌리와 룰루는 아크를 따라 그의 암회색 재규어에 탔다. 운전사가 비좁은 내리막길을 난폭하게 운전해 쏜살같이 내려가는 바람에 보행자들이 차를 피해 벽 쪽으로 몸을 날리거나 문 안으로 뛰어들었다. 아래쪽에서 도시가 희미하게 반짝이고 있었다. 비스듬히 기운 건물 수백만 채가 자욱한 연무 속에 잠겨 있었다. 얼마 안 가 그들이 탄 차도 연무 속에 잠겼다. 도시를 알록달록 물들이는 색깔들은 발코니마다 펄럭이는 빨래들인 듯했다.

운전사가 노천시장 옆에 차를 세웠다. 물방울 맺힌 과일들과 향기로운 견과류와 인조 가죽 핸드백들이 쌓여 있었다. 돌리는 룰루와 함께 아크를 따라 노점 사이를 지나가며 그 상품들을 못마땅한 눈으로 바라보았다. 그렇게 큰 오렌지와 바나나는 처음 봤지만, 고기는 위험해 보였다. 돌리는 애써 태연한 척하는 노점상과 손님들을 보고 그들이 아크가 누군지 알고 있음을 눈치챘다.

"뭐 먹어보고 싶은 것 있니?" 아크가 룰루에게 물었다.

"네, 있어요," 룰루가 말했다. "저거요." 스타프루트였다. 돌리는 전에 '딘 앤드 델루카'에서 본 적이 있는 과일이었다. 이곳의 스타프루트들은 파리 떼가 새까맣게 달라붙은 역겨운 더미 속에 놓여 있었다. 아크가 한 개를 집어들고는, 갈비뼈가 불거지도록 삐쩍 마른데다 상냥하지만 어딘가 수심 가득한 얼굴의 노인 행상에게 무뚝뚝하게 고개를 끄덕여 보였다. 노인은 미소 지으며 돌리와 룰루에게 연방 고개를 끄덕여 보였지만 겁먹은 눈이었다.

룰루는 먼지가 앉은 씻지도 않은 과일을 받아들어 반팔 폴로셔츠에 대고 꼼꼼하게 문질러 닦더니, 그 밝은 녹색 껍질에 이를 박았다. 과즙이 아이의 셔츠 칼라에 튀었다. 룰루는 웃음을 터뜨리며 손으로 입을 훔쳤다. "엄마, 엄마도 먹어봐." 룰루의 말에 돌리는 한입 베어 물었다. 아크가 지켜보는 가운데 모녀는 스타프루트를 나눠먹고 손가락을 핥았다. 돌리는 묘하게 붕 뜨는 기분이었다. 그리고 곧 그 이유를 깨달았다. 엄마. 룰루가 그 말을 한 건 거의 일

년 만이었다.

아크가 앞장서서 사람들이 북적대는 찻집으로 들어갔다. 구석 테이블에 앉아 있던 남자들 무리가 흩어지며 그들에게 자리를 내주었고, 왁자지껄 화기애애하던 좀전과 비슷한 분위기가 다소 억지스레 다시 이어졌다. 웨이터가 손을 떨며 그들의 잔에 달콤한 박하차를 따랐다. 돌리는 안심하라는 뜻으로 그와 시선을 마주치려 했지만, 그는 외면했다.

"자주 이러나요?" 돌리가 아크에게 물었다. "시내를 돌아다니는 것 말이에요."

"장군님께선 수시로 국민들 앞에 모습을 드러내십니다," 아크가 말했다. "국민들이 당신의 인간적인 모습을 느끼고, 보기를 원하십니다. 물론 신중에 신중을 기해서 움직여야 하죠."

"적들 때문에 말이죠."

아크가 고개를 끄덕였다. "유감스럽게도 장군님에겐 적이 많습니다. 오늘 같은 경우도 자택에 대한 위협이 감지되어서 다른 곳으로 옮기실 수밖에 없었습니다. 아시겠지만, 자주 있는 일이죠."

돌리는 고개를 끄덕였다. 자택에 대한 위협이 감지되어서?

아크가 미소 지었다. "적들은 장군님이 여기 계시다고 믿고 있지만, 그분은 아주 멀리 계십니다."

돌리는 룰루를 슬쩍 보았다. 딸의 입가에 둥그렇게 남은 스타프루트 과즙이 반짝거렸다. "하지만…… 우리는 여기 있는데요." 그녀가 말했다.

"그래요," 아크가 말했다. "우리만 있죠."

그날 밤 돌리는 뜬눈으로 밤을 지새우다시피 했다. 구구거리고 버스럭거리고 깩깩거리는 소리가 장군과 그 일당, 즉 그녀를 찾아 구내를 살금살금 돌아다니는 암살자들이 내는 신호 같아서 도무지 잠이 오지 않았다. 그녀는 졸지에 자국민에게 공포와 근심의 원흉인 B장군의 협력자이자 친구로서 표적이 되고 말았다.

어쩌다 이 지경이 된 걸까? 평소처럼 돌리는 플라스틱 트레이가 휘어지기 시작하고 그때까지 수년간 만끽했던 인생이 휩쓸려 사라지던 순간을 되새기고 있었다. 그러나 기억의 나락으로 미끄러져 떨어졌던 숱한 밤과 달리, 오늘 밤에는 킹사이즈 침대 반대편에 룰루가 누워 있었다. 룰루는 주름장식이 달린 잠옷을 입고 토끼 인형의 무릎을 베고 잠들어 있었다. 돌리는 딸아이에게서 뿜어져나오는 온기를 느꼈다. 중년의 나이에 영화스타 고객과의 짧은 만남으로 덜컥 임신해 얻은 아이였다. 돌리가 옛 남자친구의 사진을 보여준 다음부터 룰루는 그냥 아빠가 죽었다고 생각했다.

돌리는 침대 반대편으로 슬며시 다가가 룰루의 따스한 뺨에 입을 맞추었다. 아이를 가진다는 건 얼토당토않은 일이었다—일에 전념하던 터라 중절수술을 받을 생각이었다. 그러나 결심이 확고했는데도 예약하기가 주저되었다—입덧을 하면서도, 감정기복에 시달리면서도, 탈진을 하면서도 주저되었다. 그렇게 계속 미루다가 결국 너무 늦어버렸다는 걸 알았을 때는 안도감과 두려움이 뒤섞인 기쁨으로 얼떨떨했다.

룰루가 몸을 뒤척이자 돌리는 다가가 딸을 끌어당겨 안았다. 깨어 있을 때와 달리 룰루는 엄마의 품속에서 긴장을 풀었다. 돌리는 침대를 한 개만 내준 장군에게 이치에 닿지 않는 고마움을 느꼈다—딸을 품에 안고, 희미하게 뛰는 심장박동을 느끼는 건 그녀에게 좀처럼 맛보기 힘든 사치였다.

"엄마가 언제까지나 지켜줄게, 우리 아가," 돌리는 룰루의 귀에 대고 속삭였다. "우리한테 나쁜 일은 일어나지 않을 거야—너도 알지, 그렇지?"

룰루는 내내 잠들어 있었다.

다음 날, 그들은 지프와 비슷하게 생겼지만 무게는 더 나가는 검은색 장갑차 두 대에 나눠 탔다. 아크와 군인 몇 명이 첫번째 차에 탔고, 돌리와 룰루와 키티가 두번째 차에 탔다. 뒷좌석에 앉은 돌리는 덜컹거리는 차 안에서 패대기쳐지다시피 하면서 온몸으로 차체의 중량감을 느꼈다. 그녀는 공포에 질리다 못해 기진맥진했다.

키티의 변신은 가히 충격적이었다. 머리를 감고, 화장을 하고, 소매 없는 세이지 색 크러시트 벨벳 드레스를 입고 있었다. 드레스와 대비되어 푸른 눈동자 속 초록빛 얼룩점이 청록색으로 도드라져 보였다. 황금빛 어깨는 탄탄했고, 입술은 분홍빛 광택이 돌았고, 콧등엔 주근깨가 살짝 두드러졌다. 그 결과는 돌리가 바랄 법했을 수준을 뛰어넘었다. 돌리는 키티를 보는 게 거의 괴로울 지경이라 그러지 않으려고 애썼다.

그들은 수월하게 검문소들을 통과했고, 이내 탁 트인 도로로 나서서 희미하게 보이는 도시를 돌아내려갔다. 돌리의 눈에 노점상들이 들어왔다. 아이들도 심심치 않게 눈에 띄었는데, 지프가 가까이 가자 손에 잔뜩 들고 있는 과일이나 문구를 쓴 판지들을 들어보였다. 쏜살같이 달리는 차의 속도 때문인지 아이들은 뒤로 밀려나 경사면에 몸을 부딪쳤다. 처음 이 광경을 보았을 때 돌리는 비명을 지르며 운전사에게 한마디 하려고 앞좌석 쪽으로 몸을 기울였다. 하지만 무슨 말을? 그녀는 주저하다 뒤로 물러나 앉아 창 쪽으론 눈길을 주지 않으려고 했다. 룰루는 무릎에 수학책을 펼쳐놓고 그 아이들을 보았다.

차들이 도시를 벗어나 사막처럼 인적이 없고, 영양과 소들이 듬성듬성 난 풀을 뜯어먹고 있는 벌판을 가로지르기 시작하자 안도감이 들었다. 키티가 양해도 구하지 않고 담배에 불을 붙이고는 열린 창문 틈새로 연기를 내뱉었다. 돌리는 룰루의 폐가 간접흡연에 시달린다고 키티에게 잔소리를 늘어놓고 싶었지만 꾹 참았다.

"그래서," 키티가 룰루를 보며 말했다. "뭐 대단한 계획이라도 있는 거니?"

룰루는 그 질문의 뜻을 헤아려보는 것 같았다. "그러니까⋯⋯ 제 인생에서요?"

"안 될 것 있니?"

"아직 결정 안 했어요," 룰루가 골똘히 생각하며 말했다. "전 고작 아홉 살이니까요."

"음, 현명한 생각이네."

"룰루는 정말 현명한 아이예요." 돌리가 말했다.

"내 말뜻은 뭘 상상하느냐는 거야." 매니큐어를 칠한 메마른 손가락을 가만두지 못하고 꼼지락거리는 모습이 아무래도 담배를 한 대 더 피우고 싶은 모양이었지만 키티는 그럭저럭 참고 있었다. "아니면 요새 애들은 상상 같은 건 안 하나?"

룰루는 최대한 머리를 굴려 키티가 실은 얘기를 나누고 싶어서 그런다는 걸 간파해낸 듯했다. 그래서 키티에게 물었다. "아줌마가 아홉 살이었을 땐 뭘 상상했는데요?"

키티는 질문을 생각해보더니 웃음을 터뜨리고는 담배에 불을 붙였다. "경마 기수가 되고 싶었어." 그녀가 대답했다. "아니면 영화배우."

"소원 하나는 이뤘네요."

"그랬지," 그렇게 말하며 키티는 눈을 감고 창밖으로 담배연기를 내뱉었다. "이루었고말고."

룰루는 진지한 표정으로 키티를 돌아보았다. "생각만큼 재미있지 않았어요?"

키티가 눈을 떴다. "연기?" 그녀가 말했다. "아, 연기는 정말 좋아했어, 지금도 그렇고—그리워. 하지만 사람들은 괴물 같았어."

"어떤 괴물이요?"

"거짓말쟁이들," 키티가 말했다. "처음엔 잘해주는 것 같았는데 그게 다 연기였어. 대놓고 못되게 구는 것들, 기본적으로 사람을 못 잡아먹어서 안달하는 것들이었어—그래도 솔직하긴 했지만."

룰루는 자신도 바로 그런 문제를 겪어봤다는 듯 고개를 끄덕였다. "아줌마도 거짓말하려고 했어요?"

"그랬지. 그것도 아주 많이. 근데 내가 거짓말을 한다는 게 못내 걸려서 사실을 얘기하니까 벌을 받는 거야. 산타클로스가 없다는 걸 알게 된 기분이 그럴까—처음으로 되돌아가 다시 모든 걸 믿고 싶어도, 너무 늦어버린 거야."

그러고는 당황해선 갑자기 룰루를 보았다. "아줌마 말은— 내가 바라는 건 내가—"

룰루가 웃음을 터뜨렸다. "전 한 번도 산타클로스가 있다고 믿은 적이 없는 걸요." 아이가 말했다.

차는 끝도 없이 달리고 또 달렸다. 룰루는 수학 숙제를 했다. 그다음에는 사회 숙제를 했다. 올빼미에 대한 에세이를 썼다. 화장실에 가기 위해 군인들이 순찰을 도는 초소에 간간이 멈춰 선 걸 제외하면 사막을 내리 수백 킬로미터는 달렸을 거라고 느껴질 즈음, 차가 언덕길을 오르기 시작했다. 수풀이 점점 빽빽해지면서 햇빛을 차단했다.

예고도 없이 별안간 차가 방향을 바꿔 길에서 벗어나더니 멈춰 섰다. 수십 명의 위장 군인들이 숲에서 불쑥 나타났다. 돌리와 룰루와 키티는 차에서 내려 새들이 짝을 찾아 미친 듯이 울어대는 정글 속으로 들어섰다.

고급 가죽 구두를 신은 아크가 조심스레 발을 디디며 다가왔다. "장군님께서 기다리고 계십니다." 그가 말했다. "여러분과의 만남을 고대하고 계십니다."

모두 한데 모여 정글 속을 이동했다. 발아래 부드러운 흙은 선명한 붉은색을 띠었다. 나무 위에서 원숭이들이 꺅꺅대며 돌아다녔다. 마침내 그들은 언덕 한쪽 경사면에 엉성하게 만들어놓은 콘크리트 계단에 이르렀다. 더 많은 군인들이 나타났고, 하나같이 삐걱삐걱하는 군화 소리를 내며 계단을 올랐다. 돌리는 내내 룰루의 어깨에 양손을 얹고 있었다. 뒤에서 키티의 콧노래 소리가 들렸다. 이렇다 할 곡조가 아닌 두 개의 음을 계속 반복해 부르는 노래였다.

돌리의 핸드백 안에는 카메라가 숨겨져 있었다. 계단을 올라가면서 그녀는 전원 연결장치를 꺼내 손안에 감싸쥐었다.

계단 맨 위에 이르니 원래 착륙장으로 쓰였던 듯 정글을 싹 밀어내고 콘크리트를 깔아놓은 곳이 나왔다. 정글의 습한 공기를 뚫고 내리쬐는 햇볕에 그들의 발치마다 김이 피어올랐다. 장군은 군인들의 호위를 받으며 콘크리트 평지 한가운데 서 있었다. 키가 작아 보였지만, 사실 유명인들은 하나같이 그렇게 보였다. 그는 파란색 모자는커녕 다른 모자도 쓰고 있지 않았고, 삼각형으로 생긴 엄숙한 얼굴 주위로 숱 많은 머리카락이 괴상하게 일어나 있었다. 평소 입는 군예복 차림이었는데, 전체적으로 옷이 살짝 틀어졌던지 아니면 세탁을 해야 할 것 같았다. 장군은 피곤해 보였다―처진 눈 밑이 툭 불거져 있었다. 장군은 심술궂어 보였다. 좀전까지 자다가 침대에서 끌려나와, 부하들이 *그들이 도착했습니다*라고 말하는데도 도대체 누구 얘기를 하는 건지 몰라 머릿속을 더듬어야 했던 사람처럼 보였다.

누구 하나 뭘 해야 할지 알 수 없었던 잠깐 사이 침묵이 흘렀다.

그때 키티가 계단 맨 위까지 올라왔다. 등뒤로 콧노래 소리가 들렸지만 돌리는 돌아보지 않았다. 대신 그녀는 장군이 키티를 알아보는 것을, 욕구와 반신반의하는 표정 속에 그런 기색이 얼굴을 스쳐가는 것을 놓치지 않았다. 키티는 천천히, 물 흐르듯 막힘없는 태도로 장군에게 다가갔는데, 세이지 빛 초록색 드레스 차림으로 어찌나 유연하게 움직이는지 쭈뼛쭈뼛 어색하게 걸어본 적이라곤 없는 사람 같았다. 그녀는 스르륵 장군에게 다가가 악수를 하려는 듯 그의 손을 잡고선 미소 지으며 주변을 살짝 돌았다. 마치 워낙에 허물없는 사이라 새삼 악수를 하는 게 어색해 웃음을 터뜨릴 것 같았다. 돌리는 그 뜨악한 광경에 얼이 빠져 처음엔 사진을 찍을 생각도 못 했다. 그래서 둘이 악수하는 순간을 완전히 놓치고 말았다. 키티가 가냘픈 몸을 장군의 제복 가슴에 기대며 잠깐 눈을 감았을 때에야 비로소 돌리는 셔터를—**찰칵**—눌렀고, 당황한 장군이 어쩔 줄 몰라하다가 예의상 등을 토닥여주자—**찰칵**—키티는 가느다란 두 손으로 그의 두 손(덩치 큰 남자의 묵직하고 울퉁불퉁한 손)을 잡고는 상체를 뒤로 젖혀 그의 얼굴을 보며 미소 지은 후—**찰칵**—살짝 수줍게 웃으며 고개를 뒤로 젖혔다. 마치 그녀와 장군 두 사람에게 이 모든 게 다분히 어리석고, 다분히 남의 눈을 의식한 쇼라는 듯이. 그러자 장군이 미소 지었다. 아무런 조짐 없이 벌어진 일이었다. 장군의 입술이 당겨지며 작고 누런 위아래 치아가 드러났을 때—**찰칵**—그는 여리고, 비위를 맞추느라 열심인 사람처럼 보였다. **찰칵, 찰칵, 찰칵**—돌리는 손을 거의 움직이지 않고 최대한 빨리 찍어댔다. 그 미소야말로 이제껏 누구도 본 적이 없었던 그것, 세상을 깜짝 놀라게 할 장군의 숨겨진 인간적인 면모이기 때문이었다.

이 모든 일이 일 분 남짓한 시간 동안 일어났다. 그동안 말 한 마디 오가지 않았다. 키티와 장군이 둘 다 살짝 상기된 얼굴로 손을 맞잡고 서 있는 모습을 보며 돌리는 비명을 지르고 싶은 걸 가까스로 참았다. 그들이 해낸 것이다! 한 마디도 하지 않고 돌리는 필요한 것을 손에 넣었다. 그녀는 키티에게 경외심과 애정이 섞인 감정을 느꼈다―단순히 장군과 포즈를 취하는 정도가 아니라 장군을 길들인 천재였다. 그 순간 돌리의 심정은 그랬다―장군의 세계와 키티의 세계 사이에 한 방향으로만 갈 수 있는 문이 있는데, 이 여배우가 그를 살살 구슬려 부지불식간에 그 문을 넘어서게 한 것과도 같았다. 그는 돌아갈 수 없다! 그리고 애초에 이것을 가능케 한 사람은 돌리였다―지금껏 살면서 처음으로 그녀는 유익한 일을 해냈다. 그리고 룰루가 그 과정을 쭉 지켜보았다.

키티는 여전히 장군에게 보여줬던 애교 넘치는 미소를 짓고 있었다. 돌리는 키티가 좌중을 둘러보는 것을 주시했다. 희열 넘치는 빛나는 얼굴과 반짝이는 눈으로 자동화기를 든 군인 수십 명과 아크와 룰루와 돌리를 샅샅이 살펴보는 모습을. 그리고 그 순간 키티는 자신이 임무를 완수했음을, 은근슬쩍 자신도 구제했음을, 사람들에게서 잊힌 상태에서 간신히 벗어나 자신이 열망하는 일을 재개할 길을 텄음을 깨달은 게 분명했다. 그리고 이 모든 것을 이루는 데 그녀 왼쪽에 있는 독재자가 일조했다.

"그래서," 키티가 말했다. "여기에 시체를 매장하시나요?"

무슨 말인지 알아듣지 못한 장군이 키티를 흘긋 보았다. 아크가 재빨리 앞으로 나섰고, 돌리도 마찬가지였다. 룰루까지도.

"사람들을 여기에 매장하시냐고요, 여기 이 구덩이에." 키티의 어조는 더없이 상냥하고 일상적인 대화를 나누는 듯했다. "아니면 먼저 불에 태우시나요?"

"잭슨 양," 긴장한 아크가 의미심장한 표정으로 말했다. "장군님은 못 알아들으십니다."

장군의 얼굴에서 미소가 사라졌다. 그는 돌아가는 상황을 모르는 걸 못 참는 사람이었다. 그는 키티의 손을 놓고 아크에게 단호하게 말하고 있었다.

룰루가 돌리의 손을 홱 잡아끌었다. "엄마," 룰루가 낮은 목소리로 속삭였다. "못 하게 해!"

딸의 목소리에 돌리는 순간적인 마비에서 퍼뜩 깨어났다. "집어치워, 키티," 돌리가 말했다.

"시체를 직접 드시나요?" 키티가 장군에게 물었다. "아니면 독수리 밥으로 던져주시나요?"

"닥쳐, 키티," 돌리가 목소리를 높였다. "장난 그만해."

장군이 아크에게 매섭게 말하자 아크가 돌리를 보았다. 그의 매끈한 이마에 눈에 띄게 땀이 맺혀 있었다. "장군님께서 역정이 나셨습니다. 필 씨." 그가 말했다. 그 말엔 사인이 담겨 있었다. 돌리는 똑똑히 알아들었다. 그녀는 키티에게 다가가 태닝한 팔을 움켜잡고는 얼굴을 바짝 들이댔다.

"계속 이렇게 굴면," 돌리는 나지막이 말했다. "우린 다 죽어."

하지만 정신이 나가 이글거리는 키티의 눈을 한 번만 봐도 다 부질없는 짓이란 걸 알 수 있었다. 키티는 입을 다물지 못했다. "어머!" 키티는 조롱하듯 짐짓 놀라며 큰 소리로 말했다. "대량학살 얘기하라고 저 여기 데려온 거 아니었어요?"

이 대목에서 장군도 한 단어는 알아들었다. 그는 키티의 몸에 불이라도 붙은 듯 펄쩍 떨어져선 꽥꽥대며 군인들에게 명령을 내렸다. 군인들이 돌리를 밀쳐 바닥에 쓰러뜨렸다. 돌리가 키티를 돌아보았을 때는 이미 군인들이 그녀를 바짝 에워싸서 보이지 않았다.

룰루는 돌리를 일으켜세우려 하면서 고함을 쳤다. "엄마, 어떻게 좀 해봐, 어떻게 좀 해보라고! 저 사람들 좀 말려!"

"아크," 돌리는 아크의 이름을 불렀지만 아까부터 분노로 고래고래 소리를 지르는 장군 옆에 서 있는 아크의 귀에 그녀의 목소리가 들릴 리 없었다. 군인들이 키티를 끌고 가고 있었다. 돌리가 보기엔 그들이 가운데를 향해 발길질을 하는 것 같았다. 여전히 키티의 높고 낭랑한 외침이 들려왔다.

"사람들의 피를 마시나요? 아니면 바닥을 걸레질하는 데 쓰나요?"

"사람들 이빨로 목걸이를 만들어 거나요?"

때리는 소리에 이어 비명이 들렸다. 돌리는 벌떡 일어났다. 그러나 키티는 사라지고 없었다. 군인들이 그녀를 끌고 착륙장 옆 숲에 가린 건물 안으로 들어가버렸다. 장군과 아크가 따라 들어가더니 문을 닫았다. 정글은 섬뜩하도록 고요했다. 앵무새들의 울음과 룰루의 흐느낌만 들릴 뿐.

장군이 펄펄 뛰는 동안 아크는 군인 둘에게 조용히 명령을 내렸고, 이윽고 장군이 시야에서 사라지기 무섭게 군인들은 서둘러 돌리와 룰루를 끌고 정글을 통과해 언덕을 내려가 차로 갔다. 운전사가 담배를 피우며 기다리고 있었다. 차가 빠른 속도로 정글을 지나 사막을 가로지르는 내내 룰루는 돌리의 무릎을 베고 흐느껴 울었다. 돌리는 얼이 빠진 채 딸의 보드라운 머리칼을 쓰다듬으며 감옥에 끌려가고 있는지도 모른다고 생각했다. 그러나 태양이 빛을 흘리며 지평선 너머로 넘어갈 무렵, 마침내 모녀는 공항에 도착했음을 알아차렸다. 장군의 비행기가 대기중이었다. 그즈음엔 룰루도 몸을 일으켜 좌석 건너편으로 옮겨 앉아 있었다.

기내에서 룰루는 케이트 스페이드 책가방을 꼭 끌어안은 채로 곯아떨어졌다. 돌리는 잠들지 않았다. 앞쪽에 빈 키티의 좌석을 뚫어져라 보고 있었다.

이른 아침의 어스름이 깔린 케네디 공항에서 모녀는 택시를 타고 헬스 키친으로 갔다. 둘 다 말이 없었다. 돌리는 아파트 건물이 멀쩡해서, 여전히 그들의 집이 맨 꼭대기에 그대로 있어서, 가방 안에 열쇠가 있어서 깜짝 놀랐다.

룰루는 곧장 자기 방으로 들어가더니 문을 닫았다. 돌리는 사무실에 앉아 잠이 부족해 둔한 머리로 생각을 정리하려고 애썼다. 먼저 대사관에 연락해야 하나? 의회? 실제로 도움이 될 만한 사람과 통화하게 되기까지 얼마나 오래 걸릴까? 그리고 정확히 뭐라고 말해야 할까?

교복을 입고 머리를 빗은 룰루가 방에서 나왔다. 돌리는 불을 켜지 않은 것도 모르고 있었다. 룰루는 아직도 어제 옷차림 그대로인 엄마를 곁눈질하더니 말했다. "갈 시간이야."

"학교 가게?"

"당연히 학교 가는 거지. 아님 뭘 하라고?"

모녀는 지하철을 탔다. 둘 사이에 흐르는 침묵은 아까부터 불가침 상태였다. 돌리는 그 침묵이 영원히 깨지지 않을까봐 두려웠다. 룰루의 핏기 없고 수척한 얼굴을 보며 돌리는 확신이 차가운 파도처럼 몰려오는 것을 느꼈다. 만약 키티 잭슨이 죽으면 딸을 영원히 잃게 될 것이다.

길모퉁이에서 룰루는 인사도 하지 않고 등을 돌렸다.

렉싱턴 애비뉴의 가게 주인들이 철문을 올리고 있었다. 돌리는 커피를 한 잔 사서 마셨다. 룰루 가까이 있고 싶었다. 딸의 수업이 끝날 때까지 모퉁이에서 기다리자고 마음먹었다. 다섯 시간 반이나 남았다. 그동안 휴대전화로 몇 군데 전화를 할 생각이었다. 하지만 초록색 드레스를 입고 양팔에 번들거리는 화상 자국이 있는 키티가 생각나고, 뒤이어 장군을 길들이고 세상을 보다 나은 곳으로 만들었다고 믿으며 터무니없이 뿌듯해했던 자신이 떠올라 머릿속이 혼란스러워졌다.

손안의 휴대전화는 무용지물이었다. 이런 일은 전화로 어떻게 처리해야 하는지 그녀는 몰랐다.

문이 드르륵 올라가는 소리에 뒤돌아보니 사진현상소였다. 핸드백 안에 몰래 숨겨간 카메라가 그대로 있었다. 그녀가 뭔가 해야 한다면 바로 그것이었다. 돌리는 현상소 안으로 들어가 직원에게 카메라를 건네주면서 다운로드할 수 있는 건 하나도 빠짐없이 인화를 하고 시디에 담아달라고 했다.

한 시간 후 직원이 현상소를 나와 사진을 건네줄 때까지도 돌리는 밖에 서 있었다. 그때쯤 그녀는 키티 일로 전화를 몇 통 한 후였지만 아무도 그녀의 말을 진지하게 들어주지 않았다. 왜 아니겠어? 돌리는 생각했다.

"이 사진들이요…… 포토샵으로 작업한 거예요, 뭐예요?" 직원이 물었다. "뭐랄까, 완전히 진짜 같아서요."

"진짜예요." 돌리가 말했다. "내가 직접 찍은 거예요."

직원이 웃음을 터뜨렸다. "에이, 왜 이러세요." 그러자 머리 안쪽에서부터 마구 흔들리는 느낌이 전해져왔다. 룰루도 오늘 아침에 그랬었다. 아님 뭘 하라고?

돌리는 황급히 집으로 돌아가 예전에 알고 지내던 〈인콰이어러〉와 〈스타〉의 기자들에게 전화를 돌렸다. 몇몇은 자리를 옮기지 않았다. 이 뉴스를 여기저기 뿌리자. 예전에도 통했던 방법이었다.

몇 분 후, 그녀는 이메일로 사진파일들을 전송하고 있었다. 두세 시간 후, 키티 잭슨과 딱 붙어 있는 B장군의 사진들이 인터넷에 뜨고 여기저기 퍼졌다. 해질녘엔 전세계 주요 신문사 기자들에게서 전화가 오기 시작했다. 그들은 장군에게도 전화를 했고, 장군의 인맥 담당은 단연코 루머라고 부인했다.

그날 밤, 룰루가 방에서 숙제를 하는 동안 돌리는 참깨 냉국수를 먹고 아크와 연락을 시도했다. 열네 번이나 전화를 건 끝에 연결되었다.

"이제는 더이상 통화할 수 없습니다, 필 씨," 아크가 말했다.

"아크."

"통화할 수 없습니다. 장군님께서 진노하셨습니다."

"내 말 좀 들어봐요."

"장군님께서 진노하셨습니다, 필 씨."

"키티는 살아 있나요, 아크? 내가 알고 싶은 건 그것뿐이에요."

"살아 있습니다."

"고마워요." 돌리의 눈에 눈물이 고였다. "키티는…… 거기 있는 사람들이…… 키티를 잘 보살펴주고 있는 거죠?"

"아무 탈 없이 잘 있습니다, 필 씨," 아크가 말했다. "이제 다신 연락해선 안 됩니다."

그들은 말없이 국제통화를 할 때마다 들리는 웅웅 소리에 귀를 기울이고 있었다. "유감입니다," 아크는 그렇게 말하고 전화를 끊었다.

그러나 돌리와 아크는 다시 통화를 하게 되었다. 몇 달 후—거의 일 년이 다 지나서—장군이 유엔에서 자국의 민주주의로의 이행에 관해 연설하기 위해 뉴욕에 왔을 때였다. 그 무렵 이미 뉴욕에 살고 있지 않았던 돌리와 룰루는 저녁에 차를 몰고 맨해튼으로 가서 레스토랑에서 아크를 만났다. 아크는 검은색 슈트에 와인색

넥타이 차림이었는데, 돌리와 같이 마시려고 따른 카베르네 와인 색에 맞춘 듯이 잘 어울렸다. 그간의 이야기를 들려주는 그는 특별히 돌리를 위해 하나도 빠짐없이 기억해두기라도 한 듯 사뭇 즐기는 투였다. 그녀와 룰루가 장군의 요새를 떠난 지 사나흘 후부터 사진기자들이 나타나기 시작했다고 했다. 처음 한두 명은 군인들이 정글 밖으로 내쫓기도 하고 감옥에 가두기도 했지만, 점점 더 많이 몰려오는 바람에 생포는커녕 숫자도 파악할 수 없었다. 기자들의 잠복 솜씨는 귀신같았다. 원숭이처럼 나무 사이에 웅크려 있고, 야트막한 구덩이를 손수 파서 들어가 있고, 나뭇잎 더미 아래 숨어 위장을 했다. 그 전까지 장군이 정확히 어디 있는지 한 번도 알아내지 못했던 암살자들은 사진기자들 덕분에 일이 수월해졌다. 수많은 암살자들이 바구니나 와인 통 속에 몸을 웅크리거나 양탄자로 몸을 돌돌 만 채 트럭 짐칸에 실려 비포장도로를 덜컹거리며 달려왔다. 그렇게 비자도 없이 물밀 듯이 국경을 넘어와 장군의 거주지 주변에 득시글거리는 암살자들 때문에 장군은 운신할 엄두도 낼 수 없었다.

 기자들과 대면하는 것 외엔 선택의 여지가 없다고 장군을 설득하는 데 열흘이 걸렸다. 장군은 훈장과 견장이 달린 군복 코트를 입고 파란 모자를 눌러쓴 다음, 키티의 팔을 잡고 그를 기다리는 카메라 부대 속으로 걸어들어갔다. 돌리는 부드러운 파란 모자 덕에 완전히 딴사람처럼 보이는 장군이 앞으로 나가질 못해 곤혹스러운 표정을 짓고 있는 사진을 본 기억이 났다. 키티는 장군 옆에서 몸에 달라붙는 검은색 드레스 차림으로 미소 짓고 있었다. 필시 아크가 구하느라 진땀깨나 뺐을 그 드레스는 다른 대안을 생각할 수 없을 만큼 적절했다. 편하고 간소하면서도 몸매가 노출되어 여자들이 애인하고만 있을 때 입는 옷처럼 보였다. 키티의 눈에서 표정을 읽긴 어려웠지만, 그 사진들을 강박적으로 자꾸 들여다볼 때마다 돌리는 키티의 웃음소리가 들리는 것 같았다.

"잭슨 양의 새 영화 봤습니까?" 아크가 물었다. "지금껏 출연한 작품 중 최고란 생각이 들더군요."

돌리도 이미 본 로맨틱 코미디 영화였다. 기수 역할을 맡은 키티는 별로 힘들이지 않고 말을 타는 것처럼 보였다. 주州 북부의 동네 극장에 룰루와 함께 가서 봤다. 처음엔 G장군, 그다음엔 A장군, 그다음엔 L, P, Y까지 다른 장군들에게서 전화가 걸려오기 시작하자 냉큼 이사를 갔다. 입소문이 난 후 새 출발을 하고 싶어 안달이 난 대량학살자들의 의뢰가 쇄도했다. "일 접었어요," 돌리는 그렇게 말하며 예전 경쟁자들의 연락처를 알려주었다.

룰루는 처음엔 이사 가는 것에 반대했지만, 돌리는 확고했다. 그래도 룰루는 지역 공립학교에 빨리 적응했고, 얼마 지나지 않아 축구를 다시 시작했고, 어딜 가든 여자애들 패거리가 따라다녔다. 그 동네엔 라 돌이라는 이름을 들어본 사람이 한 명도 없었기 때문에 룰루는 무엇 하나 감출 필요가 없게 되었다.

장군이 사진기자들과 대면한 직후, 돌리는 후한 액수의 돈을 일시불로 받았다. "귀하의 크나큰 조언에 무한한 감사를 표하기 위해 드리는 선물입니다. 필 씨," 아크는 전화를 걸어 말했지만 돌리는 그 목소리에서 웃음기를 알아챘고, 돈의 용도 또한 이해했다.

입막음용이었다. 돌리는 그 돈으로 메인 스트리트에 작은 고급 식료품점을 열었고, 직접 디자인한 작은 스포트라이트 조명 아래 근사하게 진열한 양질의 식품과 희귀한 치즈를 팔았다. "파리에 온 것 같아요." 주말에 별장에 놀러 온 뉴요커들에게서 자주 듣는 말이었다.

이따금 돌리는 스타프루트를 수입했고, 룰루랑 함께 먹을 요량으로 늘 몇 개는 따로 빼두었다가 한적한 거리 끝에 있는 집으로 가져갔다. 저녁을 먹은 후 라디오를 켜고 나른해지는 밤까지 창문을 열어놓고서 돌리와 룰루는 그 달콤하고 낯선 과육의 맛을 만끽했다.

9
사십 분간의 점심식사:
키티 잭슨, 사랑과 명성 그리고 닉슨을 말하다!*

글: 줄스 존스

영화배우들은 누구나 처음에는 체구가 작아 보인다. 키티 잭슨도 예외는 아니다. 그러나 그녀는 다른 모든 면에서 예외적일지도 모른다.

사실, 작다는 말은 적절하지 않다. 잭슨은 초소형이다—흰 민소매 드레스를 입고 매디슨 애비뉴 레스토랑의 뒤쪽 테이블에 앉아 휴대전화로 통화중인 그녀는 마치 인간 분재 같다. 내가 자리에 앉자 그녀는 미소 지으며 눈동자를 굴려 휴대전화를 가리킨다. 그녀의 머리는 어디서나 흔히 볼 수 있는 금발로 내 옛 약혼자 말을 빌리면 '하이라이트'를 준 것이다. 금색과 갈색이 뒤섞인 채 헝클어진 키티 잭슨의 머리는 하이라이트를 준 재닛 그

---

* 9장은 각주를 단 기사 형식으로 쓰였다. 저자 주는 숫자로, 역자 주는 *로 표시해 구분했다.

린의 머리보다 더 자연스럽고 더 많은 돈을 들인 것처럼 보인다. 살짝 들린 코, 육감적인 입술, 커다랗고 파란 눈. 그녀(키티)의 얼굴은 가령 고등학교 교실에서 다른 학생들과 섞여 있으면 그저 예쁘다고 할 정도에 지나지 않는다. 그러나 딱히 꼭 집어 말할 수 없는 몇 가지 이유— 나는 똑같은 이유로 그녀의 하이라이트 머리가 평범한 (재닛 그린의) 하이라이트 머리보다 훨씬 근사해 보인다고 생각한다— 때문에 그녀의 별스럽지 않은 얼굴은 남다르게 인식된다.

그녀는 아직도 전화 통화를 하고 있고, 오 분이 지났다.

마침내 통화를 끝낸 그녀가 폴더를 닫고 애프터디너 민트* 만 한 디스크 모양의 휴대전화를 작은 흰색 에나멜 핸드백 안에 넣는다. 그러고는 사과를 하기 시작한다. 그 즉시 키티는 까다로운 스타(랠프 파인즈)라기보다는 착한 스타(맷 데이먼) 카테고리에 속하는 사람임이 명백해진다. 착한 스타들 카테고리에 속하는 이들은 자신이 상대(가령 나)와 조금도 다를 바 없기 때문에 상대가 그들을 좋아할 것이고, 그들에게 아부하는 기사를 써줄 것처럼 행동한다. 그리고 이것은 거의 어김없이 먹혀드는 전략이다. 비록 모든 기자들은 자신들이 매사에 심드렁한 족속이라, 그들에게 집을 구경시켜주고 싶어한 브래드 피트의 순수한 바람이 어쩌다 〈베니티 페어〉 표지로 이어졌을 뿐이라는 환상 따윈

---

* 저녁 디저트의 일종으로 민트와 설탕을 이겨 만든 소에 초콜릿을 씌운 과자나 케이크.

품지 않는다고 자신하지만. 키티는 그녀와 사십 분간 함께하는 특권을 얻기 위해 내가 열두 개의 불타는 링을 통과하고 무진장 뜨거운 석탄 위를 몇 마일이나 뛰어야 했던 것에 대해 미안해하는 말을 건넨다. 그렇게 얻은 시간의 초반 육 분을 다른 사람과 통화하는 데 허비한 것도 미안해한다. 그녀가 늘어놓는 사과의 늪에 빠지고 나니 내가 왜 스타덤 안에 철옹성을 짓고 앉아 그 틈새로 폭언을 내뱉는 까다로운 스타들을 더 좋아하는지가 새삼 떠오른다. 착하지 않은 스타에겐 무절제한 무언가가 있는데, 취재대상이 서서히 자제력을 잃어가는 것이야말로 셀러브리티 보도의 필수조건이다.

웨이터가 주문을 받는다. 그리고 키티와 가벼운 농담을 주고받은 십 분은 언급할 가치가 없기 때문에, 대신 나는 (케케묵은 글쓰기 방식인 각주를 도입해서 대중문화 논평을 하자면) 전 미국인이 최소 두 번씩은 관람했을 경우에나 가능한 수익을 올린 최근 출연작으로 높은 인지도를 누리게 된 젊은 금발 영화스타는, 중년을 바라보는 나이에 머리는 벗어지기 시작하고 어깨는 굽은데다 경미한 습진에 시달리는 남자와는 다소─사실은 하늘과 땅만큼이나─다른 대우를 받는다는 이야기를 하고자 한다. 표면적으로는 다를 게 전혀 없지만─"주문하시겠습니까" 등등─바로 그 아래에서는 내 취재대상의 유명세에 대한 웨이터의 신경증적인 인식이 쿵쿵 고동치고 있다. 그리고 동일한 인식의 맥박은 양자역학의 원리, 좀더 명확히 말하자면 소위 '얽힌 입자'라는 것의 속성에 의해서만 설명 가능한 동시성으로 레스토랑 전체에 일제히 미치는데, 심지어 너무 멀리 떨어져 있어서 우리가 전혀 보이지도 않는 자리에까지 가 닿는다.[1] 사방에서 사람들은 키티에게 달려들어 그녀의 머리채와 옷을 잡아뜯고 싶은 욕구를 억누르며 저도 모르게 의자에서 엉덩이를 떼고 몸을 돌리고, 길게 빼고, 한껏 늘이고, 비튼다.

나는 키티에게 늘 사람들의 이목이 집중되는 기분이 어떠냐고 묻는다.

"이상해요," 키티가 말한다. "너무나 급작스럽게 느껴져요. 저는 그럴 만한 자격이 전혀 없는데 말이에요."

자, 보았는가? 착하다.

"에이, 겸손하시기는," 나는 그렇게 대꾸하며, 영화 〈오, 베이

---

1. 여기서 나는 얽힌 입자로 무엇이든 설명될 수 있다는 다소 궤변을 펼치고 있는데, 현 시점까지 얽힌 입자에 대한 만족할 만한 설명은 없는 상황이다. 얽힌 입자란 아원자 '쌍둥이'다. 즉, 결정체를 이용해 하나의 광자(光子)를 반으로 쪼갰을 때 생성되는 두 개의 광자인데, 분리 생성된 두 개의 광자 중 하나에만 자극을 가해도 두 개가 동일하게 반응하며 이는 두 광자가 수 킬로미터나 떨어져 있어도 마찬가지다.

물리학자들은 어리둥절해하며 어떻게 한 개의 입자가 다른 입자에 일어나는 일을 '아는지' 의문을 가진다. 키티 잭슨의 근처 테이블들에 앉은 사람들이야 그녀를 알아볼 수밖에 없겠지만, 키티 잭슨의 시야 바깥에 자리하고, 짐작건대 키티 잭슨을 본 적도 없는 사람들이 어떻게 일제히 그녀를 알아본단 말인가?

이론적인 설명들:

(1) 입자들은 소통을 한다.

불가능하다. 그러려면 빛의 속도보다 더 빨리 소통해야 하는데, 이는 상대성이론에 위배된다. 다시 말해, 키티의 존재에 대한 인식이 레스토랑을 동시에 휩쓸기 위해서는 그녀와 가장 가까운 테이블의 손님들이 말이나 몸짓을 통해, 멀리 떨어져 있어서 그녀가 보이지 않는 손님들에게 키티가 여기 있다는 사실을 빛의 속도보다 빠르게 전달해야 한다. 그러므로 불가능하다.

비, 오〉에서 헤로인중독자인 노숙자에서 총도 쏘고 무술도 하는 FBI요원으로 변신하는 역할을 맡은 그녀의 연기에 찬사를 던진다. 일말의 부끄러움도 없이 알랑방귀를 뀌고 있자니 내가 셀러브리티 전문 기자라는 내 현재 직업에 차라리 사형선고를 내리고 싶어하는 건가 하는 의문이 떠오른다. 키티는 자부심을 느끼지 않았던 걸까?

"당연히 자부심을 느꼈죠." 키티가 말한다. "하지만 한편으론 그때까지도 제가 뭘 하고 있는 건지 잘 몰랐어요. 제 새 영화에 대한 감정은 그보다는 더—"

"그 얘긴 좀 이따 하죠!" 웨이터가 아직 우리 테이블까지 오지도 않은데다, 그가 높이 치켜들고 있는 쟁반이 우리 음식이 아

---

(2) 두 개의 광자는 하나의 광자였던 이전 상태에서 생겨난 '국지적' 요인들에 반응하고 있다(이는 얽힌 입자 현상에 대한 아인슈타인의 설명으로, 그는 이것을 '유령의 원격작용'이라 불렀다).

어불성설이다. 이미 그 두 입자는 서로에게 반응하지 않는다는 이론을 우리가 이미 세워놓았기 때문이다. 모두가 동시에 키티 잭슨에게 반응하고 있으며, 그들 중 단지 소수만이 실제로 눈으로 볼 수 있다!

(3) 이것은 양자역학에서 풀리지 않은 채 남아 있는 문제들 중 하나다.

분명 그래 보인다. 확실히 말할 수 있는 건, 키티 잭슨의 존재로 인해 나머지 사람들은 자신이 키티 잭슨이 아니라는 순수한 인식하에 한데 얽히게 된다는 것이다. 즉, 키티 잭슨이라는 존재 앞에서 가차 없이 하나로 뭉뚱그려지는 바람에 일시적으로 우리 각자의 개별성—퍼레이드 중에 까닭 없이 눈물이 나는 성향, 또는 프랑스어를 배운 적이 없다는 사실, 어떻게든 여자들에게 들키지 않으려고 하지만 벌레를 무서워한다는 사실, 또는 어렸을 때 곧잘 마분지를 먹었다는 사실—이 무화되고, 이러한 특성들이 더이상 우리 것이 아니게 된다는 사실이 그것이다. 고로, 모든 비(非)-키티 잭슨은 개별적으로 구분되지 않기 때문에 우리 중 하나가 그녀를 보면 나머지 사람들도 동시에 반응하게 된다.

닐 텐데도 나는 소리친다. 키티의 새 영화 이야기가 듣고 싶지 않아서다. 딱히 관심도 없고, 여러분도 마찬가지라는 걸 안다. 그녀가 이번 역할에 어떤 마음으로 도전했고, 감독과 돈독한 관계를 쌓는 한편 톰 크루즈처럼 노련한 스타의 상대역을 맡아 얼마나 영광인지 주절주절 늘어놓는 이야기를 듣는 것은 키티와 시간을 함께 보내는 특권을 얻는 조건으로 우리 두 사람이 삼켜야 하는 쓴 알약이다. 그래도 미룰 수 있는 한 미뤄보자!

다행히 그 쟁반에는 우리 음식이 담겨 있다(스타와 식사를 하면 음식이 빨리 나온다). 키티는 코브 샐러드를, 나는 치즈버거와 감자튀김과 시저샐러드를 주문했다.

우리가 마음을 가라앉히고 점심을 먹을 때는 다음과 같은 이론이 작용한다. 웨이터가 키티를 대하는 태도는 실상 일종의 샌드위치와도 같다. 밑에 있는 빵이 평소 그가 손님들을 대하는 지루하고 다소 무기력한 태도라면, 중간의 내용물은 이 유명한 열아홉 살 소녀를 보고 느끼는 주체하기 힘든 비정상적인 기분이며, 위에 있는 빵은 밑의 빵에 배어 있는 권태와 무기력이라는 평상시 태도를 조금이나마 비슷하게 고수하려는 일정한 행동양식을 통해 이 생경한 중간 내용물을 덮고 숨기려는 시도다. 마찬가지로 키티 잭슨에게도 일종의 밑 빵이 있다. 짐작건대 진짜 '그녀' 아니면, 그녀가 성장한 디모인* 교외에서 예전에 행동하던 방식이 그것이다. 자전거를 타고, 프롬 파티에 참석하고, 좋

---

* 아이오와 주의 주도(州都).

은 학업성적을 받고, 그리고 여기가 가장 흥미로운 부분인데, 장애물 경마를 해서 많은 리본과 트로피를 거머쥐고 잠시나마 기수가 되겠다는 생각으로 부풀었던 시절에 보였던 모습이다. 그 위에 얹은 샌드위치의 중간 내용물은 그녀에게 새롭게 주어진 유명세에 대한 엄청나고 어쩌면 다소 정신병적이기까지 한 반응이고, 맨 위에 얹은 것은 그녀의 정상적인, 혹은 과거의 자아를 시뮬레이션하는 것으로서 첫번째 밑 빵과 비슷해지려는 시도다.

십육 분이 흘렀다.

"듣자하니," 나는 취재대상에게 혐오감을 불러일으켜 그녀가 두르고 있는 친절함이라는 보호막에 구멍을 뚫고, 그녀를 살살 긁어 자제력을 잃게 하겠다는 계산하에 입안 가득 반쯤 곤죽이 된 햄버거를 문 채 말한다. "상대 배우와 염문설이 들리던데요."

여기에 그녀가 관심을 보인다. 그녀에게 난데없이 내뱉다시피 한 말이었다. 사적인 질문을 쭈뼛쭈뼛 던지는 건 까다로운 취재대상에게는 화낼 시간을, 착한 취재대상에게는 완곡하고 신중하게 곁길로 빠져나갈 시간을 넉넉하게 주는 것임을 그동안 힘겹게 터득한 터였다.

"사실과는 완전히 다른 얘기예요!" 키티가 소리친다. "톰과 저는 더없이 좋은 친구 사이예요. 전 니콜을 좋아해요. 제 롤모델인 걸요. 전 한때 그분들의 베이비시터였다고요."

나는 음식물이 가득 든 입을 한껏 벌려 싱긋 웃음으로써 칼을 뽑아드는데, 순전히 취재대상을 불안하고 어리둥절하게 할 요량일 뿐 별 의미는 없는 전술이다. 내 방법이 필요 이상으로 가

혹해 보인다면, 나에게 주어진 시간이 사십 분이며 현재 이십 분 가까이 경과했음을 여러분에게 다시금 정중히 알려드리는 바이다. 개인적으로 한마디 덧붙이자면, 이 기사가 혐오스럽다면—즉, 이 기사가 (예전에 레오나르도 디카프리오와 엘크 사냥을 하고, 샤론 스톤과 호메로스를 읽고, 제레미 아이언스와 대합조개를 잡는 것에 대해 썼던 기사들처럼) 이제껏 몰랐던 키티의 면모를 드러내지 못한다면—폐기되는 편이 훨씬 나을 것이며, 그렇게 되면 뉴욕과 로스앤젤레스에서 내 평판은 더욱 떨어지고, (지난달 점심을 같이 먹으며 친구이자 편집자인 애티커스 리바이가 말한 것처럼) "이상하게 줄줄이 실패한다?" 상태가 연장될 것이다.

"왜 그렇게 웃는 거죠?" 키티가 적대적인 태도로 묻는다.

보았는가? 더는 착하지 않다.

"제가 웃고 있었나요?"

키티는 코브 샐러드를 먹는 데 집중한다. 나도 마찬가지다. 더이제 공략할 것도 거의 없고 키티 잭슨의 내면의 성역으로 들어가는 항구도 거의 보이지 않아서, 한 걸음 물러나 관찰하며 이제는 점심식사에 대한 사실을 중계하고자 한다. 키티는 상추 전부와 닭고기 약 2½ 입, 토마토 몇 조각을 먹는다. 그녀가 손도 대지 않는 것은 다음과 같다. 올리브, 블루치즈, 삶은 계란, 베이컨, 아보카도. 다시 말해 코브 샐러드의 대부분을, 엄밀히 따지면 코브 샐러드를 **코브 샐러드**답게 하는 존재 근거를 거들떠보지도 않는다. 그녀가 "따로 담아달라고" 부탁했던 드레싱의 경우,

집게손가락 끝으로 한 번 찍어 빨아먹은 것 말고는 손도 대지 않는다.[2]

"내 생각을 말해볼까요." 나는 아까부터 우리 테이블에 형성되어 있는 긴장의 진동을 해소하려고 마침내 입을 연다. "내가 생각하고 있는 건요, 열아홉 살이라는 나이예요. 천문학적 수익을 기록한 영화를 등에 업고 있고 전세계의 절반이 자기 방 창밖에서 여신으로 숭배하는 상황에서, 그녀는 향후 어떤 길을 택할 것인가? 과연 어떤 행보를 취할 것인가?"

키티의 얼굴에서 여러 가지가 읽힌다. 내가 톰 크루즈와 관련해 더 고약한 말을 꺼내지 않은 데 대한 안도감, 그리고 그 안도감과 함께 (얼마간은 바로 그 안도감 때문에) 일순 나를 녹음기

---

[2]. 때때로 인생은 당신에게 시간과 휴식과 '돌체 파르 니엔테(달콤한 게으름)'를 허락하고는, 평범한 인생의 분주한 일상에서는 대체적으로 검증되지 않는 다음과 같은 질문들을 던진다. 당신은 광합성 작용에 대해 얼마나 기억하고 있는가? 대화하면서 '존재론'이라는 말을 한 번이라도 써본 적이 있는가? 그 전까지 누렸던 비교적 정상적인 인생이라는 선에서 한 발짝 삐끗한 시점은 정확히 언제였는가? 왼쪽이나 오른쪽으로 극미하게 기울면서 결과적으로 당신을 현재 이곳—내 경우엔 라이커스 섬의 교도소—에 이르게 한 궤도에 접어든 시점은 정확히 언제일까?

몇 개월에 걸쳐 키티 잭슨과의 점심을 구성하는 필라멘트(일렬로 배열된 세포)와 나노세컨드(일 초의 십억 분의 일) 하나하나에 대해 안식일 평가회의 탈무드 학자들마저 답답해할 정도로 면밀한 분석을 마친 후, 나는 내 인생이 미묘하지만 결정적으로 방향을 튼 순간이 정확히 키티 잭슨이 '따로' 담겨 나온 샐러드 드레싱을 손가락으로 찍어 빨아먹은 때라는 결론을 내리게 되었다.

다음은 신중하게 가닥을 풀어낸 후 시간 순서대로 복원한 것으로, 돌이켜보건대 당시 내 머릿속을 스쳐갔던 것으로 여겨지는 생각과 충동의 혼합을 재구성한 것이다.

생각 1: (손가락을 드레싱에 담갔다가 빨아먹는 키티를 보며) 혹시 지금 이 행동을 이 아름다운 젊은 여성이 내게 추파를 던지는 것이라고 볼 수 있을까?

를 휴대하는 여느 괴짜보다는 나은 사람으로 보고 싶은 마음이다―그녀가 속한 세계에 존재하는, 믿기지 않을 정도로 이상한 구석을 이해해주는 사람 말이다. 정말 그러면 좋으련만! 나는 오로지 키티가 속한 세계의 이상한 구석에만 관심이 있다. 결코 밖으로 드러나지 않는 그 이상한 구석을 캐내고 싶어 혈안이 되어 있다. 그러나 내가 바랄 수 있는 최선은 우리 사이에 진실한 교감 따윈 아예 불가능하다는 걸 키티 잭슨이 모르게 하는 것이고, 지금까지 이십일 분 동안은 그럭저럭 숨겨왔다는 점에서 성공했다고 볼 수 있다.

왜 이 기사에 자꾸 나 자신을 언급―'삽입'한다고도 볼 수도 있는데―하냐고? 착하기 그지없는 열아홉 살짜리 소녀에게서

생각 2: 전혀. 말도 안 된다.
생각 3: 그게 어째서 말도 안 된다는 것인가?
생각 4: 왜냐하면 그녀는 열아홉 살의 유명한 영화스타이고, 너는 (실패로 끝난 우리의 마지막 성교에서 재닛 그린이 말한 것처럼) "갑자기 몸이 불었네―아니면 내가 이제야 알아챈 건가?"이고 피부병도 있는데다 세상에 영향력이라곤 전무한 인간이니까.
생각 5: 그래도 그 여자는 내가 보는 앞에서 샐러드 드레싱을 손가락으로 찍어서 빨아먹었다고! 그게 달리 무슨 뜻이겠는가.
생각 6: 그건 네가 키티가 이성으로 고려하는 대상의 범주에서 아주아주 멀리 벗어나 있다는 뜻이고, 그렇기 때문에 샐러드 드레싱을 손가락으로 찍어 빨아먹는 행동처럼 동석한 남자가 성적 관심의 표시로 해석할 여지가 있는, 몹시 도발적이거나 다분히 선정적으로 여겨질 행동을 평소라면 억제했을 그녀의 내적 센서가 작동하지 않은 것이다.
생각 7: 왜 작동하지 않은 것인가?
생각 8: 왜냐하면 키티 잭슨에게 너는 '남자'로 인식되지 않기 때문이다. 네가 곁에 있다고 해도 그녀에겐 닥스훈트 한 마리만큼의 자의식도 불러일으키지 않는다.

읽을 만한 기삿거리를 어떻게든 뽑아내려고 애쓰는 중이기 때문이다. 어린 십대 소녀의 벨벳처럼 은밀한 비밀들을 밝혀낼 뿐만 아니라 그녀가 암시하는 바를 파악하고 실행하는 데까지 나아가 ─하느님 저를 도와주소서─기삿거리를 만들려고 용쓰는 중이란 말이다. 그러나 내 고민은 이것이다. 키티가 따분하다는 것. 키티에게서 가장 흥미로운 점은 그녀가 타인들에게 미치는 영향인데, 집단 조사調査를 위해 내면을 가장 쉽게 들여다볼 수 있는 그 '타인'이 어쩌다 내가 된 까닭에, 내가 키티 잭슨과의 점심식사라고 부르는 이야기가 사실상 식사 내내 그녀가 내게 미친 무수한 영향에 대한 이야기가 되는 것은 당연하다─그뿐인가, 그렇게 하라고 요구까지 받았다("제발 이렇게 빌게. 일을 맡긴 내가 병신이 되지 않게 제대로 해내라고"─최근 전화 통화에서 계속 스타 소개기사를 쓰는 것에 대한 좌절감을 호소하는 내게 애터커스 리바이가 한 말이다). 그리고 여러분이 멀리서도 그 영향을 제대로 이해하려면, 삼 년간 내 여자친구였고 한 달하고도 십삼 일간 약혼자였던 재닛 그린이 이 주 전, 최근 출간한 회고록에서 사춘기 시절 집의 어항에 대고 자위하는 걸 즐겼다고 밝힌 남자 때문에 나를 찼다는 사실을 유념해야 한다("그나마 그인 혼자서 서기라도 하지!"─그녀가 얼마나 큰 실수를 저질렀는지 따지려고 걸었던 최근 전화 통화에서 재닛 그린이 한 말).

"전 늘 궁금하거든요─다음엔 어떤 일이 일어날지가요." 키티가 말한다. "가끔 지금 이 순간을 회상하는 나 자신을 상상해봐요. 그러면, 뭐랄까, 옛일을 되돌아보는 그때 나는 어디에 서 있을까 하는 생각이 들어요. 지금 이 순간이 멋진 인생의 시작처럼 여겨질까, 아니면⋯⋯ 아니면 뭘까요?"

그렇다면 키티 잭슨의 어휘 목록에서 '멋진 인생'의 정확한 정의는 무엇일까?

"아, 그건 말이죠." 키득거린다. 얼굴을 붉힌다. 분위기가 다시 화기애애해졌지만, 아까와는 다르다. 우리는 방금 말다툼을 했고, 그래서 지금 화해하는 중이다.

"명성과 부?" 내가 찔러본다.

"그럴 수도 있죠. 하지만 그것 말고― 행복도 있어요. 전 진정한 사랑을 찾고 싶어요. 진부하게 들리겠지만 상관 안 해요. 아이를 낳고 싶어요. 그래서인지 이번 영화에서 저의 대리모 역할에 강한 유대감을 느껴요⋯⋯"

하지만 우리의 점심식사에서 영화 홍보를 배제하려는 내 조건반사적인 노력이 결실을 맺어 키티는 입을 다문다. 승리를 자축하기가 무섭게 나는 그녀가 자신의 (에르메스) 시계를 슬쩍 곁눈질하는 걸 놓치지 않는다. 이 제스처는 내게 어떤 영향을 미치는가? 음, 내 안에서 분노와 공포와 정욕의 스튜가 부글부글 끓어 흘러넘치는 게 느껴진다. 분노를 느끼는 이유는 요 순진한 것이 결코 정당화될 수 없는 이유로, 나로선 죽었다 깨어난다 해도 손에 넣을 수 없을 만큼 큰 세속적 영향력을 갖고 있기 때문이며, 내게 주어진 사십 분의 시간이 지나고 나면 나의 지하 통로와 그녀의 저 높은 곳에 있는 통로가 교차할 방법이라고는 범죄인 스토킹 외엔 없기 때문이다. 공포를 느끼는 이유는 내 (타이멕스) 손목시계를 흘긋 보고 사십 분 중 삼십 분이 이미 지나 가버렸다는 것을 알았는데, 정작 아직까지도 소개기사의 핵심이 될 만한 '사건'은 일어나지도 않았기 때문이다. 정욕을 느끼는 이유는 가늘고 투명하다시피 한 금목걸이가 걸린 그녀의 목이 몹시 길어서다. 하얀 홀터넥 선드레스 차림이라 드러난 그녀의 양어깨는 갈색에 작고 더없이 연약한 것이, 자그마한 두 마리의 새끼 비둘기 같았다. 하지만 이렇게 말로 써놓고 보니 그 매력이 반감될 뿐이다. 그녀의 어깨는 경이로우리만치 매력적이었다! '새끼 비둘기'라고 한 것은 고것들(그녀의 양어깨)이 어찌나 탐스러운지, 잠시나마 그 자그마한 뼈들을 잡아뜯어낸 다음, 차례로 뼈에서 살을 발라먹는 상상을 했을 정도라는 뜻이다.[3]

나는 키티에게 섹스 여신이 된 느낌이 어떠냐고 묻는다.

"느낌이랄 것도 없어요," 키티는 지루하고 짜증스러운 듯 대꾸한다. "남들이 느끼는 거니까요."

---

[3]. 이런 변덕을 내가 진짜로 '꼴통 병신'이나 '변태 편집증환자' '미친 개'(—구치소에 있는 동안 생면부지의 사람들에게서 받은 서신에서 발췌 인용)라는 추가 증거로밖에 해석할 수 없다는 분들께 다음과 같이 말할 따름이다. 사 년여 전 어느 봄날, 나는 짧고 굵은 다리에 허리가 긴데다 분홍색 홀치기염 티셔츠를 입은 여자가 두 앤 리드 백화점의 종이가방을 들고 개똥을 치우는 모습을 보았다. 그녀는 알고 보면 고등학교 시절 수영선수나 다이빙 선수였던 여자들처럼 근육질이었고(나중에 둘 다 아니라는 걸 알게 되었다), 개는 옴에 걸려 털이 축축해 보이는 소형 테리어 종이었는데 아무리 중립적이고 객관적인 기준을 동원해 보아도 귀여운 구석이라곤 찾아볼 수 없었다. 그런데도 그녀는 그 강아지를 사랑했다. "이리 와, 위스커스." 그녀는 개를 얼렀다. "이리 와, 우리 애기." 그런 그녀를 보고 나는 단번에 모든 걸 간파했다. 운동화와 레오타드가 여기저기 널려 있는 무덥고 비좁은 아파트. 격주마

"남자들, 말하는 거죠?"

"그렇지 않을까요?" 그렇게 말하는 그녀의 예쁘장한 얼굴에 새로운 표정이 번득이며 자리 잡는다. 급작스러운 피로감이라고밖에 부를 수 없는 기색이다.

나도 같은 기분이다. 급작스레 피곤해진다. 사실 나는 대체로 피로하다. "못살겠네. 이런 것도 다 헛짓거리예요." 아무런 전략적 의도도 없이 부주의하게 나 자신을 드러낸 순간, 내가 곧바로 후회하리라는 건 불 보듯 뻔했다. "우리까지 이럴 필요 있나요?"

키티가 나를 향해 고개를 갸웃한다. 그녀도 내가 대체로 피로하다는 걸 눈치챘고, 어쩌면 그 이유도 추측해보고 있는지도 모른다는 생각이 든다. 다시 말하면, 그녀는 나를 동정의 눈길로 보고 있다. 지금 나는 자칫하면 스타 취재의 유일하고도 가장 큰 위험에 굴복할지도 모르는 상황이다. 다름아닌 취재대상이 감시조명의 방향을 반대로 돌리는 것으로, 그럴 경우 나는 더이상 그녀를 볼 수 없게 된다. 시원시원하게 넓어져가는 이마를 따라 솟아오르는 땀방울에 불현듯 압박감을 느낀 나는 커다란 빵 덩어

다 부모님 집에 찾아가 함께 하는 저녁식사. 매주 타르트 냄새가 나는 흰색 크림으로 표백하는 윗입술 위쪽의 거뭇한 솜털. 그때 내가 느꼈던 감정은 그녀를 애타게 원했다기보다는, 손가락 하나 까딱 않고 휘청휘청 그녀의 인생으로 들어가 그녀에게 폭 안기고 싶은 쪽에 가까웠다.

"도와드릴까요?" 나는 그녀와 위스커스가 서 있는 양지로 걸어들어가 개똥이 잔뜩 든 두앤 리드 종이가방을 그녀의 손에서 슬며시 옮겨들었다.

재닛은 싱긋 웃었다. 누군가 깃발을 흔드는 것 같았다. "미친 거 아니죠?" 그녀가 말했다.

리로 샐러드 접시를 싹싹 훔쳐서는 치아를 때우는 치과의사처럼 입안에 쑤셔넣는다. 그리고 바로 그 순간—아, 그래—재채기가 나올락 말락 한 기색을 느낀다. 성모마리아시여, 아멘. 입안에 빵이 있든 없든, 내 머리에 난 구멍이란 구멍에서 죄다 동시에 뿜어져나오는 걸 막을 도리가 없다. 질겁한 키티는 내가 사태를 수습하는 동안 몸을 사린다.

재앙은 면했다. 아니, 최소한 미연에 방지했다.

"저기요," 삼 분에 달하는 시간을 허비해 가까스로 빵을 삼키고 코를 푼 후 비로소 내가 말한다. "좀 걸었으면 좋겠는데, 어때요?"

키티는 탁 트인 곳으로 피신할 수 있을지 모른다는 생각에 의자에서 튕기듯 일어난다. 어쨌거나 더할 나위 없이 좋은 날씨라 레스토랑 창문으로 햇빛이 쏟아져들어오고 있다. 그러나 그녀의 흥분은 그 즉시 동일한 강도의 반대 경고로 꺼져든다. "제이크가 우릴 찾으면 어쩌죠?" 그녀가 우리에게 주어진 사십 분의 시간이 끝나면 이곳에 나타나 지팡이를 휘둘러 나를 다시 호박으로 되돌려놓을 자신의 홍보 담당자를 언급한다.

"전화하겠죠. 그때 보면 되지 않을까요?" 나는 묻는다.

"알았어요," 중간 내용물에 피로가 침범했는데도, 그녀는 인터뷰 초반에 보였던 순수한 열정을 재현하려고 최선을 다한다. "그럼 되겠네, 갈까요?"

나는 서둘러 계산한다. 방금 나는 몇 가지 이유에서 우리의 외출을 교묘히 유도했다. 첫째 이유. 나는 이번 일과, 좀더 넓은 의미에서 한때 전도유망했으나 이제는 작아져만 가는 나의 문학적 명성("내 생각에 자네가 첫 소설이 잘 안 팔리니 다시 쓰려는 노력을 보이지 않아 걔가 실망한 것 같던데……"—내가 스카즈데일 집 문턱에 몸을 던지고는 흐느끼며 당신 딸이 변심한 데 대해 한 말씀 해달라고 애원하자 뜨거운 차를 마시면서 비어트리스 그린이 해준 말이다)을 구원하려는 시도의 일환으로 키티의 시간을 몇 분 더 훔치고자 한다. 둘째 이유. 나는 키티 잭슨이 자리에서 일어나 움직이는 것을 보고 싶다. 이 목적을 달성하기 위해 나는 예외적으로 아름다운 여자와 유명인(따로 말할 필요도 없지만 키티 같은 사람은 두 경우에 모두 해당한다)들이 그러하듯 고개를 숙이고 테이블들 사이를 요리조리 지나 레스토랑 밖으로 빠져나가는 그녀를 뒤따라간다. 그녀의 자세와 걸음걸이를 우리말로 옮기면 다음과 같다. 나도 내가 유명하고 매력적이라는 거 알아요—명성과 매력의 조합은 방사능과 꼭 닮은 속성을 띠죠. 그리고 이 공간에 있는 여러분이 내게 속수무책이라는 것도 알아요. 우리가 서로의 얼굴을 보며 나의 방사능과 여러분의 속수무책을 상호 인식한다는 건 난감한 일이죠. 그러니까 나는 고개를 숙이고 걸을 테니, 여러분은 마음 편히 날 지켜봐요. 이런 광경이 펼쳐지는 내내 나는 키티의 다리를 눈여겨보고 있다. 평균 신장임을 감안하면 꽤 긴 데다, 태닝 살롱에서 태운 오렌지빛 도는 갈색이 아니라 잘 여문 밤 같은 황갈색 다리가 뭐랄까, 말馬을 연상시킨다.

 센트럴파크는 한 블록 거리에 있다. 인터뷰 시간은 사십일 분을 경과했고, 지금도 계속 늘어나는 중이다. 우리는 공원으로 들어간다. 공원은 녹음이 우거지고 빛과 그림자가 두드러져서 깊고 고요한 연못에 함께 뛰어든 기분마저 든다. "인터뷰를 언제 시작했는지도 기억이 안 나네요." 키티가 손목시계를 보면서 말한다. "시간이 얼마나 더 남았죠?"

"아, 아직 괜찮아요." 나는 웅얼거린다. 꿈을 꾸는 것만 같다. 함께 걸어가면서 키티의 다리를 보다가(그녀 바로 옆에서 기어가며 보지 못할 바에야 최대한 볼 수 있는 만큼 보자는 생각이 머릿속을 스친다) 무릎 위쪽에 난 고운 황금빛 털을 발견한다. 굉장히 어린데다 발육 상태도 좋고, 타인이 가하는 공연한 잔인함으로부터 지나치게 보호받고 있고, 자신이 중년이 되고 끝내 (어쩌면 혼자) 죽을 거라는 생각 따윈 떠올리지 않고, 아직까지 자신에게 실망한 적이 없고, 때 이른 성공에 본인은 물론이고 세상도 그저 얼떨떨한 상태일 뿐이라 그녀의 피부—인생의 실패와 피로의 기록을 휘갈겨 쓰게 될 그 매끄럽고 포동포동하고 달콤한 향이 나는 살집—는 흠잡을 데 없다. 여기서 '흠잡을 데 없다'는 말은 늘어지거나 처지거나 트거나 주름지거나 출렁이거나 울퉁불퉁하지 않다는 뜻이다. 초록색이 아니라는 점만 빼면 나뭇잎 표면과 똑같다. 그런 피부가 불쾌한 냄새나 맛이 나거나 결이 거칠 거라고는 상상도 할 수 없다. 한 번이라도, 가령 경미하게라도(솔직히 말도 안 되지만) 습진이 있을 거라곤 상상도 할 수 없다.

우리는 비탈진 잔디밭에 함께 앉는다. 키티는 또다시 새 영화에 대해 의무적으로 떠들어대기 시작한다. 홍보 담당자의 유령이 그녀에게 영화 홍보가 나와 자리를 함께하는 유일한 이유임을 일깨워준 게 틀림없다.

"아, 키티," 내가 말한다. "영화 얘기는 집어치우죠. 여기 이렇게 공원에 나와 있는데다, 날씨가 얼마나 좋아요. 우리 좀전까지의 모습에서 벗어나 얘기해보자고요, 뭐냐…… 그러니까…… 말에 대해서."

저 표정을 좀 보라! 저 눈빛을 보라! 연상 가능한 싸구려 비유란 비유는 죄다 머릿속에 떠오른다. 태양이 구름을 헤치고 모습을 드러내고, 꽃들은 기지개를 켜듯 만개하고, 문득 무지개가 신비로운 자태를 드러낸다. 됐다. 뒤인지 주변인지 속인지는 모르겠지만, 여하튼 나는 가 닿았다. 진짜 키티를 건드린 것이다. 나로서는 이해할 수 없는 이유들, 양자역학의 수수께끼들 중에서도 단연코 가장 불가사의한 것들에 필적하는 이유들 때문에 내게 이 접촉은 계시적이고 다급한 것처럼 느껴진다. 나와 이 어린 여배우 사이의 크레바스에 다리가 놓이기라도 한듯 나는 밀려오는 어둠 위에 떠 있는 것만 같다.

키티는 작은 흰색 핸드백을 열고는 사진 한 장을 꺼낸다. 말 사진이다! 코에 흰 별무늬가 있다. 이름이 닉슨이다. "대통령 이름을 딴 건가요?" 내 질문에 방해받은 키티는 멍한 표정을 짓는다. "그냥 그 이름의 어감이 좋아서 지은 거예요," 그러더니 닉슨에게 사과를 먹여줄 때의 느낌에 대해 말한다 — 사과를 입으로 받아먹을 때 말의 모습, 입에 물자마자 사과가 단박에 으깨지면서, 뜨거운 입김 속에 줄줄 흐르는 우윳빛 과즙. "닉슨을 보러

갈 짬이 좀처럼 나질 않네요." 키티는 진심으로 슬퍼하면서 말한다. "집에 전혀 못 가기 때문에 사람을 고용해 닉슨을 운동시켜줘야 해요."

"주인이 없으니 말도 분명 쓸쓸하겠어요." 내가 말한다.

키티가 나를 돌아본다. 표정을 보니 내가 누구인지 잊어버린 게 틀림없다. 나는 그녀를 그대로 잔디밭에 쓰러뜨리고 싶은 충동을 느끼고, 그대로 행동에 옮긴다.

"이봐요!" 나의 취재대상이 비명을 지르지만 목소리는 낮다. 정확히 말하자면, 깜짝 놀라긴 했지만 아직까지는 겁에 질리지 않은 목소리다.

"닉슨을 타고 있다고 생각해," 내가 말한다.

"이봐요!" 키티가 고함을 치자 나는 손으로 그녀의 입을 틀어막는다. 그녀는 내 밑에 깔려 몸부림치지만 그래봤자 소용없는 것이, 나는 신장 190센티미터에 몸무게 118킬로그램인데다 몸무게의 3분의 1가량이 (불발로 끝난 마지막 섹스에서 재닛 그린이 말한 것처럼) "뱃살에 있는 스페어 타이어"에 집중돼 있어 그녀를 샌드백인 양 옴짝달싹 못하게 하기 때문이다. 나는 한 손으로 그녀의 입을 막고, 다른 손으로는 요동치는 두 몸뚱이 사이를 더듬대다가 마침내—옳거니!—내 지퍼를 찾아 잡는다. 이 모든 일련의 과정이 내게 어떤 영향을 미치고 있을까? 음, 우리가 누워 있는 센트럴파크의 언덕은 다소 후미진 곳이다. 엄밀히 말하자면, 이런 탁 트인 곳에서 그나마 조용한 곳이라는 뜻이지만. 그래서 열망에 들뜬 나는, 나 스스로가 무분별한 행동으로

깡패단의 방문 267

내 경력과 평판을 위험에 몰아넣고 있음을 어렴풋하게 의식할 뿐이다. 하지만 그보다 내가 느끼는 것은 이 광기에 찬—뭐라고?—분노의 감정이다. 분노라고밖에 부를 수 없다. 키티의 몸을 생선처럼 갈라 내장을 쏟아내고 싶다는 열망, 또는 그것과는 별개로 그녀를 반토막내 내 양팔을 그녀 안의 순수하고 향기로운 액체의 소용돌이 속에 쑤셔넣고 싶다는 필연적인 욕구를 달리 어떻게 설명할 수 있단 말인가? 그 액체를 껍질이 벗겨져서 쓰라린, '연주창'*(ibid.)에 걸린 내 피부에 문지르고 싶다. 마침내 치유되리라는 희망에 차서. (여봐란 듯이) 그녀와 섹스한 후 죽이고 싶다. 또는 가능하다면 섹스하는 도중에 죽이고 싶다(이 근본적인 목표를 위해 '그녀가 죽을 정도로 섹스를 하는 것'과 '그녀의 뇌수가 터져버릴 정도로 섹스를 하는 것'은 수용 가능한 변주이다). 그녀를 죽인 다음 섹스를 하는 것은 전혀 내 관심사가 아니다. 내가 이토록 절박하게 이르고자 열망하는 것은 그녀의 생명—키티 잭슨 내면의 생명—이기 때문이다.

나중에 밝혀졌다시피, 나는 어느 것도 하지 않는다.

다시 아까의 순간으로 돌아가자. 나는 한 손으로 생각보다 힘이 센 키티의 입을 틀어막으며 머리를 누르느라 진땀을 빼면서 남은 한 손으로 내 지퍼를 더듬어 찾는데, 그 과정이 우울하리만큼 만만치 않다. 내 아래 깔린 취재대상이 몸부림치기 때문일 것이다. 운 나쁘게도 내가 키티의 두 손을 제압하지 못한 바람에,

---

* 경부 림프샘에 생기는 결핵. 크고 작은 종창이 생겨 곪아 터지는 증상을 보인다.

그녀는 용케 여러 물건들이 잠자고 있는 흰 핸드백 속으로 한 손을 밀어넣는다. 말 사진, 몇 분 전부터 계속 울려대고 있는 포테이토 칩 크기의 휴대폰, 그리고 깡통 하나. 내 얼굴에 정면으로 분사되었을 때의 충격으로 판단컨대 그 깡통은 필시 호신용 스프레이나 최루가스인 것 같았다. 눈 주변이 따가우면서 아무것도 보이지 않더니 눈물이 솟구치고, 목구멍이 콱 막히고, 몸이 마비된 듯 숨이 막히면서 구역질이 치밀어 나는 벌떡 일어났다가 고통에 정신이 아득해져 몸을 웅크린다(그 와중에도 한 발로 키티를 누르고 있다). 그 틈에 그녀는 앞서 말한 핸드백에 든 또 다른 물건을 이용한다. 열쇠 꾸러미에 달린 작은 스위스 아미 나이프로, 칼날이 굉장히 작고 다소 무디긴 해도 그녀는 그것으로 용케 내 카키색 바지를 뚫고 장딴지를 찌른다.

이쯤 되자 나는 포위당한 버펄로처럼 큰 소리로 울부짖으며 껑껑거리고, 키티는 도망치고 있다. 너무 아파서 제대로 볼 정신이 없지만, 나무 사이로 비쳐든 햇빛이 달리는 그녀의 황갈색 팔다리에 분명히 얼룩덜룩 그림자를 만들었을 것이다.

아무래도 이것으로 우리의 점심식사를 마쳐야 할 모양이라고 생각한다. 이십 분이나 추가로 얻어냈으니, 괜찮다.

점심식사의 끝, 그렇다. 그러나 별세계의 시작이었다. 강간 미수, 유괴, 가중 폭행죄로 기소되어 대배심 앞에 출두했고, (보석금 50만 달러를 내준 애티커스 리바이의 영웅적인 노력이 무색하게도) 현재 수감중이고, 임박한 공판이 이번 달에 시작된다. 공교롭게도 공판일은 키티의 새 영화 〈쏙독새의 추락〉이 전국적으로 개봉하는 바로 그날이다.

수감중인 내게 키티가 편지를 보내왔다. "제가 혹여 존스 씨의 신경쇠약증에 조금이라도 원인을 제공했다면 사과드립니다. 그리고 존스 씨를 칼로 찌른 것에 대해서도 마찬가지입니다." [원문 인용] 철자 아이i마다 위에 점 대신 작게 동그라미를 그렸고, 편지 끝에는 스마일리 그림까지 있었다.

내가 뭐랬나? 착하다.

물론 우리 사이에 벌어진 사소하게 불미스러운 사건은 키티에게 헤아릴 수 없이 큰 도움이 되었다. 신문 1면 헤드라인들에 이어, 관련된 온갖 사안들에 초점을 맞춘 절망적인 후속 기사와 사설과 기명 논평들이 한바탕 휘몰아쳤다. '셀러브리티들의 취약성 커져'(뉴욕 타임스), '거절당한 감정을 수습하지 못해 폭력을 휘두른 남자들'(USA 투데이), 잡지사 편집자들이 좀더 철저하게 담당 프리랜서 작가들의 신원을 조사할 필요가 있음(뉴 리퍼블릭). 그리고 센트럴파크의 주간 경비체계 미비.[4] 이 거대한 소

---

4. 편집자께,

    귀하의 최근 사설(8월 9일자, '공공장소의 취약성')에서 보여주신 진심 어린 태도에, 그리고 "지나치게 사람을 잘 믿는 젊은 스타"에게 본인이 "야만적 폭행"을 휘두른 후 공공지에서 근절되기를 염원하시는 "정신적으로 불안정하거나 위협적인 사람들"의 살아 있는 화신으로서 본인은 귀하께서 허락하신다면 줄리아니 시장에게 만큼은 호소력 있을 게 확실시되는 한 가지 제안을 드리고자 합니다. 그냥 센트럴파크 입구에 검문소를 짓고 입장을 원하는 사람들의 신원을 확인하면 어떻겠습니까?

    그러면 입장객들의 기록을 조회해 그들이 인생에서 거둔 성공이나 실패—결혼 여부, 자녀 유무, 직업상 성공 여부, 안정된 예금 보유 여부, 유년기 친구들과의 친분 유지 여부, 밤에 두 다리를 쭉 뻗고 자는지 여부, 정신 나간 청춘의 야망 여부,

동에서 순교자의 지위를 얻은 키티는 벌써부터 자기 세대의 마릴린 먼로로 추앙받고 있다. 아직 죽지도 않았는데 말이다.

 그녀의 새 영화는 내용과 무관하게 성공을 거둘 것으로 전망된다.

공포와 절망을 상대로 한판 승부를 벌일 수 있는 능력의 여부―를 상대평가할 수 있을 것입니다. 이런 정보들을 토대로 우리는 사람들의 "개인적 실패가 원인이 되어 더 성공한 사람들을 향해 시기 어린 감정을 터뜨릴 만한 성향"에 근거해 그들에게 각각 등급을 부여할 수 있을 것입니다.

 나머지는 쉽습니다. 개인의 등급을 전자 팔찌에 입력한 다음 그들이 공원에 입장할 때마다 손목에 채워줍니다. 그리고 레이더 화면에 뜨는 점들을 감시합니다. 등급이 낮고 유명하지 않은 사람들이 재미로 둘러본답시고 "다른 사람들과 마찬가지로 유명인들도 누릴 자격이 있는 안전과 마음의 평화"를 침범하면 지체 없이 개입할 태세를 갖춘 직원들을 갖추고 말입니다.

 딱 한 가지만 부탁드리겠습니다. 우리의 소중한 문화 전통에 발맞춰 악명과 명성을 동일한 등급으로 봐주시면 저에 대한 공개적인 비난이 그치고 난 후―이틀 전 교도소에서 재미있게 읽은 〈베니티 페어〉의 기자가 (제 지압사와 건물 관리인을 인터뷰한 후) 티브이의 '뉴스' 매거진들과 매한가지로 지독한 짓을 했을 때, 제 공판과 판결이 종결되어 마침내 바깥세상으로 돌아가도 좋다는 허락을 받아 공공의 나무 아래 서서 그 까끌까끌한 나무껍질을 만지게 될 때―저는 키티처럼 얼마간 보호를 받게 될 것입니다.

 아무도 모르는 일 아닙니까? 센트럴파크를 거닐던 제 눈에 마찬가지로 산책 나온 키티의 모습이 얼핏 들어오게 될지 말입니다. 우리가 실제로 얘기를 나눌 거라고는 생각지 않습니다. 다음번엔 멀찍이 떨어져서 손만 흔드는 게 낫겠지요.

존경하는 마음을 담아,
줄스 존스 드림

10
유체 이탈

네 친구들은 세상 무엇이든 될 수 있다는 양 굴고 있다. 네가 특별히 맡아 해줄 일은 그들이 행세하는 대로 대해주는 것이다. 드루는 곧장 로스쿨에 입학할 거라고 말한다. 그리고 얼마간 변호사로 일하다가 주 상원의원에 출마할 거라고 한다. 그다음엔 미 상원의원이다. 궁극적으로는 대통령이다. 그는 이 모든 말을 줄줄 늘어놓는다. 네가 중국 현대회화 수업을 들은 다음에 운동 갔다가 저녁 먹을 때까지 봅스트*에서 공부해야지라고 말하는 투로. 네가 지금 계획을 세운다면 그렇게 말할 거라는 뜻이다. 그러지도 않지만— 네가 지금 학교에 다닌다면 그랬을 거라는 말이다. 잠깐만 쉬는 거였는데, 그러지도 않았지만.

너는 햇빛 속을 떠도는 겹겹의 해시** 연기 장막 너머로 드루

---

* 뉴욕 대학 도서관.

를 바라본다. 그는 한 팔을 사샤에게 두르고 침대 겸용 소파에 기대 앉아 있다. 그는 누구에게나 '어서 들어와'라고 말하는 듯한 표정을 짓고 있는 커다란 얼굴에 머리칼은 검고, 몸은 탄탄하다—너처럼 웨이트트레이닝으로 키운 근육이 아니라, 동물적인 습성이다 싶을 만큼 꾸준히 수영을 해서 다져온 몸이다.

"피웠어도 연기는 안 들이마셨다고 해," 너는 그에게 말한다.

컴퓨터 앞에 앉은 빅스만 빼고 모두 웃음을 터뜨리고, 너는 0.5초 동안 재미있는 놈이 된 것 같은 기분이 든다. 그러나 곧이어 그들이 웃은 건 네가 재미난 말을 하려고 애쓰는 게 보여서일 뿐, 네가 이런 대수롭지 않은 일로 창문 밖 이스트 7번가로 몸을 날릴까 걱정하는 건 아닌가 하는 생각이 든다.

드루는 길게 한 모금 빤다. 연기가 그의 가슴을 타고 들어가는 소리가 들린다. 그는 파이프를 사샤에게 건네고, 사샤는 한 모금도 빨지 않고 리지에게 넘긴다.

"약속할게, 롭," 연기를 가슴속에 머금은 드루가 쉰 목소리로 네게 말한다. "누가 물으면 난 말할 거야. 로버트 프리먼 2세와 함께 피운 해시가 죽여줬다고."

놀리려고 '2세'라는 말을 붙인 걸까? 생각만큼 해시 약발이 오르지 않는다. 마리화나를 할 때와 별반 다르지 않게 피해망상에 빠지니 말이다. 너는 판단한다, 아니야, 드루는 놀리는 게 아니야. 드

** 해시시. 또는 마리화나를 가리키는 이름 중 하나. 여기서는 대마초 수지로 만드는 해시시를 가리킨다.

루는 신념의 소유자다—작년 가을, 그는 워싱턴 스퀘어에서 전단을 뿌리며 학생들이 투표 등록을 하도록 이끈 열성파 중 하나였다.* 네가 그를 돕기 시작한 건 사샤가 그와 사귄 후부터였다—주로 운동선수들을 맡은 건 네가 그들과 어떻게 말을 터야 하는지 알기 때문이었다. 프리먼 코치, 즉 너희 아빠는 드루 같은 부류를 '독고다이'라고 부른다. 아빠 말에 따르면 그들은 스키 선수, 벌목꾼처럼 혼자 움직이는 사람들로, 팀플레이어가 아니다. 그에 반해 너는 팀에 대해서라면 모르는 것이 없다. 너는 팀에 소속된 사람들과 대화하는 요령을 안다(오직 사샤만이 네가 NYU를 택한 이유가 그 학교에 삼십 년간 미식축구팀이 없었기 때문임을 알고 있다). 일진이 최고인 날에는 팀플레이어 열두 명을 민주당으로 등록시켰고, 네게서 명단을 건네받은 드루는 큰 소리로 말했다. "롭, 너 수완 좋다." 그러나 정작 너 자신은 등록하지 않았고, 그래서 미루면 미룰수록 그에 대한 수치심도 커져만 갔다. 그러다 완전히 때를 놓치고 말았다. 네 비밀을 다 아는 사샤마저 네가 빌 클린턴에게 투표하지 않았다는 사실만은 알지 못한다.

  드루는 몸을 수그려 사샤와 깊은 키스를 나누는데, 너는 그가 해시 때문에 발기 상태임을 눈치챈다. 너도 마찬가지이기 때문이다—때리거나 맞을 때 발기가 되는 것처럼, 발기 때문에 이가 아프다. 고등학교 시절엔 이런 기분이 들면 싸움을 걸었지만, 지금은

---

* 미국에서는 투표를 하려면 유권자 명단에 자신의 이름이 올라가도록 직접 등록을 해야 한다.

어느 누구도 너와 싸우려 들지 않는다—네가 세 달 전 문구용 칼로 손목을 마구 그어 과다출혈로 거의 죽을 뻔했다는 사실 때문에 저어하는 것이리라. 그 사실은 장력처럼 모든 사람을 마비시켜 하나같이 격려의 미소를 짓게 만든다. 너는 거울을 들고 질문하고 싶다. 다들 그렇게 미소 짓는다고 나한테 무슨 도움이 될 것 같아?

"해시를 피우면서 대통령이 되는 사람은 한 명도 없어, 드루," 너는 말한다. "천지가 개벽해도 그런 일은 없어."

"지금은 내 청춘의 실험기야." 위스콘신 출신이 아니라면 놀림받았을 진지한 태도로 그가 말한다. "게다가," 그가 말한다, "누가 그걸 발설하겠어?"

"내가," 너는 말한다.

"나도 널 사랑해, 롭." 드루가 웃음을 터뜨리며 말한다.

내가 널 사랑한다고 누가 그래? 네 입에서 그 말이 맴돈다.

드루는 사샤의 머리칼을 들어올려 밧줄 꼬듯 꼰다. 그는 사샤의 턱밑에 키스한다. 너는 속이 부글부글 끓어올라 자리에서 일어선다. 빅스와 리지의 아파트는 인형의 집처럼 비좁고, 식물을 워낙 좋아하는 리지 때문에 사방이 화초와 (축축하고 특유의) 풀 냄새로 가득하다. 벽은 빅스가 모으는 '최후의 심판' 포스터들로 도배되어 있다—갓난아기처럼 벌거벗은 모습으로 선한 자와 악한 자로 나뉘는 사람들, 푸른 들판과 황금빛 광휘 속으로 승천하는 선한 자들, 괴물들의 아가리 속으로 사라지는 악한 자들. 창문은 활짝 열려 있고, 너는 비상계단으로 올라간다. 3월의 추위에 콧속이 찡하니 아프다.

잠시 후 사샤도 비상계단으로 올라온다. "뭐 해?" 사샤가 묻는다.

"나도 몰라," 너는 말한다. "바람 쐐." 얼마나 오랫동안 두 단어로만 말할 수 있을지 너는 궁금해진다. "날씨 좋네."

이스트 7번가 건너편에 노파 둘이 창턱에 목욕수건을 개어 올려놓고 거기에 팔꿈치를 괴고는 거리를 내려다보고 있다. "저기 봐," 너는 손가락으로 가리킨다. "스파이가 둘."

"마음이 안 놓여, 보비," 사샤가 말한다. "네가 여기 나와 있으니까."

너를 그렇게 부르는 사람은 사샤뿐이다. 너는 열 살이 될 때까지 '보비'라 불렸지만, 네 아빠 말로는 그후 보비는 여자 이름이 되었다고 한다.

"왜 그래?" 너는 말한다. "삼 층. 팔 골절. 아니면 다리. 나빠봤자."

"제발 들어와."

"진정해, 사샤." 너는 4층 창문으로 이어지는 쇠창살 계단에 앉는다.

"파티를 이리로 옮긴 거야?" 드루가 종이접기 하듯 몸을 구부려 거실 창문을 통해 비상계단으로 나오더니, 난간 위로 몸을 수그려 거리를 내려다본다. 안에서는 리지가 해시 기운을 털어내려고 애쓰며 전화 받는 소리가 들려온다. "엄마, 안녕!" 텍사스에 사는 리지의 부모님이 뉴욕에 와 있는데, 그 말인즉슨 흑인인 빅스가 박사논문을 쓰기 위해 연구를 하는 전기공학 실험실에서 며칠 밤을 보내야 한다는 뜻이다. 부모님이 리지와 같이 지내는 것도 아니고 호텔에 묵는데도! 그러나 같은 도시에 머무는 한 리지가 흑인 남자와 잔다면 부모님은 곧바로 알아차릴 것이다.

리지가 창밖으로 상체를 불쑥 내민다. 손바닥만 한 파란색 치마를 입고 무릎 위까지 덮는 황갈색 에나멜 부츠를 신고 있다. 자기 딴에는 벌써 의상 디자이너란다.

"꼰대는 잘 있고?" 너는 말해놓고는 그게 세 단어로 이뤄진 문장임을 깨닫고 분한 마음이 든다.

리지가 상기된 얼굴로 너를 돌아본다. "지금 우리 엄마 얘기 하는 거야?"

"그럼 나겠어?"

"내 아파트에서 그런 식으로 말하면 안 되지, 롭." 네가 플로리다에서 돌아온 후부터 사람들이 네게 말할 때면 쓰는 예의 '조곤조곤한 목소리'로 리지가 말한다. 얼마나 모질게 몰아붙여야 갈라질지 기어코 시험하게 만드는 목소리다.

"여기가 집인가?" 너는 비상계단을 가리키며 말한다.

"우리 집 비상계단까지 합쳐서."

"너희 집 아니잖아." 너는 리지에게 정정해준다. "빅스 것이기도 하지. 사실 그것도 아니야. 시의 재산이지."

"좆까, 롭," 리지가 말한다.

"너도 좆까," 너는 한 인간의 얼굴에 진정한 분노가 어리는 걸 보고 흡족해 싱긋 웃는다. 정말 오랜만이다.

"진정해," 사샤가 리지에게 말한다.

"진정하라고? 내가 진정해야 한다고?" 리지가 말한다. "재가 완전 개또라이처럼 굴고 있잖아. 돌아온 다음부터 내내 저런다고."

"이제 이 주 지났어," 사샤가 말한다.

"쟤들이 여기 없는 사람인 양 내 얘길 하는 걸 들으니 너무 좋은 걸," 너는 드루 쪽을 보며 말한다. "내가 죽었다고 생각하나보지?"

"네가 약에 취했다고 생각하는 거야."

"맞는 말이네."

"나도 마찬가지야." 드루는 비상계단을 올라가 너보다 몇 계단 위에 걸터앉는다. 그는 숨을 길게 들이마시고는 음미하고, 너도 숨을 한 번 들이마신다. 위스콘신에서 드루는 활과 화살로 엘크 한 마리를 잡아 가죽을 벗기고, 고기를 부위별로 잘라 배낭에 담고는 설상화를 신고 집까지 가져온 적이 있다. 아니면 그냥 농담한 건지도 모른다. 그는 형들과 함께 맨손으로 기다란 오두막을 지었다. 호수 바로 옆에서 자란 그는 매일 아침, 겨울에도 예외 없이 호수에서 수영을 했다. 이제 그는 NYU의 수영장에서 수영을 하지만 염소 때문에 눈이 아프고, 지붕으로 막힌 곳에서 수영하는 게 영 별로란다. 그래도 거기서 자주 수영하는데, 특히 골치 아픈 일이 생기거나 스트레스를 받거나 사샤랑 싸우면 수영을 하러 간다. "수영은 원 없이 하며 자라겠네." 네 고향이 플로리다란 말을 처음 들었을 때 드루는 그렇게 말했고, 너는 당연하지, 라고 대답했다. 그러나 사실 너는 물을 좋아한 적이 없었다—사샤만이 아는 사실이었다.

너는 계단에서 발판 반대편 끝으로 휘청휘청 걸어간다. 창문으로 빅스의 컴퓨터가 있는 작은 골방이 들여다보이는 곳이다. 갈래

하나가 시가 굵기만 한 드레드록 머리를 한 빅스가 컴퓨터 앞에 앉아 다른 대학원생들에게 메시지를 보내고 있고, 또 그들이 컴퓨터로 보내온 답신을 읽고 있다. 빅스 말로는 이렇게 컴퓨터로 메시지를 주고받는 방식이 어마어마하게 보급될 거란다—전화보다도 훨씬 더 널리. 그는 걸핏하면 미래를 예견하는데, 너는 지금까지 한 번도 그에게 이의를 제기한 적이 없다—그가 연장자라서일지도 모르고, 흑인이어서인지도 모른다.

창밖으로 어른거리는 네 모습에 빅스가 화들짝 놀란다. 너는 배기 청바지에, 이런저런 이유로 다시 꺼내 입게 된 풋볼 저지 차림이다. "놀랐잖아, 롭," 그가 말한다. "거기서 뭐 하는 거야?"

"너 보는데."

"너 때문에 리지가 진짜 열받았어."

"미안하게 생각해."

"그럼 들어와서 걔한테 직접 말해."

너는 빅스의 방 창문을 통해 안으로 들어간다. 책상 바로 위에 알비 성당의 '최후의 심판' 포스터가 걸려 있다. 작년에 미술사 개론을 수강했던 너는 그 작품을 기억한다. 경영학 전공에 미술사를 추가했을 정도로 굉장히 좋아했던 강좌였다. 너는 빅스가 유신론자인지 궁금해진다.

거실에 가보니 사샤와 리지가 바늘 끝도 안 들어갈 것 같은 표정으로 소파 겸용 침대에 앉아 있다. 드루는 여전히 비상계단에 나가 있다.

"미안해," 너는 리지에게 말한다.

"괜찮아," 리지가 대답한다. 그리고 너는 이쯤에서 그만해야 한다는 것을 안다—됐어, 이쯤 해둬. 그렇지만 네 안에 미쳐버린 엔진이라도 있는지 너는 멈출 수가 없다. "네 엄마가 꼰대라서 미안해. 빅스 여자친구 고향이 텍사스라서 미안해. 내가 개또라이라서 미안해. 자살을 시도해 너희를 불안하게 만들어서 미안해. 너희의 즐거운 오후시간을 망쳐서 미안해……" 돌처럼 딱딱하던 그들의 얼굴에 슬픈 표정이 떠오르자 너는 목이 메고 눈시울이 뜨거워진다. 여러모로 애틋하고 훈훈한 분위기다. 다만 네가 거기에 온전히 존재하지 않다는 것만 빼면—네 일부는 몇 미터 떨어져서, 아니, 위에서 내려다보며 생각한다. 잘했어, 쟤들은 널 용서해줄 거야, 널 버리지 않을 거야, 그런데 문제는 말이지, 어느 쪽이 '진짜' 너야? 상황도 못 가리고 나불대는 쪽이야, 아니면 지켜보는 쪽이야?

너는 사샤와 드루와 함께 빅스와 리지의 아파트를 나와 서쪽인 워싱턴 스퀘어 방향으로 간다. 네 양 손목의 흉터가 발작적으로 시려온다. 딱 달라붙어 팔꿈치와 어깨와 주머니에서 하나로 얽히고 설킨 사샤와 드루는 너보다는 따뜻할 것이다. 네가 치료를 받으러 탬파로 돌아갔을 때, 그들은 대통령 취임식을 보려고 그레이하운드 버스를 타고 워싱턴 DC까지 갔다. 그곳에서 밤을 꼬박 새우고 쇼핑몰 위로 태양이 떠오르는 광경을 본 순간, (둘이 입을 모아 말하길) 발밑의 세상이 바뀌기 시작하는 걸 느꼈다는 것이다. 사샤가 그 이야기를 했을 때 너는 낄낄댔지만, 그때부터 줄곧 너는 거리에서 사람들의 얼굴들을 유심히 살펴보며 그들도 같은 것을 느끼는지 궁금해하게 되었다. 빌 클린턴이 가져올 변화, 혹은 그보다 더 큰 무언가가 도처에—공기중에, 땅 밑에—존재하고 있었고 모두 그걸 또렷하게 느꼈지만 너만은 예외였다.

워싱턴 스퀘어에 도착하자 너와 사샤는 드루와 헤어진다. 드루는 머리에서 해시의 기운을 털어낼 셈으로 수영장으로 간다. 사샤는 도서관에 갈 생각으로 배낭을 메고 있다.

"좀 살겠네," 네가 말한다. "쟤가 가니까." 보아하니 너는 두 단어 문장으로 말하는 것을 도저히 그만두지 못하는 것 같다, 그러고 싶어도.

"잘됐네," 사샤가 한마디 한다.

"농담한 거야. 좋은 친구야."

"알아."

해시의 효과가 사라져가면서 네 머리가 있어야 할 자리에 보푸라기 가득한 상자만 남는다. 약이 선사하는 황홀경은 네겐 신세계다—작년 신입생 오리엔테이션 첫날 워싱턴 스퀘어에서 사샤가 너를 고른 건 어디까지나 네가 약에 취해 있지 않았기 때문이었다. 네 쪽으로 내리쬐는 햇볕을 헤나로 빨갛게 염색한 머리로 가리면서, 그녀는 너를 정면이 아니라 곁눈질로 재빨리 보았다. "가짜 남자친구가 필요한데," 그녀가 말했다. "생각 있어?"

"진짜는 어때요?" 너는 대답했다.

그녀는 네 옆에 앉아 자초지종을 털어놓았다. 그녀는 전에 LA에서 고등학교에 다닐 때 너로선 처음 들어보는 밴드의 드러머와 도망을 쳤고, 해외로 나가 혼자서 유럽과 아시아를 여행했다고 했다―졸업은 꿈도 못 꿨고. 대학 신입생이 된 그녀는 이제 스물한 살이 다 되었다. 그녀가 여기 오게 된 것도 계부가 물불 가리지 않고 힘을 쓴 덕분이었다. 지난주에 계부는 그녀에게 뉴욕에서 알아서 '고분고분' 잘 지내는지 확인하기 위해 사립탐정을 고용했다고 말했단다. "지금도 누군가 나를 지켜보고 있을지 몰라." 다들 아는 사이처럼 구는 애들로 득시글한 광장 건너편을 바라보며 사샤가 말했다. "아무래도 누가 있는 것 같아."

"내가 어깨동무해줄까?"

"그래줘."

예전에 어딘가에서 너는 미소를 지으면 기분이 더 좋아진다는 얘기를 들은 적이 있었다. 사샤에게 한 팔을 두르고 나니 그녀를 보호해주고 싶어졌다. "왜 나야?" 네가 물었다. "그냥 궁금해서."

"귀여워서," 사샤가 말했다. "약에 찌든 것 같지도 않고."

"난 축구선수야," 너는 말했다. "아니, 선수였어."

둘 다 사야 할 책이 있어서 너와 사샤는 함께 책을 사러 갔다. 너는 사샤의 기숙사 방으로 갔고, 거기서 룸메이트인 리지가 네가 등을 돌리고 있는 틈을 타 사샤에게 네가 제법 괜찮다고 신호를 보내는 것을 알아챘다. 다섯시 반에는 둘이 카페테리아에서 식판에 음식을 담고 있었고, 축구를 그만두면 근육이 젤리처럼 물렁해진다는 말을 귀가 닳도록 들은 너는 시금치를 잔뜩 먹어서 배가 묵직해졌다. 너희는 함께 도서관 카드를 발급받고, 각자 기숙사 방에 들렀다가 여덟시에 '애플'에서 만나 술을 마셨다. 애플은 학생들로 발 디딜 틈이 없었다. 줄곧 주변을 두리번거리는 사샤를 보며 탐정 때문이라고 짐작한 너는 그녀의 어깨에 팔을 두르고 옆얼굴과 머리칼에 입을 맞추었다. 그녀의 머리에선 탄내가 났다. 이 모든 게 도무지 현실 같지 않으면서 온몸이 나른해지는 것이, 집에 여자랑 있을 때도 느껴보지 못했던 기분이었다. 그때 사샤가 두번째 단계에 대해 설명했다. 한 번도 입 밖에 꺼낼 수 없었던 얘기를 서로에게 털어놓자는 것이었다.

"전에도 해본 적 있어?" 너는 못 믿겠다는 듯 물어보았다.

사샤는 화이트와인 두 잔을 마시고 (너는 와인 두 잔에 맥주 한 잔) 이제 막 세 잔째 마시려던 참이었다. "당연히 안 해봤지."

"그러면…… 내가 옛날에 새끼 고양이들을 못살게 괴롭혔다고 말하면, 나랑 자고 싶다는 생각이 싹 사라지려나?"

"진짜 그랬어?"

"미쳤어? 아니야."

"내가 먼저 말할게," 사샤가 말했다.

사샤는 열세 살 때 여자 친구들과 가게에서 도둑질을 하기 시작했다. 비즈가 박힌 빗과 반짝이는 귀걸이를 소매 안에 감추고 누가 더 많이 훔치나 내기했다. 하지만 사샤의 경우는 좀 달랐다―도둑질을 할 때마다 온몸이 달아올랐다. 나중에 학교에 가서 좀도둑질 행각을 하나도 빠짐없이 되새기면서, 다시 친구들과 그 짓을 할 날만 손꼽아 기다렸다. 다른 친구들은 불안해하거나 경쟁적이 되었던 반면, 사샤는 친구들만큼만 느끼는 것처럼 보이려고 무진장 애썼다.

나폴리에서 수중의 돈이 떨어졌을 때 그녀는 상점에서 물건을 훔쳐 스웨덴인인 라스에게 팔았다. 그녀는 라스의 집 부엌 바닥에서, 관광객에게서 훔친 지갑과 모조 보석과 미국 여권을 들고 있는 굶주린 아이들과 함께 자기 차례를 기다렸다. 아이들은 라스가 제값을 쳐주는 법이 없다며 투덜거렸다. 사람들 말로는, 라스는 스웨덴에서 플루트 연주자였다고 했다. 그러나 소문의 진원지가 라스 자신일지도 몰랐다. 그의 집에서는 부엌을 벗어나면 안 되었지만, 누군가는 닫히는 문 사이로 얼핏 피아노를 보았고, 사샤는 종종 아기 울음소리를 듣기도 했다. 처음 갔을 때 라스는 사샤를 맨 마지막까지 기다리게 했고, 그녀는 부티크에서 훔친 스팽글 달린 통굽 신발을 든 채 기다렸다. 그리고 모두가 돈을 받고 떠나자 그는 그녀 옆 부엌 바닥에 쭈그리고 앉아 바지 단추를 풀었다.

사샤는 몇 달 동안 라스와 거래를 했고, 가끔은 훔친 물건이 없는데도 그저 돈이 필요해 찾아간 적도 있었다. "그가 내 애인이라고 생각했거든," 사샤가 말했다. "그런데 언제부턴가 그렇게 생각하지 않게 되었던 거 같아." 이제 그녀는 훨씬 나아졌고, 도둑질에서 손 뗀 지 이 년이 지났다. "그때 나폴리에서의 여자는 내가 아니었어," 사샤는 그렇게 말하며 북적이는 바 바깥을 내다보았다. "그게 누구였는지 나도 모르겠어. 그 여자가 가엾어."

그리고 어쩌면 그녀가 너를 부추겨서인지, 아니면 바야흐로 너와 사샤가 들어와 있는 진실의 방에서는 못 할 얘기가 없어서인지, 아니면 사샤가 먼저 이야기를 시작해서 네가 메워야 할 공백을 대신 날려버려서인지, 너는 그녀에게 같은 팀 친구인 제임스 얘기를 해주었다. 어느 날 밤 너와 제임스는 네 아빠 차로 여자애 둘이랑 외출했다가 (경기가 있는 날이어서 일찍) 그들을 집에 데려다주었고, 그런 다음 외진 곳으로 차를 몰고 가서 한 시간 정도 둘만의 시간을 보냈다. 그때 한 번뿐이었고, 사전에 얘기가 있었거나 합의가 있었던 것도 아니었다. 그날 이후 너와 제임스는 거의 말을 섞지 않게 되었다. 이따금 너는 그게 순전히 너 자신이 지어낸 얘기는 아닐까 하는 생각이 들기도 한다.
"난 호모는 아니야." 너는 사샤에게 말했다.
제임스와 차 안에 있었던 건 네가 아니었다. '그' 호모자식이 다른 놈이랑 시시덕거리는 동안 너는 근처에서 시선을 떨군 채 생각하고 있었다. 어떻게 저런 짓을 할 수 있지? 어떻게 저런 짓이 하고 싶지? 어떻게 저러고 얼굴을 들고 다닐 수 있지?

도서관에서 사샤는 두 시간 동안 몰래 다이어트 콜라를 홀짝이며 컴퓨터로 모차르트의 초기 생에 대한 리포트를 작성한다. 나이가 많아서 다른 학생들보다 뒤처지는 것만 같다―삼 년 만에 졸업할 생각에 한 학기에 여섯 과목을 이수하는데다 계절학기까지 듣는다. 너처럼 그녀도 경영학과 예술을 복수전공하는데, 그녀의 경우는 음악이다. 그녀가 끝낼 때까지 너는 테이블에 두 팔을 얹고 엎드려 잔다. 그런 후 너희는 어둠 속을 걸어 3번 애비뉴에 있는 기숙사로 간다. 엘리베이터에서부터 팝콘 냄새가 난다―아니나 다를까, 기숙사를 같이 쓰는 친구 셋이 모두 있는데다, 작년 가을 사샤가 드루와 사귀자 네가 딴 데로 주의를 돌리려고 데이트 비슷하게 했던 필라까지 와 있다. 네가 들어서자마자 누군가 너바나 음악의 볼륨을 확 낮추고 창문을 활짝 열어젖힌다. 바야흐로 너는 교수나 경찰에 준하는 존재가 된 것 같다. 네가 인기척을 내기가 무섭게 사람들은 초조해한다. 나름 이런 것을 즐길 방법이 있을 것이다.

  너는 사샤를 따라 그녀의 방으로 간다. 학생 기숙사 방은 대개 집에서 가져온 나부랭이와 털뭉치—베개와 강아지 봉제인형과 전기냄비와 털 슬리퍼—로 가득한 햄스터 굴 같은데, 사샤의 방은 사실상 텅 비어 있다. 사샤는 작년에 여행가방 하나만 달랑 들고 나타났다. 한쪽 구석에는 요새 그녀가 배우느라 빌린 하프가 놓여 있다. 너는 그녀의 침대에 벌렁 드러눕고, 사샤는 샤워가방과 초록색 기모노를 주섬주섬 챙겨 나간다. 금세 기모노를 입고 머리를 수건으로 싼 그녀가 돌아온다(네 느낌에는 너를 혼자 내버려두고 싶지 않아서 그런 것 같다). 너는 침대에 누워 그녀가 긴 머리를 털고는 얼레빗으로 엉킨 머리를 빗어내리는 모습을 지켜본다. 그런 다음 그녀는 기모노를 벗고 옷을 입는다. 레이스가 달린 검은 브래지어와 팬티, 찢어진 청바지, 바랜 검은색 티셔츠, 닥터 마틴 신발. 작년에 빅스와 리지가 같이 살게 된 후 너는 종종 사샤의 방에서 며칠씩 밤을 보냈다. 사샤의 침대에서 1미터 남짓 떨어진 리지의 빈 침대에서. 너는 그녀의 왼쪽 발목에 있는, 골절상이 잘 낫지 않아 수술을 한 후에 남은 흉터를 알고 있다. 너는 그녀의 배꼽 부근에 불그스름한 점이 북두칠성 모양으로 나 있는 것을, 잠에서 막

깨어나면 숨결에서 좀약 냄새가 나는 것을 알고 있다. 모두 너희가 사귄다고 생각했다―그만큼 너와 사샤의 사이는 각별했다. 종종 그녀가 잠을 자다가 울음을 터뜨리면 너는 그녀의 침대로 기어들어가 그녀가 다시 숨을 천천히 고르게 내쉴 때까지 안아주었다. 품에 안긴 그녀는 더없이 가볍게 느껴졌다. 너는 사샤를 품에 안은 채 잠이 들었고, 발기한 채 잠에서 깨어나면 그대로 누워 네가 더없이 잘 아는 그 몸을 느끼고, 그 살과 냄새를 음미하고, 그러다 누군가와 섹스하고 싶은 욕구를 느끼고, 둘이 같은 충동을 느껴 하나가 되기를 기다렸다. 뭘 망설여? 이 모든 걸 한데 집중하는 거야. 기분 전환할 겸 정상인처럼 행동하라고. 그러나 너는 자신의 욕정을 시도해보기가 겁났고, 만에 하나 잘못되어 사샤와의 우정을 망치게 되는 것은 바라지 않았다. 사샤와 자지 않은 건 네 인생 최대의 실수였다―사샤가 드루와 사랑에 빠졌을 때 네가 뼛속이 시릴 만큼 명징하게 깨달은 사실이었다. 가슴을 치는 후회가 너무도 커서 처음엔 도무지 견뎌낼 수 있을 것 같지 않았다. 사샤에게 매달렸더라면 너는 그때 바로 정상이 됐을지도 모른다. 그러나 너는 시도조차 하지 않았다―신이 네게 던져준 단 한 번의 기회를 포기했으니, 이젠 돌이킬 수 없다.

밖에 나가면, 사샤는 곧잘 너의 손을 잡거나 양팔로 너를 얼싸안고 입을 맞추었다. 어디까지나 탐정 때문이었다. 너희가 워싱턴 스퀘어에서 눈싸움을 할 때도, 사샤가 네 등에 올라탈 때도, 그녀의 벙어리장갑 때문에 네 혀에 털이 달라붙을 때도 탐정은 어디선 건 지켜보고 있었는지도 모른다. 그는 네가 일식집 '도조'에서 야

채 찜이 담긴 그릇 너머로 인사를 건넸던, 보이지 않는 동행이었다 ("내가 몸에 좋은 음식을 먹는 걸 그 사람이 봐야 할 텐데"라고 사샤는 말했다). 이따금 너는 문제의 탐정에 대해 타당한 의문을 제기하기도 했다―사샤의 아버지가 탐정 얘기를 다시 꺼낸 적이 있었나? 사샤는 탐정이 남자라고 확신하는가? 그녀는 얼마나 오랫동안 감시를 당할 거라고 생각하는가? 그러나 이런 일련의 생각들이 사샤를 짜증나게 하는 것 같아서 결국 너는 그냥 아무 말도 하지 않았다. "아버지도 내가 행복하다는 걸 아셨으면 좋겠어," 사샤는 말했다. "내가 다시 잘 지내는 모습을 보셨으면 좋겠어. 산전수전 다 겪었지만, 그래도 아직 멀쩡하다는 걸 말이야." 너도 그러길 바랐다.

드루를 만난 후 사샤는 탐정에 대해선 잊어버렸다. 드루는 탐정 차단제다. 사샤의 계부마저 드루를 마음에 들어한다.

열시가 지났을 즈음 너와 사샤는 3번 애비뉴와 세인트 마크스가 모퉁이에서 드루와 마주친다. 수영을 한 직후라 그는 눈에 핏발이 서고 머리칼이 젖어 있다. 그는 일주일은 못 본 것 같은 기세로 사샤에게 입을 맞춘다. "연상의 여인이여," 그는 가끔 사샤를 그렇게 부르는데, 그녀가 더 넓은 세상에서 혼자 힘으로 살았다는 사실이 좋아서다. 당연히 드루는 사샤가 나폴리에서 얼마나 비참하게 지냈는지 꿈에도 모른다. 요즘엔 사샤가 슬슬 그때를 잊고, 드루가 생각하는 모습으로 살아가려는 것 같다는 느낌이 부쩍 든다. 그런 드루가 너는 미치도록 부럽다. 왜 너는 사샤를 위해 그렇게 못했던 거지? 널 위해선 누가 그렇게 해줄까?

이스트 7번가를 지나가면서 빅스와 리지의 집을 올려다보니 불이 꺼져 있다—리지는 부모님과 함께 외출했다. 거리를 가득 메운 사람들은 대부분 웃고 있다. 너는 사샤가 워싱턴 DC에서 일출을 보며 느꼈다던 그 변화에 대해 다시 궁금해진다. 이 사람들도 그것을 느끼고 있는 것일까, 그래서 이렇게 웃는 걸까.

A애비뉴에서 너희 셋은 피라미드 클럽 밖에 서서 귀를 기울인다. "아직 두번째 밴드야," 사샤의 말에 너희는 거리 위쪽으로 걸어가 러시아인이 운영하는 신문 가판대에서 에그 크림*을 산 다음, 지난여름에 막 재개장한 톰킨스 스퀘어 파크의 벤치에 앉아 마신다.

"봐," 너는 손을 펼치며 말한다. 노란 알약 세 개. 사샤가 한숨을 내쉰다. 그녀의 인내심이 서서히 바닥을 보이고 있다.

"그게 뭐야?" 드루가 묻는다.

"E."**

드루는 새로운 것이라면 덮어놓고 궁금해하는 낙천적인 친구라서, 새로운 경험이 자신을 풍요롭게 해줄 거라고 믿지, 상처를 줄 거란 생각은 하지 않는다. 최근에 너는 네가 드루의 이런 성향을 이용해 그에게 빵조각을 하나씩하나씩 던져주고 있음을 깨닫는다.

---

* 우유, 향료, 시럽, 소다를 섞은 음료.
** 환각제의 일종인 엑스터시.

"자기랑 해보고 싶다." 드루가 사샤에게 말하지만, 그녀는 고개를 젓는다. "자기가 뻑 가는 모습이 정말로 보고 싶었다고," 드루가 아쉬워하며 말한다.

"이런," 사샤가 말한다.

너는 한 알을 입안에 털어넣고 나머지 두 알은 호주머니에 도로 넣는다. 클럽에 들어서자마자 E의 약발이 느껴진다. 피라미드 안은 발 디딜 틈도 없다. 콘디츠가 대학가를 장악한 지도 몇 년이 지났지만, 사샤는 새 앨범이야말로 그들의 재능을 온전히 드러내는 앨범이며 틀림없이 멀티플래티넘을 기록할 거라고 말한다. 그녀는 무대 바로 앞까지 가서 정면에서 밴드를 보는 걸 좋아하지만, 너는 좀더 떨어져서 보고 싶다. 콘디츠의 미치광이 리드 기타리스트 보스코가 신들린 허수아비처럼 마구 몸부림을 치자 사샤 옆에 바짝 붙어 있던 드루가 구석으로 물러나는 걸 너는 알아차린다.

너는 주체할 수 없이 행복이 밀려드는 얼얼한 흥분 상태에 들어선다. 어릴 때 꿈꾸던 어른의 모습처럼. 허랑방탕하게 지내고, 세끼 식사와 숙제와 교회와 누나한테 그렇게 말하면 못 써, 로버트 주니어라는 잔소리에서 해방된 모습. 너는 남자형제를 바랐다. 너는 드루가 너의 형제였으면 좋겠다고 생각한다. 그러면 너희는 함께 기다란 오두막을 짓고, 창밖에 눈이 쌓이는 동안 오두막 안에서 잠을 잘 수 있었을 것이다. 너희는 엘크를 잡고, 그 바람에 피와 털을 뒤집어쓰고 모닥불 가에서 옷을 벗었을 것이다. 네가 드루의 벗은 몸을 볼 수 있다면, 단 한 번이라도 좋으니 그럴 수 있다면 네 안의 깊고 엄청난 중압감도 가벼워질 텐데.

네 머리 위로 보스코가 이리저리 던져지는데, 셔츠는 온데간데 없고 깡마른 상체는 맥주와 땀으로 번들거린다. 너는 그의 단단한 등 근육을 양손으로 훑는다. 그 와중에도 그는 마이크도 없이 고함을 지르며 기타를 연주하고 있다. 드루가 너를 발견하고 고개를 설레설레 저으며 가까이 다가온다. 그는 사샤를 만나기 전까진 콘서트에 가본 적도 없었다. 너는 꼼지락거려가며 호주머니를 뒤져 남은 노란 알약 중 한 알을 그의 손에 쥐여준다.

좀전에 뭔가 재미난 일이 있었던 것 같은데, 너는 그게 뭔지 기억하지 못한다. 드루도 다르지 않은 것 같다. 그런데도 너희 둘은 주체할 수 없이 발작적으로 웃어댄다.

공연이 끝날 때까지 너희가 안에서 자기를 기다려줄 줄 알았던 사샤는 한참 뒤에야 도로에 있는 너희를 찾아낸다. 눈이 아린 가로등 불빛 아래서 그녀가 너희를 번갈아 본다. "아," 그녀가 말한다. "그렇군."

"화내지 마," 드루가 말한다. 그는 가급적 너를 보지 않으려고 한다. 서로 마주 보면 너희는 사라져버리고 만다. 그런데도 너는 드루에게서 눈을 뗄 수 없다.

"화 안 났어," 사샤가 말한다. "지루해서 그래." 콘디츠의 프로듀서인 베니 살라자르를 만났는데 그가 파티에 초대했단다. "다 같이 가면 좋겠다고 생각했는데," 그녀가 드루에게 말한다. "근데 너무 맛이 갔네."

"앤 너랑 가고 싶어하지 않아." 그렇게 소리치는 너의 코에서 웃음과 콧물이 한꺼번에 터져나온다. "나랑 가고 싶어한다고."

"맞아," 드루가 말한다.

"알았어," 사샤가 화난 어조로 말한다. "그럼 모두 잘된 거네."

너희 둘은 비틀거리며 사샤에게서 멀어진다. 희희낙락한 기분에 서너 블록은 정신없이 걷지만, 거기엔 육체적 고통이 따른다. 마치 가려워서 계속 긁어대다보면 피부와 근육과 뼈를 뚫고 들어가 심장까지 갈가리 찢어놓을 것만 같은 고통이다. 어느 순간 너희 둘다 더는 걸을 수 없는 지경이 되어 현관 계단에 등을 맞대고 앉아 흐느끼다시피 한다. 너희는 반 갤런들이 오렌지주스를 사서 길 모퉁이에서 꿀꺽꿀꺽 들이켠다. 주스가 턱 아래로 흘러내려 가쁘게 오르락내리락하는 재킷 가슴 부분을 적신다. 너는 종이팩을 거꾸로 들어 마지막 한 방울까지 목구멍 안으로 털어넣는다. 주스 팩을 던져버리자 어두운 도시가 네 주변으로 솟아오른다. 너희는 2번가와 B애비뉴가 만나는 곳에 있다. 사람들이 악수를 하는 척하면서 작은 약병을 주고받는다. 그러나 드루는 양팔을 활짝 벌리고 손끝을 간질이는 E의 효과를 만끽한다. 너는 그가 두려움에 떠는 모습을 한 번도 본 적이 없다. 궁금해하는 것이면 몰라도.

"기분이 영 별로네," 너는 말한다. "사샤가 마음에 걸려."

"걱정 마," 드루가 말한다. "우리를 용서해줄 거야."

손목 상처를 꿰매고 붕대를 감고 다른 사람의 피를 네 몸속으로 펌프질해넣은 후, 네 부모님이 탬파 공항에서 아침 첫 비행기를 기다리고 있을 때, 사샤가 성 빈센트 병원에서 정맥주사 줄을 옆으로 치우고 네 침대로 기어들어왔다. 진통제가 무색하게 네 양 손목이 욱신거리며 아파왔다.

"보비?" 사샤가 속삭였다. 그녀의 얼굴은 네 얼굴에 거의 닿을 듯 가까이 있었다. 그녀는 너의 숨을 들이마시고 있었고, 너는 두려움과 수면 부족으로 맥아 냄새를 풍기는 그녀의 숨을 들이마시고 있었다. 너를 발견한 사람은 사샤였다. 사람들은 말했다, 십 분만 늦었어도.

"보비, 내 말 들어."

사샤의 초록색 눈이 너의 눈 바로 위에 있어서 너희의 눈썹이 얽혔다. "나폴리에 있었을 때 말이야," 그녀가 말했다. "영 가망이 없는 애들이 있었어. 누가 봐도 예전으로 돌아가거나 정상적으로 살 수 없다는 게 분명했어. 그리고 어쩌면 이겨낼지도 모르겠다는 생각이 드는 애들도 있었어."

너는 스웨덴 남자 라스는 어느 쪽이었는지 물어보려 했지만, 웅얼거리는 소리만 튀어나왔다.

"내 말 들어," 사샤가 말했다. "보비. 좀 있으면 사람들이 와서 날 쫓아낼 거야."

너는 눈을 떴다. 그제야 네가 다시 눈을 감고 있었음을 알았다. "내가 하고 싶은 말은 우린 생존자라는 거야." 사샤가 말했다.

사람들이 네 몸속으로 펌프질해넣고 있는 탁한 액체에 잠겨 있던 네 머리를 잠시 맑게 해주는 말이었다. 마치 그녀가 봉투를 열고서 네가 알고 싶어 안달하던 소식을 읽어주기라도 한 것 같았다. 마치 네가 오프사이드 반칙을 했다고 선언하기라도 한 것 같았다.

"누구나 살아남는 건 아냐. 하지만 우린 살아남았어. 그렇지?"

"그래."

그녀는 네 옆에 나란히 누워 있었고, 네 몸 구석구석이 그녀와 맞닿았다. 그녀가 드루를 만나기 전까지만 해도 수없이 많은 밤에 그랬던 것처럼. 사샤의 강인함이 네 피부 속으로 스며드는 것이 느껴졌다. 너는 그녀를 안으려고 했지만, 손이 박제된 동물의 것처럼 움직이지 않았다.

"내 말은 이젠 두 번 다시 그러면 안 된다는 뜻이야," 사샤가 말했다. "다시는. 다시는. 다시는. 다시는. 약속하는 거지, 보비?"

"약속할게." 그 말은 진심이었다. 너는 사샤와의 약속을 깨지 않을 것이다.

"빅스!" 드루가 소리친다. 그는 부츠발로 쿵쾅대며 걸어가 B애비뉴를 깨운다. 혼자인 빅스는 초록색 군용 재킷 주머니에 손을 넣고 있다.

"후아," 드루의 눈을 보고 그가 얼마나 취했는지 알아챈 빅스가 그렇게 내뱉으며 웃음을 터뜨린다. 너는 약 기운이 서서히 약해지기 시작했다. 마지막 남은 한 알은 네가 먹을 셈이었지만, 대신 빅스에게 건넨다.

"사실 이젠 이거 잘 안 먹어," 빅스가 말한다. "하지만 규칙이야 어기라고 있는 거잖아, 안 그래?" 관리인이 실험실에서 쫓아내는 바람에 빅스는 두 시간째 근방을 어슬렁거리고 있다.

"리지는 자더라," 너는 말한다. "너희 아파트에서."

빅스가 싸늘한 얼굴로 바라보자 너는 흥겨운 기분이 싹 가신다. "그 애긴 꺼내지 말자고." 그가 말한다.

너희는 함께 걸으며 빅스가 E 약발이 오르길 기다린다. 새벽 두 시가 넘었다. (밝혀진 바로는) 보통 사람들은 잠자리에 들고, 주정 뱅이, 미치광이, 만신창이는 밤을 새우는 시각이다. 너는 그런 사람들과는 어울릴 마음이 없다. 기숙사로 돌아가 사샤의 방문을 두드리고 싶다. 드루가 자고 가는 날이 아니면 그녀는 방문을 잠그지 않는다.

"롭은 지구로 귀환하라," 빅스가 말한다. 표정은 풀렸고, 눈은 반짝거리고, 넋이 나가 있다.

"집에 갈까 생각중이었는데," 너는 말한다.

"가긴 어딜 가!" 빅스가 소리친다. 그의 내면에서 동종同種에 대한 애정이 후광처럼 뿜어져나온다. 그 빛이 네 피부로 느껴질 정도다. "이 작전의 중심은 너라고."

"맞아," 너는 중얼거린다.

드루가 네게 휙 팔을 두른다. 너는 그에게서 위스콘신—숲, 불, 연못—의 냄새를 맡는다. 근처에 가본 적도 없건만. "롭, 사실을 말하자면," 드루가 진지하게 말한다. "너는 쿡쿡 쑤시고 쿵쾅대는 우리의 심장이야."

너희가 다다른 곳은 빅스가 아는 러들로에 있는 24시간 클럽이다. 클럽은 약에 너무 취해 집에도 못 갈 지경인 사람들로 미어터진다. 그런 비좁은 공간에 빽빽이 들어서서 지금부터 내일까지 시간이 거꾸로 흐른다고 느껴질 때까지 다 함께 춤을 추는 것이다. 너는 앞머리를 너무 짧게 잘라 이마가 훤히 드러난 소녀와 독한 마리화나를 나눠 피운다. 여자가 양팔을 네 목에 두르고 춤을 추자 드루가 네 귀에 대고 음악 소리보다 큰 소리로 말한다. "너랑 집에 같이 가고 싶은 거야, 롭." 그러나 결국 포기한 건지, 아니면 까먹은 건지─아니면 네가 까먹은 건지─어느새 여자는 가고 없다.

너희 셋이 클럽을 나왔을 때는 막 동이 트고 있다. 너희는 북쪽으로 걸어가 A애비뉴에 있는 '레시코'에서 스크램블드에그와 감자튀김을 먹은 후, 잔뜩 부른 배를 안고 비틀대며 바닥이 울렁울렁 올라오는 거리로 다시 나선다. 가운데 선 빅스가 너와 드루에게 어깨동무를 한다. 건물들의 측면에는 비상계단이 덜렁덜렁 매달려 있다. 교회 종이 컹컹 기침을 내뱉기 시작하자 너는 알아차린다. 오늘은 일요일이다.

누군가의 주도하에 이스트 강으로 이어지는 6번가 고가도로로 가고 있는 것 같지만, 사실 너희는 위저보드*에서처럼 동시에 앞으로 나아가고 있다. 타오르는 태양 빛이 보이자 안구 위로 눈부신 금속 입자가 빙글빙글 돌고, 수면은 이온화되어 네 눈엔 오염된 강물도 그 아래 오물도 전혀 들어오지 않는다. 성서에 나오는 강처럼 신비로워 보인다. 강물을 바라보는 동안 네 목구멍으로 뭔가가 치밀어오른다.

---

* 강령술을 할 때 쓰는 판으로, 여럿이서 함께 나무로 만든 포인터를 살짝 잡고 궁금한 것을 물어보면, 포인터가 저절로 움직여 판 위의 글자를 가리켜 질문에 대한 답을 알려준다.

빅스가 너희의 어깨를 움켜쥔다. "제군들," 그가 말한다. "아침이 밝았다."

너희는 발치에 묵은 눈이 군데군데 쌓인 강가에 함께 서서 저 멀리 바라본다. "물 좀 봐," 드루가 말한다. "저기서 수영하면 얼마나 좋을까." 일 분이 지나고 드루가 다시 말한다. "우리가 나중에 다시 못 만나게 되더라도 오늘을 꼭 기억하자."

너는 햇빛 때문에 실눈을 뜨고 드루를 살핀다. 그 찰나의 순간, 미래로 연결되는 터널을 빠져나가자 그 끝에서 또다른 '너'가 뒤를 돌아본다. 그리고 바로 그 순간 너는 그것—거리의 사람들 표정에서 네가 봐왔던 것—을, 마치 저류처럼 알 수 없는 무언가를 향해 너를 몰아가는 너울의 움직임을 감지한다.

"우린 서로 영원히 알고 지낼 거야," 빅스가 말한다. "연락이 끊기는 시절은 지났어."

"그게 무슨 소리야?" 드루가 묻는다.

"우리는 다른 공간에서 다시 만나게 될 거야," 빅스가 말한다. "연락이 끊긴 사람들을 전부 찾아낼 거야. 아니면 그 사람들이 우릴 찾아내거나."

"어디서? 어떻게?" 드루가 묻는다.

빅스는 망설인다. 오랫동안 간직해온 비밀이라도 되는 양, 세상에 알렸다가 무슨 일이 벌어질까 우려하는 것처럼. "심판의 날처럼 내 눈엔 보여," 마침내 그가 강을 응시하며 입을 열었다. "우리는 육신을 벗고 하늘로 올라가 영혼의 형태로 서로 다시 찾게 될 거야. 그 새로운 곳에서 우린 만날 거야, 우리 모두가. 처음엔 이상하겠지만, 금세 연락이 끊긴다든지 사라진다는 게 되레 이상하게 느껴질 거야."

빅스는 알고 있어, 너는 생각한다. 컴퓨터 앞에 앉아 있으면서 그는 늘 알고 있었고, 바야흐로 그 지식을 전수하고 있는 것이다. 그러나 막상 네가 입 밖에 꺼낸 말은, "드디어 네가 리지의 부모님을 만나게 되는 거야?"이다.

빅스가 완전히 허를 찔린 표정을 짓더니 쩌렁쩌렁 울리도록 크게 웃는다. "롭, 그건 모르겠다," 그가 고개를 절레절레 흔들며 말한다. "아마 아닐 거야. 그건 절대 바뀌지 않을 거야. 그래도 바뀔 거라 생각하고 싶어." 그가 눈을 비빈다. 그러자 갑자기 피곤해 보인다. "얘기가 나와서 말인데, 집에 갈 시간이야."

그는 군용 재킷 주머니에 양손을 넣은 채 멀어져간다. 하지만 시간이 좀 지나서야 비로소 그가 정말 갔다는 게 실감난다. 너는 지갑에서 마지막 남은 마리화나를 꺼내 드루와 함께 피우며 남쪽으로 향한다. 고요한 강가엔 배 한 척 보이지 않고, 이 빠진 영감 두셋이 윌리엄스버그 다리 아래서 낚시를 하고 있다.

"드루," 네가 입을 연다.

그는 강물을 바라보고 있다. 약에 취한 터라 뭐든 흥미롭게 보이는 모양이다. 네가 신경질적인 웃음을 터뜨리자 그가 돌아본다. "왜?"

"그 오두막에서 살면 좋겠다. 너랑 나랑."

"무슨 오두막?"

"네가 지은 오두막. 위스콘신에서." 드루의 어리둥절한 얼굴을 보고 너는 덧붙여 말한다. "오두막이 있다면."

"당연히 오두막은 있지."

너는 약 기운 탓에 공기가 까끌까끌하게 느껴지는데, 드루의 표정이 전에 없이 신중한 빛을 띠자 덜컥 겁이 난다. "사샤가 보고 싶을 것 같아," 그가 느릿느릿하게 말한다. "넌 안 그래?"

"넌 걔를 제대로 알지도 못하잖아," 너는 숨 가쁘게, 다소 절박하게 말한다. "네가 보고 싶어하는 사람이 어떤 사람인지 잘 모른다고."

거대한 보관창고가 길과 강 사이를 가로막고 있어 너희는 그 옆으로 돌아간다. "내가 사샤에 대해 모르는 게 뭔데?" 드루는 평상시의 친근한 말투지만, 사뭇 다르다―그가 이미 돌아서서 가고 있음을 알아차린 너는 당황했다.

"걔 창녀였어," 너는 말한다. "창녀에다 도둑이었어. 나폴리에서 그렇게 연명했다고."

네 입에서 그 말들이 튀어나올 때 네 귀에선 아우성이 터져나온다. 드루가 발걸음을 멈춘다. 필시 한 대 칠 거라고 생각한 너는 기다린다.

"미친 소리 하네," 그가 말한다. "개새끼, 어떻게 그런 말을 할 수 있지?"

"걔한테 물어봐," 너는 귓속 아우성에 지지 않으려고 고함친다. "플루트를 연주하던 스웨덴인 라스에 대해 물어보라고."

드루는 고개를 숙이고 다시 걸음을 옮긴다. 옆에서 걷는 너의 걸음걸음마다 너의 공포가 내레이션으로 깔린다. 무슨 짓을 한 거야? 무슨 짓을 한 거야? 무슨 짓을 한 거야? 무슨 짓을 한 거야? 머리 위 FDR 도로에서 타이어들이 포효하고 가솔린이 너의 폐로 들어간다.

드루가 다시 멈춰 선다. 그러고는 뿌옇고 기름 냄새 나는 공기 너머로 너를 생전 처음 보는 사람처럼 바라본다. "롭, 너 진짜," 그가 말한다. "너 진짜, 정말 쓰레기구나."

"너만 몰랐던 거지."

"네가 아니라 사샤겠지."

그는 너를 남겨두고 뒤돌아 성큼 가버린다. 드루의 입만 막으면 네가 초래한 재앙을 막을 수 있으리라는 맹렬한 확신에 사로잡혀 너는 그를 쫓아 달려간다. 사샤는 몰라, 너는 혼잣말을 한다, 걔는 아직 몰라. 드루가 아직 네 눈에 보이는 한 걔는 몰라.

너는 5, 6미터쯤 떨어져서 강가를 따라 반쯤 뛰다시피 그의 뒤를 밟는다. 한 번은 그가 뒤돌아본다. "꺼져! 내 눈앞에서 얼씬대지 마!" 그러나 너는 그가 어디로 갈지, 뭘 할지 몰라 우왕좌왕하고 있음을 알아채고 마음을 놓는다. 아직 아무 일도 일어나지 않았어.

드루는 맨해튼 다리와 브루클린 다리 사이에 있는, 명색이 '해변'으로 불리기도 하는 곳에서 멈춰 선다. 사방이 쓰레기 천지다. 폐타이어, 폐물, 나무 쪼가리, 유리, 폐지, 낡은 비닐봉지가 부채꼴 모양으로 서서히 좁아지며 이스트 강으로 흘러들고 있다. 드루는 이 잔해 위에 서서 멀리 응시하고, 너는 몇 미터 뒤에 떨어져 기다린다. 이윽고 그가 옷을 벗기 시작한다. 처음에 너는 보고도 믿지 못한다. 재킷, 스웨터, 티셔츠 두 벌, 러닝셔츠가 사라진다. 그러자 드루의 벌거벗은 상체가, 네가 상상한 대로 강건하고 탄탄한 상체가 드러난다. 생각보다 마르고 가슴에 검은 털이 스페이드 모양으로 나 있긴 하지만.

청바지와 부츠만 걸친 채 드루는 쓰레기와 물이 만나는 곳으로 천천히 나아간다. 돌출되어 있는 네모난 콘크리트 단으로, 애초에 그 용도도 잊힌 무언가의 토대로 만들어졌던 것이다. 그 위로 드루는 재빨리 올라간다. 그는 끈을 풀어 부츠를 벗고, 바지와 팬티도 벗어던진다. 두려운 와중에도 너는 남자가 옷을 벗는 행위의 아름다움과 무뚝뚝함에 어렴풋이 감탄한다.

그가 고개를 돌려 너를 흘긋 보자, 잠깐이지만 네 눈에 그의 벌거벗은 몸 앞쪽이, 거뭇한 거웃과 튼튼한 두 다리가 들어온다. "늘 해보고 싶었어," 그는 무감각한 목소리로 말하더니, 멀리 도약해 얕게 입수한 후 이스트 강의 수면을 세차게 치고는 비명 같기도, 헐떡임 같기도 한 소리를 내뱉는다. 수면 위로 떠오른 그가 숨을 고르려고 애쓰는 소리가 들려온다. 수온은 7도를 넘지 않을 것이다.

너도 콘크리트 단으로 올라가 옷을 벗기 시작한다. 뼛속까지 두렵지만 이겨낼 수 있다면 의미 있는 일이 될 거라고, 너 자신을 증명하는 일이 될 거라는 생각에 망설이면서도 힘을 낸 것이다. 추위에 흉터가 고무줄처럼 팅 하고 퉁긴다. 너의 성기는 호두만 하게 쪼그라들고, 축구로 다져진 몸뚱이가 미끄러지듯 움직이는데도 드루는 눈길도 주지 않는다. 그는 헤엄을 치고 있다. 힘차고 깔끔한 수영법이다.

너는 어설프게 도약해 물을 있는 대로 튀기고, 물 밑의 딱딱한 물건에 한쪽 무릎을 부딪친다. 추위가 너를 옥죄고 호흡을 끊어놓는다. 너는 쓰레기 더미에서 벗어나려고 미친 듯이 헤엄친다. 녹슨 갈고리와 갈퀴가 위로 올라와 네 성기와 발을 닥치는 대로 벨 것만 같다. 뭐에 부딪친 건지 무릎이 욱신거린다.

너는 고개를 들고 물 위에 누워 있는 드루를 본다. "여기서 나갈 수 있겠지, 그렇지?" 너는 소리친다.

"그래, 롭," 그가 예의 무감각하고 생경한 목소리로 말한다. "들어올 때처럼 나가면 돼."

너는 더는 아무 말도 하지 않는다. 물장구를 치고 숨을 헐떡이는 데만도 젖 먹던 힘까지 보태야 할 판이다. 마침내 살갗에 와 닿는 냉기가 열대의 온기처럼 느껴지기 시작한다. 귓속을 울려대던 새된 비명도 잦아들고, 너는 다시 숨을 고르게 쉬게 된다. 너는 주변을 둘러보다가 그 신화적인 아름다움에 소스라쳐 놀란다. 섬을 에워싼 물의 풍경. 저 멀리 고무 입술을 삐죽이 내민 예인선. 자유의 여신상. 하프의 안쪽처럼 생긴 브루클린 다리를 지나는 차들의 우레와도 같은 소리. 어머니가 현관에 매달아놓은 차임벨처럼 두서도 없고 음정도 벗어난 교회 종소리. 너는 재빨리 몸을 놀리며 드루를 찾지만 어디서도 보이지 않는다. 강변은 까마득하게 멀다. 그쪽에서 한 사람이 헤엄치고 있지만, 그렇게 먼 거리에서는 잠시 멈추고 미친 듯이 팔을 흔들어도 누군지 알아볼 수가 없다. 희미한 고함 소리—"**롭!**"—를 듣고야 너는 아까부터 그 소리를 듣고 있었음을 깨닫는다. 극심한 공포의 가윗날이 네 몸을 가르자 물리적인 사실이 명징하게 다가온다. 너는 급류에 휘말린 것이다. 이 강에 급류가 흐른다는 것은 들어서 알고 있었지만 깜박했다. 너는 소리치지만, 너를 둘러싼 물의 가공할 무심함 속에서 네 목소리는 작게만 느껴진다. 이 모든 것이 순식간에 일어난다.

"살려줘! 드루!"

겁먹으면 안 된다—겁먹으면 진이 빠진다—는 걸 알면서도 너는 허우적대는데, 너의 정신은 쉽게, 번번이, 때로는 너 자신도 의식하지 못한 사이에 그러는 것처럼 로버트 프리먼 2세 혼자 급류와 싸우게 놔두고 떠나간다. 너는 더 넓은 풍경 속으로 물러난다. 물과 빌딩들과 도로들로, 끝없이 이어지는 복도 같은 거리들로, 방마다 꽉꽉 들어찬 학생들이 자고 있는 너의 기숙사로, 그들이 자면서 일제히 내쉬는 숨이 자욱한 공기 속으로. 너는 사샤 방의 열린 창문으로 미끄러져 들어가, 그녀가 여행에서 가져온 공예품들이 늘어선 창턱 위에, 하얀 조가비, 황금 탑 모형, 빨간 주사위 한 쌍 위에 둥둥 떠 있는다. 한쪽 구석에는 하프가 작은 목재 발판에 놓여 있다. 사샤는 비좁은 침대에서 잠들어 있다. 타오르는 붉은색 머리가 시트에 대비되어 어두워 보인다. 너는 옆에 무릎을 꿇고 앉아, 그녀가 잘 때 나는 친숙한 냄새를 맡으며 귓가에 대고 속삭인다. 미안해와 난 널 믿어와 언제나 곁에서 널 지켜줄게와 절대 널 떠나지 않을게, 네가 살아 있는 동안 네 심장을 감싸고 있을게가 뒤섞인 말을. 마침내 내 어깨와 가슴을 내리누르던 물이 나를 으스러뜨려 깨우고, 나는 사샤가 내 얼굴을 향해 절규하는 소리를 듣는다. 버텨! 버텨! 버텨내라고!

11
안녕, 내 사랑

테드 홀랜더가 실종된 조카딸을 찾으러 나폴리에 가기로 하고 경비를 부담할 매형을 위해 세운 계획에는, 술이나 마약으로 만신창이가 된 젊은이들이 으레 모일 만한 장소들―예컨대 기차역―을 어슬렁거리며 조카를 아는지 묻는 것도 포함되어 있었다. "사샤. 미국인. **카펠리 로시**(빨간 머리)." 사람들한테 어떻게 말할지 준비하고, '로시'의 'ㄹ' 발음을 흠잡을 데 없이 굴릴 수 있도록 연습까지 했다. 그러나 일주일 전 나폴리에 도착한 후로 그는 단 한 번도 그 말을 입 밖에 꺼내본 적이 없었다.

오늘 그는 사샤를 찾아보겠다는 결심을 포기하고 폼페이 유적지에 갔고, 초기 로마 벽화와 원기둥이 늘어선 안뜰 여기저기에 부활절 달걀처럼 자그맣게 엎어져 있는 시체들을 관람했다. 올리브 나무 아래서 참치 캔을 먹으며 기괴하리만치 텅 빈 정적에 귀를 기울였다. 그리고 초저녁에 호텔방으로 돌아와 여기저기 쑤시는 몸을 킹사이즈 침대에 누이고는, 사샤의 엄마인 누나 베스에게 전화를 걸어 애는 썼지만 그날도 허탕을 쳤다고 알렸다.

"알았어." 매일 저녁 그랬듯 LA의 베스는 이번에도 한숨을 내쉬었다. 그녀의 실망에 담긴 에너지는 한숨에 의식意識 비슷한 것을 부여했고, 테드는 그것이 마치 전화 통화에 참여하는 또다른 인물처럼 느껴졌다.

"면목 없네." 테드는 말했다. 독약 한 방울이 그의 심장을 가득 채웠다. 내일은 사샤를 찾아 나설 것이다. 그러나 그렇게 맹세하는 순간에도 그는 국립미술관에 간다는 정반대의 계획을 재차 확인하고 있었다. 국립미술관은 그가 지난 몇 년간 감탄해 마지않았던 〈오르페우스와 에우리디케〉가 소장된 곳으로, 그 작품은 로마 시대 때 그리스의 원본을 본뜬 대리석 부조浮彫였다. 늘 보고 싶었던 작품이었다.

고맙게도 베스의 두번째 남편인 해머는 옆에 없거나 더는 관여하지 않기로 작정한 모양이었다. 평상시에 그는 설마 내가 헛돈 쓰는 건 아니겠지?라는 매우 단순한 한 가지 핵심으로 귀결되는 질문을 퍼붓는 사람이었다(그렇게 해서 테드에게 책임을 게을리했다는 근심을 심어주는 것이다). 전화를 끊은 테드는 미니바로 가서 얼음에 보드카를 들이부었다. 그러고는 술잔과 전화기를 들고 발코니로 가서 흰색 플라스틱 의자에 앉아 비아 파르테노페와 나폴리 만을 내려다보았다. 해안은 험준한 바위투성이였고, 바닷물은 (선명하도록 파랗지만) 깨끗한지 의심스러웠고, 투지만만하고 대개 뚱뚱한 나폴리 사람들은 행인들과 차량들과 관광호텔에서 흰히 보이는 바위 위에서 옷을 벗거나 만으로 뛰어들었다. 그는 아내에게 전화를 걸었다.

"어머, 여보, 웬일이야?" 수전은 하루 중 그렇게 이른 시간에 남편이 전화를 해와 깜짝 놀랐다. 대개 그는 자기 전에 전화했는데, 미국 동부에서는 저녁식사 시간에 가까웠다. "별일 없지?"

"별일 없어."

아내의 경쾌하고 발랄한 어조에 그는 지레 낙심한 터였다. 나폴리에 머무르면서 테드는 자주 수전을 떠올렸지만, 그 모습은 실제 그녀와는 약간의 괴리가 있었다. 사려 깊고, 이해력이 뛰어나 굳이 일일이 말로 하지 않더라도 대화가 가능한 여자. 아직까지도 그곳에 맴도는 비명과 잿더미가 무너져내리는 소리에 눈이 초롱초롱해져서 그와 함께 폼페이의 정적에 귀 기울였던 건 이처럼 살짝 다른 버전의 수전이었다. 그토록 어마어마했던 참화가 어떻게 지금껏 침묵할 수 있었던 것일까? 일 분 같기도 하고 한 달 같기도 했던 그 일주일간 고독을 만끽한 테드의 마음을 사로잡은 질문은 그것이었다.

"서스카인드 하우스에 다녀왔어," 수전이 말했다. 새로운 부동산 소식으로 분명 그의 기분을 북돋워주려는 것이었다.

그러나 테드는 매번 아내에게 실망할 때마다, 매번 정신적 침체가 깊어질 때마다 죄책감도 함께 느꼈다. 수년 전 테드는 수전에 대한 열정을 반으로 접었고, 그러자 침대 옆자리에 누운 그녀를 볼 때마다, 그 울퉁불퉁한 팔과 물렁하고 펑퍼짐한 엉덩이를 볼 때마다 숨이 막히고 막막하던 심정에 더는 시달리지 않게 되었다. 그런 후 그는 그 열정을 다시 한번 반으로 접었고, 그러자 수전에게 욕구를 느낀다 해도 더이상 결코 충족되지 않으리라는 두려움에 초조해하지 않게 되었다. 그런 후 또다시 열정을 반으로 접자, 욕구가 생긴다 해서 곧바로 행동에 옮길 필요를 느끼지 않게 되었다. 그런 후 또 한 번 더 반으로 접고 나니 거의 아무것도 느끼지 않게 되었다. 결국 그의 욕구는 한없이 작아져 책상 안이나 호주머니 속에 밀어넣어두고 잊어버릴 수 있게 되었고, 두 사람을 파멸로 몰아넣었을 수도 있었던 위험천만한 기관을 떼어낸 것에 그는 안도와 성취감을 느꼈다. 수전은 처음에는 어리둥절해하다가 이윽고 실성했다. 두 번이나 남편의 뺨을 때렸고, 뇌우가 치는 날 집을 뛰쳐나가 모텔에서 잤다. 가랑이 부분이 트인 검은색 팬티를 입고 테드를 침실 바닥에 자빠뜨린 적도 있었다. 그러나 결국 일종의 기억상실증이 수전을 덮쳤고, 그녀의 저항과 상처는 서서히 사라져 영원하고 달콤한 명랑함 속에 녹아들었다. 테드가 보기에는, 인생에 진정성과 형태를 부여해주는 죽음이 없다면 사는 게 끔찍한 것과 비슷했다. 처음엔 시종일관 쾌활한 아내의 모습이 남편에 대한 조롱이라고, 새로운 차원의 저항이라고 생각했지만, 결국 아내는 그가 욕구를 반으로 접기 시작하기 전에 부부 사이가 어땠는지 잊어버렸다고 여기기에 이르렀다. 수전은 망각을 통해 행복해졌고—그 전까지는 행복했던 적이 없었다—이 모든 과정을 겪으면서 테드는 인간 정신의 적응 능력에 경탄해 마지않게 되었고, 한편으론 아내가 세뇌당했음을 알게 되었다. 바로 그에 의해.

"여보," 수전이 말했다. "앨프리드가 당신하고 얘기하고 싶대."

테드는 침울한 성격에 예측 불허인 아들과 통화하기 위해 애써 기운을 냈다. "여어, 잘 있냐, 앨프!"

"아빠, 목소리 꾸밀 것 없어요."

"무슨 목소리?"

"방금 그 '아빠' 흉내내는 목소리요."

"아빠가 어떻게 해줄까, 앨프리드? 우리 얘기 좀 할까?"

"우리가 졌어요."

"그래, 그러면 5대 8?"

"4대 9요."

"또 기회가 있겠지."

"없어요." 앨프리드가 말했다. "시간이 없어요."

"엄마 아직 옆에 있니?" 테드가 다소 절박하게 물었다. "엄마 좀 바꿔줄래?"

"마일스 형이 아빠랑 통화하고 싶대요."

테드는 다른 두 아들과도 통화를 했고, 경기 점수에 대한 보고를 더 들었다. 마권업자가 된 기분이었다. 아들들은 상상할 수 있는 모든 스포츠를 하는 것도 모자라 (테드가 보기엔) 스포츠가 아닌 종목에도 뛰어들었다. 축구, 하키, 야구, 라크로스, 농구, 미식축구, 펜싱, 레슬링, 테니스, 스케이트보드(이것도 스포츠라고!), 골프, 탁구, '부두' 비디오(하늘이 무너져도 스포츠가 될 수 없다. 테드는 인정할 수 없었다), 암벽등반, 롤러블레이드, 번지점프(맏아들 마일스에게서 테드는 기꺼운 자기파괴 의지를 알아보았다), 백

개먼*(이것도 스포츠라고!), 배구, 위플볼**, 럭비, 크리켓(어느 나라 스포츠던가?), 스쿼시, 수구, 발레(당연히 앨프리드였다), 그리고 가장 최근엔 태권도도 있었다. 이따금 테드는 아들들이 단지 최대한 많은 경기장의 관중석에서 아버지의 존재를 확인하고 싶어서 스포츠들을 섭렵하는 게 아닐까 하는 생각이 들었다. 그는 심드렁하니 경기장에 나타나 소리 높여 응원했다. 낙엽이 쌓이고 장작이 타는 매캐한 연기 냄새가 나는 가을을 지나, 싱그러운 토끼풀이 무성한 봄과 습하고 모기가 들끓는 여름으로 이어지는 업스테이트 뉴욕에서.

　가족과 통화를 끝낸 테드는 취기가 올라 호텔 밖으로 나가고 싶은 생각이 간절해졌다. 정작 술은 거의 입에 대지도 않았다. 술은 그의 머리 위로 탈진의 커튼을 드리우고, 매일 밤 예술에 대해 사유하고 집필하는 소중한 두 시간—수전과 아들들과 저녁을 먹고 나서 두 시간, 혹은 세 시간이 될 때도 있었다—을 빼앗아갔다. 밤낮으로 예술에 대해 사유하고 집필하면 이상적이었겠지만, 이런저런 사정이 끼어들면서 사유와 집필 모두 쓸데없고(그는 논문 발표에 대한 압박이 거의 없는 삼류 대학 종신교수였다) 불가능한(그는 한 학기에 예술사 강의를 세 개나 맡았고, 어마어마한 양의 행정업무를 처리해왔다—그에게는 돈이 필요했다) 일이 되어버렸다. 그의 사유와 집필이 이루어지는 공간은 너저분한 집 한구석에

---

* 실내에서 두 사람이 함께 하는 주사위놀이.
** 플라스틱 공과 플라스틱 방망이로 하는 약식 야구.

처박힌 작은 사무실로, 그는 아이들이 들어오지 못하게 문에 자물쇠를 달아놓았다. 아이들은 시무룩하고 애처로운 얼굴로 아쉬워하며 문밖에 모여들었다. 아버지가 예술에 대해 사유하고 집필하는 방이니 문을 두드리는 것도 안 된다고 주의를 주었지만, 테드는 아이들이 문밖에서 어슬렁대는 것까지 막을 방법은 찾지 못했다. 유령 같은 야생동물들이 달빛 아래 나타나 연못물을 마시거나, 맨발 끝으로 카펫을 쿡쿡 찌르거나, 땀이 밴 손가락으로 벽을 짚어 손때를 남겨놓는 바람에 테드는 청소부인 엘사에게 매주 잔소리를 늘어놓았다. 사무실에 앉아 아이들의 움직임에 귀 기울이고 있으면 그들의 뜨겁고 호기심 가득한 숨결이 느껴지는 듯했다. 발을 못 들이게 해야지, 그럴 때면 그는 스스로 다짐했다. 자리에 앉아 예술에 대해 생각할 거야. 그러나 절망적이게도 그는 예술에 대해 사유하기 어려울 때가 잦음을 깨달았다. 그는 그 무엇도 사유하지 않았다.

해질녘 테드는 비아 파르테노페를 터덜터덜 걸어 비토리아 광장까지 갔다. 그곳엔 가족들이 우글우글했고, 아이들은 동에 번쩍 서에 번쩍 나타나는 축구공을 걷어차며 귀청이 떨어져라 큰 소리로 이탈리아어를 속사포처럼 쏟아냈다. 그러나 저무는 빛 속에는 또 다른 존재도 있었다. 실업률이 33퍼센트에 달하는 이 도시를 서성이는, 목적 없고 지저분하고 은근히 위협적인 젊은이들. 15세기에는 선조들이 찬란한 삶을 누렸던 곳이었으나 이제는 노후해버린 팔라초 주변을 슬금슬금 돌아다니고, 그 선조들이 누워 있는 자그마한 관들이 장작다발처럼 쌓여 있는 지하실 위 성당 계단에서 헤로인 주사를 놓는, 권리를 박탈당한 세대의 일원들. 193센티미터의 키에 몸무게가 104킬로그램이나 나가고, 욕실 거울을 보면 법 없이도 살 것처럼 생겼는데 동료들한테선 뭐 안 좋은 일 있냐는 질문을 심심찮게 듣는 테드조차 그런 젊은이들을 보면 위축되었다. 그런 젊은이들 사이에 사샤가 있을까봐 두려웠다. 해가 지면 나폴리를 물들이는 황달 걸린 가로등 불빛 아래서 그를 바라보는 사람이 그녀일까봐. 그는 지갑에 신용카드 한 장과 최소한의 현금만 갖고 다녔다. 그는 서둘러 식당을 찾아 광장을 떠났다.

사샤는 이 년 전, 열일곱 살 때 사라졌다. 아버지인 앤디 그레이디처럼. 불같은 성격에 눈동자가 보라색인 금융업자였던 그는 베스와 이혼하고 일 년 후 사업상 거래가 난항을 겪자 사라져버린 뒤로 감감무소식이었다. 사샤는 주기적으로 연락을 해와 멀리 떨어져 있는 몇몇 곳으로 돈을 보내달라고 부탁했다. 그곳이 어디든 상관 않고 두 번이나 베스와 해머가 비행기를 타고 갔지만 딸을 잡는 덴 실패했다. 사샤는 마약복용, 절도로 인한 끊임없는 체포, (누나가 무기력하게 털어놓기론) 록 뮤지션들과 어울리기 좋아하는 성향, 네 명의 상담의, 가족 치료, 그룹 치료, 세 번의 자살 기도 등 일련의 문제들로 점철된 사춘기를 정신없이 보냈고, 테드는 멀찍이서 그 모든 것이 차츰 사샤 본인의 속성으로 자리 잡아가는 것을 경악하며 지켜봐왔다. 테드는 미시건 호에 있는 베스와 앤디 부부의 집에서 보냈던 여름엔 사샤가 사랑스럽고, 심지어 요염하기까지 한 꼬마였었다고 기억했다. 그러나 그후 크리스마스나 추수감사절에 가끔 보면 조카는 죽상을 한 아이가 되어 있었고, 테드는 행여 자기 자식들이 스스로를 제물로 던지는 조카에게 물들까봐 같이 못 놀게 했다. 사샤와는 어떻게든 엮이고 싶지 않았다. 그애는 가망이 없었다.

다음 날 아침 일찍 일어난 테드는 택시를 타고 국립박물관으로 갔다. 시원하고 소리가 울리는 박물관 안은 봄인데도 관광객이 없었다. 먼지가 내려앉은 하드리아누스의 흉상들과 다양한 모습의 카이사르 조각들 사이를 오가면서, 그는 관능적이기까지 한 수많은 조각들 앞에서 육체적 각성을 경험했다. 그는 눈으로 보기도 전에 방 건너편에서 느껴지는 서늘한 무게감을 통해 〈오르페우스와 에우리디케〉가 가까이 있음을 알아차렸지만, 직접 대면하는 순간을 미루고는 그 작품이 묘사한 순간에 이르기까지 벌어진 사건들을 되새겼다. 사랑에 빠져 갓 결혼한 오르페우스와 에우리디케. 양치기를 피해 도망치다 뱀에 물려 죽는 에우리디케. 하계로 내려가 아내에 대한 그리움을 노래하며 리라를 연주하는 오르페우스. 지하의 축축한 회랑들을 가득 메우는 리라 선율. 에우리디케를 죽음에서 놓아주지만 단 하나, 지상으로 올라가는 동안 오르페우스가 뒤돌아봐서는 안 된다는 조건을 거는 하데스. 그리고 이윽고 이어지는 비통한 순간. 신부가 자꾸 비틀거리자 오르페우스는 두려운 나머지 깜빡 잊고 뒤돌아보고 말았다.

테드는 부조 조각을 향해 걸어갔다. 마치 그 안으로 걸어들어간 듯 조각은 그를 완전히 에워쌌고, 그를 뒤흔들었다. 그것은 다시 하계로 내려갈 수밖에 없게 된 에우리디케가 오르페우스와 이별을 고하는 순간이었다. 테드가 감동한 건, 그의 가슴속 섬세한 유리그릇을 바스러뜨린 건, 침묵 속에 마음을 주고받는 두 사람이 일체의 드라마나 눈물 없이 서로를 바라보며 가만히 손을 맞대기만 한다는 점이었다. 그는 두 사람 사이에 오가는, 측량할 길 없는 깊은 이해를, 모든 것이 부질없다는 무언의 깨달음을 느꼈다.

테드는 삼십 분 동안 꼼짝 않고 부조를 응시했다. 그 자리를 떴다가 다시 돌아왔다. 전시실을 나갔다가 다시 돌아왔다. 그때마다 그 감각이 그를 맞이했다. 예술작품 앞에서 그런 미세한 떨림으로 가득한 흥분을 느끼기는 몇 년 만이었던데다, 여전히 그런 흥분을 느낄 수 있다는 데 더욱 흥분했다.

그날 나머지 시간은 위층에 전시된 폼페이의 모자이크 작품들을 감상하며 보냈지만 그의 마음은 한시도 〈오르페우스와 에우리디케〉를 떠난 적이 없었다. 박물관을 나서기 전에 그는 다시 한번 그 작품을 찾았다.

오후가 되었다. 테드는 여전히 멍한 채로 걸음을 옮기기 시작했고, 그러다 어느덧 자신이 미로 같은 뒷골목에 와 있음을 깨달았다. 골목은 비좁기 그지없어 어둑어둑하게 느껴졌다. 때가 덕지덕지 낀 성당들과, 지저분한 안쪽에서 구슬픈 고양이 울음소리와 아이들의 목소리가 새어나오는 무너져가는 팔라초들을 지나쳤다. 육중한 출입구에 새겨진 문장紋章들이 더러워지고 잊힌 것을 보고 테드는 동요했다. 다른 것도 아니고 시간 때문에 그토록 보편적이고 함축적인 상징들이 무의미해지다니. 그는 살짝 다른 버전의 수전이 옆에서 그가 느끼는 경이에 공감하는 모습을 상상했다.

〈오르페우스와 에우리디케〉의 봉인에서 풀려났을 때, 테드는 주변의 은밀한 신호들을 의식하게 되었다. 성당 밖 검은 옷을 느슨히 걸친 노파부터 베스파를 붕붕 몰아대며 테드를 스칠 듯 지나가던 초록색 티셔츠 차림의 아이까지 거의 모든 사람들이 눈짓, 휘파람, 신호를 교환하고 있었다. 그만 빼고 모두가 그랬다. 창문에서 할머니가 말보로 담뱃갑이 가득 든 바구니를 밧줄을 이용해 거리로 내려보내고 있었다. 암시장이군, 헝클어진 머리칼에 햇볕에 팔이 탄 소녀가 바구니에서 담배 한 갑을 빼들고 동전 몇 개를 집어넣는 광경을 불편한 심정으로 바라보면서 테드는 생각했다. 바구니가 다시 흔들리며 창문으로 올라가고 나서야 테드는 담배를 산 사람이 조카임을 알아보았다.

이렇게 맞닥뜨릴까봐 그토록 걱정했건만, 믿기 어려운 우연의 일치가 실제로 벌어졌는데도 그는 전혀 놀라지 않았다. 사샤는 이맛살을 찌푸리며 말보로 한 개비에 불을 붙였고, 테드는 걸음을 늦추며 팔라초의 기름때 낀 벽을 탄복하며 바라보는 척했다. 사샤가 다시 걷기 시작하자 그는 뒤를 밟았다. 그녀는 물 빠진 블랙진에 개숫물 같은 잿빛의 티셔츠를 입고 있었다. 걸음걸이가 불규칙했는데, 한쪽 다리를 살짝 절며 천천히 가다가도 이내 힘차게 걸었기 때문에 테드는 조카를 앞지르거나 뒤처지지 않도록 정신을 바짝 차려야 했다.

그가 도시의 배배 꼬인 내장 속으로 미끄러져 들어가자 철썩하는 빨래 소리와 퍼드덕하는 비둘기의 날갯짓 소리가 한데 어우러져 들리는, 관광객의 발길이 닿지 않는 빈민가가 나왔다. 아무 조짐도 없이 사샤가 몸을 빙 돌려 그를 보았다. 삼촌의 얼굴을 빤히 보는 그녀는 당황한 기색이 역력했다. "진짜?" 그녀가 더듬거렸다. "삼촌—"

"아이고! 사샤!" 테드는 우스꽝스러우리만치 놀란 척하며 외쳤다. 형편없는 사기꾼이 아닐 수 없었다.

"깜짝 놀랐어요." 아직도 믿기지 않는다는 표정으로 사샤가 말했다. "다른 사람이—"

"나도 놀랐다." 테드가 대꾸했고, 둘은 불안한 웃음을 터뜨렸다. 그는 곧장 조카를 끌어안았어야 했다. 이제는 너무 늦었다.

응당 나올 질문(삼촌, 나폴리에는 무슨 일로 온 거예요?)을 모면할 셈으로 테드는 쉴새없이 지껄였다. 사샤는 어딜 가던 중이었을까?

"친구들— 만나러 가는 길이었어요." 사샤가 말했다. "삼촌은요?"

"그냥…… 걷고 있었어!" 그는 지나치게 큰 소리로 말했다. 둘은 어느새 보조를 맞춰 걷고 있었다. "다리를 저는구나?"

"탕헤르에서 발목이 부러졌거든요." 사샤가 말했다. "긴 계단에서 굴러떨어졌어요."

"병원엔 갔겠지."

사샤가 그를 딱하다는 얼굴로 쳐다보았다. "세 달 반 동안 깁스했는 걸요."

"그런데 왜 다리를 저니?"

"저도 모르겠어요."

조카는 이제 다 컸다. 그녀가 성인이 되었다는 데는 의심의 여지가 없었다. 젖가슴이며 엉덩이며 부드러운 곡선을 그리는 허리며 완전히 무르익은 면면에, 능숙하게 담뱃재를 터는 모습까지, 테드는 이런 변화가 하루아침에 이루어진 듯 느껴졌다. 기적이었다. 사샤의 머리는 예전만큼 빨갛지는 않았다. 얼굴은 섬약하면서도 장난기가 엿보였고, 어찌나 창백한지 루시안 프로이트*가 그린 인물처럼 주변 세상의 색조―자주, 초록, 분홍―를 흡수해버렸다. 한 세기 전에 태어났다면 오래 살지 못하고 출산중에 죽었을 것 같은 소녀처럼 보였다. 나긋나긋한 뼈대가 제대로 아물지 않은 소녀.

"여기 사니?" 테드가 물었다. "나폴리에서?"

"여기보단 괜찮은 데 살아요," 사샤가 은근히 속물적으로 말했다. "테디 삼촌은요? 아직도 뉴욕 마운트 그레이에 살아요?"

"그래," 조카딸의 기억력에 깜짝 놀란 그가 말했다.

"집은 큰가요? 나무도 많고요? 타이어 그네도 있나요?"

"나무야 많지. 아무도 안 쓰는 해먹도 하나 있고."

사샤는 말을 멈추고, 머릿속으로 그려보는 듯 눈을 감았다. "아들이 셋이었죠. 마일스, 에임스, 앨프리드."

그녀가 맞았다. 심지어 나이 순서대로 말했다. "그런 것까지 다 기억하다니 대단하구나," 테드가 말했다.

---

* 독일계 영국 화가로 사실주의 인물화의 거장이자 프로이트의 손자.

"전 다 기억해요." 사샤가 말했다.

그녀는 지저분한 팔라초 앞에 멈춰 서 있었다. 그곳 문장 위에 덧칠해진 노란 스마일리 그림을 보고 테드는 으스스한 기분이 들었다. "제 친구들이 여기 살아요," 사샤가 말했다. "안녕히 가세요, 삼촌. 이렇게 우연히 만나서 정말 반가웠어요." 사샤가 축축하고 거미다리 같은 손으로 삼촌과 악수했다.

이렇게 급작스럽게 헤어질 줄 몰랐던 테드는 말을 약간 더듬었다. "잠깐만, 그래도— 삼촌이 저녁이라도 사줄까?"

사샤는 고개를 갸우뚱하며 삼촌의 눈을 보면서 의중을 헤아렸다. "제가 진짜 바빠서요," 그녀가 미안해하며 말했다. 그러더니 이윽고, 예의 발라야 한다는 뿌리 깊고 한결같은 생각에 누그러진 모양이었다. "하지만 좋아요. 오늘 밤은 한가해요."

테드는 문을 밀고, 날마다 사샤를 찾는 일은 나 몰라라 한 채 하루를 보내고 들어오는 그를 반겨주던 1950년대 베이지 색조의 구닥다리 호텔방에 들어가서야 비로소 방금 전 일이 말도 못 하게 기묘한 일이었음을 실감했다. 베스에게 매일 전화하는 시간이 되었다. 그는 하루 만에 쏟아진 희소식들에 말도 못 하게 기뻐하는 누나의 모습을 그려보았다. 동생이 딸의 거취를 알아낸 것은 물론이요, 마약에 손댄 것 같지도 않고, 그럭저럭 건강하고 정신 상태도 멀쩡하고 친구들도 있다는 것을 알아낸 것이다. 즉, 예상보다 잘 지내고 있었다. 그런데도 테드는 그다지 기쁘지 않았다. 어째서?

그는 침대에 누워 팔짱을 끼고 눈을 감은 채 생각했다. 사샤를 찾아야 한다는 걸 알면서도 그러지 않아 상대적인 평화를 맛보았던 어제가, 하다못해 오늘 아침이 아쉬워지는 이 심사는 무엇이란 말인가? 그는 알 수 없었다. 알 수 없었다.

베스와 앤디의 결혼생활이 장렬히 종말을 고했던 건 테드가 미시건 호에서 그들과 함께 살면서, 3킬로미터 더 올라가면 나오는 건설현장에서 감독 일을 했던 여름이었다. 결혼생활은 둘째치고, 그해 여름이 끝나갈 무렵 끝장난 것들 중에는 테드가 누나에게 생일선물로 준 마졸리카 접시도 있었다. 박살난 잡다한 가구들, 앤디 때문에 두 번이나 탈골된 베스의 왼쪽 어깨, 마찬가지로 앤디가 부러뜨린 쇄골도 있었다. 부부가 싸우기 시작하면 테드는 사샤를 데리고 면도날처럼 날카로운 잔디밭을 지나 호숫가로 갔다. 조카딸은 빨간 머리를 길게 길렀고, 피부는 푸른빛이 돌 정도로 새하얬다. 테드는 자나 깨나 딸이 볕에 탈까 안달복달하는 누나를 존중해서 사샤와 함께 모래사장으로 나갈 때마다 늘 자외선 차단제를 챙겼다. 늦은 오후면 모래사장이 워낙 뜨겁게 달궈져서 사샤는 발을 디딜 때마다 비명을 질렀다. 테드는 흰색과 빨간색이 섞인 투피스 수영복을 입은, 고양이처럼 가벼운 조카딸을 안고 걸어가 수건 위에 앉힌 다음 어깨와 등과 얼굴과 앙증맞은 콧등에 자외선 차단제를 발라주면서—그때 사샤는 분명 다섯 살이었다—이렇게 폭력이 난무하는 환경에서 아이가 어떻게 자랄까 싶었다. 조카는 싫어했지만, 그는 햇빛 아래서는 꼭 흰색 세일러 모자를 씌워주었다. 당시 그는 미술사를 전공하는 대학원생이었는데, 학비를 충당하기 위해 도급업자로 일하고 있었다.

"도. 급. 업. 자," 사샤는 한 자 한 자 따라 했다. "그게 뭔데?"

"그게, 집을 짓는 데 필요한 일꾼들을 모아주는 거야."

"바닥에 쓰는 전기 사포도 있어?"

"있지. 바닥용 전기 사포를 본 적 있어?"

"한 번," 사샤가 말했다. "어떤 아저씨가 우리 집 바닥을 문질러 줬거든. 이름이 마크 에이버리야."

테드는 그 말을 듣자마자 마크 에이버리라는 사내가 의심스러워졌다.

"아저씨가 나한테 물고기 줬어," 사샤가 정보를 제공했다.

"금붕어?"

"아니," 사샤는 웃음을 터뜨리더니 삼촌의 팔을 찰싹 때렸다. "목욕탕 물고기."

"삑삑 소리 나는 거?"

"응. 근데 소리가 별로야."

그런 식의 대화가 몇 시간이고 이어졌다. 테드는 시간을 때울 셈으로 얘기를 질질 끌며 집 안에서 벌어지고 있을 일에서 주의를 돌리려는 조카의 모습이 안쓰러웠다. 그 때문에 조카는 실제보다 훨씬 조숙해 보여서, 분별력 있고, 세상만사에 시들하고, 말하기도 뭣할 만큼 세파에 찌든 조그마한 성인 여자 같았다.

"수영 시켜줄 거야?"

"그럼," 그의 한결같은 대답이었다.

그때만큼은 그도 조카딸이 햇빛 차단용 모자를 벗는 것을 허락했다. 사샤의 머리칼은 길고 비단결처럼 고왔는데, (아이가 늘 졸라서) 그가 아이를 안고 미시건 호로 들어갈 때마다 그의 얼굴 쪽으로 흩날렸다. 아이는 햇볕에 따스해진 가는 팔다리를 그의 몸에 두르고, 머리를 그의 어깨에 얹었다. 물가가 가까워질수록 아이의 두려움도 서서히 커져가는 게 느껴졌지만, 그가 되돌아 나가자고 하면 도리질을 했다. "아냐, 괜찮아. 들어가." 미시건 호에 들어가는 것이 더 큰 대의를 위해 견뎌야 하는 시련이라도 되는 양 아이는 삼촌의 목에 대고 단호하게 중얼거렸다. 테드는 조카가 좀더 마음을 놓을 수 있게 천천히 물에 들어가거나 곧장 뛰어드는 등 이런저런 방법을 강구해봤지만, 사샤는 언제나 괴로워 숨을 헐떡이면서 그에게 더욱 찰싹 매달렸다. 그런 과정을 지나 일단 물에 들어가고 나면 사샤는 본래 모습을 되찾았고, 아무리 그가 크롤영법을 가르쳐주려고 해도 개헤엄을 쳤다("나도 수영할 줄 알아!" 아이는 조바심을 내며 말했다. "그냥 하기 싫은 거야."). 이를 딱딱 맞부딪치면서도 용케 삼촌에게 물을 튀겼다. 그러나 테드는 이 모든 과정에 마음이 심란해졌다. 조카딸을 억지로 물속에 집어넣어 상처를 주는 것만 같아서였다. 정작 그가 정말로 바라는 것—그의 판타지—은 조카딸을 구해주는 것, 그래서 동트기 전에 아이를 담요에 싸서 몰래 집을 빠져나와 미리 봐둔 낡은 쪽배를 타고 노를 저어 뒤도 돌아보지 않고 호숫가 반대편으로 가는 것이었다. 그는 스물다섯 살이었다. 그는 아무도 믿지 않았다. 그러나 그가 조카를 보호하기 위해 실제로 할 수 있는 일은 아무것도 없었다. 한 주 한 주 지나면서 그는 그 여름의 끝이 어둡고 불길하리라 예상했다. 하지만 막상 그 순간이 닥쳤을 때는 이상하리만큼 마음이 편했다. 그가 차에 짐을 싣고 작별인사를 고하는 내내 사샤는 엄마에게 찰싹 달라붙어 그에게 눈길조차 주지 않았다. 테드는 그런 조카에게 화가 치밀었고, 화를 내는 게 유치하다는 걸 알면서도 어쩌지 못해 상처받았고, 그런 감정이 가라앉은 후엔 진이 빠져버린 나머지 운전대도 잡을 수 없었다. 그는 '데어리 퀸'* 밖에 주차하고 한숨 잤다.

"수영하는 네 모습을 본 적도 없는데 삼촌이 네가 수영할 줄 아는지 어떻게 알겠니?" 한번은 모래사장에 함께 앉아 있을 때 테드가 사샤에게 물었다.

"레이철 코스탄자랑 같이 수영 수업 들었어."

"그건 삼촌 질문에 대한 답이 아닌데."

사샤는 살짝 난감한 표정으로 삼촌을 향해 미소 지었다. 어린아이라는 점을 이용해 상황을 모면해볼 심산이었으나, 얼마간은 이미 엎질러진 물이라는 것을 알아차린 것 같았다. "레이철한텐 페더라는 샴고양이가 있어."

"왜 수영을 안 하려고 하는 거니?"

"아이, 테디 삼촌." 섬뜩하리만큼 제 엄마를 빼닮은 말투로 사샤가 말했다. "나 힘들게 하네."

사샤는 여덟시에 호텔로 찾아왔다. 짧은 빨간색 드레스를 입고

---

* 미국의 아이스크림 프랜차이즈.

검은색 에나멜 부츠를 신었는데, 진한 화장 때문에 얼굴은 작고 뾰족한 가면처럼 날카로워 보였다. 가는 눈매는 갈고리처럼 휘어 있었다. 로비 건너편의 그녀를 흘긋 보기만 했는데도 테드는 거부감에 몸이 마비될 지경이었다. 잔인하게도 그는 조카가 나타나지 않기를 바랐던 것이다.

그래도 테드는 로비를 가로질러 가서 조카의 팔을 잡았다. "거리 위쪽에 좋은 식당이 하나 있어." 그가 말했다. "달리 갈 만한 데가 있으면 얘기하고."

사샤는 있다고 했다. 택시 창밖으로 담배연기를 내뿜으며 사샤는 운전기사에게 어설픈 이탈리아어로 주저리주저리 설명을 늘어놓았고, 그동안 택시는 끽끽 소리를 내며 골목길을 내려가더니 일방통행로를 역주행해, 테드는 한 번도 가본 적이 없는 부촌인 보메로에 당도했다. 그곳은 언덕 위에 있었다. 사샤와 함께 두 건물 사이에 내린 테드는 휘청거리며 기사에게 요금을 지불했다. 불빛이 반짝이는 편평한 도시가 바다 쪽으로 완만히 뻗어가며 그들 앞에 놓여 있었다. 호크니[*], 테드가 떠올린 이름이었다. 디벤콘[**]. 존 무어[***]. 저 멀리로는 베수비오 산이 얌전히 누워 있었다. 테드는 살짝 다른 버전의 수전이 곁에 서서 그 풍경을 온몸으로 받아들이는 모습을 상상했다.

---

[*] 데이비드 호크니. 영국의 화가로 팝아트와 사진 작업에서 유래한 사실성을 추구하는 작품세계를 선보였다.
[**] 리처드 디벤콘. 전후 미국 추상표현주의를 이끈 화가.
[***] 미국 현대미술의 리얼리즘 화가.

"나폴리에서 전망이 제일 좋은 곳이에요." 사샤가 도전적으로 말했지만, 테드는 조카가 외삼촌이 수긍할지 가늠하며 기다리고 있음을 알아차렸다.

"정말 멋지구나." 그는 조카에게 동의하고는, 나무가 무성한 주택가를 어슬렁어슬렁 걸어가면서 한마디 더 보탰다. "나폴리를 돌아다니면서 내가 본 동네 중 제일 예쁘다."

"전 여기 살아요." 사샤가 말했다. "몇 골목 더 가면 나와요."

테드는 반신반의했다. "그럼 여기서 만날 걸 그랬네. 호텔까지 괜한 걸음 했구나."

"삼촌이 잘 찾아오실지 몰라서요." 사샤가 말했다. "외국인들은 나폴리에 오면 속수무책이 돼요. 십중팔구 돈이나 털리고."

"넌 외국인 아니니?"

"굳이 따지면 그렇지만," 사샤가 말했다. "하지만 전 이 지역 지리에 훤하거든요."

그들은 딱 봐도 대학생 같은 이들(이상한 일인데, 어딜 가도 대학생들은 다 똑같아 보인다)이 몰려 있는 교차로에 이르렀다. 검은색 가죽재킷 차림의 젊은 남자와 여자들이 베스파를 몰고 다니거나, 베스파에 느긋하게 기대 있거나, 베스파에 걸터앉아 있거나, 심지어 베스파에 올라가 서 있기까지 했다. 밀집해 있는 베스파 때문에 광장 전체가 진동하는 것 같았고, 거기서 뿜어나오는 매연 때문에 테드는 살짝 몽롱해지는 느낌이었다. 땅거미가 지는 가운데 벨리니*의 하늘을 배경으로 야자나무의 코러스 라인이 요염하게 쭉 펼쳐져 있었다. 정면만 보며 대학생들 사이를 이리저리 빠져나가는 사샤에게서는 여린 자의식이 엿보였다.

광장에 위치한 식당에서 사샤는 창가 쪽 자리를 달라고 하고는 피자와 호박꽃 튀김을 주문했다. 사샤는 자꾸만 바깥의 베스파를 탄 젊은이들을 힐끔거렸다. 조카가 그들과 어울리고 싶어한다는 게 눈에 훤히 보여 테드는 가슴이 아팠다. "저기 아는 친구라도 있니?" 그가 물었다.

"쟤넨 학생들인데요." 사샤는 학생이란 말이 '무용지물'과 동의어인 양 무시하는 투로 말했다.

"네 또래 같은데."

사샤는 어깨를 으쓱했다. "다들 아직 부모 집에서 살 걸요." 그녀가 말했다. "삼촌 얘기 좀 해주세요. 여전히 미술사 교수예요? 이젠 전문가가 다 되셨겠네요."

다시 한번 조카딸의 기억력에 움찔하며 테드는 자기 일에 관해 얘기하려고 할 때마다 치밀어오르는 중압감을 느꼈다. 그것은 처음엔 부모를 실망시키고, 어마어마한 빚을 지게 하고, 그렇게 해서 (지금 생각하면 스스로도 민망해지는 격앙된 어조로) 세잔의 독특한 붓놀림이 소리—즉, 그가 그린 여름 풍경들에서는 최면을 거는 듯한 메뚜기의 울음소리—를 재현하기 위한 것이었다고 주장하는 논문을 쓰기까지의 나날에 대한 혼란스러운 감정이었다.

"그리스 조각들이 프랑스 인상파 화가들에게 미친 영향에 관한 글을 쓰고 있단다." 기운을 차리려고 한 말이었지만 벽돌이 내려

---

* 조반니 벨리니. 15세기 이탈리아의 르네상스 시대 화가.

앉은 듯 마음이 무거워졌다.

"외숙모 이름이 수전이었죠." 사샤가 말했다. "금발이고, 맞죠?"

"그래, 금발이지……"

"제 머린 빨간색이었는데."

"아직도 빨간데 뭘." 테드가 말했다. "불그스름하구나."

"예전 같진 않죠." 사샤는 삼촌이 수긍하길 기다리며 보았다.

"그렇구나."

침묵이 흘렀다. "사랑해요? 수전?"

서늘한 질문이 테드의 명치께에 내려앉았다. "수전 외숙모." 그가 정정해주었다.

사샤는 잘못을 깨달은 표정이었다. "외숙모."

"물론 사랑하지." 테드가 조용히 말했다.

식사가 도착했다. 버펄로 모차렐라 치즈를 얹은 피자로 테드의 목구멍이 기름지고 따뜻해졌다. 레드 와인을 두 잔 마시고 나서야 사샤는 이야기를 시작했다. 그녀는 '핀헤드'(소개할 필요도 없는 밴드 같았다)의 드러머 웨이드와 함께 가출했었다. 핀헤드는 도쿄를 무대로 활동하고 있었다. "우린 오쿠라 호텔에서 지냈어요. 고급 호텔이었단 거죠." 그녀가 말했다. "4월이었는데, 그맘때 일본은 벚꽃 철이어서 나무마다 분홍색 꽃들이 만발했고, 그 아래서 종이 모자를 쓴 직장인들이 노래하고 춤을 췄어요!" 극동은커녕 근동에도 가본 적 없는 테드는 조카의 이야기를 들으며 부러워 죽을 지경이었다.

깡패단의 방문 325

밴드는 도쿄에 있다가 홍콩으로 갔다. "언덕 위 흰색 고층 건물에 묵었는데, 지금껏 그렇게 멋진 전망은 본 적이 없어요." 그녀가 말했다. "섬이며 바다며 배며 비행기며……"

"그래서, 지금도 웨이드와 함께 지내니? 나폴리에서?"

사샤는 눈을 깜박였다. "웨이드요? 아뇨."

웨이드는 홍콩의 그 흰색 고층 건물에 그녀를 남겨둔 채 떠났고, 사샤는 혼자 빈둥대다 아파트를 비워달라는 집주인의 요구에 그곳을 나왔다. 그런 다음 유스호스텔로 옮겼는데, 그 건물에는 저임금 작업장이 빽빽하게 들어서 있어서 그곳에서 일하는 사람들은 재봉틀 아래 쌓인 자투리 옷감 더미 위에서 잤다. 사샤는 이 모든 일을 떠들썩한 모험이었던 양 쾌활하게 늘어놓았다. "얼마 지나지 않아 친구가 몇 명 생겼어요," 그녀가 말했다. "그래서 함께 중국 대륙으로 넘어갔어요."

"그 친구들이 어제 네가 만난다는 친구들이냐?"

사샤는 웃음을 터뜨렸다. "전 어딜 가나 새로운 사람들을 사귀어요," 그녀가 말했다. "여행 다니다보면 그렇지 않나요, 테디 삼촌?"

사샤의 얼굴이 상기되었다. 와인 때문이거나 아니면 옛 기억이 떠올라 즐거워서인지도. 테드는 손을 들어 계산서를 달라고 해 계산을 했다. 마음이 무겁고 울적했다.

십대 아이들은 쌀쌀한 밤 속으로 사라져버린 뒤였다. 사샤는 코트가 없었다. "제발 내 재킷 좀 걸쳐라." 테드가 낡고 묵직한 트위드 재킷을 벗어주었지만 사샤는 말을 듣지 않았다. 그는 조카가 빨간 드레스 차림 그대로를 드러내고 싶어한다는 걸 눈치챘다. 긴 부츠 때문에 다리를 저는 것이 더욱 눈에 띄었다.

몇 블록을 걸어간 그들은 어디에나 있을 법한 외관의 나이트클럽에 이르렀고, 도어맨은 무심하게 그들을 안으로 들여보내주었다. 자정이 거의 다 된 시간이었다. "친구들이 운영하는 곳이에요." 사샤는 그렇게 말하며 북적대는 사람들과, 자주색 형광 불빛과, 착암기가 낼 수 있는 온갖 소리가 다 나오는 듯한 비트를 뚫고 나아갔다. 나이트클럽이라면 쥐뿔도 모르는 테드에게조차 신물이 나도록 빤한 곳이었지만 사샤는 들떠 보였다. "한잔 사주실 거죠, 테디 삼촌, 네?" 사샤가 근처 테이블의 끔찍해 보이는 혼합물을 가리키면서 말했다. "저걸로요, 작은 우산이 꽂혀 있는 거."

테드는 사람들을 헤치고 바로 갔다. 조카와 떨어져 있으니 공기가 안 통하는 데 있다가 창문을 연 것 같은 기분이었다. 하지만 정확히 무엇이 문제인 걸까? 사샤는 짜릿한 삶을 살고 있었고, 세상을 두루 돌아다니며 견문을 넓히고 있었다. 젠장, 조카딸은 이 년 새 테드가 지난 이십 년 동안 경험한 것보다 더 많은 것을 겪었단 말이다. 그렇다면 그는 왜 그토록 기를 쓰고 그녀에게서 도망치려는 걸까?

사샤는 낮은 테이블에 의자를 두 개 가져다놓았는데, 거기 앉으니 턱이 닿을 정도로 무릎이 꽉 끼어서 테드는 꼭 원숭이가 된 기분이었다. 사샤가 우산이 꽂힌 술잔을 입으로 가져갈 때 자주색 불빛에 손목 안쪽의 희미한 흉터가 반짝였다. 그녀가 술잔을 내려놓자 테드는 양손으로 그녀의 팔을 잡고 뒤집어보았다. 사샤는 그의 시선이 머문 곳이 어딘지 알아차리고는 팔을 홱 잡아뺐다. "옛날에 생긴 흉터예요," 그녀가 말했다. "LA에 있을 때."

"좀 보자."

사샤는 말을 듣지 않았다. 테드는 스스로도 놀랄 만한 기세로 테이블 위로 팔을 뻗어 조카의 양 손목을 움켜잡았고, 완력을 써서 손목을 바깥쪽으로 돌리면서 조카를 아프게 하는 것에 사뭇 분노어린 기쁨을 느꼈다. 그제야 그녀의 빨간 손톱이 눈에 들어왔다. 오늘 오후에 바른 것이었다. 삼촌이 차갑고 기괴한 불빛 아래 자신의 팔뚝을 살펴보자 사샤는 수그러들어 시선을 돌렸다. 가구에 생긴 파이고 긁힌 자국 같은 흉터들이었다.

"대부분은 사고 때문에 생긴 거예요," 사샤가 말했다. "균형을 완전히 잃었거든요."

"힘든 시절을 보냈구나." 테드는 그녀가 인정하길 바랐다.

침묵이 흘렀다. 마침내 사샤가 입을 열었다. "아빠를 봤다고 계속 생각했어요. 웃기지 않아요?"

"글쎄."

"중국에서, 모로코에서. 방 건너편을 보면—펑!—아빠의 머리칼이 있었어요. 아니면 다리. 아빠 다리가 어떻게 생겼는지 아직도 기억이 생생해요. 아니면 아빠가 웃을 때 머리를 뒤로 젖히던 모습이요. 기억해요, 테디 삼촌? 아빠는 꼭 고함치듯이 웃었잖아요."

"네가 말하니까 이제 기억나는구나."

"아빠가 날 미행하나보다, 생각했어요," 사샤가 말했다. "제가 잘 지내고 있는지 확인하려고 말이에요. 그러다가 아빠가 없는 것 같으면 너무 무서웠어요."

테드가 팔을 놔주자 그녀는 양팔을 무릎 뒤쪽으로 가져갔다. "머리색 때문에 저를 찾아내나보다 했어요. 하지만 이젠 빨간색도 아니고."

"난 알아봤잖니."

"그러게요." 사샤가 몸을 수그려 창백한 얼굴을 테드의 얼굴 가까이 들이댔다. 기대감이 선명하게 어려 있었다. "테디 삼촌," 사샤가 말했다. "여기 뭐 하러 오신 거예요?"

그가 두려워해 마지않았던 질문이었지만, 대답은 뼈에서 고기를 발라내듯 깨끗이 떨어져나왔다. "예술품들 구경하러 왔다," 그는 덧붙였다. "예술품들도 보고 예술에 대해 생각하려고."

거봐. 별안간 붕 떠오르는 듯한 평화로운 감각. 안도감. 그는 사샤 때문에 온 게 아니었다. 그건 사실이었다.

"예술이요?"

"내가 좋아하는 거잖니." 테드는 그렇게 대꾸하고는 오늘 오후에 본 〈오르페우스와 에우리디케〉를 떠올리며 미소 지었다. "늘 마음에 품고 있는 일이고. 마음 쓰는 일이기도 하고."

자신을 버티고 있던 무거운 무언가가 사라지기라도 한 듯 사샤의 얼굴에서 긴장이 풀렸다. "절 찾으러 오신 줄 알았어요," 그녀가 말했다.

테드는 거리를 두고 조카를 바라보았다. 마음이 편안해지는 거리였다.

사샤는 말보로 담배에 불을 붙였다. 두 모금을 빨더니 담배를 비벼 졌다. "춤추실래요?" 의자에서 힘겹게 몸을 일으키며 그녀가 말했다. "어서요, 테디 삼촌." 그녀는 그의 손을 잡고 댄스플로어로 이끌었다. 흐물흐물 한 덩어리가 된 몸뚱이들에 테드는 쑥스럽다 못해 두려움이 치밀 지경이었다. 망설이고 거절하는데도 사샤는 기어코 그를 잡아끌어선 춤추는 사람들 사이로 밀어넣었고, 그 즉시 테드는 몸이 떠올라 둥둥 떠다니는 기분을 맛보았다. 나이트클럽에서 춤을 추는 게 얼마 만인가? 십오 년? 더 되나? 쭈뼛대면서도 테드는 몸을 움직이기 시작했다. 전형적인 교수 복장인 트위드 차림의 자신이 덩치만 크고 뻣뻣하게 느껴졌지만, 비슷하게라도 댄스 스텝을 흉내 내며 발을 움직이다가 뒤늦게 사샤가 꼼짝 않고 있음을 알아차렸다. 그녀는 목석처럼 서서 그를 지켜보고 있었다. 이윽고 그녀가 다가와 긴 팔을 그의 몸에 감고 바짝 다가섰다. 그 바람에 그는 그녀의 적당한 몸집을, 예전엔 조그만 아이였지만 이제는 다 자란 새로운 사샤의 키를, 무게를 느꼈다. 그리고 돌이킬 수 없는 그런 변화에 너덜너덜한 슬픔이 느껴지면서 목이 메고 콧속이 시큰해 쿵쿵거렸다. 그는 사샤를 꼭 안았다. 그러나 그녀는, 그 어린 소녀는 없었다. 그녀를 사랑했던 열정적인 소년과 함께 사라져버리고 말았다.

마침내 사샤가 물러섰다. "여기서 기다리세요," 삼촌의 눈을 피하며 말했다. "금방 올게요." 어리둥절해진 테드는 춤추는 이탈리아인들 사이에 어정쩡하게 있다가 점점 더 당혹스러워져 플로어 밖으로 나왔다. 그는 플로어 주변을 서성였다. 결국, 클럽 안을 한 바퀴 돌았다. 조카 말로는 친구들이 있다고 했으니, 어디선가 그들과 이야기를 나누고 있지 않을까? 밖으로 나갔을까? 걱정이 되면서도 취기 때문에 몽롱해진 그는 바에서 산 펠레그리노 탄산수를 한 병 주문했다. 그리고 그제야, 지갑을 찾아 손을 뻗었다가 없어진 것을 알았다. 그는 조카에게 주머니를 털린 것이었다.

  햇살이 쩍 달라붙은 눈꺼풀을 비집고 들어오는 바람에 테드는 마지못해 잠에서 깼다. 블라인드 내리는 걸 깜빡했다. 결국 그가 잠자리에 든 건 새벽 다섯시가 다 되어서였다. 그 전까지 몇 시간 동안 어찌할 바를 몰라 배회하고 경찰서를 찾으려고 몇 번이나 엉뚱한 방향으로 들어섰고, 마침내 경찰서를 찾아내고는 타고나기를 심드렁해 보이는 머릿기름 바른 경찰에게 자신의 서글픈 사연을 (소매치기의 신원은 빼고) 늘어놓았고, 마침 역에서 마주친 적이 있는 노부부가 아말피 페리선에서 여권을 도둑맞고 경찰서에 와 있어서 그들의 차를 얻어 타고 호텔로 돌아왔다(테드가 실제로 바란 것도 호텔로 돌아가는 게 전부였다).
  이제 테드는 쿡쿡 쑤시는 머리와 벌렁대는 가슴을 안고 침대에서 몸을 일으켰다. 테이블 위에 부재중 전화를 적은 메모지들이 흩어져 있었다. 베스가 다섯 통, 수전이 세 통, 앨프리드가 두 통(호텔 직원이 서투른 영어로 못 받습니다, 라고 써놓은 쪽지가 한 장 보였다). 쪽지들은 건드리지도 않은 채 샤워를 하고, 면도를 생략하고 옷을 입은 테드는 미니바의 보드카를 비우고, 호텔방 금고에서 현금과 다른 신용카드를 꺼냈다. 그는 이제—오늘—사샤를 찾아야 했다. 시도 때도 없이 그의 발목을 잡았던 이 명령은 이전에 그가 회피했을 때와는 정반대 방향에서 그를 재촉했다. 베스에게 전화하고 수전에게도 전화하고 밥도 먹는 등, 달리 해야 할 일들이 있었지만 부질없는 짓이었다. 조카부터 찾아야 했다.

하지만 어디서? 테드는 호텔 로비에서 에스프레소 세 잔을 들이켜다시피 해 붕어처럼 뻐끔거리는 뇌에 카페인과 보드카를 주입하면서 그 문제를 고심했다. 중구난방으로 뻗어 있고 악취가 진동하는 이 도시의 어디로 가야 사샤를 찾을 수 있단 말인가? 그는 앞서 실패한 전략들을 되새겨보았다. 기차역과 유스호스텔에 가서 불량해 보이는 젊은이들에게 접근한다? 아니, 안 될 말이다. 뭘 하건 한도 끝도 없이 기다려야 했었다.

이렇다 할 계획도 없이 택시를 타고 국립박물관에 가서 〈오르페우스와 에우리디케〉를 보고 난 테드는 어제 걸었던 곳으로 짐작되는 방향으로 발걸음을 뗐다. 무엇 하나 똑같아 보이지 않았지만, 순전히 그의 기분 탓임이 분명했다. 바야흐로 그의 몸속에 존재하는 조그마한 공포의 메트로놈이 똑딱이고 있었다. 얼룩덜룩한 성당들과 더께가 두껍게 앉은 기울어진 벽들, 거스러미 모양으로 붙어 있는 술집들까지 무엇 하나 똑같아 보이지 않았지만, 또 모든 것이 친숙하기도 했다. 비좁은 길을 구불구불 빠져나온 그는 노후한 팔라초들이 길가에 늘어선 대로에 이르렀다. 팔라초 맨 아래 층에 뚫린 구멍 같은 곳은 싸구려 옷과 신발을 파는 가게들이었다. 기억의 미풍이 테드를 어렴풋이 일깨웠다. 천천히 길을 따라가며 좌우를 살피던 그의 눈에 마침내 검과 십자가로 이뤄진 중세 문양

위에 덧칠된 노란색 스마일리 얼굴이 들어왔다.

작은 직사각형 문을 밀어 열자 원래 말이 끄는 마차가 드나들기 위해 만든 널따랗고 휘어진 입구가 나타났고, 통로를 따라가자 자갈이 깔린 안마당이 나왔다. 안마당은 좀전까지 내리쬐던 햇볕에 따뜻했고, 썩은 멜론 냄새를 풍겼다. 치마 아래 파란색 무릎양말을 신고 머릿수건을 쓴 노파가 O자로 휜 다리로 통통 뛰듯 걸어 그에게 다가왔다.

"사샤," 테드는 노파의 흐릿하고 축축한 눈을 보며 말했다. "미국인. 카펠리 로시." 'ㄹ' 발음이 꼬이는 바람에 다시 말했다. "로시." 이번엔 'ㄹ'을 굴리면서 말했다. "카펠리 로시." 그렇게 말하면서도 그 묘사가 이제는 정확하지 않음을 깨달았다.

"노, 노," 노파는 그렇게 중얼거리곤 휘청휘청 다시 걸음을 옮겼다. 테드는 뒤따라가서 20달러 지폐를 노파의 물렁한 손안으로 밀어넣고는 이번엔 능숙하게 'ㄹ'을 굴리면서 다시 한번 물었다. 노파는 끌끌 소리를 내며 턱을 홱 돌렸고, 이내 슬퍼 보이는 표정으로 테드에게 따라오라고 손짓을 했다. 조카가 함부로 몸을 팔며 살았구나 하는 생각에, 또 그런 애를 보호할 가치가 조금이라도 있을까 하는 생각에 환멸을 느끼면서 테드는 뒤따라갔다. 현관문 한쪽으로 널찍한 계단이 나 있었는데, 아직까지도 나폴리 대리석이 화려한 얼룩점 무늬처럼 더께 밑에서 드문드문 빛났다. 노파가 난간을 움켜잡고 천천히 계단을 올라갔다. 테드도 따라갔다.

2층은 테드가 몇 년간 대학원생들에게 강의해온 것처럼 '피아노 노빌레'*로, 저택 주인이 손님들에게 부를 과시하던 곳이었다. 지금은 털갈이하는 비둘기 떼가 들끓고, 깃털과 똥이 덕지덕지 앉다시피 했어도 안마당을 내려다보는 둥근 천장의 아치들은 멋들어졌다. 그가 알아보자, 노파가 한마디 했다. "벨리시마, 에? 에코, 구아르다테!(아름답죠? 그렇죠? 자, 여길 봐요!)" 그러고는 테드에게는 감동적으로 느껴지는 자부심을 내비치며 노파가 문을 활짝 열자, 커다랗고 어두침침한 방이 나타났다. 벽은 곰팡이인지 뭔지로 얼룩덜룩했다. 노파가 스위치를 잡아당기자 철사에 매달린 전구에 불이 들어오면서 곰팡이 얼룩들이 티치아노와 조르조네풍의 벽화로 탈바꿈했다. 과일을 움켜쥔 탄탄한 체격의 벌거벗은 여인들. 짙은 색의 수풀. 은빛 새들의 지저귐. 무도장이었던 게 분명했다.

3층으로 올라가자 입구에서 담배 한 대를 나눠 피우고 있는 남자애 둘이 눈에 들어왔다. 또다른 남자애는 여기저기 걸려 있는 빨래 밑에 누워 자고 있었다. 빨랫줄엔 젖은 양말과 속옷이 꼼꼼히 걸려 있었다. 마리화나와 묵은 올리브유 냄새가 나고 어디선가 낮은 기적이 들려오자 테드는 이 팔라초가 예전부터 하숙집이었음을 깨달았다. 그토록 피해왔던 창녀촌 한복판에 와 있다는 아이러니에 테드는 실소했다. 여기까지 온 거야, 그는 생각했다. 결국에는.

과거 하인들의 숙소였던 꼭대기층인 5층은 좁은 복도를 따라 더 작은 문들이 늘어서 있었다. 테드의 연로한 안내자가 멈춰 서서 벽에 기대 숨을 돌렸다. 노파에 대한 감정이 경멸에서 감사로 바뀌었다. 고작 20달러에 이런 수고로움을 감수하다니! 그 돈이 얼마나

---

* '고상한 층'이라는 의미의 이탈리아어로, 대개 2층에 마련된 응접실을 가리킨다.

절실했기에. "죄송합니다," 테드는 노파에게 말했다. "여기까지 올라오시게 해서." 그러나 여인은 못 알아듣고 고개를 저었다. 그러고는 비틀거리며 복도 안쪽으로 좀더 들어가 좁은 문들 중 하나를 빠르게 두드렸다. 문이 열리고, 남자 파자마를 입고 자다 갠 모습으로 사샤가 나왔다. 테드를 보고 사샤의 눈이 휘둥그레졌지만 얼굴은 여전히 무표정했다. "안녕하세요, 테디 삼촌," 사샤가 가볍게 말했다.

"사샤." 그제야 테드는 자신도 거기까지 올라오느라 숨이 턱 끝에 찬 걸 깨달았다. "너한테…… 하고 싶은 말이 있다."

노파의 시선이 두 사람을 재빨리 오가더니 뒤돌아 자리를 떴다. 그녀가 모퉁이를 돌자마자 사샤는 테드의 면전에서 문을 꽝 닫아버렸다. "가세요." 그녀의 목소리가 들려왔다. "저 바빠요."

테드는 문으로 다가가서 가시가 일어난 나무문에 손바닥을 갖다 댔다. 그 너머로 겁먹고 성난 조카의 존재가 느껴졌다. "그래, 여기가 네가 사는 곳이구나," 그가 말했다.

"더 좋은 데로 이사 갈 거예요."

"지갑을 실컷 턴 다음에 말이냐?"

잠시 침묵이 흘렀다. "제가 그런 거 아니에요," 사샤가 말했다. "친구가 그랬어요."

"어디든 친구들이 깔렸다면서 어떻게 나는 한 번도 못 본 거니."

"가요! 가버리라고요, 테디 삼촌."

"나도 그러고 싶다," 테드가 말했다. "진심이야."

그러나 그는 떠나려고 발을 떼기는커녕 꼼짝도 할 수 없었다. 다리가 아플 때까지 서 있다가 무릎이 꺾이면서 바닥에 스르르 미끄러져 내렸다. 어느새 오후가 되어 복도 끝 창문으로 칙칙한 광환光環이 비쳐들었다. 테드는 깜박 잠이 들까봐 눈을 비볐다.

"아직도 거기 있는 거예요?" 문 너머에서 사샤가 소리를 빽 질렀다.

"아직 있다."

문이 빼꼼히 열리더니 테드의 지갑이 날아와 그의 머리에 부딪치고는 바닥으로 떨어졌다.

"먹고 떨어져요," 그러고는 사샤는 다시 문을 닫았다.

테드는 지갑을 열어 손댄 흔적이 없다는 걸 확인하고 주머니에 넣었다. 그러고는 바닥에 앉았다. 한동안—몇 시간은 된 것 같았다(깜빡하고 손목시계를 안 차고 나왔다)—침묵이 흘렀다. 이따금 어딘가 다른 방에서 세입자들이 움직이는 소리가 들려왔다. 테드는 자신이 이 저택의 일부라고 상상했다. 감각을 느끼는 몰딩이나 계단이어서 수세대가 밀물과 썰물처럼 들고 나는 것을 목격하고, 중세 때 지어진 덩어리를 허물고 땅속으로 더 깊이 들어가는 것을 느끼는 운명을 가졌다고 상상했다. 또다른 일 년, 또다른 오십 년. 그는 세입자들이 지나가도록 두 번이나 자리에서 일어나야 했다. 그 여자들은 경계하며 잔주름이 생긴 가죽가방을 꼭 움켜쥐었다. 그에게는 눈길도 주지 않았다.

"아직도 있어요?" 사샤가 문 뒤에서 물었다.

"아직 있다."

사샤가 방에서 나오더니 재빨리 문을 잠갔다. 청바지와 티셔츠 차림에 플라스틱 플립플롭을 신고 물 빠진 분홍색 수건과 작은 가방을 들고 있었다. "어딜 가려고?" 테드가 물었지만 사샤는 말 한마디 없이 복도를 성큼성큼 걸어갔다. 이십 분 후 그녀는 젖은 머리를 늘어뜨리고 꽃향기가 나는 비누 냄새를 풍기며 나타났다. 그녀는 열쇠로 방문을 열더니 잠시 망설였다. "방세 대신 복도 청소를 하거든요. 아시겠어요? 저 짜증나는 안마당을 청소한다고요. 다 알고 나니 이제 속이 시원해요?"

"그렇게 사는 너는 행복하니?" 테드가 되받아쳤다.

문이 닫히며 경첩이 덜컹거렸다.

바닥에 앉아 오후시간이 흘러가는 걸 느끼던 테드는 어느새 수전 생각을 하고 있었다. 살짝 다른 수전이 아니라 수년 전 어느 날의 그녀—그의 아내—를. 테드가 그의 욕망을 접고 접어 조그맣게 만들기 전이었다. 뉴욕에 놀러 갔을 때 둘 다 한 번도 타본 적도 없고 해서 재미 삼아 스테이튼 아일랜드 유람선을 탄 적이 있었는데, 그때 수전이 불쑥 그를 돌아보며 말했다. "우리 늘 오늘처럼만 살자." 그 시절만 해도 두 사람이 한마음이었던지라 테드는 왜 아내가 그런 말을 하는지 더없이 잘 알았다. 그날 아침 섹스를 해서도, 점심식사 때 푸이 퓌세*를 마셔서도 아니었다. 아내는 시간이 흘러가는 것을 느꼈던 것이다. 그리고 그 순간, 파도치는 갈색 강물과 쏜살같이 지나가는 보트와 바람 속에서—사방이 움직임과 혼돈으로 가득한 가운데—테드도 똑같은 것을 느끼고 있었다. 그

---

* 프랑스 남부 지역에서 주조하는 명품 와인.

는 수전의 손을 잡고 말했다. "언제나. 언제나 오늘 같을 거야."

얼마 전 그가 약간 다른 맥락에서 그 여행 얘기를 꺼낸 적이 있었는데, 수전은 그의 얼굴을 똑바로 보면서 방울이 굴러가는 듯한 그 새로운 명랑한 목소리로 말했다. "내가 그런 말 한 거 맞아? 난 전혀 기억이 안 나는데!" 그러고는 발랄하게 테드의 정수리에 가볍게 입을 맞추었다. 기억상실이야, 테드는 생각했었다. 세뇌. 그러나 지금 생각해보니 수전은 거짓말을 하고 있었던 것뿐이었다. 그는 그녀를 놓아버렸다, 자신을 지키려고. 무엇을 위해? 도무지 알 수가 없어 테드는 겁이 났다. 그러나 그는 그녀를 놓아버렸고, 그리고 그녀는 떠나갔다.

"거기 있어요?" 사샤가 불렀지만 테드는 대답하지 않았다.

사샤가 문을 벌컥 열고 밖을 엿보았다. "있네요." 그녀가 안도하며 말했다. 테드는 바닥에 앉은 채 조카딸을 올려다볼 뿐 아무 말도 하지 않았다. "들어오셔도 될 것 같아요." 사샤가 말했다.

그는 힘겹게 일어나 방으로 들어갔다. 방은 자그마했다. 좁은 침대, 책상, 플라스틱 컵에 꽂아둔 박하 나뭇가지. 그 향이 방 안에 가득했다. 고리에 걸린 빨간 드레스. 이제 막 뉘엿뉘엿 지기 시작한 해가 건물 옥상과 성당 첨탑들 위를 미끄러져, 침대 옆의 하나뿐인 창문으로 들어와 방에 내려앉았다. 창턱에는 사샤의 여행 기념품으로 보이는 물건들이 잔뜩 있었다. 조그만 황금 탑, 기타 피크, 하얗고 기다란 조가비. 창문 한가운데에는 옷걸이를 구부려 만든 어설픈 고리가 실에 매달려 있었다. 사샤는 침대에 앉아, 자신의 빈한한 살림살이를 살피는 테드를 지켜보았다. 어제는 미처 알아차리지 못했던 것을 테드는 잔인하리만큼 명확하게 깨달았다. 조카가 이런 타국에서 얼마나 고독했는지. 얼마나 쪼들려 살았는지.

이런 그의 생각의 흐름을 알아차리기라도 한 듯 사샤가 말했다. "정말 많은 사람들을 알고 지내요. 하지만 진득하게 이어지는 관계는 없네요."

책상 위에는 영어 책이 몇 권 쌓여 있었다. 『세계사 24강』『나폴리의 호화로운 보물들』. 맨 위에 놓인 '타이핑 길라잡이'라는 제목이 붙은 너덜너덜한 책.

테드는 침대의 조카 옆에 앉아 한 팔을 그녀의 어깨에 둘렀다. 코트 아래로 느껴지는 양어깨는 새 둥지들 같았다. 그 생각에 테드는 코끝이 찡했다.

"내 얘기 좀 들어봐, 사샤." 테드가 말했다. "너 혼자서도 할 수 있겠지. 하지만 앞으로 훨씬 더 힘들어질 거야."

사샤는 대답하지 않았다. 그녀는 해를 바라보고 있었다. 테드도 바라보았다. 창밖의 탁한 빛이 난무하는 풍경을 응시했다. 터너[*], 그는 생각했다. 오키프[**]. 파울 클레[***].

이날로부터 이십 년도 더 지난 어느 날, 그러니까 사샤가 대학에 다니고 뉴욕에 정착한 후, 대학 시절 남자친구와 페이스북을 통해

---

[*] 조지프 말러드 윌리엄 터너. 영국 근대 미술을 대표하는 화가로 훗날 인상파에 큰 영향을 미쳤다.
[**] 조지아 오키프. 추상환상주의를 시도해 20세기 미국 미술에서 독보적인 위치를 차지하는 화가.
[***] 스위스의 화가, 현대 추상회화의 시조.

다시 연락이 닿아 뒤늦게 결혼을 하고(베스가 희망을 거의 접었을 무렵이다) 자식을 둘 낳았는데 한 명이 가벼운 자폐증을 앓게 된 후, 그녀가 여느 사람들처럼 근심도 하고 흥분도 하고 속수무책이 되기도 하면서 살게 되었을 때, 이혼한 지 오래되었고 할아버지가 다 된 테드가 캘리포니아 사막에 있는 그녀의 집을 방문할 것이다. 그는 조카의 어린 자식들이 사방에 던져놓은 잡동사니를 헤치며 거실로 들어가, 유리 미닫이문을 통해 서부의 태양이 발하는 광휘를 바라볼 것이다. 그리고 잠시 나폴리를 떠올릴 것이다. 사샤의 작은 방에 앉아 있었던 때를. 마침내 해가 창문 한가운데까지 기울어 그녀가 매달아둔 철사 원형 고리에 담기는 것을 본 순간 불현듯 맛보았던 놀라움과 기쁨을.

지금 그는 조카딸을 돌아보며 싱긋 웃었다. 오렌지빛으로 물든 그녀의 머리와 얼굴은 타오르는 듯했다.

"봤죠?" 사샤가 해를 바라보며 중얼거렸다. "제 거예요."

12
위대한 로크롤의 심포
앨리슨 블레이크

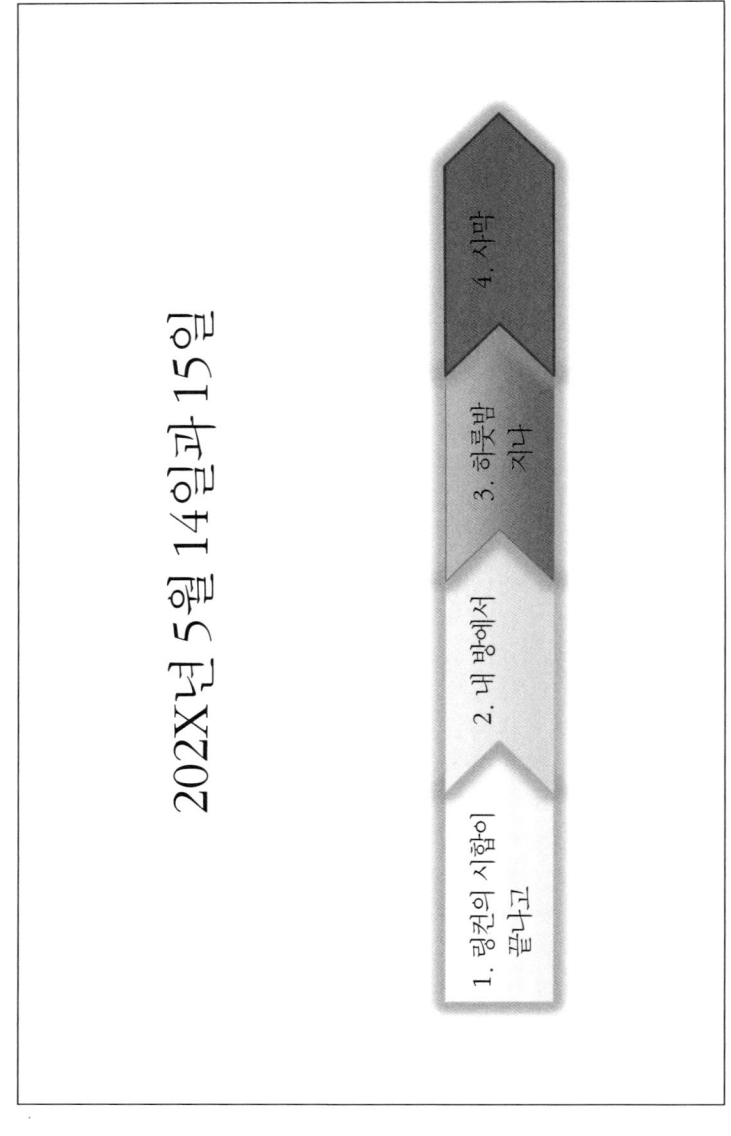

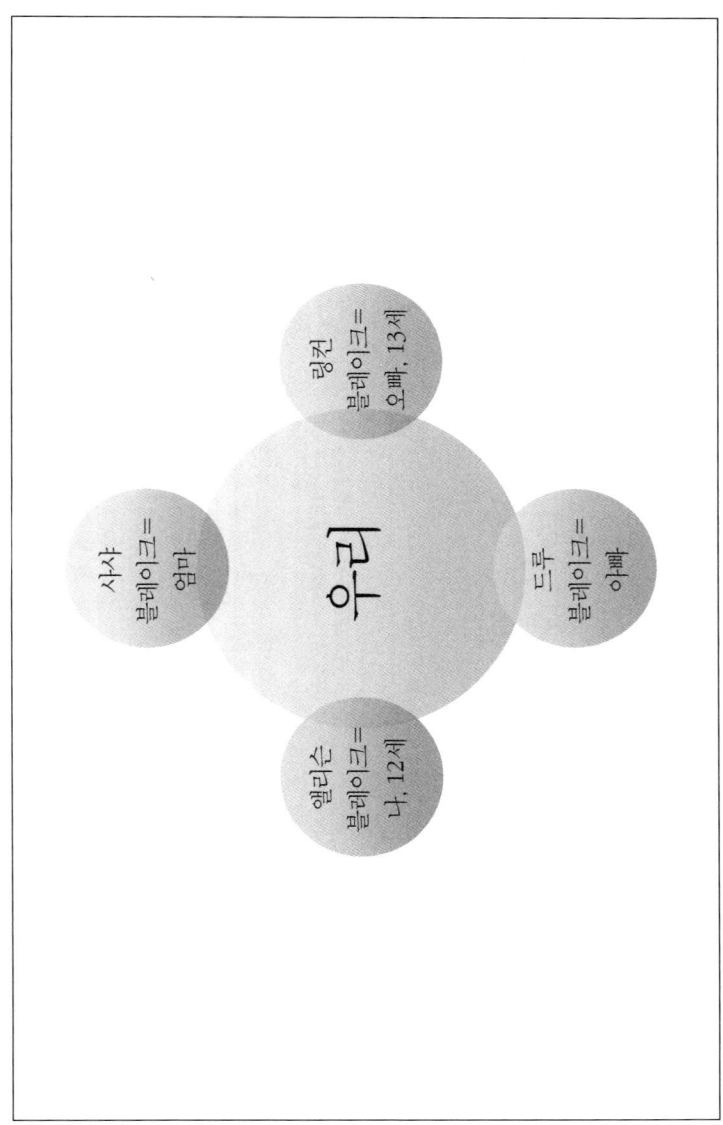

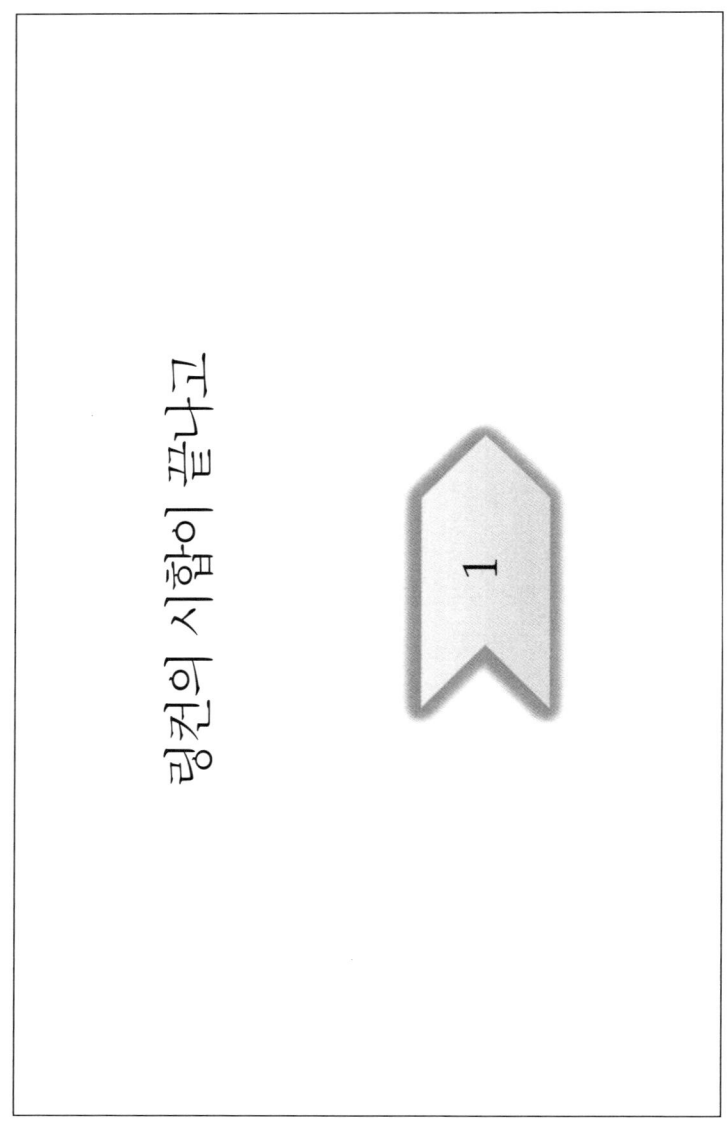

링컨의 시험이 끝나고

1

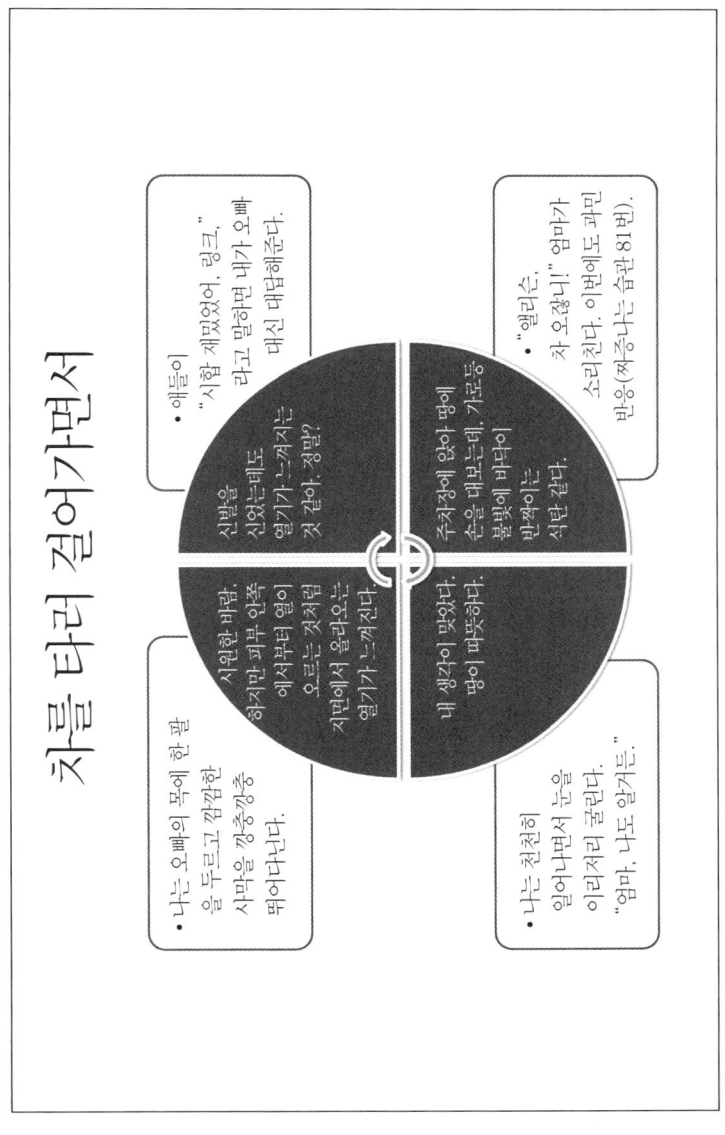

짜증나는 습관 48번

체이슨네 엄마 크리스틴 아줌마가 인사한다.
"아디오스, 사샤."

엄마가 답한다.
"아디오스, 크리스틴."

마크네 엄마 개비 아줌마가 인사한다.
"내일 봐요, 새시!"

엄마가 인사한다.
"내일 봐요, 개비!"

댄 아저씨가 인사한다.
"다음에 봐요, 사샤."

엄마가 인사한다.
"다음에 봐요, 댄."

차 안에서

나: "엄마 왜 주행인사를 할 때 남들 말을 그대로 따라 하는 거야?"

엄마: "그게 무슨 소리니?"

엄마에게 내 말뜻을 정확하게 설명해준다.

엄마: "매번 꼭 그렇게 꼬치꼬치 따져야겠니, 엘리?"

나: "응, 꼭 그래야겠어."

아빠는 일하는 중이다

사막의 풍경

우리 집은 사막 바로 옆에 있다. 두 달 전 도마뱀 한 마리가 우리 집 바닥 모래 속에 알을 낳았다.

결국 엄마의 조각들은 흩어져 없어진다. 그것도 '과정'의 일부'다.

이젠 잔디밭을 가지려면 은행에 돈이 많이 있어야 한다. 아니면 티비인 필요한데, 그건 비싸다.

엄마는 폐품과 우리가 옛날에 갖고 놀던 장난감으로 사막에 조각들을 만든다.

내가 어릴 땐 잔디밭이 있었다.

엄마와 링컨 오빠와 나는 피크닉 테이블에 앉아 별을 본다.

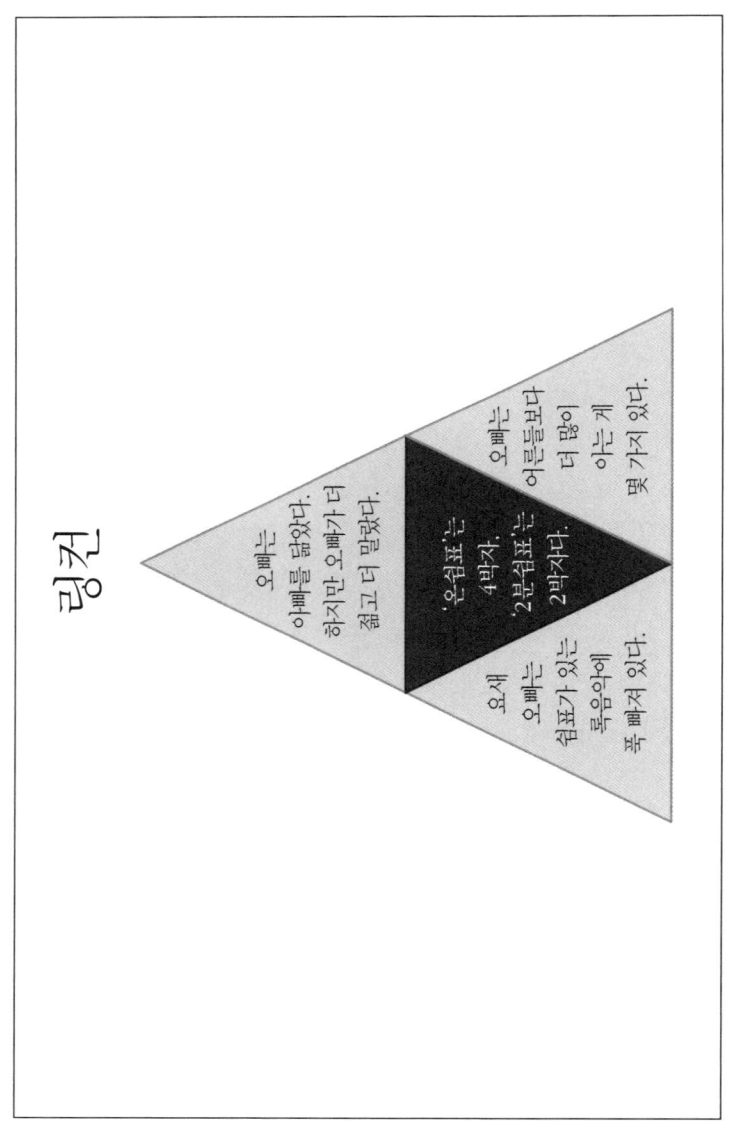

랭킨의 음악 해석

포 톱스, ⟨Bernadette⟩
- "노래가 끝나기 전에 죽여주는 쉼표가 나와. 노랫소리가 점점 작아지다가, 2분 38초부터 2분 39.5초까지 1.5초 동안 진짜 아무 소리도 안 들려. 그러다가 다시 코러스가 치고 들어와. 그래서 '아, 노래가 아직 안 끝났네'라고 생각하게 돼. 하지만 26.5초가 지나면 노래는 진짜로 끝나."

지미 헨드릭스, ⟨Foxey Lady⟩
- "이 노래에도 끝나기 전에 맛진 쉼표가 나와. 3분 19초째 터 노래인데 2분 23초부터 2초 동안이야. 하지만 아무 소리도 안 나는 건 아니야. 지미의 숨소리가 들리거든."

데이비드 보위, ⟨Young Americans⟩
- "이 노랜 기회를 망쳤어. 젠장. ······상심해 우느데······. 다음에 쉼표를 온전히 1초 안 넣거나, 아니면 2초, 아니 3초 넣었으면 참 부드러웠을 텐데, 보위가 좋아서 못했던 게 틀림없어."

깡패단의 방문 351

아빠 vs. 엄마

아빠 이렇게 말했을 거다
(만약 자리에 있었다면):

- "야아, 랑크, 그 노래들을 제대로 분석했구나."
- "그렇게까지 세세하게 파고들다니 대단한걸."
- "오늘은 다른 애들하고 좀 놀았니?"

엄마가 말한다:

- "엄만 그 셋 중에 〈Bernadette〉를 제일 좋아하는데."
- "보위가 접쟁이란 생각은 안 드는데. 거기 음표를 넣지 않기로 결정한 데는 이유가 있을 거야."
- "'젠장' 같은 말은 많이 쓰지 말아야지."

이제 심표 얘기만······

랑컨 오빠는 각 노래의 심표만 따로 이어붙여 몇 분짜리 심표를 만든다.

친구들이 와 있으면 나는 오빠의 음악을 무시한다.

오빠랑 둘만 있을 때 그 심표는 내가 가장 좋아하는 것이 된다.

그것의 소리는 이렇다:

엄마가
말한다

"〈Bernadette〉의 템포에선 연기가 나는 것처럼 느껴져. 8트랙으로 녹음해서 그럴 거야."

"헨드릭스가 계속 쟁얼거리는 게 좀 쇼름끼치네―그런 걸 진짜 템포라고 볼 수 있는지 엄만 잘 모르겠어."

"아, 정말 멋진 밤 아니니. 아빠가 없는 게 아쉽구나."

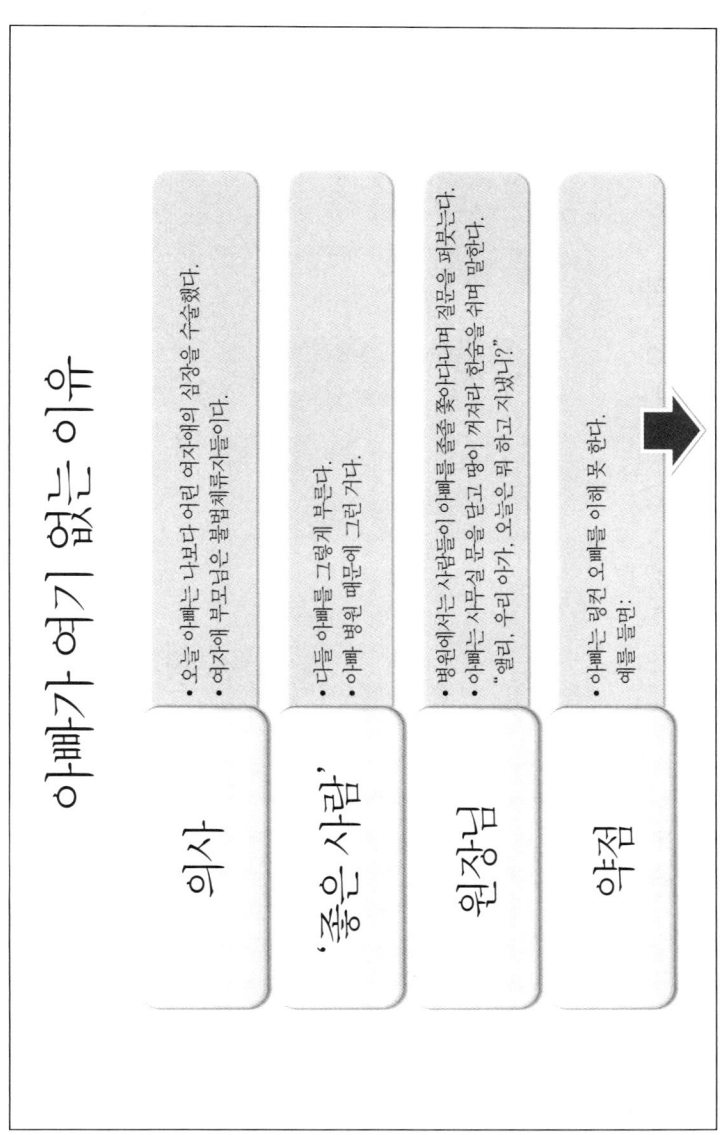

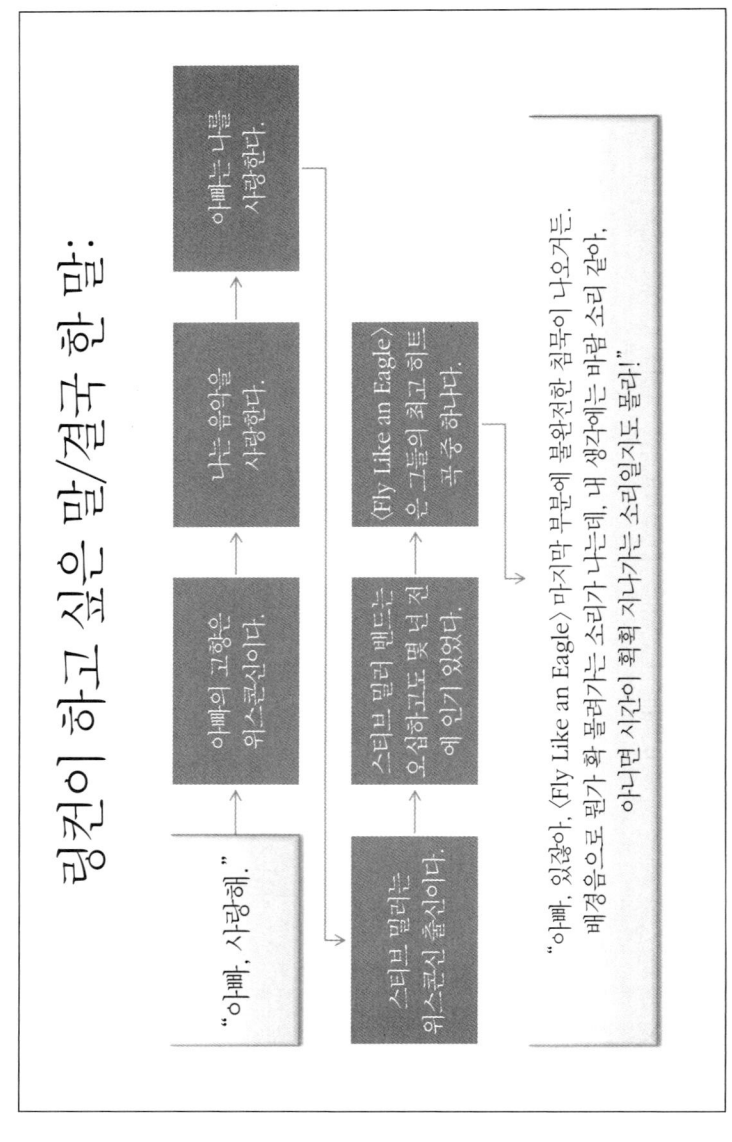

"알려줘서 고맙다, 랑크."
아빠가 말한다.

쉼표가 이어지고 또 이어지는 동안 내가 알아진 사실

파키스탄에 사막이 있었는데 기억이 안 난다.

내가 기억하는 건 이것뿐이다.

지평선에 걸린 오렌지의 속살임.

쉰 개의 검은색 타일.

가까이서 본 작은 한 변도 없지만 태양 전지판들이 검은 바다처럼 몇 킬로미터 뻗어 있는 광경.

여기서 아무리 오래 살았대도 하늘에 뜬 별은 언제나 새롭게 다가온다.

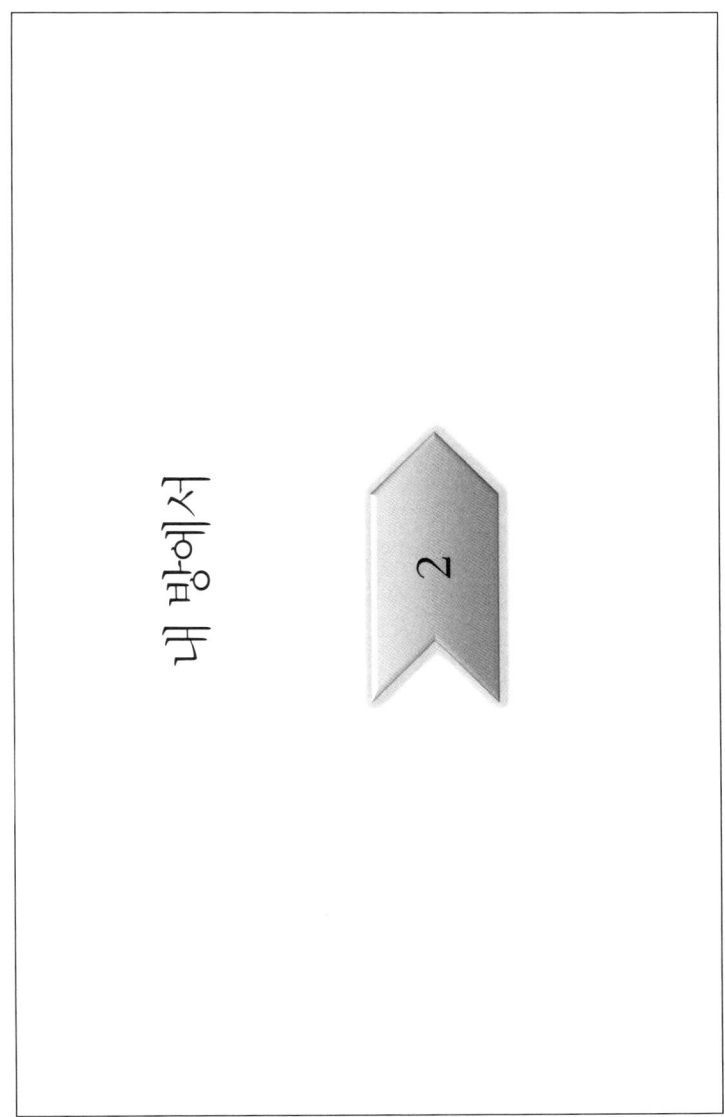

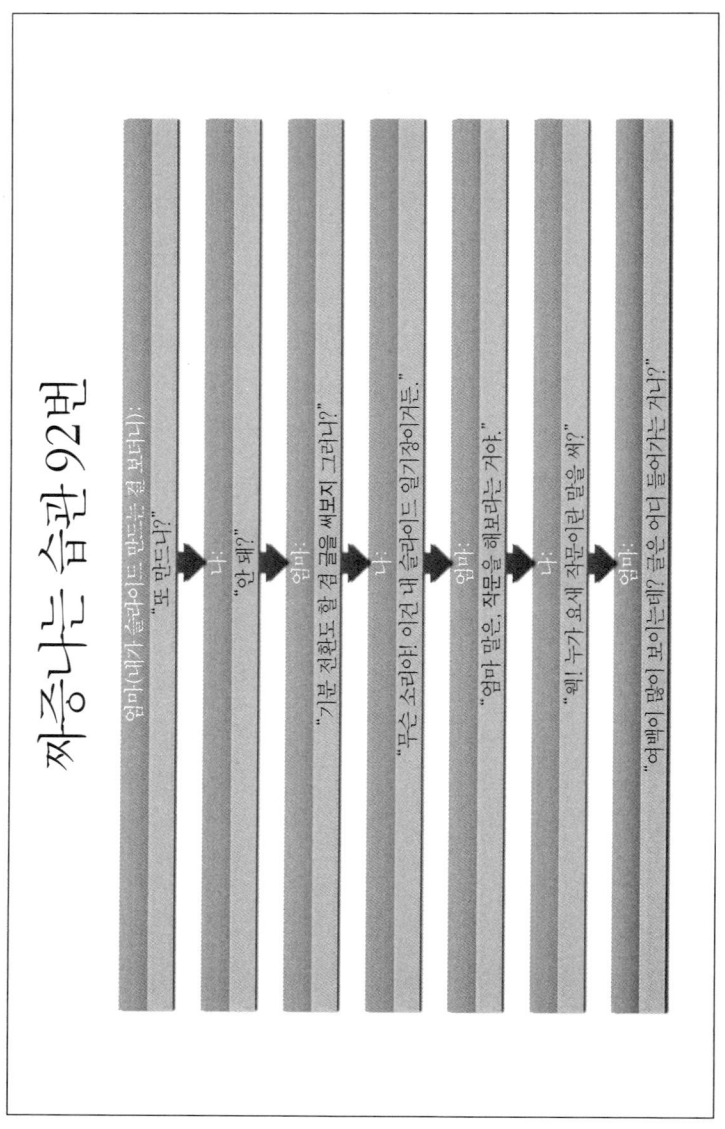

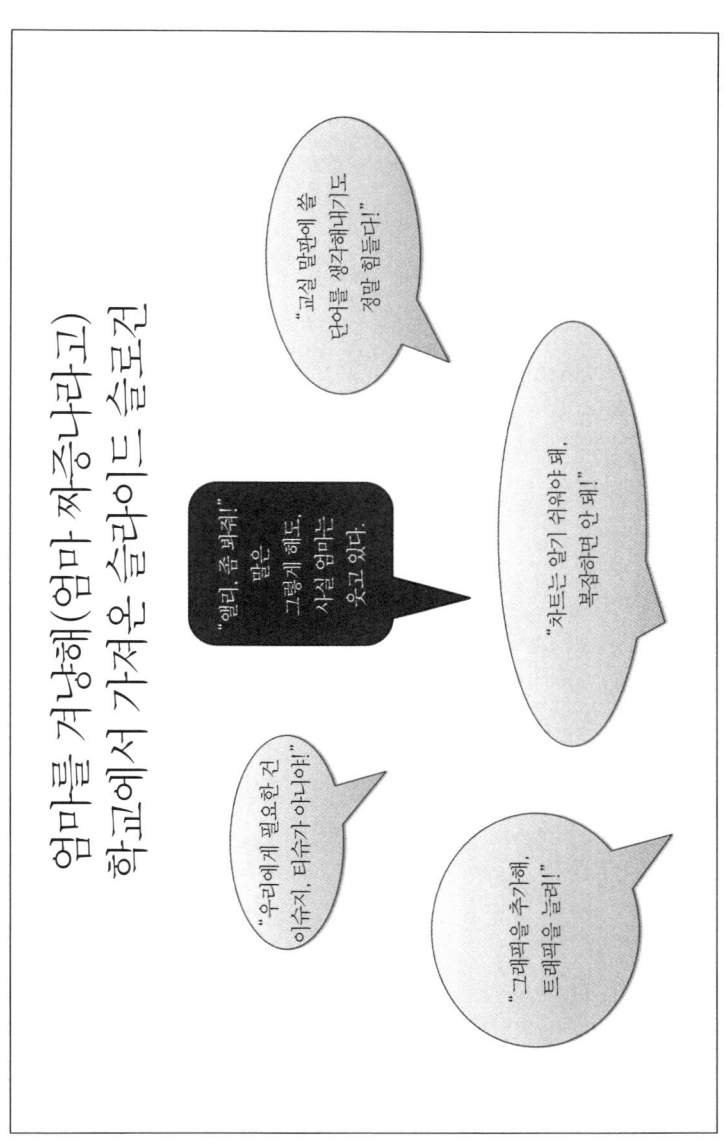

그때 엄마가 말 인형을 본다

나는 늘 인형을 내 방 장턱에 놓아둔다. 실구세로 만든 인형이다.

엄마와 아빠가 다시 서로를 찾아냈을 때.
엄마는 두옥 생활을 정리하고 아빠를 만나러 외국으로 갔다.

나는 요즘도 가끔 방에서 혼자
그 말 인형을 가지고 논다.

엄마 아빠의
예측이 맞았으면
좋을 것 같아서.

열두 살이나
됐는데도.

"한 번도
뒤돌아보지
않았단다."
엄마가
말한다.

엄마랑 아빠가
파키스탄에
실 것이다.

한번은
엄마가 말했다.
"엄마랑 아빠
는 나중에 아기
가 생기면 그집
앗고 늘 거라고
생각했거든."

"아, 헬리, 그 담 인형 보내니까 너무 좋다."
엄마가 말한다.

"이건 어때?" 나는 그렇게 말하고 그 책을 펼친다

『몬디즈: 어떤 로큰롤 자서전』
줄스 콘스 지음

엄마는 그 책을 사고도
책 페이지 한 번도
핀 적이 없다.

똑똑한 록스타가
무대 위에서 죽기를 바랐지만,
결국 밖에 나와서 나동그라을
운영한다는 내용이다.

128페이지에
엄마 사진이
나온다.

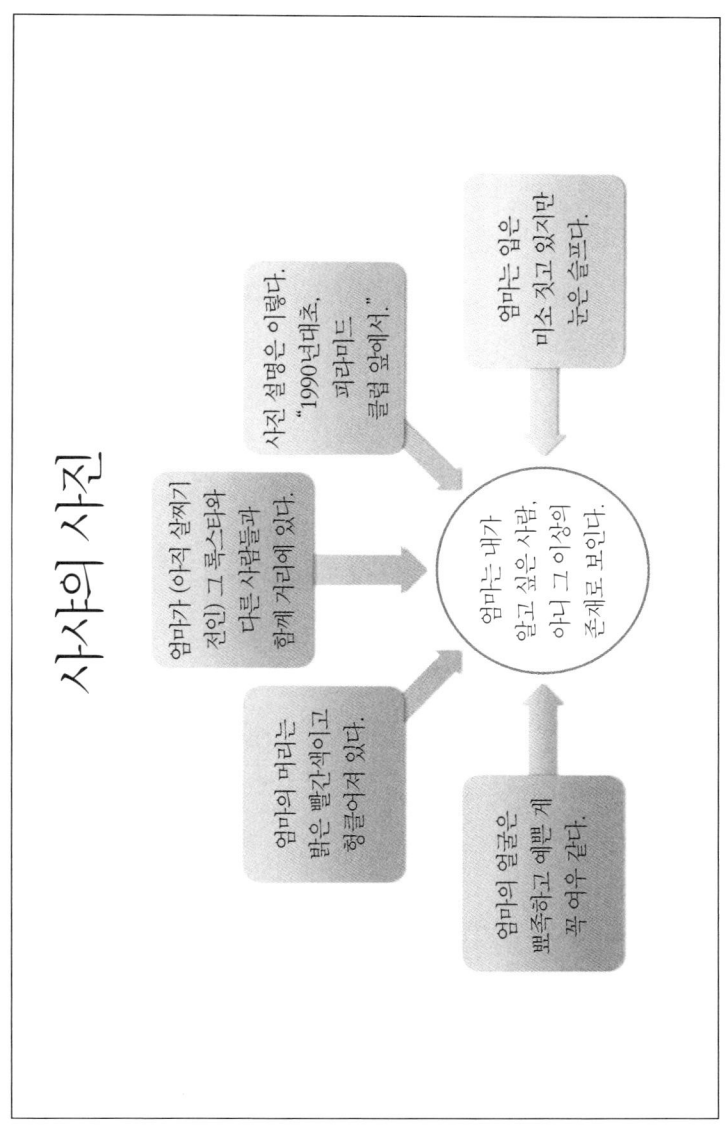

엄마가 그 시절에 대해 얘기하지 않는 이유

"기억하기 싫은지 않거든."

"전혀 딴사람 인생 같아서."

"그때 엄마가 엄마가 고생했는지가 생각나서."

➡

"무슨 고생? 한번은 엄마한테 물어보았다.
"넌 몰라도 되는 얘기야." 엄마가 말했다.

내 침대 쪽 벽 반대편에 링컨 오빠의 침대가 있다

- 내 쪽에서 두 번 똑똑 = "잘 자, 오빠."
- 벽 너머로 엄마랑 오빠랑 얘기하는 게 들린다.
- 엄마는 먼저 내 방에 들어온다.

- 오빠 쪽 벽에서 두 번 똑똑 = "잘 자, 엘리."
- 그다음에 엄마가 오빠 방에 들어간다.
- 엄마는 오빠 방에 더 오래 머문다.

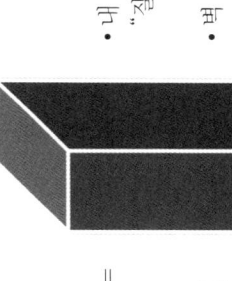

깡패단의 방문

엄마가 내 침대 가에 앉는다

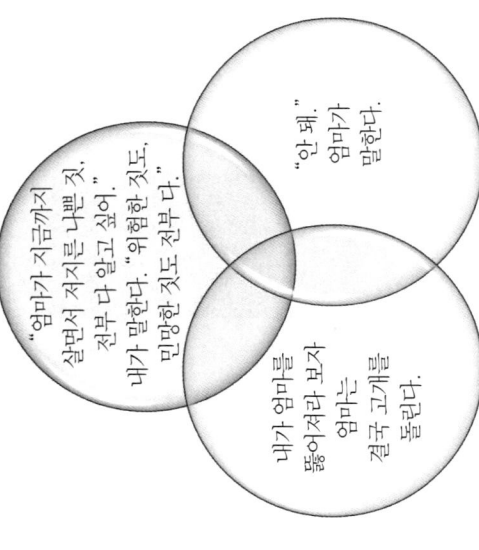

"엄마가 지금까지 실면서 저지른 나쁜 짓, 전부 다 알고 싶어."
내가 말한다. "위험한 짓도, 멍청한 짓도 전부 다."

"안 돼." 엄마가 말한다.

내가 엄마를 돌아서라 보자 엄마는 결국 고개를 돌린다.

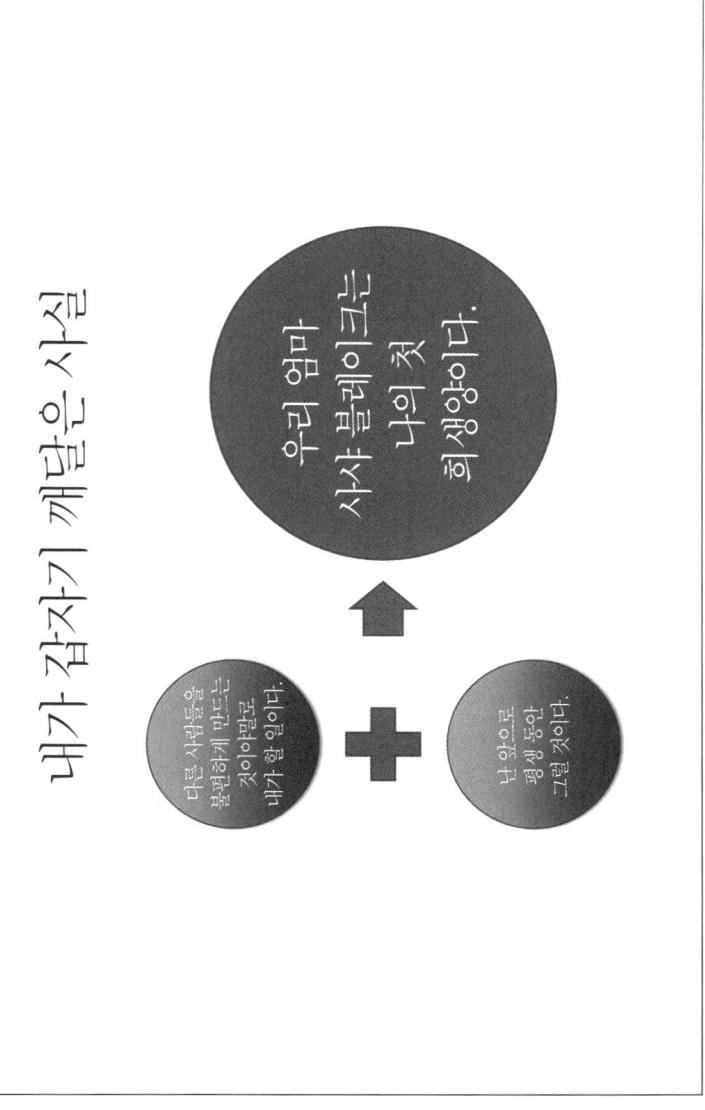

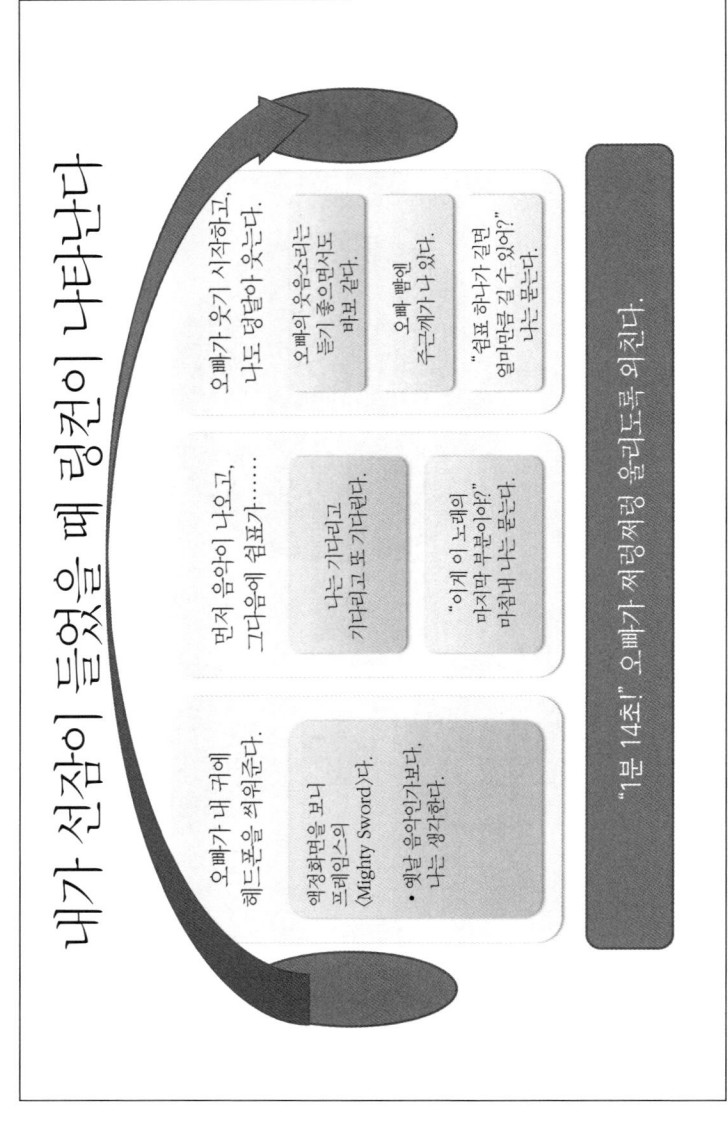

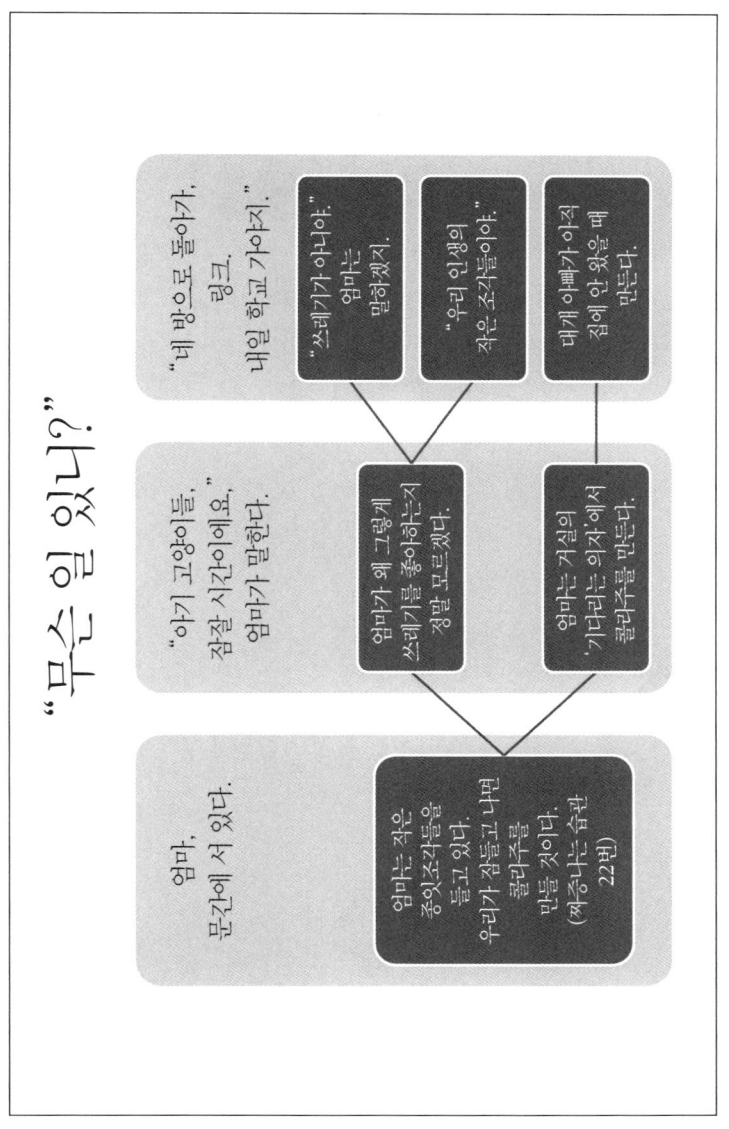

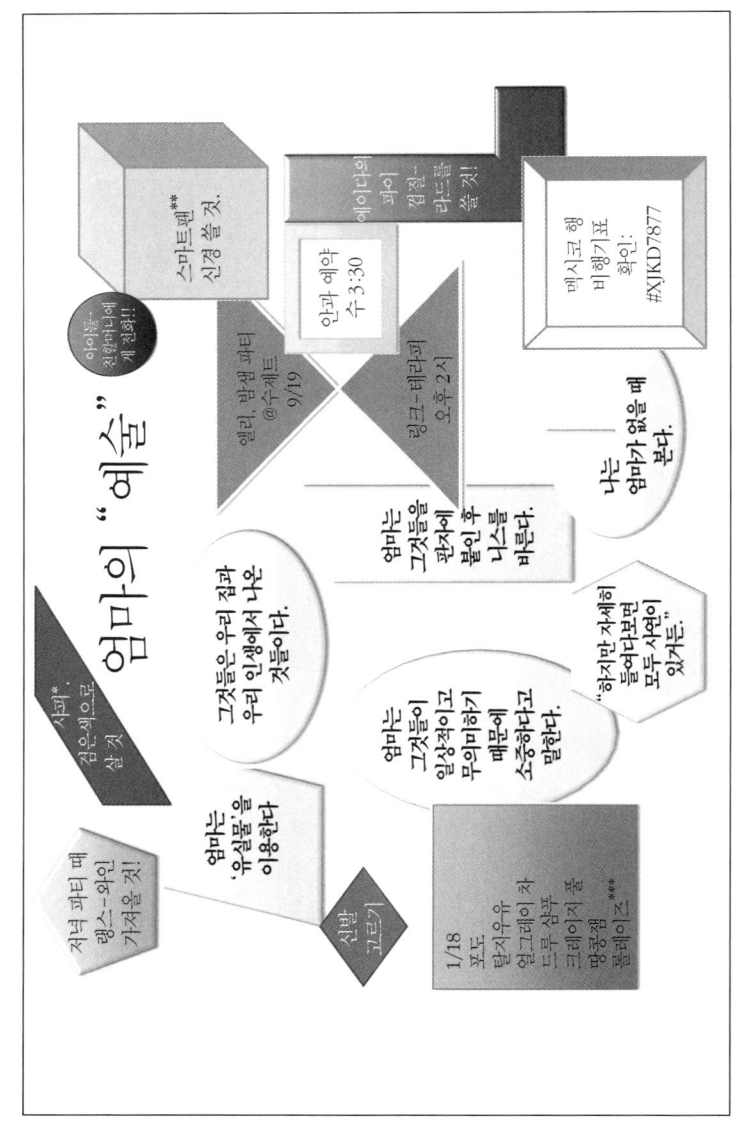

* 필기구 브랜드. 흔히 유성펜을 가리킨다.
** 자동온도조절 펜.
*** 제산제 브랜드.

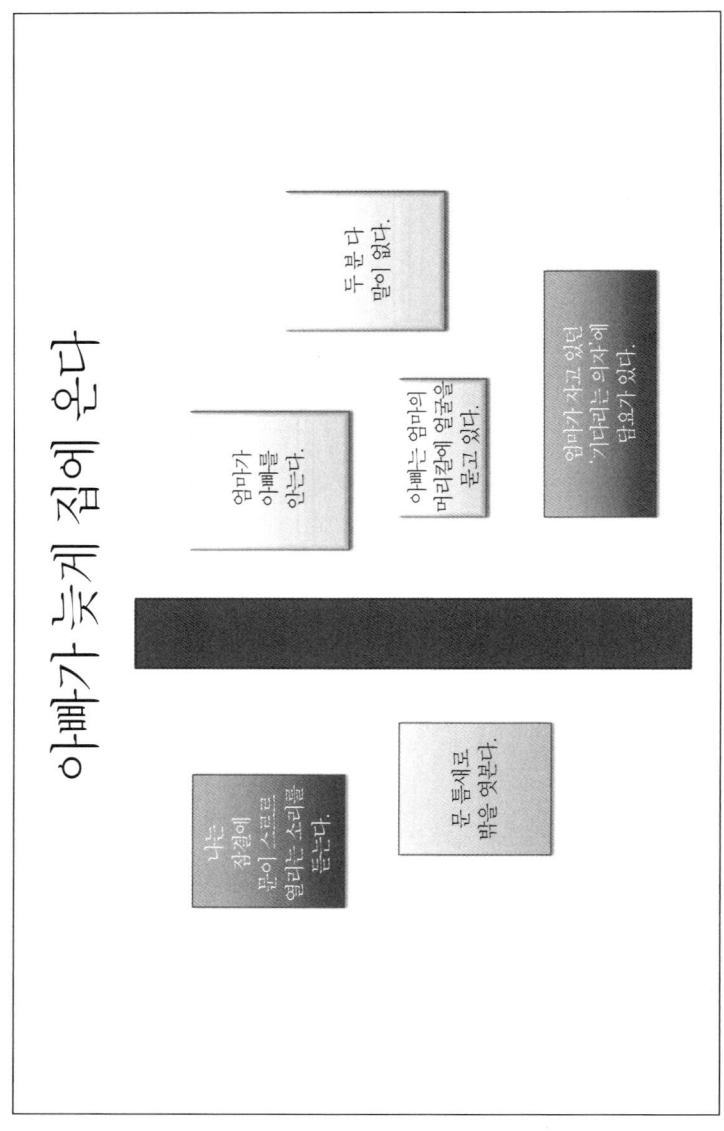

하룻밤 지나

아빠가 데크에서 바비큐 치진을 해준다

아빠가 오빠랑 나한테 학교생활에 대해 묻고, 내가 대답한다.

나는 성장수술을 받은 여자에에 대해 묻고 싶다.

아빠가 만들어주는 채소이 엄마가 만들어주는 것보다 더 맛있다. 요리 재료는 같은데도 그렇다.

다 함께 피크닉 테이블에 앉아서 먹는다.

엄마는 내내 아빠의 어깨에 팔을 두르고, 뺨에 입을 맞춘다(저증나는 버릇 62번).

아빠에 관한 사실

- 아빠가 엄마를 왜 그렇게 사랑하는지 도무지 모르겠다.
- 집이 안 오면 아빠는 사막을 산책한다.
- 음식을 씹을 때 이가 맞부딪치는 소리가 들린다.
  • 이가 부서지고도 남을 것 같지만, 아빠 이는 튼튼하고 새하얗다.
- 아빠는 지금도 나를 번쩍 들어 무릎을 태워줄 수 있다.
- 다른 애들 아빠하고 다르게, 우리 아빠는 머리숱도 많고 곱슬이다.
- 면도를 막 하고 난 아빠의 얼굴은 손가락으로 문지르면 뽀드득 소리가 난다.

깡패단의 방문 377

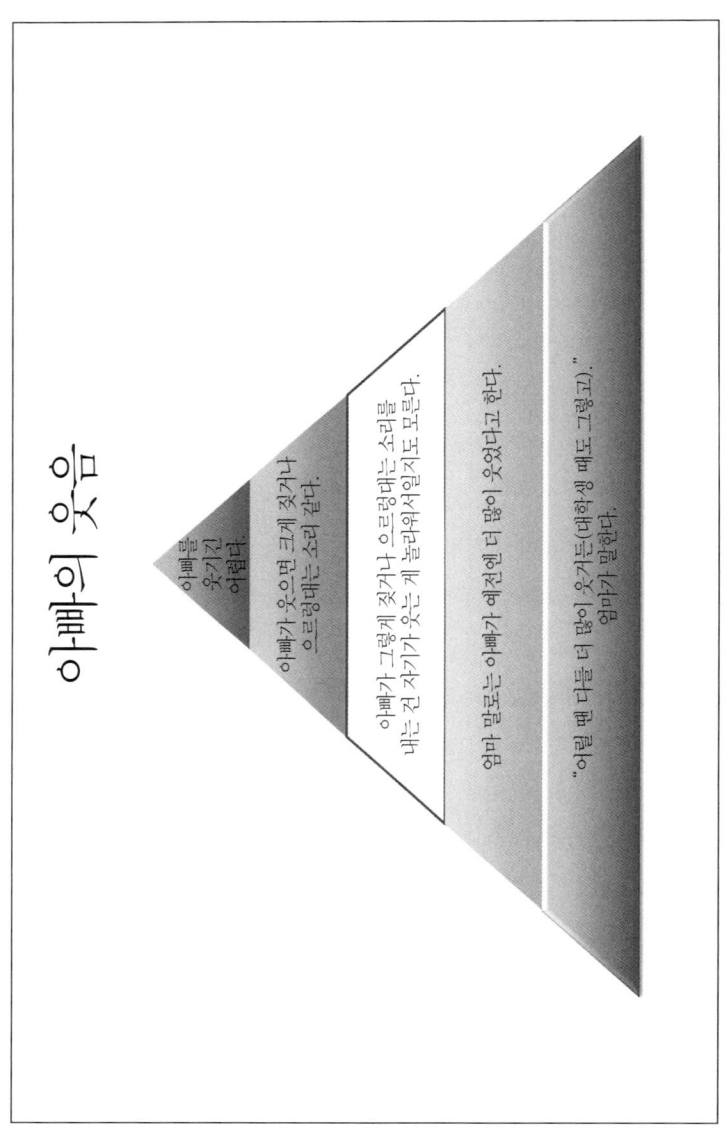

진짜 사연

아빠가 대학생이었을 때 물이란 아저씨랑 수영하러 갔는데, 물 아저씨가 물에 빠져 죽었다.

그때 아빠는 의사가 되어야겠다고 결심했다.

"인명구조원이 돼도 되잖아요?" 난 가끔 그렇게 물을 것이다. "아니면 수영 강사나."

"좋은 지적인데." 아빠가 말한다. "아빠가 지금 시작할 수 있을까?"

그 전까지진 대통령이 되고 싶었단다.

"열여덟 살에 안 그런 사람이 어디 있니?" 아빠는 그렇게 말할 것이다.

아빠는 만나는 사람마다 이 얘기를 할 것이다.

"비밀을 가슴에 품고만 있으면 죽을 수도 있다." 아빠가 제일 좋아하는 격언이다.

깡패단의 방문 379

봄 아저씨 엄마의 제일 친한 친구였다

엄마는 늘 아저씨 사진을 지갑에 넣어 다닌다.

아저씨는 타고나길 귀여운 얼굴인데, 산아인지처럼 까불까불하게 불그스름한 수염이 났고 눈이 착해 보인다.

"아저씨를 사랑했어?" 엄마한테 물어봤다.

"응, 친구로 사랑했어."

"어떤 사람이었는데?"

"다정하고 붙임성 있는 성격이었어. 어릴 땐 누구나 그렇지."

그래도 아빠가 더 잘생겼다.

"왜 물에 빠져 죽은 거야?"

"아빠는 왜 아저씨를 못 구했어?"

"체력이 따라주질 않았어. 그런데다 급류에 휘말렸거든."

"구하려고 노력했단다."

자세히 보면 아저씨 젊어서 죽게 생겼다.

옛날 사진에나 나오는 사람들처럼 생겼다.

380

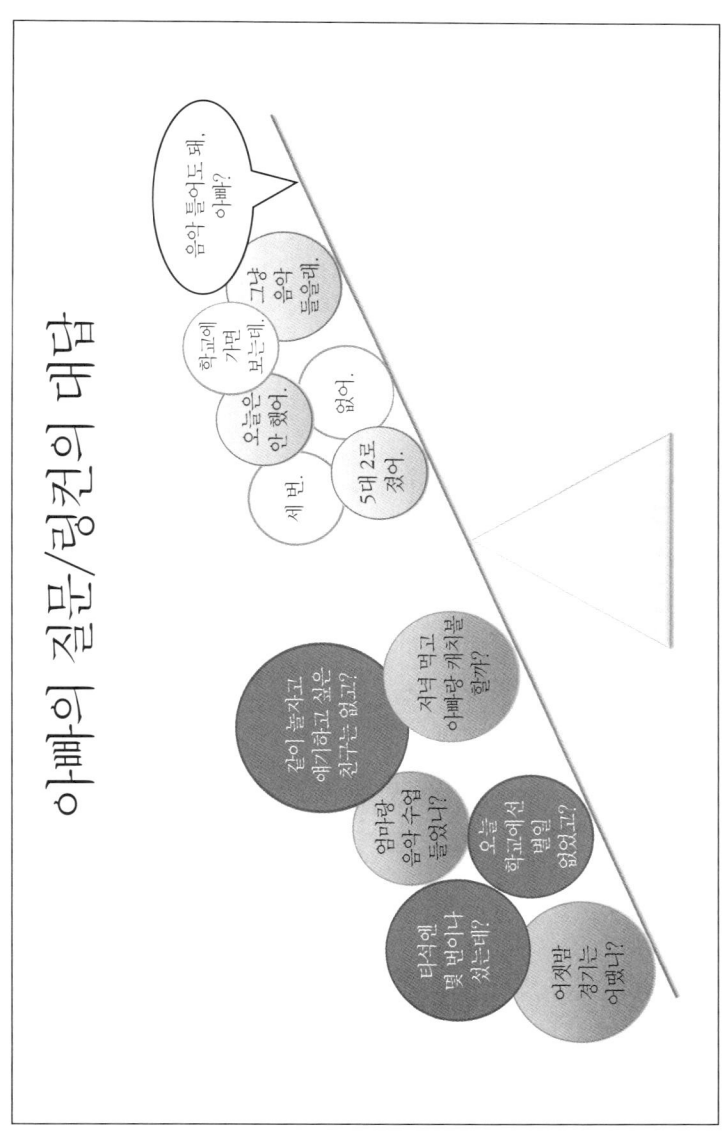

깡패단의 방문

아빠가 기분이 좋지 않다는 표시

"그러면, 링크," 저녁을 먹고 나서 아빠가 말한다.
"음악 좀 들어볼까?"

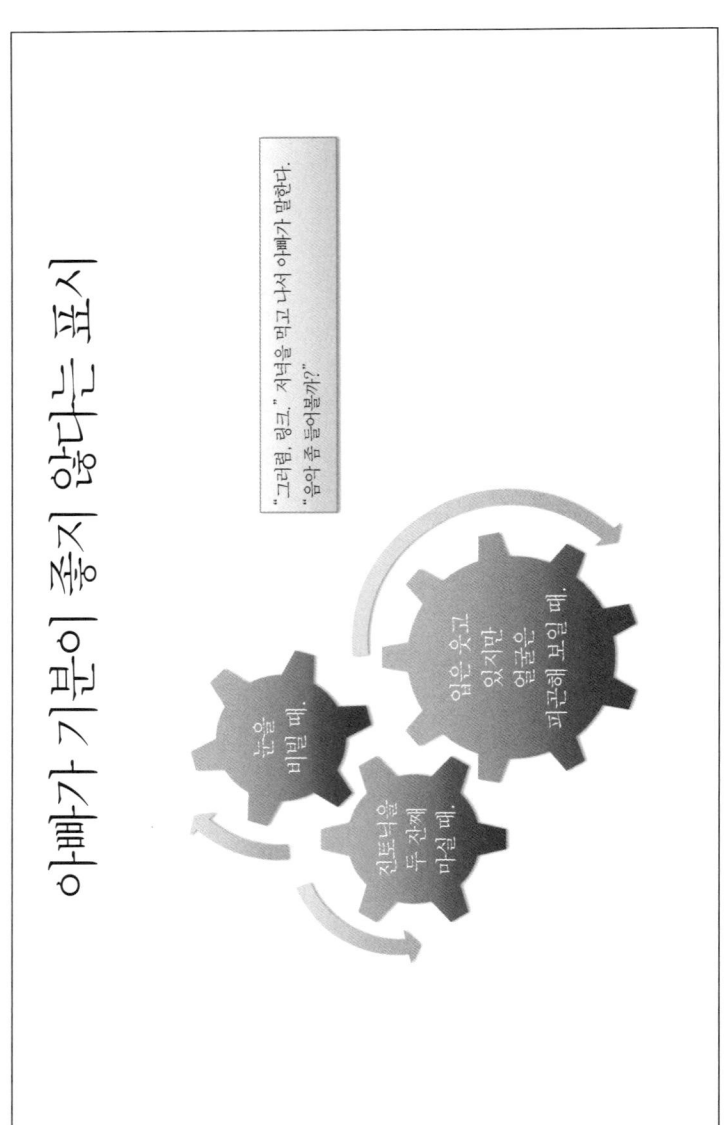

- 눈을 비빌 때.
- 켄토닉을 두 잔째 마실 때.
- 입은 웃고 있지만 얼굴은 피곤해 보일 때.

링건의 해석과 함께 듣는 노래

- 두비 브라더스 ⟨Long Train Runnin'⟩
  - "쉼표 길이가 딱 2초야. 2분 43초에서 2분 45초까지지만, 그것만으로도 안 돼. 후렴이 다시 나오고, 그런 다음 노래가 3분 28초까지 이어져─쉼표가 나온 후에도 온전히 1분 가까이 노래가 이어지는 거야."

- 카메지 ⟨Supervixen⟩
  - "특이한 노래야. 쉼표가 없는데도 쉬는 부분이 나오거든. 14초에서 15초 사이에 딱 1초 동안 정지해. 그리고 3분 8초에서 3분 9초 사이에 또 한 번 정지하고. 따로 녹음한 걸 딱 맞게 이어붙이지 못한 것 같은데, 사실은 의도한 거야!"

음악이 나오는 동안 아빠가 엄마한테 속삭인다
(하지만 나한텐 다 들린다)

"이걸 계속 잘한다, 잘한다 해야 되는 거야?"
"당연하지."

"이게 대든 애들하고 소통하는 데 도움이 된다고?"
"세상하고 소통하게 해주는 거야."

"다른 데로 관심을 돌려야 하지 않을까?"
"지금 쟤에게 관심을 갖는 건 이거야."

"그게 된대, 사실? '이거'가 뭐냐고?"
"드루." 엄마가 말한다. "음ㅇ아아."

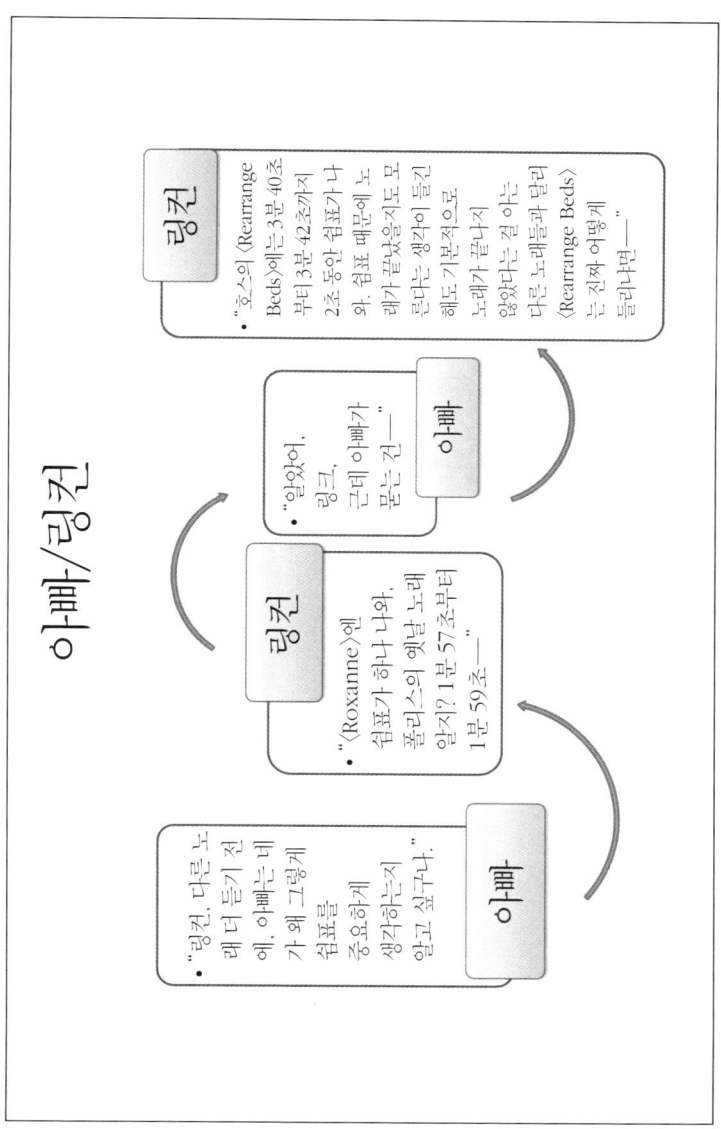

"그만해!" 아빠가 소리친다.
"그만해다. 제발.
아빠 질문은 없던 것으로 하자."

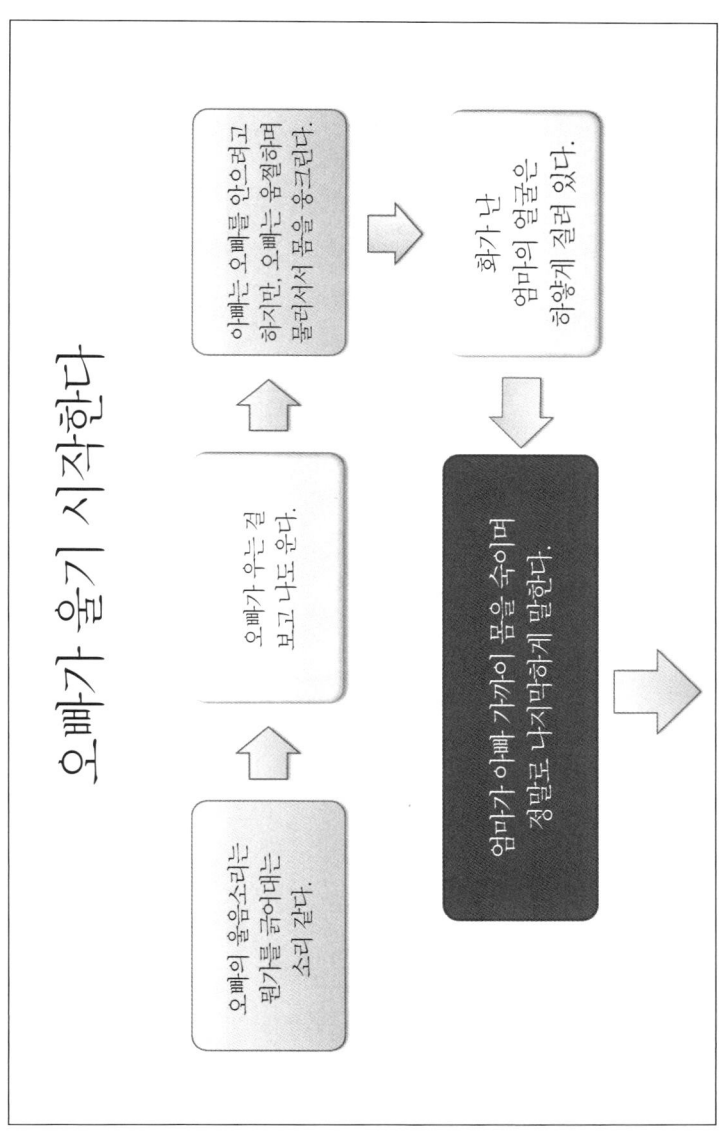

깡패단의 방문

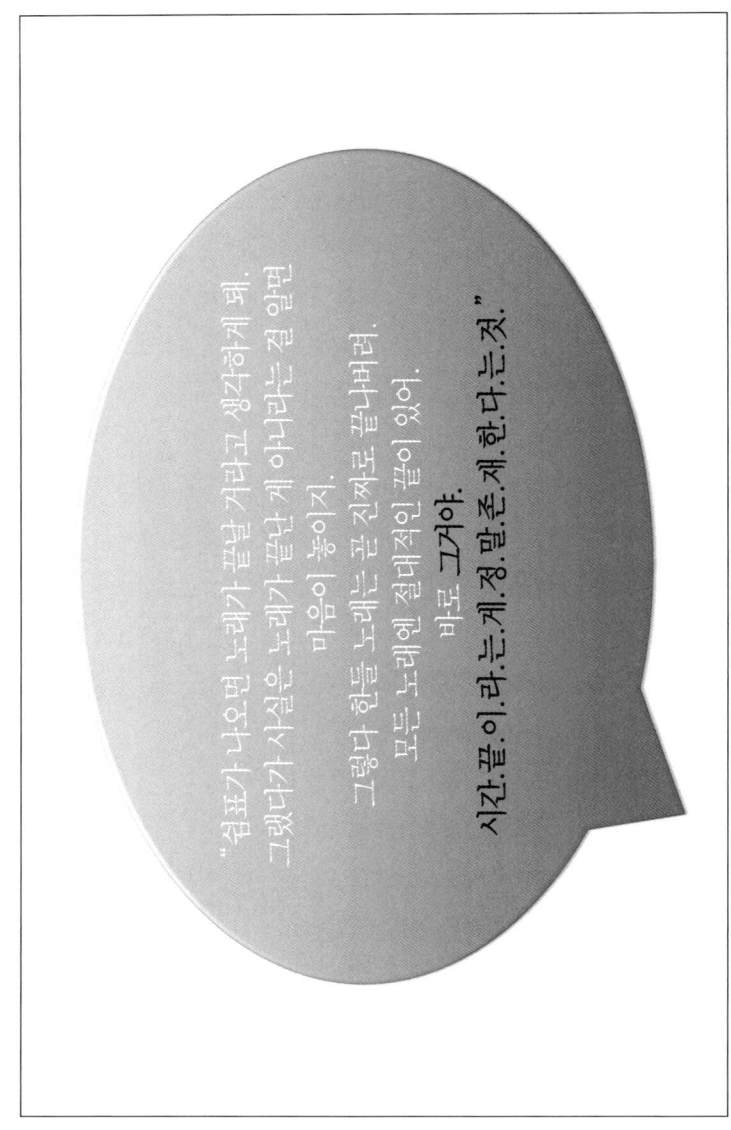

"쉼표가 나오면 노래가 끝날 거라고 생각하게 돼.
그랬다가 사실은 노래가 끝난 게 아니라는 걸 알면
마음이 놓이지.
그렇다 할들 노래는 곧 진짜로 끝나버려.
모든 노래에 절대적인 끝이 있어.
바로 그거야.
시.간.끝.이.다.는.게.정.말.존.재.한.다.는.것."

우리가 데크에 서 있는 동안의 쉼표

그때 아빠가 링컨을 품에 안는다

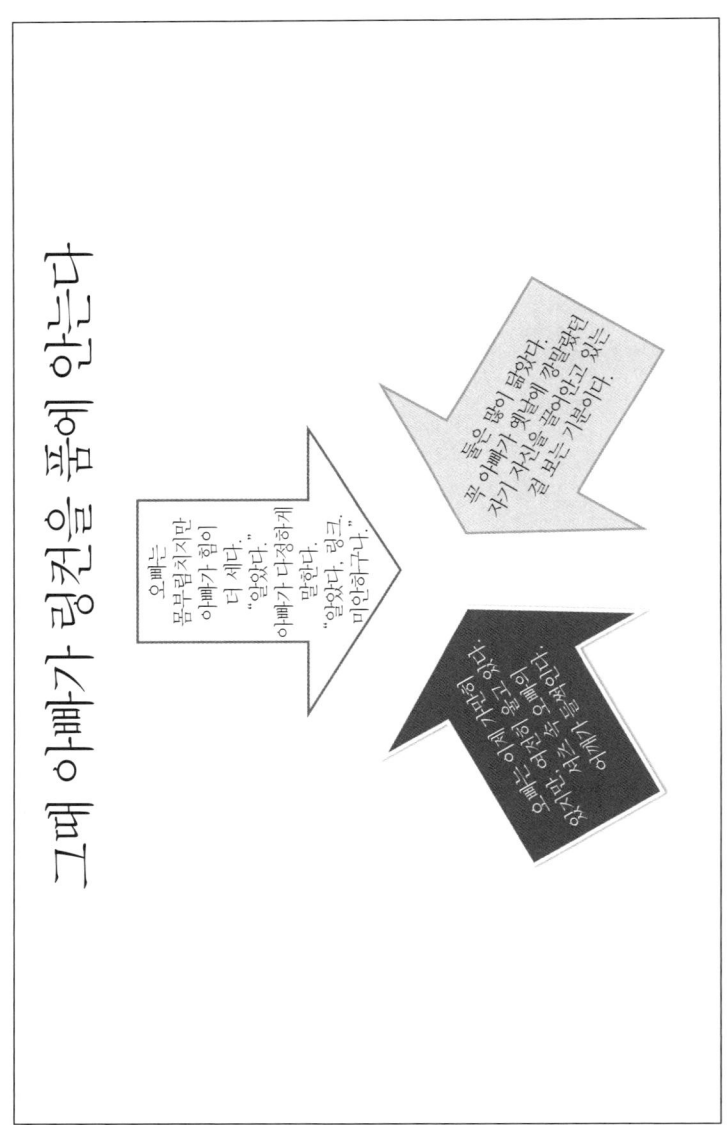

오빠는 몸부림치지만 아빠가 힘이 더 세다.
"읗았다."
아빠가 다정하게 말한다.
"읗았다, 링크. 미안하구나."

둘은 많이 닮았다.
꼭 아빠가 엄마에 경멸했던 자기 자신을 품에안고 달래는 기분이다.

오빠는 아빠를 읗고 있다. 하지만 아빠 오빠이 있지만 아직 속을 들썩인다

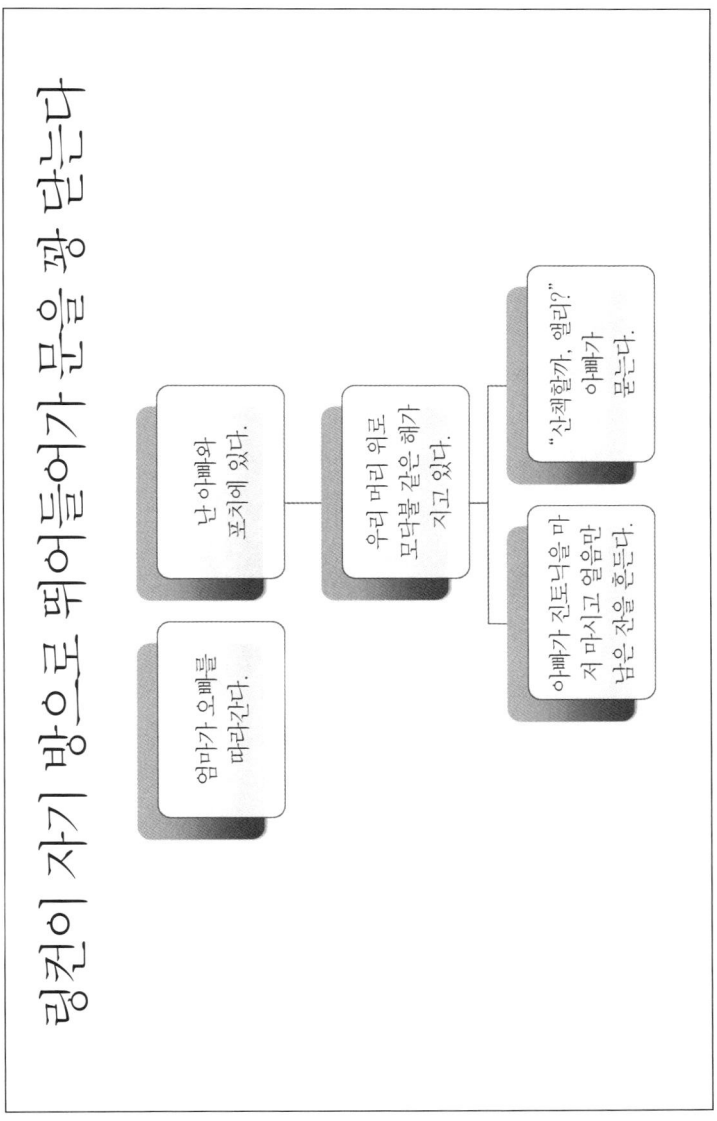

깡패단의 방문 391

사막

4

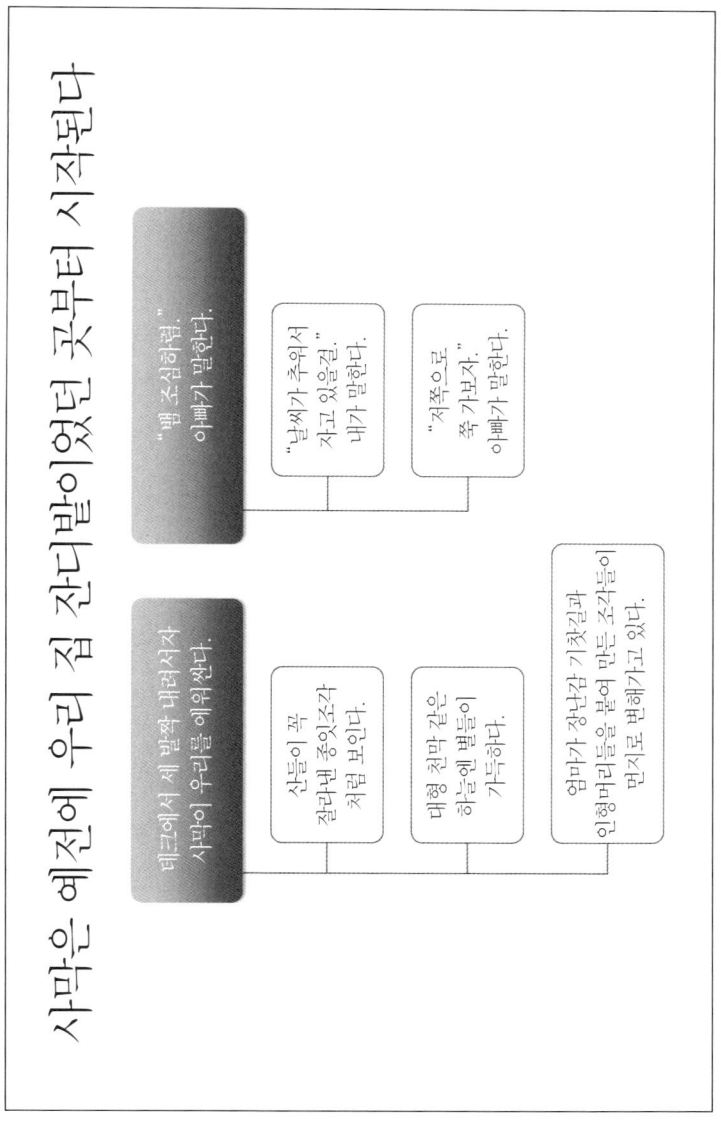

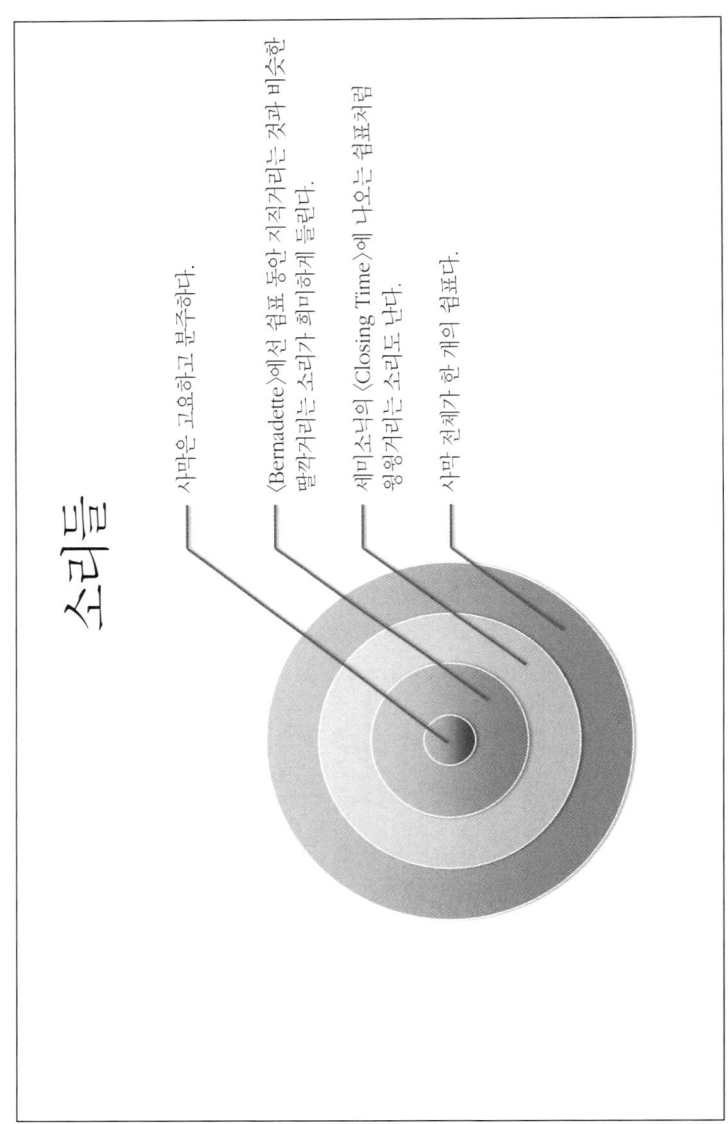

"아빠가 오빠한테 더 잘해줘야겠구나."
아빠가 말한다.

아빠:
→ "아빠가 해주면 되잖니."
→ "아빠 한다면 하는 사람이야."
→ "아빠도 다시 공부 좀 해야 할 거야……"

나:
→ "오빠가 쉼표들로 도표 만드는 걸 도와줘야 하는데."
→ "진짜로 해줄 거야?"
→ "오빠가 나한테 해달랬는데 난 도표 만드는 건 괜이라서."

깡패단의 방문 395

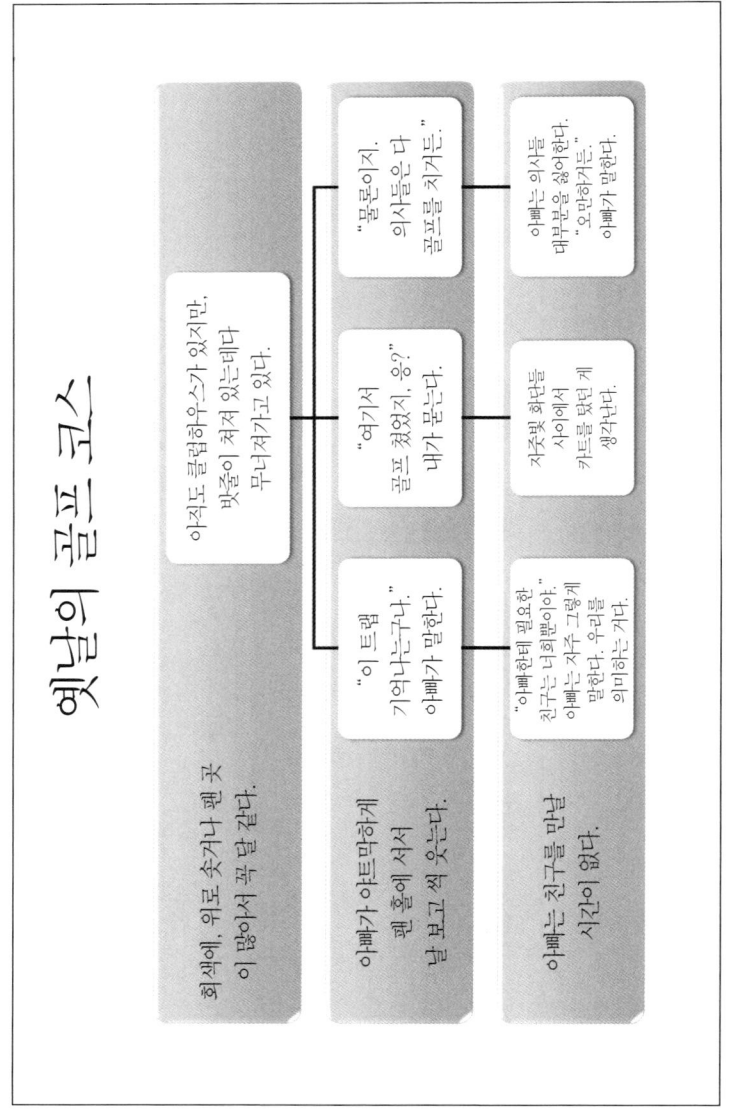

길고, 텅 빈 산책로

- "엄마 화난 거야?" 내가 묻는다.
- "그런 것 같구나."
- "엄마가 아빠를 용서해줄까?"
- "당연하지."
- "그럼 어떻게 알아?"
- "내 엄마는 용서를 잘해주는 사람이거든. 다행이지 뭐니."
- "물 아저씨가 문에 빠져 죽었을 때도 아빠를 용서해줬어?"
- "아빠가 걸음을 멈추고 나를 돌아본다. 답이 막 떠올랐다. "그 아저씨 생각은 왜 한 거니?"
- "그냥 가끔 그래."
- "아빠도 그런데." 아빠가 말한다.

한참 후에 아빠와 나
태양 전지판이 있는 곳에 도착한다

- 이렇게까지 멀리 걸어와 보기 처음이다.
- 전지판들이 몇 킬로미터나 늘어서 있다.
- 마치 새로운 도시나 다른 행성을 찾아낸 것 같다.

- 무시무시하게 생겼다.
- 네모나고 반들거리는 거만새이다.
- 하지만 실제로는 지구를 고치고 있다.

- 몇 년 전 전지판이 설치됐을 때 반대가 있었다.
- 전지판 그늘 때문에 사막에 사는 많은 생물들이 집을 잃었다.
- 그래도 예전에 잔디밭과 골프 코스였던 곳을 세 집으로 삼으면 된다.

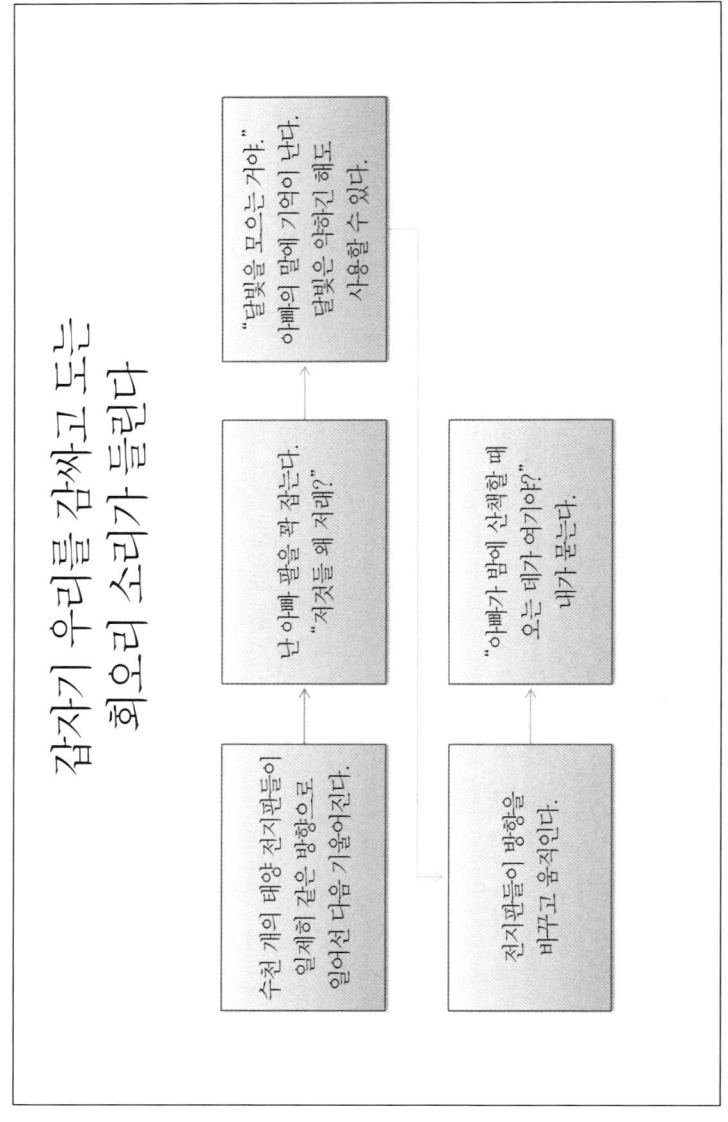

아빠와 나는 한참 서서, 태양 전지판이 움직이는 것을 본다

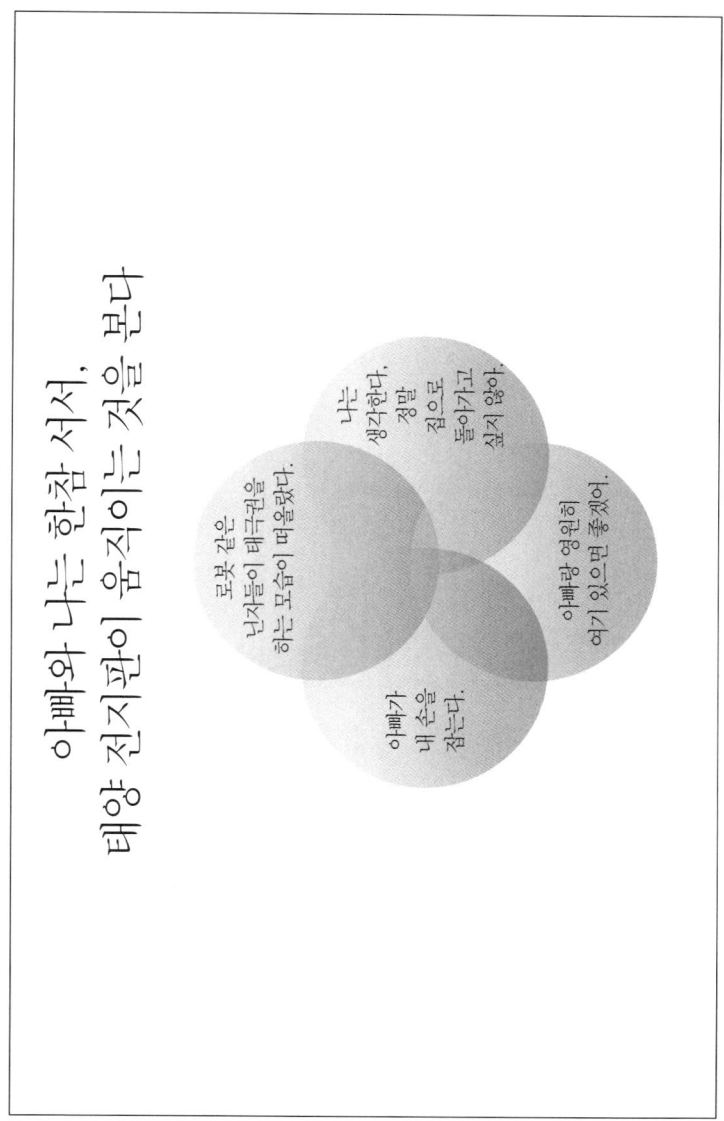

로봇 같은 난자들이 태극권을 하는 모습이 떠올랐다.

나는 생각한다, 정말 집으로 돌아가고 싶지 않아.

아빠랑 영원히 여기 있으면 좋겠어.

아빠가 내 손을 잡는다.

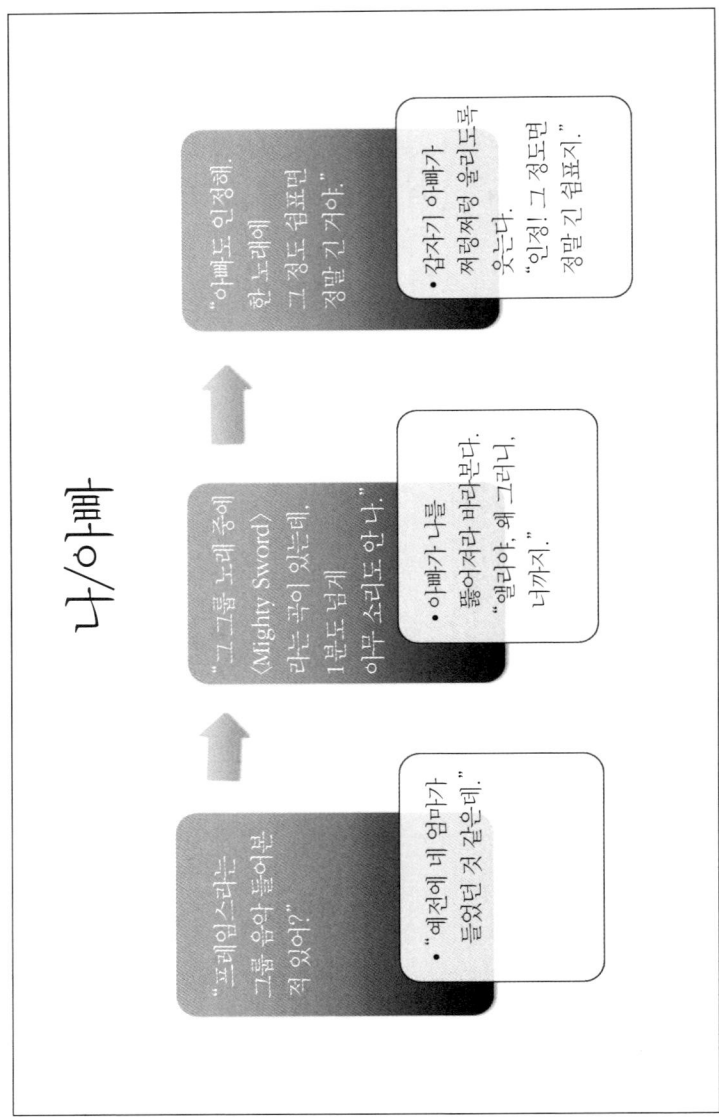

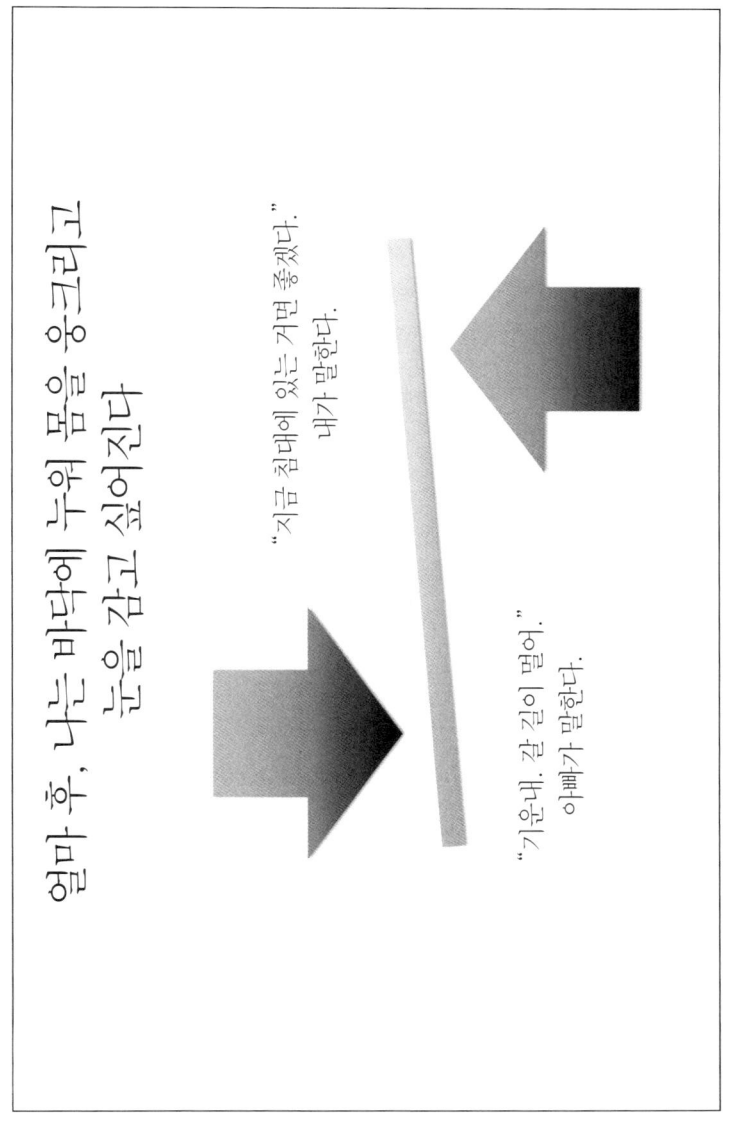

우리는 몇 년은 걸은 것 같다

마침내 우리 집이 보이기 시작한다.
창문이 깜깜하다.

다시는 엄마도,
형권 오빠도
보지 못할 것이다.

절대 돌아가지
못할 것 같다는
생각이 든다.

아빠가 엄마의 조각 하나에 올라가 있는 뱀을 가리킨다

"엄마랑 오빠가 집에 있을까?" 내가 묻는다.

아빠는 대답이 없다.

나는 열직 겁이 난다.

아빠가 나를 번쩍 들어 목말을 태워준다.

아빠 나를 목말 태우고 집으로 간다.

포르코스의 몸집 하우스처럼 버려진 듯 보인다.

아빠는 이 세상에 서 제일 힘이 세다.

내가 전에 갖고 놀던 인형극장 위에 은 으로 만든 뱃줄처럼 똬리를 틀고 있다.

내가 집나는 것

아까 본 태양 전지판은 타임머신이었다.

부모님은 돌아가셨고,
이 집도 더이상 우리 집이 아니다.

이웃은
아무도
살지 않는
폐가다.

다 같이 살던 시절은
너무도 행복했다.

싸웠을 때조차
행복했다.

그렇게 영원히
살 수 있을 줄
알았다.

난 언제나
그 시절을
그리워할 것이다.

나는
어른이고,
몇 년이
지나서
여기 다시 온
것이다.

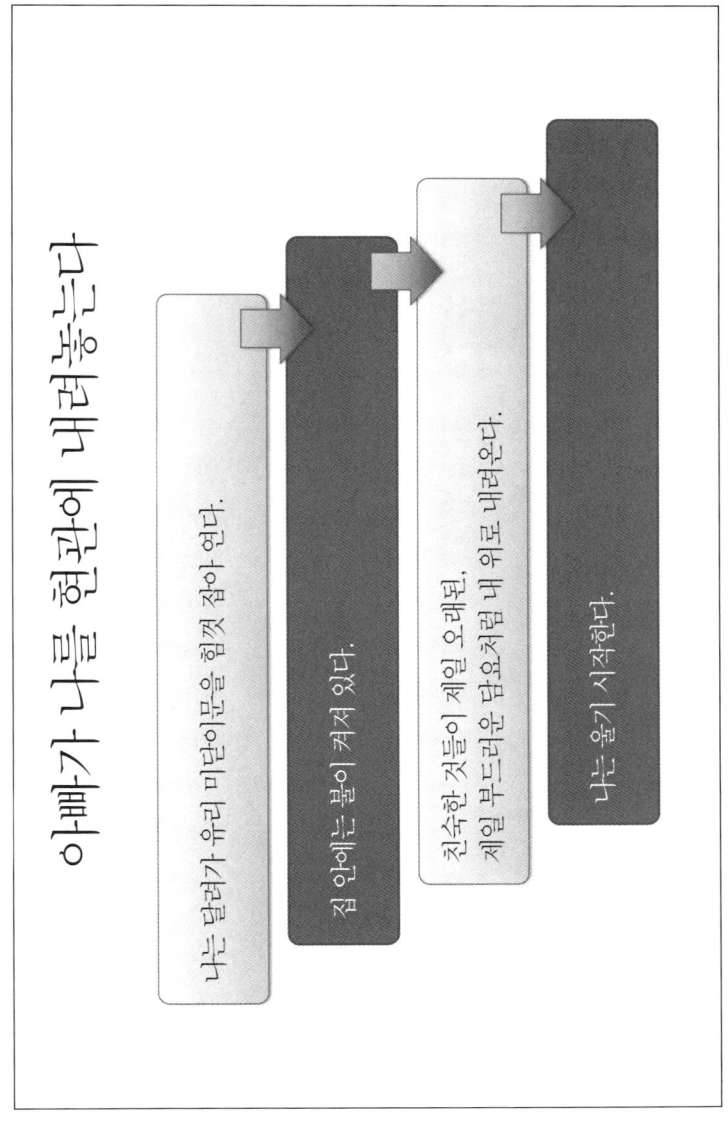

아빠가 나를 현관에 내려놓는다

나는 달력가 유리 미닫이문을 힘껏 잡아 연다.
집 안에는 불이 꺼져 있다.
친숙한 것들이 제일 오래되, 제일 부드러운 담요처럼 내 위로 내려온다.
나는 울기 시작한다.

"아, 알겠다."

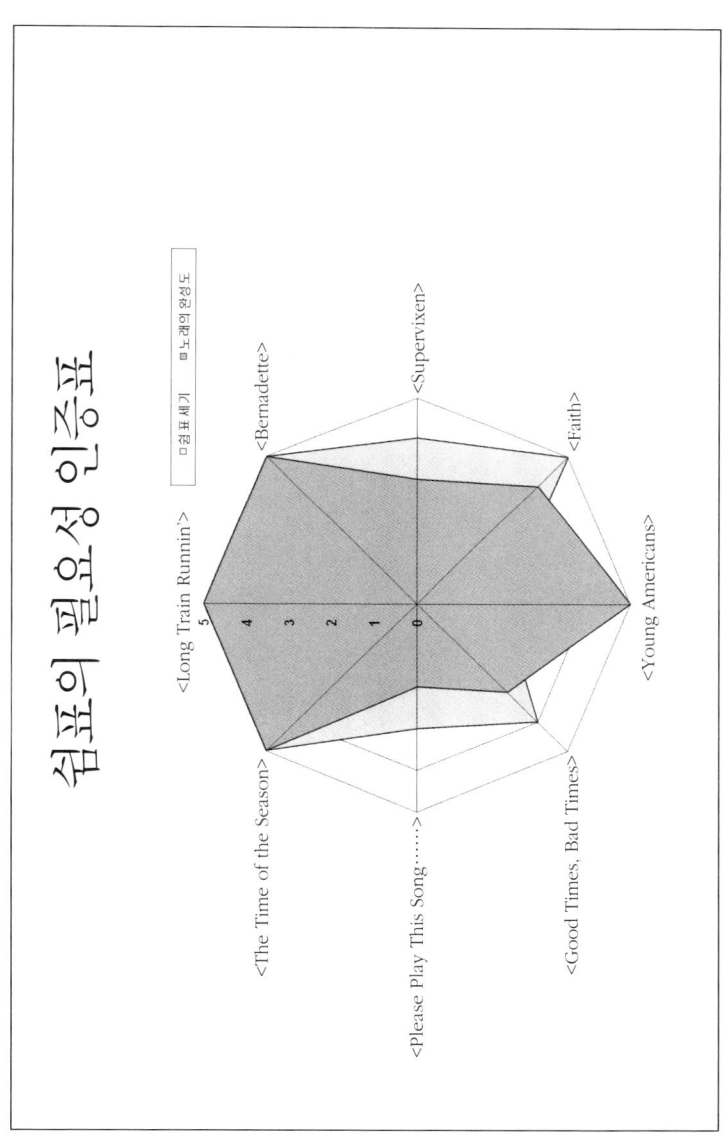

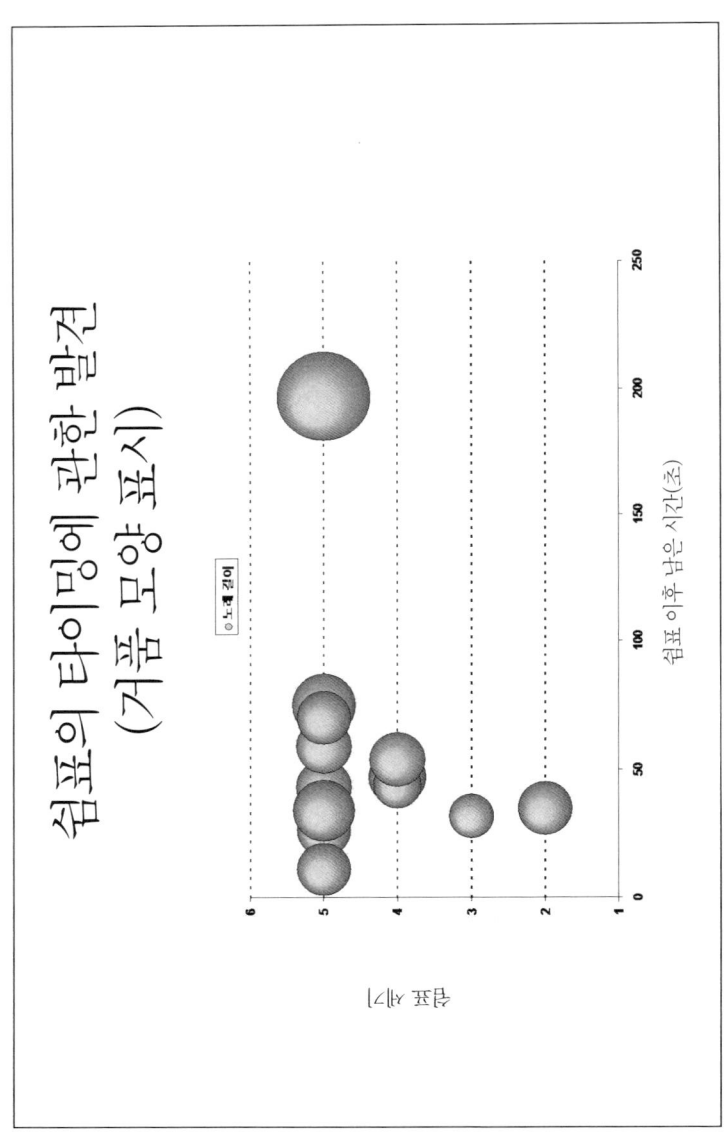

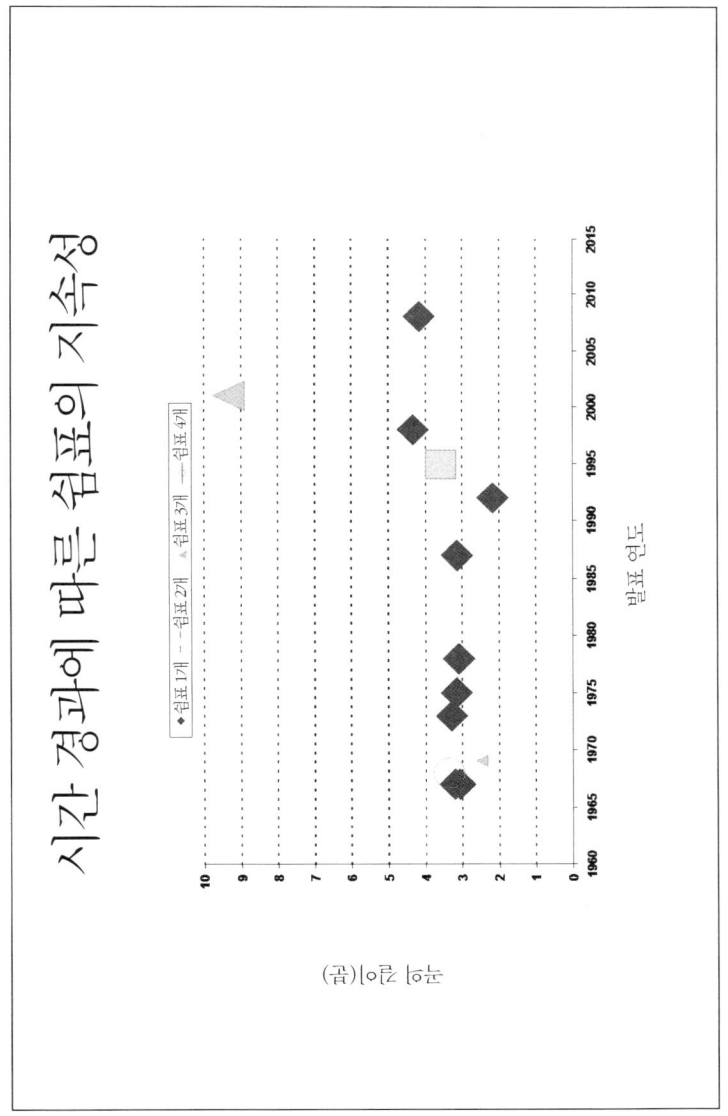

五七

13
순수한 언어

"자넨 이 일이 마음에 안 들지?" 베니가 중얼거렸다. "내 말 맞나?"

"제대로 보셨는데요." 알렉스가 말했다.

"변절이라고 생각하는 거지. 자네를 '자네'답게 해주는 이상을 도매금에 넘긴다고 말이야."

알렉스는 웃음을 터뜨렸다. "바로 그거네요."

"거봐, 자넨 순수주의자야," 베니가 말했다. "그래서 이 일에 완벽한 적임자라니까."

알렉스는 사탕발림에 우쭐해지는 느낌이었다. 다 피우면 맛이 가리란 걸 알면서도 피우는 마리화나의 달콤한 처음 몇 모금 같았다. 오래도록 고대했던 베니 살라자르와의 브런치가 끝나가고 있었고, 사운드 믹서 자리를 얻으려고 열심히 준비해뒀던 얘깃거리는 진즉에 허사가 되었다. 그러나 지금, 트라이베카에 위치한 베니의 로프트에서 지붕창으로 쏟아져내리는 겨울 햇살에 잠겨 있는 심플한 직각 소파에 앉아 서로 마주 보면서, 알렉스는 문득 노인이 제안한 흥미로운 일에 발을 담근 기분이 들었다. 아내들은 부엌에 있었고, 딸아이들은 두 사람 사이의 빨간 페르시안 카펫 위에서 서로 경계하며 소꿉놀이를 하고 있었다.

"만약 제가 안 하겠다고 하면," 알렉스가 입을 열었다. "사실 전 완벽한 적임자가 아닌 거겠죠."

"자넨 할 것 같은데."

알렉스는 호기심이 동하면서도 약이 올랐다. "어째서죠?"

"감이 와." 거의 눕다시피 했던 베니가 살짝 몸을 일으키며 말했다. "앞으로 역사를 함께 써나가리라는 감이."

알렉스가 처음 베니 살러자르의 이름을 들은 건 예전에 딱 한 번 데이트를 했던 여자한테서였다. 그가 뉴욕에 온 지 얼마 되지 않았던 그때만 해도 베니는 유명인이었다. 그 여자는 베니 밑에서 일한 적이 있었는데—알렉스는 그건 분명히 기억했다—실제로 기억하는 건 거기까지였다. 여자의 이름, 외모, 함께 뭘 했는지 같은 세세한 사항은 머릿속에서 지워져버렸다. 그 데이트와 관련해 알렉스에게 남은 인상은 겨울, 어둠, 그리고 하고 많은 것 중에서 **지갑**이었다. 지갑을 잃어버렸던가? 찾았던가? 도둑맞았던가? 여자의 지갑이었던가? 아니면 그의 지갑이었던가? 대답은 백지나 다름없었으니 미치고 팔짝 뛸 노릇이었다. 곡명이나 뮤지션, 또는 몇 소절조차 떠올릴 수 없지만 특정한 감흥을 불러일으키는 노래를 기억해내려고 애쓰는 것과도 같았다. 여자는 알렉스의 머릿속에 그 지갑을 일종의 명함처럼 남겨놓고는 잡힐 듯 말 듯 맴돌며 그를 애태웠다. 베니와 브런치를 먹는 날이 오기까지 그 세월 동안, 알렉스는 자신이 그 여자에게 집착하고 있음을 알고 있었다.

"내 거야!" 베니의 딸 에바가 심통이 나 소리쳤다. 언어습득과정에서 독일어와 유사하게 발음하는 단계가 나타난다는 알렉스의 최근 이론을 뒷받침해주는 사례였다. 에바가 알렉스의 딸 캐러앤의 손에서 플라스틱 냄비를 잡아채자 캐러앤은 프라이팬을 잡으려고 어기적어기적 걸으며 소리를 질렀다. "내 거, 냄비! 내 거, 냄비!" 알렉스는 벌떡 일어났다가 베니는 꿈쩍도 하지 않았음을 알아차렸다. 그는 마지못해 도로 의자에 앉았다.

"믹싱 일이 하고 싶다는 건 알겠어," 아이들 목소리로 귀청이 따가울 정도였지만, 딱히 높이지도 않은 것 같은데 베니의 목소리는 또렷하게 들렸다. "음악을 사랑하잖아. 사운드 만지는 일을 하고 싶고. 그게 어떤 기분인지 내가 모를 것 같아?"

검투사처럼 흥분한 여자애들은 서로 달려들어 울부짖고 할퀴며 갓 자란 머리채를 잡아당겼다. "거기 무슨 일 있는 거 아니죠?" 알렉스의 아내 레베카가 부엌에서 소리쳤다.

"괜찮아," 알렉스가 대답했다. 그는 베니의 침착한 태도에 감탄했다. 두 번 결혼해서 아이 기르는 걸 처음부터 다시 시작하면 이런 경지에 이르게 되나?

"문제는," 베니가 계속 말했다. "더이상 사운드가 아니야. 이젠 음악이 문제가 아니라고. 문제는 영향력이야. 그게 너무 써서 환장할 것 같은데도 내가 잠자코 삼켜야 했던 알약이었지."

"압니다."

그 의미: (업계에 종사하는 모든 사람들이 알고 있듯) 알렉스도 몇 년 전 베니가 자신의 레이블인 소즈 이어 레코드에서 어떻게 잘렸는지 알고 있었다. 그는 중역회의 오찬에서 간부들에게 소똥을 접대했다("여기서 말하는 건 **찜기**에 담아서 냈다는 뜻이에요." 아수라장이 된 회의장을 실시간으로 '고커'*에 중계했던 비서는 그렇게 썼다). "나더러 사람들한테 똥을 먹이라고?" 전해진 바에 따르면 경악하는 이사들에게 베니는 그렇게 고래고래 소리를 질렀다고 한다. "그게 무슨 맛인지 댁들부터 먹어보시지!" 그후 베니는 예전으로 돌아가 거칠고 아날로그적인 사운드를 프로듀싱했지만, 딱히 눈에 띄게 팔린 앨범은 한 장도 없었다. 이제 환갑을 바라보는 그는 퇴물 취급을 받았다. 알렉스는 그가 과거시제로 언급되는 경우를 심심찮게 들었다.

캐러앤이 막 나기 시작한 앞니를 에바의 어깨에 박아넣자 레베카가 부엌에서 달려나와 아이를 떼어놓고 어리둥절한 표정으로 알렉스를 바라보았다. 소파에 앉아 있는 그에게선 선仙적 고요가 감돌고 있었다. 루파도 따라 나왔다. 놀이학교에서 처음 보았을 때 너무 아름다워서 알렉스는 그녀의 검은 눈동자를 피했다. 나중에 알고 보니 그녀는 베니 살러자르의 아내였다.

상처에 밴드를 붙여주고 상황을 정리한 루파는 베니의 머리(그의 트레이드마크였던 더벅머리는 이제 은발이 되었다)에 입을 맞

---

* 미국의 가십 전문 웹진.

추고는 말했다. "당신이 언제쯤 스코티의 음악을 들려줄지 계속 기다리고 있어요."

베니는 고개를 들어 까마득하게 어린 아내를 보며 미소 지었다. "내가 그 자식을 먹여 살리고 있지." 이윽고 그가 휴대전화를 조작하자, 충격적인 사운드시스템(음악이 알렉스의 땀구멍 속으로 곧장 전송되는 것 같았다)을 통해 팅팅 퉁기는 슬라이드 기타 소리가 휘몰아치는 것과 동시에 불길한 남자 보컬이 흘러나왔다. "두 달 전에 발표한 거야," 베니가 말했다. "스코티 하우스먼이라고 들어봤나? 포인터들한테 인기가 있어."

알렉스는 레베카를 흘긋 건너다보았다. 레베카는 '포인터'란 용어를 혐오했고, 캐러앤에 대해 말하면서 그 단어를 사용하면 상대가 누구든 정중하면서도 단호하게 지적했다. 다행히 아내는 듣지 못했다. '스타피시'인지 아동용 휴대전화인지 하여간 유비쿼터스 단말기 덕에 손가락만 갖다대면 누구나 음악을 다운로드할 수 있게 되었다. 애틀랜타의 생후 삼 개월 된 유아가 나인 인치 네일스*의 〈가가Ga-ga〉를 구매해 최연소 구매자 기록을 세웠다. 십오 년간의 전쟁은 베이비붐과 함께 종식을 고했고, 이 아기들은 죽은 산업을 소생시켰을 뿐 아니라 음악적 성공을 결정짓는 주체가 되었다. 밴드들은 선택의 여지 없이 아직 말을 못 하는 아기들에게 맞추어 스스로를 재창조해야 했다. 심지어 비기**의 또다른 사후 앨범의 타이

---

* 미국의 인더스트리얼 록 밴드.
** 미국 래퍼 노토리어스 B.I.G.의 별명. 1997년 총기 사고로 사망했다.

틀곡인 〈좆까, 이년아Fuck You Bitch〉는 〈너 좀 짱인데!You're Big, Chief!〉처럼 들리게 리믹스되어 발표되었고, 앨범 재킷에는 인디언 머리장식을 쓰고 갓난아기를 무릎에 올려놓은 비기의 사진이 쓰였다. 스타피시에는 다른 기능—핑거 드로잉, 막 걸음마를 시작한 유아를 위한 GPS 시스템, 사진메일 보내기—도 있었지만 캐러앤은 하나도 접해본 적이 없었다. 레베카와 알렉스는 캐러앤이 다섯 살이 될 때까지는 휴대전화를 사용하지 못하게 하기로 합의했고, 아이 앞에선 휴대전화 사용을 삼갔다.

"이 친구 음악 좀 들어봐," 베니가 말했다. "듣기만 해."

구슬픈 비브라토. 티잉 떨려나오는 슬라이드 기타의 선율. 알렉스에게는 끔찍하게 들렸다. 그러나 이 사람이 누군가. 베니 살러자르, 그 오래전 콘디츠를 발굴해낸 사람이 아닌가. "당신에겐 어떻게 들리는데요?" 알렉스가 베니에게 물었다.

베니는 눈을 꼭 감고 있었다. 머리부터 발끝까지 음악을 듣는 행위에 완전히 집중하고 있다는 게 너무도 명백했다. "이 친군 징그러울 정도로 순수해," 베니가 말했다. "훼손되질 않았어."

알렉스도 눈을 감았다. 그 즉시 귓속의 소리 밀도가 높아졌다. 헬리콥터 프로펠러, 교회 종, 멀리서 돌아가는 드릴. 평상시에도 들리는 경적과 사이렌. 머리 위 트랙조명에서 나는 작은 팅팅 소리, 식기세척기 안에서 물이 출렁거리는 소리. 레베카가 스웨터를 입혀줄 때 캐러앤이 '싫어……'라고 말하는 졸린 목소리. 그들은 이제 곧 일어날 참이었다. 알렉스는 베니 살러자르와 함께 한 브런치가 아무 소득 없이 끝난다는 생각에 와락 두려움이, 아니 그 비

숱한 감정이 솟구쳤다.

그는 눈을 떴다. 베니는 이미 눈을 뜨고 있었다. 그의 차분한 갈색 눈동자가 알렉스의 얼굴에 고정되어 있었다. "자네도 나랑 같은 걸 들은 것 같은데," 베니가 말했다. "내 생각이 맞나?"

그날 밤 레베카와 캐러앤이 깊이 잠든 후, 알렉스는 온기로 뜨끈하게 덥혀진 침대에서 빠져나와 거품 같은 모기장을 헤치고 거실 겸 놀이방 겸 손님방으로 쓰는 사무실로 갔다. 가운데 창문 가까이 서서 고개를 들어 위를 보니 엠파이어스테이트 빌딩 꼭대기가 보였다. 오늘 밤은 빨간색과 금색 조명으로 빛났다. 이런 쐐기 모양의 전망은 수년 전 붕괴* 직후 레베카의 부모님이 가먼트 지구의 침실 한 개짜리 아파트를 사줬을 당시만 해도 부동산으로서는 큰 장점이었다. 원래 알렉스와 레베카는 아이가 생기면 아파트를 팔 계획이었다. 그러던 중 그들의 아파트에서 내려다보이는 야트막한 건물을 개발업자가 사들였고, 향후 기존 건물을 허물고 고층건물을 지을 계획이고, 그렇게 되면 그들의 아파트는 공기와 빛이 차단되리라는 걸 알게 되었다. 아파트는 팔리지 않는 물건이 되고 말았다. 그리고 이 년이 지난 지금 마침내 고층건물이 올라가기 시작했고, 알렉스는 그 사실이 두렵고도 파멸적인 동시에 아찔할 만큼 달콤하게 느껴졌다. 동쪽으로 난 세 개의 창으로 따스한 햇살이 들어

---

*9·11 테러로 세계무역센터 건물이 붕괴된 것을 가리킨다.

오는 매순간이 감지덕지하게 느껴졌고, 이렇게 반짝이는 밤의 은빛 달은, 수년간 그가 창턱에 쿠션을 대고 종종 마리화나를 피우면서 지켜봤던 달은 이제 괴로우리만치 아름답게, 신기루처럼 다가왔다.

알렉스는 적막한 밤 시간을 사랑했다. 공사장의 고함 소리도, 여기저기 출몰하는 헬리콥터도 없으니 그동안 가려 있던 소리들이 그의 귀를 향해 문을 열었다. 위층 아파트에서 찻주전자가 삑삑거리고 싱글 맘인 샌드라가 양말 신은 발로 쿵쿵 오가는 소리, 벌새가 톡톡대는 것 같은 것이 알렉스 짐작에는 샌드라의 십대 아들이 옆방에서 휴대전화를 가지고 자위하는 소리. 거리에서 들려오는 기침 소리 한 번, 일탈 현장의 대화 한 토막: "……내가 아닌 다른 사람이 되라는 거잖아……" "믿든 말든 그나마 술을 마시니까 약을 안 하는 거야."

알렉스는 쿠션에 몸을 기대고는 마리화나에 불을 붙였다. 그날 오후, 그는 레베카에게 베니 살러자르와 함께 일하기로 했다고 말하려 했지만 끝내 말을 꺼내지 못했다. 베니는 '앵무새'라는 말을 단 한 번도 입에 담지 않았다. '블로그 스캔들' 사건 이후 그 단어는 외설이 되었다. 정치적 블로거들이 세간의 요구에 의해 입출금 내역까지 공개했지만, 사람들의 의견이 조작됐을지 모른다는 의구심을 잠재우진 못했다. 뭔가가 한바탕 화제를 불러일으킬 때마다 냉소를 터뜨리며 "누구한테 돈 받았어?"라고 응수하는 것이 대세가 된 듯했다. 이런 상황인데 어느 누가 매수되겠는가? 그러나 알렉스는 베니에게 다음 달 로어 맨해튼에서 열리는 스코티 하우스면의 첫 콘서트에 대해 '진심 같은' 입소문을 퍼뜨려줄 앵무새 오십 명을 구하겠노라 약속한 터였다.

알렉스는 자신의 휴대전화를 이용해 15896명의 친구들 중 잠재적인 앵무새들을 골라내는 프로그램을 고안하기 시작했다. 그는 세 가지 변수를 이용했다. 그들이 필요로 하는 돈의 액수('경제적 어려움'), 그들의 인맥과 신뢰도('영향력'), 자신의 영향력을 판다는 것에 대한 수용 정도('매수 가능성'). 그는 무작위로 몇 명을 골라 카테고리별로 0부터 10까지 점수를 매긴 후, 휴대전화를 이용해 그 값을 삼차원 그래프로 만들었고, 세 개의 선이 만나는 교차점들을 찾아보았다. 그러나 매번 두 개의 카테고리에서 점수가 높으면 세번째 카테고리에서 점수가 형편없이 낮았다. 예컨대 가난하면서 매수 가능성이 높은 친구 핀의 경우를 보면, 그는 실패한 배우이자 자기 홈페이지에 스피드볼[*] 제조법을 올린 적이 있는 사이비 약물중독자로, 웨슬리 교파인 동창생의 호의 덕에 입에 풀칠은 하고 살았지만(경제적 어려움 9, 매수 가능성 10) 영향력은 없었다(1). 스트리퍼이자 첼리스트로 가난하고 영향력 있는 사람인 로즈는 머리 모양을 바꾸는 족족 이스트 빌리지 특정 지역에서 유행이 됐지만(경제적 어려움 9, 영향력 10) 성격이 대쪽 같았다(0). 실제로 로즈는 자신의 블로그에 어떤 친구가 남자친구에게 맞아 눈이 멍들었다든가, 누가 드럼세트를 빌려가 고물로 만들었다든가, 누구의 개가 빗속에서 몇 시간 동안 주차료 징수기에 묶인 채

---

[*] 코카인과 헤로인의 혼합물.

방치됐다든가 하는 내용의 루머를 지속적으로 올렸고, 이는 비공식 경찰사건 기록부의 구실을 했다. 알렉스의 또다른 친구 맥스처럼 영향력이 있고 타락한 경우도 있었다. 한때 '핑크 버튼스'의 보컬이었으나 이젠 내로라하는 업계의 큰손으로 소호에 있는 3층 건물의 소유주인 그는 매년 캐비아가 지천에 널린 크리스마스 파티를 열었고, 거기 초대받고 싶은 마음에 8월부터 지레 알랑방귀를 뀌는 사람들이 뒤따랐다(영향력 10, 매수 가능성 8). 그러나 맥스는 돈이 많아서 인기 있는 것이니만큼(경제적 어려움 0), 그로선 매수돼봤자 득을 볼 게 없었다.

　알렉스는 눈을 부릅뜨고 휴대전화 화면을 뚫어져라 보았다. 누가 이런 일을 하겠다고 나설까? 그 순간 이미 한 사람이 나섰다는 걸 알았다. 알렉스 자신이었다. 알렉스는 레베카가 생각할 법한 그라는 사람에 대해 그래프에 입력해보았다. 경제적 어려움 9, 영향력 6, 매수 가능성 0. 베니가 말했듯이 알렉스는 순수주의자였다. 예전에는 (음악 사업을 하는) 추잡한 사장들을 피했다면, 이제는 일하면서 어린 딸을 돌보는 남자에게 매료되는 여자들을 일상적으로 피해다녔다. 흠, 그가 레베카를 만나게 된 것도 핼러윈 전날, 늑대 가면을 쓴 남자가 레베카의 가방을 낚아채서 달아나는 걸 뒤쫓으면서였다. 그런 알렉스가 베니 살러자르에겐 단 한 번 대들어보지도 못하고 투항했다니. 어째서? 조만간 그의 아파트에는 빛도 들지 않고 환기도 안 될 테니까? 레베카가 상근으로 강의와 집필을 하는 동안 캐러앤을 돌보려니 쉴 짬이 안 나서? 그가 온라인에 올린 정보(좋아하는 색깔, 야채, 체위)가 바이트 단위

하나하나까지 다국적기업의 데이터베이스에 저장되어 있다는 사실을 꿈에도 잊을 수 없어서? 물론 그들은 개인정보를 무슨 일이 있어도, 절대로 도용하지 않겠다고 약속하긴 했다. 다시 말해, 그가 살면서 가장 전복적이라고 느꼈던 바로 그 순간, 아무 생각 없이 자신을 팔아넘겨 소유되었기 때문에? 아니면 딱 한 번 데이트를 했던 기억도 나지 않는 여자에게서 처음 베니 살러자르의 이름을 들었던 사회 초년생 시절과, 그로부터 십오 년이 지나 놀이학교를 통해 마침내 베니를 만나게 된 지금이 기묘하게 대칭을 이루기 때문에?

알렉스는 알지 못했다. 알 필요도 없었다. 그에게 필요한 건 그처럼 부지불식간에 자기 자신을 잃어버린 사람들 오십 명을 찾아내는 것이었다.

"물리학을 이수해야 되거든요. 세 학기 동안. 낙제하면 과정을 이수할 수 없어요."

"마케팅 학위를 따는 건데요?" 알렉스는 어안이 벙벙해졌다.

"예전에는 역학疫學이었어요." 룰루가 말했다. "알다시피 '바이럴'* 모델이 아직 통용되던 시절에는요."

"요샌 '바이럴'이란 말을 안 쓰지 않나요?" 알렉스는 아까부터

---

* 바이럴 마케팅. 인터넷 유저가 이메일이나 다른 전송 가능한 매체를 통해 자발적으로 특정 기업이나 제품을 홍보하게 하는 마케팅 기법.

진짜 커피가 마시고 싶었다. 이 그리스 식당에서 따라 마시고 있는 구정물 말고. 베니의 어시스턴트인 룰루는 커피를 열다섯 잔이나 스무 잔은 마신 듯했다. 이것이 원래 성격이 아니라면.

"이젠 아무도 '바이럴'이란 말을 쓰지 않죠," 룰루가 말했다. "별생각 없이 내뱉을 순 있겠죠, 우리가 아직도 '연결'이니 '전송'이니 하는 말을 쓰는 것과 같은 거예요. 이런 낡은 기술적 은유는 실제 정보가 돌아다니는 방식과는 하등 상관이 없어요. 보다시피, 영향력이라는 건 더이상 원인과 결과의 측면으로는 설명할 수 없어요. 동시적이거든요. 광속보다 빠르죠. 사실 광속은 측정이 됐고요. 그래서 요새는 소립자 물리학을 가르쳐요."

"그다음엔 뭘 배울 건데요? 끈 이론?"

"그건 선택과목이에요."

이십대 초반인 룰루는 바너드 대학원생이자, 동시에 베니의 상근 어시스턴트였다. 신종 '휴대전화 직원'의 살아 있는 화신이었다. 서류도 없고, 책상도 없고, 출퇴근도 하지 않고, 쉴새없이 휴대전화가 삑삑대고 삐빅거려도 신경 쓰지 않는 것처럼 보이는데도 이론적으로는 어디에나 존재했다. 웹페이지에 실린 사진들은 커다란 눈과 이목을 끄는 대칭적인 얼굴, 윤기 흐르는 빛나는 머릿결을 전혀 포착하지 못했다. 그녀는 '깨끗했다'. 피어싱도, 문신도, 난절* 도 없었다. 요새 애들이 다 그랬다. 하지만 그게 애들 탓인가. 흉하게 불거진 이두박근과 처진 엉덩이 위에 좀먹은 덮개라도 씌운 양

---

* 피부의 일부를 벗겨내 시술하는 문신의 일종.

살이 늘어져 문신이 쭈글쭈글해진 모습을 세 세대에 걸쳐 지켜봐 온 알렉스의 생각은 그랬다.

삼각포대에 싸인 캐러앤은 알렉스의 턱과 쇄골 사이에 머리를 얹고 잠들어 있었는데, 캐러앤의 숨결에서 풍기는 과일과 비스킷 향이 알렉스의 콧속을 채웠다. 아이가 잠을 깨 점심을 달라고 보챌 때까지 삼십 분, 잘하면 사십오 분의 여유가 있었다. 그러나 알렉스는 시간을 거슬러 올라가 룰루를 이해하고, 구체적으로 그녀의 어떤 점이 당황스럽게 느껴지는지 알아내고 싶은 삐딱한 마음이 들었다.

"사장님과는 어떻게 처음 만났어요?" 알렉스가 물었다.

"사장님 전부인이 저희 엄마 밑에서 일했어요." 룰루가 말했다. "예전에, 제가 아주 어릴 때요. 사장님하고는 제가 날 때부터 쭉 알던 사이나 다름없어요. 아들인 크리스하고도 그렇고. 저보다 두 살 많아요."

"우아," 알렉스가 말했다. "어머니가 무슨 일을 하는데요?"

"홍보 전문가였지만 지금은 그만뒀어요." 룰루가 말했다. "업스테이트에 사세요."

"어머님 성함이?"

"돌리."

알렉스는 질문을 계속 이어가 룰루가 태어나게 된 사연까지 거슬러 올라가고 싶었지만 자제했다. 음식이 나오자 대화가 중단되고 침묵이 흘렀다. 알렉스는 수프를 주문할 생각이었지만 어쩐지 빙충맞아 보일 것 같아 막판에 루벤 샌드위치로 정했는데, 음식을 씹다보면 캐러앤을 깨울 수밖에 없다는 걸 깜빡한 것이었다. 레몬 머랭 파이를 시킨 룰루는 포크 끝으로 파이를 조그맣게 잘라내 찍어 먹었다.

"그래서," 알렉스가 얘기를 계속 잇지 않자 그녀가 입을 열었다. "사장님 말로는 우리가 블라인드 팀blind team을 만들게 되면, 익명의 팀장 자리를 맡으실 거라면서요?"

"사장님이 그런 용어를 썼어요?"

룰루가 웃었다. "아뇨. 마케팅 용어예요. 학교에서 배웠죠."

"사실은 스포츠 용어죠. 스포츠에서…… 비롯되었어요." 알렉스가 말했다. 그는 여러 번 팀의 주장을 맡았다. 그러나 이렇게 어린 사람과 마주하고 있으니 너무 까마득한 시절 얘기라 신빙성 없게 들렸다.

"스포츠의 은유는 여전히 먹혀요." 룰루가 생각에 잠겨 말했다.

"그럼 이게 다 아는 얘기라고요?" 알렉스가 물었다. "블라인드 팀 말이에요." 알렉스는 그것이 자기만의 묘안인 줄 알았다. 팀을 조직하되, 앵무새 노릇을 한다는 수치심과 죄의식을 덜어주기 위해 팀에 소속되어 있다는 사실, 혹은 팀장이 있다는 사실을 알리지 말자는 것이었다. 각각의 팀원은 개별적으로 룰루와 일하고, 맨 위에서 알렉스가 비밀리에 지휘하는 방식이 될 것이다.

"아, 물론이죠," 룰루가 말했다. "BT―블라인드 팀―는 특히 연장자들한테 잘 맞아요. 제 말은―룰루가 미소 지었다―삼십대 이상의 사람들요."

"왜 그런 거죠?"

"연장자들이 좀더 저항감이 있는데……" 룰루는 머뭇거리는 듯했다.

"매수된다는 것에 대해서?"

룰루는 미소 지었다. "그런 거요. 우리가 표리부동한 은유라고 부르는 거죠. DM*은 설명 같지만 사실은 판단이죠. 그러니까 제 말은, 오렌지를 팔면 자신을 파는 걸까요? 전기제품을 수리하면 변절하는 걸까요?"

"아니죠. 그런 건 뒷구멍으로 하는 일이 아니니까." 알렉스는 자신이 거들먹거리고 있음을 의식하며 말했다. "앞뒤가 다 트여 있는 일이잖아요."

"그런데, 보세요, 그런 은유들—'뒷구멍'이나 '앞뒤가 다 트인'—은 우리가 인간 본연의 순수주의라고 부르는 체제의 일환이에요. AP**는 윤리적으로 완벽한 상태가 있다고 말하지만, 사실 그런 건 존재하지도 않고 존재한 적도 없죠. 그래도 일상적으로 사람들이 판단을 내리면서 생기는 편견을 뒷받침하는 데 쓰여요."

알렉스는 캐러앤이 꿈틀대는 게 목께에 느껴져 길고 두툼한 파스트라미 조각을 씹지도 않고 꿀떡 삼켰다. 여기 얼마나 오래 앉아 있었던 걸까? 예상보다 시간이 더 흐른 건 분명했지만, 아직도 알렉스는 이 어린 여자를 밀쳐내고 싶은 충동을 억누를 수가 없었다. 그녀의 자신감은 행복한 유년 시절을 보낸 결과라고 보더라도 지

---

* 표리부동한 은유(disingenuous metaphor)의 약자.
** 인간 본연의 순수주의(atavistic purism)의 약자.

나쳤다. 그것은 세포에 아로새겨진 자신감이었다. 신분을 감춘 여왕이라도 되는 듯, 사람들이 알아봐줄 필요도 없고, 자신도 바라지 않는 것처럼 굴었다.

"그래서," 그가 말했다. "돈 때문에 무언가를 믿는 것—혹은 믿는다고 말하는 것—이 근본적으로 잘못은 아니라고 생각하는 건가요?"

"근본적인 잘못," 룰루가 말했다. "말도 안 돼, 정말 고루한 윤리관의 표본이네요. 현대 윤리학 교수님을 위해 기억해둬야겠어요. 배스티 교수님이라고, 그런 윤리관들을 모으는 연세 지긋하신 분이거든요. 보세요," 룰루는 허리를 곧추세우고 (사근사근하니 장난스러운 표정과는 달리) 심각한 잿빛 눈을 알렉스를 향해 깜빡이며 말했다. "내가 믿으면, 믿는 거예요. 누가 내 이유들에 대해 이러쿵저러쿵 판단하나요?"

"그 이유라는 게 돈이면, 그건 신념이라고 할 수 없으니까. 그냥 개쓰레기지."

룰루가 얼굴을 찌푸렸다. 룰루 세대의 또다른 특징이었다. 욕을 하지 않는다는 것. 실제로 알렉스는 십대들이 '헐'이니 '덴장'이니 하는 말을 뚜렷한 반어적 의미도 없이 내뱉는 것을 들은 적이 있었다. "한두 번 보는 것도 아니잖아요," 룰루가 알렉스를 골똘히 바라보며 혼잣말을 했다. "강력한 마케팅 행위에 대해서 느끼는 윤리적 모순. 줄여서 EA*라고 부르죠."

---

* 윤리적 모순(ethical ambivalence)의 약자.

"SMA*까지 말해줄 필요는 없어요."

"네," 룰루는 계속 말했다. "팀장님의 경우 EA는 블라인드 팀을 뽑는 게 되겠네요. 표면적으로 팀장님은 아무 선택도 하지 않은 것처럼 보이겠죠. 입장이 굉장히 모호해요. 하지만 제 생각엔 정반대예요. EA는 일종의 예방접종인 거죠. 실제로 자신이 하려는 것을 위해 미리 선수 쳐서 자신을 해명하는 방식인 거죠. 기분 상하게 할 뜻은 없었어요." 그녀가 덧붙였다.

"기분 상할 얘기를 해놓고 '기분 상하게 할 뜻은 없었다'라고 말하는 것과 비슷한 건가요?"

룰루의 얼굴에 알렉스가 여태껏 한 번도 본 적 없는 짙은 홍조가 번졌다. 별안간 열이 올라 얼굴이 시뻘게졌는데, 흡사 호흡곤란이 오거나 금방이라도 피를 쏟을 것 같은 응급 사태에 나타나는 모습들과 맞먹었다. 알렉스는 반사적으로 자리를 고쳐 앉으며 캐러앤을 살펴보았다. 아이는 눈을 휘둥그레 뜨고 있었다.

"맞아요," 룰루가 숨가빠하며 말했다. "죄송해요."

"그럴 것까지야," 알렉스가 말했다. 룰루의 자신감보다 그 홍조에 마음이 더 동요했다. 그는 홍조가 가시면서 정반대로 새하얗게 질리는 그녀의 얼굴을 지켜보았다. "괜찮아요?" 알렉스가 물었다.

"괜찮아요. 그냥 말을 많이 해서 지친 거예요."

"동감이에요," 알렉스가 말했다. 그도 진이 빠졌다.

"잘못될 확률은 무궁무진해요," 룰루가 말했다. "우리가 가진

---

* 강력한 마케팅 행위(strong marketing action)의 약자.

건 은유뿐이고, 그것마저 결코 정확하다고 할 수 없죠. 단 한 번이라도 콕. 집어서. 말할. 수. 없어요."

"누구야?" 룰루를 뚫어져라 보던 캐러앤이 물었다.

"룰루야."

"그냥 문자로 해도 될까요?" 룰루가 말했다.

"그러니까―"

"지금요. 지금부터 문자로 해도 되죠?" 예의상 물어본 것일 뿐인 듯 룰루는 벌써 휴대전화를 만지작거리고 있었다. 잠시 후 알렉스의 바지 주머니 속 휴대전화가 진동했다. 그는 어쩔 수 없이 캐러앤을 밀어내고 휴대전화를 꺼내야 했다.

명단 좀 있는지? 화면엔 그렇게 떠 있었다.

그럭저럭. 알렉스는 문자로 답을 보내고, 오십 명의 연락처와 함께 주의사항, 접근방식에 대한 조언, 개인적인 금기사항까지 룰루의 휴대전화로 한꺼번에 전송했다.

좋아요. 일 시작해야겠네요.

그들은 서로를 바라보았다. "간단하군요," 알렉스가 말했다.

"그러니까요," 룰루가 말했다. 안도한 나머지 졸려 보이기까지 했다. "순수하죠―철학도, 은유도, 판단도 없어요."

"그거, 그거," 캐러앤이 말했다. 아이는 아빠가 부주의하게도 자기 코앞에서 사용중인 휴대전화를 가리키고 있었다.

"안 돼," 알렉스는 갑자기 걱정이 돼서 말했다. "우리― 우린 이만 가야겠어요."

"잠시만요," 룰루는 그제야 캐러앤이 있다는 걸 알아차린 것처럼 말했다. "제가 애한테 문자할게요."

"아, 우리는 그런 걸—" 그러나 알렉스는 어린아이들의 휴대전화 사용에 대해 레베카와 공유하고 있는 신념을 룰루에게 어떻게 설명해야 할지 난감했다. 그리고 지금 그의 휴대전화가 다시 한번 진동하고 있었다. 캐러앤이 즐거운 비명을 지르며 통통한 집게손가락으로 화면을 콕콕 찔렀다. "나가 하 꺼야," 아이가 아빠에게 알렸다.

꼬마 아가씨, 조은 아빠를 가졌구나, 어쩔 수 없이 큰 소리로 읽어주는 알렉스의 얼굴에 기다렸다는 듯이 홍조가 번졌다. 캐러앤은 고기 저장고에 풀어놓은 굶주린 개처럼 미친 듯이 키를 두드려댔다. 이때 우연히 어린아이용으로 휴대전화에 저장된 이미지가 하나 떴다. 작열하는 태양 아래의 사자. 캐러앤은 태어날 때부터 해온 것인 양 사자의 몸 이곳저곳을 줌인했다. 룰루가 문자를 보냈다. 난 아빠 본 적도 없어. 태어나기 전 사망. 알렉스는 이번 문자는 눈으로만 읽었다.

"앗, 몰랐어요." 그는 고개를 들어 룰루를 보며 말했지만 목소리가 너무 컸다. 마치 눈치 없이 끼어든 것 같았다. 그는 시선을 내리깔고, 믹서기처럼 정신없이 움직이는 캐러앤의 손가락 사이로 간신히 문자를 보냈다. 유감.

까마득한 옛날 얘기. 룰루의 답신이었다.

"내 *꺼야*!" 캐러앤이 후두에서 생짜로 터져나오는 고함을 지르더니, 삼각포대에서 몸을 뻗대며 집게손가락으로 알렉스의 주머니를 쿡쿡 찔렀다. 주머니 속에선 휴대전화가 진동하고 있었다. 캐러앤을 데리고 식당에서 나온 지 몇 시간이나 지났는데 그때부터 휴대전화는 시도 때도 없이 떨리고 있었다. 아빠의 몸을 통해 진동을 느낀다니 가능한 얘긴가?

"내 꺼 롤리팝!" 아이가 어떻게 휴대전화를 그렇게 부르게 됐는지 알렉스로선 알 수 없는 노릇이었지만, 따끔하게 바로잡지는 않았다.

"우리 아가, 뭐 줄까?" 레베카가 직장에서 낮 시간을 보내고 돌아오면 종종 딸에게 쓰는, (알렉스 생각엔) 지나치게 감싸고도는 말투로 말했다.

"아빠 롤리팝."

레베카가 의아한 표정으로 알렉스를 보았다. "롤리팝 갖고 있어?"

"그럴 리가."

그들은 해가 지기 전에 강가에 도착하려고 서쪽으로 서둘러 가고 있었다. 지구가 온난화에 '적응'하느라 공전주기를 조정한 결과 겨울철 낮이 짧아졌고, 그래서 1월인 요즘엔 네시 이십삼분이면 해가 졌다.

"내가 안을까?" 레베카가 물었다.

그녀는 삼각포대에서 캐러앤을 들어올려서 거무스름한 보도에 내려놓았다. 아이는 허수아비처럼 기우뚱거리며 몇 발짝 걸었다. "아이가 걷게 되면 이때가 그리워질 거야," 알렉스가 말했다. 레베카는 아이를 들어올려 안고는 걸음을 재우쳤다. 그는 아까 예고도 없이 도서관으로 아내를 찾아갔다. 아파트에서 들리는 공사 현장의 소음을 피할 셈으로 종종 그랬지만 오늘은 또다른 이유가 있었다. 아내에게 베니와의 약속에 대해 말해야 했다. 이제, 더는 미뤄선 안 되었다.

그들이 허드슨 강에 다다랐을 무렵에는 이미 해가 수면 뒤로 떨어진 뒤였다. 그러나 계단을 올라가 수상공원!이라는 거창한 이름이 붙은 강 위쪽의 널판이 성곽처럼 둘러쳐진 곳에 도착하니 루비와 오렌지 빛이 감돌고 달걀노른자 같은 태양이 호보큰 바로 위에 걸려 있었다. "내려," 캐러앤의 명령에 레베카가 아이를 놓아주었다. 아이는 벽의 바깥쪽 끝 철제 펜스를 향해 달려갔다. 펜스 주변은 이 시간대엔 언제나 사람들로 북적였다. 그들은 (알렉스와 마찬가지로) 벽이 준공되기 전까진 해질녘 풍경은 거의 신경 쓰지도 않았지만, 이제는 목을 빼고 기다리게 되었다. 딸을 따라 사람들이 몰려 있는 곳으로 가면서 알렉스는 레베카의 손을 잡았다. 처음 만났을 때부터 지금까지 그녀는 때론 〈딕 스마트〉*에 나오는 여자처럼, 때론 '캣우먼'처럼 보이는 얼간이 안경을 쓰고 다니는 것으로 자신의 섹시한 아름다움을 깎아내렸다. 알렉스가 그 안경을 마음에 들어한 이유는 그럼에도 레베카의 섹시한 아름다움을 감추지 못했기 때문이었지만, 최근에는 딱히 그래 보이지도 않았다. 안경

---

* 1967년 이탈리아 영화. 여주인공 '레이디 리스너'는 평소 두꺼운 뿔테안경을 쓰고 다니며 본모습을 감춘다.

에다 때 이른 새치와 잦은 수면 부족까지 더해져, 그녀가 짐짓 가장했던 모습이 아예 정체성으로 굳어지려는 불길한 조짐을 보이고 있었다. 강의를 두 개나 맡아서 가르치고 각종 위원회의 의장직을 수행하는 틈틈이 책 한 권을 끝내야 하는 취약하면서도 별수 없는 학제적 노예생활. 알렉스가 가장 절망했던 건 이런 상황에서 그에게 주어진 역할이었다. 바로 자기 건사도 못 하면서 아내의 생명력(혹은 적어도 섹시한 아름다움)을 빨아먹는 나이 든 음악광이 그것이었다.

레베카는 학계의 스타였다. 그녀의 새 저서는 단어 껍질word casing 현상들을 다루었는데, 그것은 인용의 경우를 제외하면 더이상 의미를 갖지 않는 단어들을 지칭하기 위해 그녀가 고안해낸 용어였다. '친구friend'와 '실제real'와 '스토리story'와 '변화change'처럼, 영어엔 텅 비어 껍데기만 남은 단어가 무수히 많았다. 의미를 털어낸 후 겉켜만 남은 단어들. '아이덴티티identity' '검색search' '클라우드cloud' 같은 말들은 웹에서 사용되면서 확연히 생명력이 빠져나가버렸다. 다른 단어들의 경우, 그 경위는 더 복잡했다. 어떤 경위로 미국인American이라는 말이 풍자어가 되고 말았는가? 어떤 경위로 민주주의democracy란 말이 장난치고 조롱하는 용도로 쓰이게 되었는가?

늘 그렇듯, 태양이 미끄러져 넘어가기 직전의 몇 초 동안 고요가 사람들을 뒤덮었다. 캐러앤조차 레베카의 품에 안긴 채 잠잠했다. 알렉스는 햇빛의 잔재가 얼굴에 와 닿는 것을 느끼며 눈을 감았고, 페리선이 지나가면서 물결치는 소리가 귓속을 메우는 가운데 그 은은한 온기를 만끽했다. 해가 완전히 떨어지자 주문에서 풀려나기라도 한 듯 모두 급작스레 움직였다. "내려," 캐러앤은 그렇게 말하고는 수상공원을 따라 아장아장 걸었다. 레베카가 웃으며 아이를 쫓아 달렸다. 알렉스는 재빨리 휴대전화를 확인했다.

 제이디는 고민 좀 해보겠음
 산초는 오케이
 칼: 좆까

각각의 답장에 그는 어느 오후에 익히 맛보았던 뒤죽박죽인 감정을 느꼈다. 수락했다는 답장에 득의만만하다가도 슬며시 조롱하는 마음이 들었고, 거절했다는 답장엔 실망하다가도 존경하는 마음이 커져갔다. 그가 막 문자로 답장을 보내는 차에, 쿵쿵 발을 구르는 소리와 함께 딸아이가 길게 소리를 질렀다. "롤리이이이이이이팝!" 알렉스는 잽싸게 휴대전화를 치웠지만 이미 늦었다. 캐러앤은 그의 청바지 자락을 잡아당기고 있었다. "내 꼬, 그고," 아이가 말했다.

레베카가 슬쩍 옆으로 다가왔다. "뭔가 했더니. 롤리팝이 그거였구나."

"그런 것 같네."

"애가 만지게 놔뒀어?"

"딱 한 번. 괜찮지?" 하지만 알렉스의 심장은 마구 고동치고 있었다.

"그렇게 아무렇지도 않게 규칙을 바꿔? 일방적으로?"

"안 바꿨어, 깜박 실수한 거야. 알았어? 딱 한 번 실수한 것도 안 돼?"

레베카가 눈썹을 치켜세웠다. 알렉스는 아내가 자신을 유심히 살펴보는 기색이 느껴졌다. "하필 왜 지금?" 그녀가 말했다. "어쨌든 오늘 중에서도 왜 지금— 이해가 안 돼."

"안 되고 자시고 할 것도 없어!" 알렉스는 소리를 빽 질렀지만, 그러면서도 생각했다. 아내가 어떻게 알았지? 그러다 문득 든 생각. 저 친구가 뭘 알고 있는 거지?

사그라져가는 햇빛 속에서 그들은 서로 의심스러운 눈길로 바라보며 서 있었다. 캐러앤은 잠잠했다. 롤리팝은 이미 잊은 게 분명했다. 수상공원은 사람들이 거의 다 빠져나가고 한산했다. 베니와 맺은 계약에 대해 털어놓아야 할 때— 지금, *지금이야!* —였지만, 알렉스는 이미 다 탄로나서 계획이 엉망이 되기라도 한 것처럼 옴짝달싹할 수가 없었다. 심지어 문자로 알리고 싶다는 황당한 생각까지 들면서 머릿속으로 레베카에게 보낼 메시지를 작성하고 있었다. 새 일 하는 중—거금을 벌지도! 너그러이 봐줘.

"가자." 레베카가 말했다.

알렉스가 캐러앤을 안아올려 삼각포대 속에 넣고, 그들은 수벽에서 내려와 어둠 속으로 걸어갔다. 어둑어둑한 길을 함께 걸어가면서 알렉스는 레베카와 처음 만난 날을 떠올리고 있었다. 늑대 가면을 쓴 지갑털이범을 쫓다가 허사가 된 후, 알렉스는 레베카를 꼬여 맥주와 부리토를 먹으러 갔고, 그런 다음 D애비뉴의 그녀의 집으로 갔고, 세 명의 룸메이트를 피해 건물 옥상으로 올라가 섹스를 했다. 그때까지 레베카의 성도 몰랐다. 그리고 그 대목에서, 아무 조짐도 없이, 베니 살러자르 밑에서 일했던 여자의 이름이 퍼뜩 떠올랐다. 사샤. 문이 저절로 열리듯 딱히 애쓰지 않았는데도 이름이 떠올랐다. 사샤. 알렉스가 그 이름을 주의 깊게 머릿속에 새겨넣자, 아니나 다를까, 그 뒤를 이어 첫번째 소환을 받은 기억들이 수선스레 빛 속으로 나왔다. 호텔 로비. 작고 지나치게 덥던 아파트. 마치 꿈을 다시 기억해내는 것 같았다. 그 여자와 섹스를 했던가? 알렉스 생각엔 분명 그랬던 것 같긴 했다―소싯적 데이트란 데이트는 어김없이 섹스로 귀결됐으니까. 하지만 아기의 살내와 생분해성 기저귀에서 화학작용이 일어나는 냄새가 풀풀 풍기는 부부 침대에서 이런 생각을 이어가기란 여간 어려운 일이 아니었다. 그러나 사샤는 섹스 여부와 관련해서는 이렇다 할 단서를 주지 않았다. 그녀는 그에게 윙크를 하는가 싶더니(눈이 초록색이었나?) 스르륵 사라져버렸다.

 소식 들었어요? 어느 날 밤늦게, 알렉스는 늘 앉는 창가 자리에서 문자메시지를 읽었다.
 넵. 들었어요.
 '소식'이란 베니가 스코티 하우스먼의 콘서트 장소를 야외인 '풋프린트'로 옮겼다는 것이었고, 이런 변경은 알렉스의 블라인드 팀 앵무새들이 (추가 보수 없이) 콘서트에 갈 만한 사람들이 장소를 알 수 있도록 더 발품을 팔아야 한다는 뜻이었다.
 베니는 그 전에 알렉스에게 전화로 공연 장소가 변경되었다고 알려주었던 터였다. "스코티는 막힌 공간에선 제대로 기를 못 펴. 탁 트인 데라면 더 좋아할 것 같아." 그것은 날로 늘어나는 요구와 요주의 사항의 맹공격 중 가장 최근의 것이었다. "그 친구가 고독을 즐기는 타입이라서(스코티에게 트레일러를 마련해줘야 한다면서 베니 왈)." "그 친구가 말재주가 없어서(스코티가 인터뷰를 거절한 이유)." "그 친구가 애들하고 지내본 적이 별로 없어서(스코티가 '포인터 소리'에 심란해할지도 모른다는 이유)." "그 친구가 첨단기술을 경계하는 편이라서(베니가 스코티를 위해 만든 웹페이지에 스코티의 스트리밍 음성파일을 올리거나 팬들이 보낸 문자메시지에 답신하기를 거부하는 이유)." 웹페이지에는 스코티의 사진—색색의 커다란 공에 에워싸인 그는 머리가 길고 쾌활한 인상에 도자기처럼 하얀 이를 드러내며 미소 짓고 있다—이 올라와 있었다. 그 사진을 볼 때마다 알렉스는 짜증이 스멀스멀 올라왔다.

다음엔 뭐임? 그는 룰루에게 답신을 보냈다. 굴 요리?

중국음식만 먹음

!

...

실제 모습은 낫다고 말해주시압

본 적 없음

진짜?

부끄부끄;

#@&*

...

이런 식의 두서없는 문자 대화가 끝도 없이 이어졌고, 그러는 틈틈이 알렉스는 블라인드 팀의 앵무새들을 모니터했다. 스코티 하우스먼에게 열광적인 지지를 표하는 웹페이지와 스트림들을 체크했고, 태만한 자들을 '위반자' 리스트에 올렸다. 룰루와는 삼 주 전 미팅 이후론 만난 적도, 심지어 전화 통화를 한 적도 없었다. 룰루는 알렉스의 호주머니 속에 사는 사람이었고, 그는 룰루만 따로 전용 진동으로 설정해놓았다.

알렉스는 고개를 들었다. 그의 집 창문 아래쪽 절반을 가린, 공사중인 건물의 수직 통로와 기둥들로 이루어진 거친 실루엣 너머로 아직은 엠파이어스테이트 빌딩의 뾰쪽한 끄트머리가 보였다. 며칠 새에 그마저도 보이지 않게 될 것이다. 사람들로 바글바글한 들쭉날쭉한 구조물이 맨 처음 알렉스의 창밖에 모습을 드러냈을 때 캐러앤은 잔뜩 겁을 집어먹었고, 알렉스는 그 현실을 일종의 놀이로 만들려고 갖은 애를 썼다. "빌딩이 위로 쭉쭉!" 건축 과정이 짜릿하고 고대되는 것인 양 매일 그렇게 말했고, 아빠의 신호를 받아들인 캐러앤도 손뼉을 치며 독려했다. "위로! 위로!"

bldg(빌딩)가 위로 쭉쭉. 지금 룰루에게 문자를 보내면서 알렉스는 아기들의 언어가 문자메시지의 좁은 공간에 더없이 안성맞춤이라고 새삼 생각했다.

...bldg? 룰루의 답신이 왔다.

우리 집 옆. 공기/빛 차단됨

저지 불가능?

해봤지

이사 가능?

발 묶였음

nyc. 룰루의 답신에 알렉스는 처음엔 당황했다. 비웃다니, 룰루답지 않았다. 이윽고 그는 룰루가 '잘됐다nice'이라는 뜻으로 말한 게 아님을 깨달았다. 그녀는 '뉴욕 시'를 의미한 것이었다.

콘서트 날은 '계절에 맞지 않게' 따뜻했다. 섭씨 32도에 건조한 날씨였고, 교차로마다 비스듬히 비쳐드는 황금빛 햇살이 사람들의 눈을 찔렀고, 그들 뒤로 그림자가 터무니없이 길게 드리웠다. 1월에 꽃을 피웠던 나무들은 이제 잎을 떨어뜨리고 있었다. 레베카는 지난여름 사둔 앞면에 오리 그림이 있는 옷을 캐러앤에게 입혔고, 알렉스와 함께 그들은 6번 애비뉴 고층건물들 사이에 난 보도에 몰려 있는 수많은 젊은 가족들에 합류했다. 캐러앤은 삼각포대 대신 쓰려고 최근 장만한 티타늄 가방에 들어간 채 알렉스의 등에 업혀 있었다. 공공집회에서 유모차는 금지되었다. 인파가 해산할 때 방해되기 때문이었다.

알렉스는 콘서트에 대해 레베카에게 뭐라고 운을 떼야야 할지 골몰했지만 결국 그럴 필요가 없게 되었다. 캐러앤이 잠든 후 휴대전화를 들여다보던 그녀가 이렇게 말한 것이다. "스코티 하우스먼…… 베니 살러자르가 우리한테 들려준 음악이 이 사람 거지?"

알렉스는 심장 부근에서 작은 폭발이 일어나는 것을 느꼈다. "그럴걸, 왜?"

"그 사람이 토요일에 풋프린트에서 무료 공연을 한다고 애고 어른이고 할 것 없이 떠들어대더라고."

"그래?"

"혹시 베니와 다시 만나게 될지 알아?" 그녀는 남편의 입장에서, 베니에게 고용되지 않았다는 사실에 아직까지도 속상해하고 있었던 것이다. 그 얘기가 튀어나올 때마다 알렉스는 죄책감에 속이 쓰렸다.

"그러네," 그가 말했다.

"그러니까 가보자," 레베카가 말했다. "안 될 거 있어? 무료라는데?"

14번가를 지나자 고층건물들이 사라지면서 비스듬히 내리쬐는 햇볕이 그들에게 덤벼들었다. 2월의 하늘에 너무 낮게 뜬 태양 앞에선 그 어떤 가리개도 소용없었다. 눈이 부셔서 알렉스는 자칫 옛 친구 제우스를 못 알아보고 지나칠 뻔했지만, 알고 나서도 피하려 했다 — 제우스는 블라인드 팀 소속 앵무새였다. 그러나 한발 늦었다. 이미 레베카가 그의 이름을 부른 뒤였다. 제우스는 러시아인 여자친구 나타샤와 함께, 육 개월 된 쌍둥이를 각자 한 명씩 포대기에 안아들고 있었다.

"스코티 공연 가는 거야?" 제우스가 물었다. 스코티 하우스먼이 둘 다 아는 사람이기라도 한 듯한 말투였다.

"응," 알렉스는 조심스레 대답했다. "너도?"

"당연하지," 제우스가 말했다. "슬라이드*로 랩스틸 기타를 친다니, 그런 거 라이브로 본 적 있어? 심지어 로커빌리도 아닌데 말이야." 제우스는 혈액은행에서 일했고, 여가 시간엔 다운증후군 아이들이 프린트 스웨트셔츠를 제작해 파는 걸 도왔다. 알렉스는 어느새 제우스의 얼굴을 유심히 뜯어보며 앵무새 티가 나지는 않는지 살폈지만, 유행이 지난 지 한참 됐는데도 몇 년째 고수하는 소울 패치**까지 그의 친구는 예전과 조금도 달라 보이지 않았다.

"진짜 죽여주는 라이브를 할 거라는데요." 나타샤가 특유의 억센 억양으로 말했다.

"나도 들었어요." 레베카가 말했다. "여덟 명쯤 되는 사람들한테 들었어요. 좀 이상한 것 같아요."

"이상하긴요." 나타샤가 걸걸한 소리로 웃으며 말했다. "다 돈 받고 하는 건데요." 얼굴이 화끈 달아오른 알렉스는 나타샤를 제대로 볼 수도 없었다. 그러나 나타샤가 별다른 근거 없이 그렇게 말한다는 건 확실했다. 제우스는 비밀리에 임무를 수행했다.

"하지만 여기 온 사람들을 보니까 다 알 만한 얼굴들이에요." 레베카가 말했다.

교차로마다 낯익은 얼굴과, 그러니까 옛 친구들과 친구의 친구들, 지인들, 그냥 왠지 낯이 익은 사람들과 계속 마주치게 되는 그런 날이었다. 이 도시에서 얼마나 오래 살았는지, 알렉스는 그들을 어떻게 알게 됐는지조차 기억해낼 수 없었다. 그가 디제잉을 했던 클럽에서? 비서로 일했던 법률사무소에서? 톰킨스 스퀘어 파

---

* 손가락에 끼우거나 손에 쥐고 기타 줄을 매끄럽게 타는 데 사용되는 도구.

** 아랫입술 바로 밑부터 턱이 시작되는 부분까지 기르는 좁은 수염.

크에서 몇 년 동안 했던 즉석 농구경기에서? 스물네 살에 뉴욕에 온 첫날부터 금방이라도 떠날 것 같았는데—심지어 지금도 그와 레베카는 물가가 더 싼 곳에 좋은 일자리가 생기기만 하면 지체 없이 떠날 작정이었다—어쩌다보니 그럭저럭 꽤 세월이 흘렀고, 맨해튼에 사는 사람이라면 누구든 적어도 한 번은 본 것 같은 기분이 들었다. 그는 이 무리 중에 사샤도 있을지 궁금했다. 그녀가 어떤 모습일지 알지도 못하면서 어느덧 그녀와 막연하게나마 닮은 얼굴을 찾고 있었다. 이렇게 세월이 흐른 후에도 사샤를 알아본다면 그 질문에 대한 답을 상으로 받을 수 있을 것처럼.

남쪽으로 가게? ……우리가 들은 얘긴 이거야…… 단순히 포인터 때문이 아니라…… 그가 할 공연이……

워싱턴 스퀘어 부근에서 이런 식의 대화가 아홉 번인가 열 번 오가고 난 후, 알렉스는 이 모든 사람들, 아이 부모와 아이가 없는 사람, 싱글과 커플, 게이와 스트레이트, 피어싱을 한 사람과 하지 않은 사람들 모두가 스코티 하우스먼의 공연을 보러 가고 있다는 사실을 불현듯 분명히 깨달았다. 한 **사람도 빠짐없이**. 그 사실을 깨닫고 그는 도저히 믿기지 않아 크게 동요했고, 뒤이어 자부심과 권능을 맛보았고—그가 해냈다, 빌어먹을, 천재적으로 해낸 것이다—또 뒤이어 속이 메스꺼워졌고(그런 승리감은 마뜩잖았다), 또 뒤이어 두려움이 따라왔다. 만약 스코티 하우스먼이 대단한 뮤지션이 아니라면? 그저 그런, 아니 형편없는 수준이라면? 그러자 자가 처방한 습포제가 문자메시지 형태로 두뇌에 도착했다. 아무도 날 몰라. 난 투명인간이야.

"괜찮아?" 레베카가 물었다.

"응. 왜?"

"긴장한 것 같아서."

"그래?"

"내 손을 꽉 잡고 있잖아." 그렇게 말한 레베카는 단춧구멍 같은 눈 아래로 미소 지으며 덧붙였다. "나야 기분 좋지만."

커낼 가를 가로질러 로어 맨해튼으로 진입했을 즈음(몰려든 어린아이들의 밀도는 가히 전국 최고치를 기록하고 있었다), 알렉스와 레베카와 캐러앤은 보도를 장악하고 거리를 가득 메운 인파의 일부가 되었다. 차량이 통제되고, 헬리콥터들이 머리 위로 몰려들더니 알렉스가 처음 몇 년은—너무 시끄럽고, 너무 시끄러워서—견디지 못했지만 갈수록 익숙해진 소음을 내며 공기중을 휘젓고 있었다. 그것은 안전에 대한 대가였다. 주변의 삼각포대와 행낭과 아기 캐리어와 손아래 애들을 데리고 가는 손위 애들의 물결을 보면서 알렉스는 오늘 그들의 시끌벅적한 군사적 난장이 묘하게 시의적절하다고 생각했다. 이런 것이야말로 군대가 아니던가? 아이들의 군대. 남은 것이 아무것도 없음을 깨닫지 못한 이들만이 될 수 있는, 신념의 화신.

애들이 있으면 미래도 있는 것, 그렇지?

그들 앞에는 화려한 신축 건물들이 하늘을 배경으로 높이 치솟아 있었다. (알렉스는 사진으로만 보았던) 예전 건물들보다 훨씬 더 근사했는데, 텅 비어 있어서 건물이라기보다는 조각품 같았다. 그 건물들 쪽으로 다가갈수록 인파의 움직임이 느려지더니, 앞쪽 무리가 주변 풍경이 비친 연못들 주위로 진입하자 정체되었고, (정부 발급 휴대전화로 미루어 알아볼 수 있는) 갑자기 빽빽하게 모여든 경찰관과 안전요원들과 더불어 코니스, 가로등 기둥, 나무들마다 설치된 시각 스캐닝 장치들이 부쩍 눈에 띄었다. 풋프린트에 올 때마다 어김없이 그랬지만, 이십 년도 전에 이곳에서 일어났던 사건의 무게가 희미하게나마 여전히 알렉스를 내리눌렀다. 그는 그 무게를 가청 대역에 바로 인접한 소리, 오래전의 격변이 남긴 진동으로 인식했다. 그리고 지금, 그 느낌은 전에 없이 뚜렷했다. 낮고 깊게 퉁기는 그 음은 본래부터 친숙한 것처럼 느껴졌다. 마치 알렉스가 수년간 만들고 집적해놓은 모든 소리를 안에서부터 휘저어대고 있는 것 같았다. 숨겨진 맥박처럼.

레베카가 알렉스의 손을 꽉 쥐었다. 그녀의 가느다란 손가락들은 축축했다. "사랑해, 알렉스," 그녀가 말했다.

"그 말을 왜 그렇게 해? 꼭 좋지 않은 일이 터질 것 같잖아."

"불안해서," 그녀가 말했다. "나도 이제 불안해."

"헬리콥터 때문에 그래." 알렉스가 말했다.

"잘 왔어," 베니가 웅얼거렸다. "거기서 기다려, 알렉스, 그래도 괜찮겠지. 거기 문 바로 옆에서."

알렉스는 수천 명으로 불어난 군중 속에 레베카와 캐러앤과 친구들을 두고 온 터였다. 모든 사람들이 인내심을 가지고 기다렸지만, 안절부절못하면서 스코티 하우스먼이 연주할 단상을 감시하는 네 명의 로디*를 지켜보는 가운데 공연 시작 시간이 되고, 또 그냥 지나가자 점차 인내심을 잃어갔다. 베니를 도우라는 룰루의 문자 메시지를 받고 알렉스는 이중 삼중의 보안 검색을 요리조리 통과해 스코티 하우스먼의 트레일러까지 왔다.

트레일러 안에는 베니와 나이 지긋한 로디가 검은색 접의자에 구부정하니 앉아 있었다. 스코티 하우스먼은 그림자도 보이지 않았다. 알렉스는 목구멍이 바짝 마르는 느낌이었다. 나는 투명인간, 그는 속으로 되뇌었다.

"베니, 내 말 좀 들어." 로디가 말했다. 그의 두 손이 체크무늬 플란넬 셔츠의 소맷동 아래서 떨렸다.

"넌 할 수 있어," 베니가 말했다. "정말이야."

"내 말 좀 들어보라니까, 베니."

"문 옆에 서 있어, 알렉스," 베니가 다시 말했다. 바로 맞힌 셈이었다. 알렉스는 베니에게 가서 도대체 무슨 생각을 하고 있는 거냐고 따지려던 참이었기 때문이다. 이 늙어빠진 로디를 스코티 하우스먼 대신 내세울 셈입니까? 스코티 대역으로 세우게요? 뺨은 홀쭉하고, 손은 뻘겋고 마디져서 포커게임도 하기 힘들었을 것처럼 보이는데다, 무릎 사이에 끼고 있는 생경하고 섬세해 보이는 악기는 또 뭐란 말인가? 그러나 그 악기에 시선이 꽂힌 순간 알렉스는 퍼뜩 깨달았고, 배 속이 뒤집혔다. 이 늙어빠진 로디가 스코티 하우스먼이었다.

---

*로드 매니저.

"사람들이 와 있어." 베니가 말했다. "모든 게 진행중이라고. 멈출 수 없어."

"너무 늦었어. 난 너무 늙었어. 난 안 돼— 할 수 없어."

스코티 하우스먼의 목소리는 방금 전까지 울었거나, 아니면 금방이라도 울음을 터뜨릴 것처럼 들렸다—어쩌면 둘 다일 수도 있었다. 어깨까지 내려오는 머리칼은 매끈하게 뒤로 넘겼고 텅 빈 두 눈은 취한 듯 멍했는데, 그래서인지 깔끔하게 면도를 했는데도 전체적으로 노숙자 분위기를 풍겼다. 알렉스의 눈에 띈 유일한 면모라곤 그의 치아뿐이었다. 새하얗고 반짝반짝 빛나는—부끄러워하는 모양. 마치 그 정도가 이 망가진 얼굴에 할 수 있는 최선임을 알고 있는 것처럼 생긴 치아였다. 그러자 알렉스는 스코티 하우스먼은 존재하지 않는다는 사실을 납득했다. 스코티 하우스먼은 인간의 형상을 한 단어 껍질이었다. 본질이 사라져버린 껍데기.

"넌 할 수 있어, 스코티— 해야 돼." 베니는 평소와 다름없이 침착하게 말했지만, 그의 숱 없는 은발 사이로 정수리께 맺힌 땀방울이 희미하게 반짝이는 것이 알렉스의 눈에 들어왔다. "시간은 깡패야, 그렇잖아? 그 깡패가 널 해코지하는데 가만있을 거야?"

스코티는 고개를 저었다. "깡패가 이겼어."

베니는 길게 숨을 쉬고는 손목시계를 흘긋 내려다보았지만, 어디까지나 초조함을 드러내는 몸짓일 뿐이었다. "네가 나한테 왔잖아, 스코티, 기억나?" 베니가 말했다. "이십 년도 전에— 그렇게나 오래됐다니 믿어져? 나한테 물고기를 갖다줬잖아."

"그래."

깡패단의 방문 451

"난 네가 날 죽이려고 온 줄 알았어."

"그랬어야 했는데," 스코티가 말했다. 밭은기침처럼 웃음이 한 번 터졌다. "그러고 싶었어."

"그런데 내 인생 종쳤을 때—스테파니한테 쫓겨나고, 소즈 이어에서도 해고당했을 때—내가 널 수소문해 찾아냈잖아. 그때 내가 뭐랬지? 기억나? 이스트 강에서 낚시하고 있던 널 찾아냈을 때? 밑도 끝도 없이 그랬잖아? 내가 뭐라고 했었지?"

스코티가 무슨 말인가 웅얼거렸다.

"내가 그랬잖아, '이제 네가 스타가 될 차례야'. 그랬더니 네가 나한테 뭐라고 했지?" 베니는 스코티 쪽으로 몸을 기울이더니 생각보다 우아하게 생긴 손으로 스코티의 떨리는 양 손목을 붙잡고는 그의 얼굴을 뚫어져라 들여다보았다. "네가 그랬잖아. '어디 한번 해봐'라고."

오랜 침묵이 흘렀다. 그리고 아무런 낌새도 없이 별안간 스코티가 자리를 박차고 일어섰고, 의자가 뒤집어지는 것과 동시에 트레일러 문으로 돌진했다. 알렉스는 언제든지 옆으로 비켜나 그를 보내줄 준비가 되어 있었지만 스코티가 한발 더 빨랐고, 우격다짐으로 그를 밀쳐내려고 했다. 그제야 알렉스는 자신의 임무—베니가 그를 거기 세워둔 유일한 이유—가 문을 막고 가수가 빠져나가지 못하게 하는 것임을 깨달았다. 둘은 말 한 마디 없이 숨을 몰아쉬며 몸싸움을 벌였고, 스코티의 쭈그러진 얼굴이 자신의 얼굴에 닿을 듯 가까이 있다보니 알렉스는 그의 숨결에서 풍기는 냄새를 맡고 말았다. 맥주 냄새거나, 맥주를 마시고 난 다음 나는 입 냄새 같았다. 곧 그는 그 의견을 수정했다. 예거마이스터였다.

베니가 뒤에서 스코티를 붙잡았지만, 시늉에 가까웠다. 알렉스가 그 사실을 안 건 스코티가 뒤로 물러섰다가 그의 명치에 박치기를 한 순간이었다. 숨이 턱 막히며 상체가 앞으로 꽥 고꾸라진 알렉스의 귀에 베니가 흡사 말을 진정시키듯 스코티에게 소곤대는 소리가 들렸다.

다시 숨을 쉴 수 있게 되자 알렉스는 있는 힘을 그러모아 상사와 상의를 하려 했다. "베니, 저분이 원하지 않으시면—"

스코티가 얼굴을 향해 팔을 휘둘렀지만 알렉스는 재빨리 옆으로 몸을 피했고, 뮤지션의 주먹에 얇은 문이 부서졌다. 타닌 같은 피 냄새가 났다.

알렉스는 다시 한번 말을 꺼내려 했다. "사장님, 이건 아무래도—"

스코티가 베니의 손에서 몸을 비틀어 빼더니 무릎으로 알렉스의 사타구니를 걷어찼다. 알렉스는 극심한 고통에 바닥에 쓰러졌다. 스코티는 그런 알렉스를 옆으로 걷어차곤 문을 벌컥 열어젖혔다.

"안녕하세요." 문밖에서 누군가의 목소리가 들렸다. 카랑카랑하고 또렷한 것이 어렴풋이 귀에 익은 목소리였다. "룰루라고 해요."

휘몰아치는 고통 속에서 알렉스는 간신히 고개를 돌려 트레일러 밖의 상황을 보았다. 스코티는 여전히 문간에 서서 아래를 내려다보고 있었다. 비스듬한 겨울 햇살에 룰루의 머리가 타올랐고, 그렇게 빚어진 후광이 얼굴을 에워쌌다. 그녀는 엉성한 금속 난간 양쪽에 한 팔씩 걸친 채 스코티를 가로막고 서 있었다. 스코티는 얼마든지 그녀를 때려눕힐 수 있었지만 그러지 않았다. 머뭇거리다가, 길을 막아선 이 사랑스러운 소녀를 굽어본 그는 망연자실했다.

"저랑 같이 가실래요?" 룰루가 물었다.

베니는 허둥지둥 기타를 들어서 엎어져 있는 알렉스 너머로 스코티에게 건네주었다. 악기를 받아 가슴에 꼭 끌어안은 스코티는 길고 떨리는 숨을 들이쉬었다. "내 팔을 잡아준다면, 얘야," 그렇게 대답했을 때, 알렉스의 눈앞에 스코티 하우스먼의 환영이 깜박였다. 아직 남아 있는 섹시하고 쾌활한 잔재로부터 떠오른.

룰루가 스코티의 팔을 휘감았고, 둘은 곧장 인파 속으로 걸어들어갔다. 얼떨떨한 표정에 기다랗고 기이하게 생긴 악기를 든 괴짜 노인, 그리고 어쩌면 그의 딸이었을지도 모르는 젊은 여자. 베니는 힘겹게 알렉스를 일으켜세웠고, 둘은 함께 뒤따랐다. 알렉스의 다리가 흐느적거리며 휘청거렸다. 바다처럼 펼쳐져 있던 인파가 자연스레 갈라지며 무대로 가는 길을 터주었다. 무대엔 스툴과 열두 개의 엄청나게 큰 마이크가 설치되어 있었다.

"룰루," 알렉스는 베니에게 말하며 고개를 설레설레 저었다.

"온 세계를 손에 쥐고 주무를 여자야," 베니가 말했다.

스코티는 무대에 올라가 의자에 앉았다. 청중을 한 번 흘긋 내려다보지도, 소개말 한 마디 하지도 않고 〈나는 작은 양I Am a Little Lamb〉을 연주하기 시작했다. 동요 같은 선율과 잘 세공되어 팽팽한 슬라이드 기타 줄의 소리가, 그 미묘하고 복잡하게 쏟아내는 금속음이 대조적으로 어우러졌다. 이어서 그는 〈귀리 같은 염소Goats Like Oats〉와 〈나는 한 그루 작은 나무와도 같네A Little Tree Is Just

Like Me)를 연주했다. 증폭된 음량은 섬세하면서도 강력해서 헬리콥터의 진동을 덮고서 군중의 맨 끝까지 사운드를 전달하고, 그렇게 뻗어가다 건물들 사이로 사라졌다. 알렉스는 말하자면 움츠러든 채 듣고 있었다. 그가 은밀하게 이럭저럭 모아놓은 수천 명의 사람들이 하염없이 기다리며 호의를 혹사당한 뒤라 거부의 뜻으로 일제히 야유를 보낼 거라고 예상했다. 그러나 그것은 기우였다. 이 곡들을 이미 알고 있었던 포인터들은 손뼉을 치고 꺅꺅거리며 좋아라 했고, 어른들은 흥미를 느끼면서 어렵지 않게 찾을 수 있는 함의와 숨은 결들에 녹아든 것 같았다. 그렇게 대중은 역사의 특정한 한 순간에 자신들이 집결한 이유를 정당화할 대상을 만들어내는 것일지도 모른다. 맨 처음 '휴먼 비 인'이 그랬고 '몬터레이 팝 페스티벌'이 그랬고 '우드스탁'이 그랬듯이.* 아니면 두 세대에 걸쳐 계속된 전쟁과 감시로 말미암아 사람들은 자신들의 내재된 불안을 형상화할 대상으로, 위태로워 보이는 남자가 홀로 슬라이드 기타를 연주하는 모습을 열망하게 된 건지도. 이유가 무엇이 됐든, 군중의 중심에서 빗물처럼 손에 만져질 듯 선명한 인정認定의 물살이 솟구쳐오르더니 가장자리를 향해 밀려나갔고, 거기서 건물들과 수면에 부딪히며 갑절로 세진 물살은 스코티 쪽으로 되밀려가 그를 의자에서 들어 일으켜세웠고(로디들이 황급히 마이크를 조정

---

* '휴먼 비 인'은 1967년 1월 14일 샌프란시스코 골든게이트 파크에서 열린 집회로, 미국 히피즘의 문화적, 정치적 선언이 등장했던 '서머 오브 러브'의 전신이다. 몬터레이 팝 페스티벌과 우드스탁은 각각 1967년과 1969년에 열린 역사적인 음악 페스티벌이다.

했다), 좀전까지만 해도 떨고 있던 스코티의 껍데기를 산산이 부수자 강렬하고 카리스마 넘치고 맹렬한 뭔가가 속박에서 풀려났다. 그날 그 자리에 있었던 사람이라면 누구나 진짜 공연이 시작된 건 스코티가 일어선 순간부터였다고 말하리라. 그 순간은 그가 언더그라운드에서 몇 년 동안 만든 노래들, 누구도 들어본 적이 없는 노래들, 혹은 그 비슷한 어떤 것들─〈내 머리에 달린 눈들Eyes in My Head〉〈X의 것과 O의 것X's and O's〉〈누가 제일 열심히 지켜보는가Who's Watching Hardest〉─을 부르기 시작했을 때였다. 그것은 딱 얼굴만 봐도 홈페이지도 프로필도 닉네임도 휴대전화도 가져본 적이 없는, 다른 사람의 데이터의 일부가 된 적이 없는 남자, 오랜 세월 틈새 속에서 살며 잊힌 채 분기탱천했으나 어쩐 일인지 이제는 순수로 기명된 사나이, 그 훼손되지 않은 한 남자의 가슴에서 뜯겨나온 망상과 단절의 발라드였다. 물론 지금은 스코티 하우스먼의 첫 콘서트 현장에 실제로 누가 있었는지 알 수 없다. 널찍해서 사람들이 떼지어 모여들긴 했지만 그 공간의 수용 가능한 인구보다 더 많은 사람들이 콘서트에 갔노라 주장하기 때문이다. 이제 스코티는 신화의 경지에 이르렀기 때문에 모두가 그를 소유하고자 한다. 마땅히 그래야 하지 않을까. 신화야말로 모두의 것이 아니던가?

스코티를 지켜보면서 미친 듯이 휴대전화를 조작하는 베니 옆에 서 있던 알렉스는 지난 시절을 되돌아보고 있었다. 주변에서 벌어지고 있는 일이 꼭 전에도 일어났던 것처럼 느껴졌다. 레베카, 캐러앤과 함께 있으면 얼마나 좋을까. 처음엔 막연했던 이 생각은 이

내 고통스러우리만큼 절실해졌다. 휴대전화로 아내의 휴대전화 위치를 얼마든지 찾아낼 수 있었지만, 줌 기능으로 해당 구역의 사람들을 스캐닝해서 아내가 있는 곳을 실제로 찾는 데는 족히 몇 분이 걸렸다. 그동안 그는 화면을 옆으로 돌리면서, 넋을 잃고 있거나 이따금 눈물에 젖은 얼굴의 어른들과, 마냥 신이 나 몇 개 안 난 이를 드러내며 웃는 젖먹이들과, 깎아놓은 것처럼 잘생긴 흑인 남자와 손을 잡고 서 있는 룰루와 같은 젊은이들을 포착했다. 룰루와 그 남자는 드디어 숭배할 가치가 있는 사람을 발견한 한 세대의 장쾌한 기쁨에 젖어 스코티 하우스먼을 바라보고 있었다.

마침내 그는 캐러앤을 품에 안고 미소 짓고 있는 레베카를 찾아냈다. 아내는 춤을 추고 있었다. 알렉스에게 아내와 딸은 다가갈 수 없을 만큼 너무 멀리 있는 것 같았다. 좁혀지지 않을 거리. 레베카의 고운 비단 같은 눈꺼풀을 만지거나, 딸아이의 갈빗대 안쪽에서 콩콩 뛰는 심장박동을 느낄 일이 영영 없을 것만 같은 간극이었다. 줌인하지 않으면 아내와 딸을 볼 수조차 없었다. 다급한 나머지 그는 레베카에게 기다려주오, 아름다운 아내여라고 문자를 보내고, 계속 아내의 얼굴에 맞춰 줌인했다. 그리고 비로소 휴대전화의 진동을 알아차린 그녀가 춤을 추다 말고 휴대전화를 찾는 것을 보았다.

"그런 건 인생에서 딱 한 번 일어나는 일이야, 운이 억세게 좋은 사람에 한해서," 베니가 말했다. "이런 사건은 말이지."

"전에도 겪었던 일이죠?" 알렉스가 말했다.

"그런 적 없어," 베니가 말했다. "아니, 알렉스, 아니— 내가 말하려는 건 그런 게 아냐! 완전히 헛짚었다고!" 베니는 여전히 희열에 들떠 옷깃을 풀어헤친 채 양팔을 휘둘러댔다. 축하는 이미 했다. 샴페인을 돌렸고 (스코티에겐 예거마이스터를 따라주었다), 차이나타운에서 만두를 먹었고, 언론사에서 걸려오는 천 통의 전화를 받거나 미루었고, 기쁨과 승리감에 겨워하는 아내들과 어린 딸들을 택시에 태워 집으로 보냈고("그 사람 연주하는 것 들었어?" 레베카는 알렉스에게 묻고 또 물었다. "그런 연주 한 번이라도 들어본 적 있어?" 그러고는 그의 귀에 대고 속삭였다. "베니한테 일자리 얘기 한 번 더 해봐!"), 마지막은 룰루가 컬럼비아 대학에서 로봇공학 박사학위를 이수중인 케냐 출신의 약혼자 조를 소개하는 것으로 장식했다. 지금은 자정이 훨씬 넘은 시각이었다. 베니가 걷고 싶다고 해서 알렉스는 그와 함께 로어 이스트사이드를 걷고 있었다. 이상하게 침울해진 알렉스는 베니에게 자신의 기분을 들키지 않으려고 억누르고 있었다.

"알렉스, 자네 진짜 끝내줬어." 베니가 알렉스의 머리칼을 헝클어뜨리며 말했다. "아주 타고났어. 그냥 하는 말이 아니야."

뭘 타고났다는 말이죠? 그 말이 입 밖으로 튀어나올 뻔했지만 알렉스는 참았다. 대신 잠시 뜸을 들이다가 물었다. "혹시 부하직원 중에…… 사샤라는 사람이 있었나요?"

베니는 가만히 서 있었다. 그 이름이 두 사람 사이의 허공으로 떠올라 눈부시게 빛나는 것 같았다. 사샤. "있었어," 베니가 말했다. "내 비서였어. 아는 사람이었어?"

"한 번 만난 적이 있어요. 아주 오래전에."

"사샤가 바로 이 근방에 살았는데," 베니는 그렇게 말하고는 다시 걷기 시작했다. "사샤. 정말 오랜만에 떠올려보는 이름이네."

"어떤 사람이었나요?"

"멋진 여자였어," 베니가 말했다. "내가 아주 푹 빠졌었지. 그런데 나중에 알고 보니 손버릇이 좋지 않더라고." 그는 알렉스를 흘긋 보았다. "도벽이 있었어."

"설마요."

베니는 고개를 설레설레 저었다. "일종의 병이었던 거야, 내 생각은 그래."

알렉스의 마음속에서 뭔가 연관된 기억이 떠오를 것도 같지만 딱히 가닥이 잡히지 않았다. 사샤가 도둑이었다는 사실을 알았던가? 그날 밤중에 알아차렸나? "그래서…… 해고했나요?"

"달리 방법이 있어야지," 베니가 말했다. "내 밑에서 십이 년을 일했는데. 내 두뇌의 반쪽 같은 존재였어. 4분의 3이지, 사실은."

"지금은 뭐 하고 사는지 혹시 알아요?"

"몰라. 아직 이쪽 일을 하고 있으면 알 수 있을 텐데. 못 알아낼 수도 있고—그는 웃었다—나부터가 워낙 이쪽에 오랫동안 손을 떼고 있었으니."

그들은 몇 분 동안 말없이 걸었다. 로어 이스트사이드 거리에 달빛 어린 정적이 깔려 있었다. 베니는 사샤의 기억에 골몰한 것 같았다. 그는 포사이스 가로 방향을 틀어서 얼마간 걷다가 멈춰 섰다. "저기다," 베니는 그렇게 말하며 낡은 공동주택 건물을 올려다보았다. 잔뜩 긁힌 플렉시글라스 뒤로 형광등 불을 밝힌 현관홀이 보였다. "저기가 사샤가 살았던 곳이야."

고개를 들어 라벤더 빛 하늘을 등진 채 서 있는 칙칙한 건물을 올려다본 알렉스는 뜨겁고도 싸늘하게 내리치는 섬광 같은 기억을, 떨리는 기시감을 경험했다. 마치 더이상 존재하지 않는 장소로 돌아가고 있기라도 한 것 같았다.

"몇 호인지도 기억해요?" 알렉스가 물었다.

"4F였지 아마," 베니가 잠시 후 다시 말했다. "집에 있는지 확인하고 싶지 않아?"

베니는 벙글거렸는데, 그러고 있으니 젊어 보였다. 우린 공모자야, 베니 살러자르와 한 여자의 아파트 앞을 서성이면서 알렉스는 생각했다.

"사샤의 성이 테일러인가요?" 알렉스가 버저 옆에 달린, 손으로 쓴 이름표를 보고 물었다. 그도 벙글거리고 있었다.

"아니, 하지만 룸메이트일 수도 있지."

"제가 초인종을 누를게요." 알렉스가 말했다.

버저 쪽으로 상체를 기울이면서 알렉스는 마치 바로 오늘 아침에 사샤의 아파트를 나서기라도 했던 것처럼 똑똑히 기억나는, 그 어슴푸레한 조명 아래 계속 꺾이며 이어지는 계단을 향해 그의 몸속 모든 전자가 그리움으로 차오르는 것을 느꼈다. 그는 마음속으로 계단을 올라가 마침내 작고 구석진—자주색과 초록색에—스팀 보일러와 향초 냄새가 나는 습한 아파트에 다가서는 자신의 모습을 그려보았다. 쉿쉿 소리 나는 라디에이터. 창턱 위의 작은 물건들. 부엌에 놓여 있는 욕조—맞아, 그녀의 아파트 부엌엔 욕조가 있었지! 실제로 그런 아파트를 본 건 그때가 유일했다.

알렉스도, 가까이 서 있던 베니도 똑같이 아슬아슬한 흥분 속에서 움직이지 않고 기다렸다. 알렉스는 숨까지 참고 있었다. 사샤가 버저를 눌러 그들을 들여보내줄까? 그러면 알렉스와 베니는 함께 계단을 올라 그녀의 집 문 앞으로 가게 될까? 알렉스는 사샤를 알아볼까? 사샤는 알렉스를 알아볼까? 바로 그 순간, 비로소 그가 사샤에게 느꼈던 갈망의 윤곽이 또렷해졌다. 알렉스는 상상했다. 그녀의 아파트로 걸어들어가 발견하는, 여전히 그 안에 있는 자신의 모습을. 젊은 시절의 그 자신, 무궁한 계획과 드높은 기준을 품었고 아무것도 결정된 것이 없었던 그 시절의 자신을. 그 환상이 그에게 위태롭게 내달리는 희망을 심어주었다. 그는 다시 한번 버저를 눌렀다. 몇 초가 지나자 썰물이 빠져나가는 것처럼 상실감을 느꼈다. 한바탕 정신없던 무언극이 허물어지더니 사라져버렸다.

"여기 없어." 베니가 말했다. "여기서 아주 멀리 있다는 데 돈을 걸어도 좋아." 그는 눈을 들어 하늘을 바라보았다. "어떻게 잘 좀 살고 있으면 좋겠는데," 그러고는 마침내 말했다. "그럴 자격이 있는 여자니까."

그들은 다시 걷기 시작했다. 알렉스는 눈시울이 뜨거워지고 목이 메었다. "제가 왜 이러는지 모르겠네요." 그는 고개를 저으며 말했다. "솔직히 모르겠어요."

베니가 그를 흘긋 보았다. 헝클어진 은발과 사려 깊은 눈매를 한 중년 남자의 모습이었다. "철이 든 거야, 알렉스," 그가 말했다.

"우리 다 그렇잖아."

알렉스는 눈을 감고 귀 기울였다. 상점 앞문이 내려가는 소리. 컹컹 개 짖는 소리. 트럭들이 우우 하며 다리 위를 달리는 소리. 그의 귓속을 채우는 벨벳처럼 부드러운 밤. 그리고 그 울림, 언제나 들리던 그 소리는 결국 메아리가 아니라 시간이 지나가는 소리였던 모양이다.

푸른 밤

보이지 않는 거리

언제나 떠도는 울림

신발굽이 또각또각 포장도로를 내딛는 소리가 정적을 깼다. 알렉스는 눈을 번쩍 떴다. 그와 베니 둘 다 고개를 돌렸다―몸을 돌리고, 정말이지, 사샤이길 바라는 마음으로 뿌연 어둠 속을 응시했다. 하지만 다른 여자였다. 이 도시에 온 지 얼마 안 되는 젊은 여자가 열쇠꾸러미를 만지작거리고 있었다.

옮긴이의 말

시간이라는 깡패와 화해하는 법

"『깡패단의 방문』은 쉼표로 가득하다. 장章 사이사이에 쉼표들이, 우리는 보지 않는 행위가 일어날 때에 쉼표들이 있다. 'A to B'에서 스테파니는 줄스에게 모든 게 끝나가고 있는 것 같다고 말한다. 줄스는 '그래, 모든 게 끝나가고 있어. 하지만 아직은 아니야'라고 말한다. 이 작품은 '아직 아닌' 상태에서 일어나는 사건을 이야기한다."_제니퍼 이건, 〈데일리 비스트〉 인터뷰

"레코드 홈에 바늘을 올려놓고 읽자. 제니퍼 이건의 『깡패단의 방문』은 록음악처럼 들어야 한다."_에브리데이 이북, 12/4

"이런 깡패라면 더없는 은총이다."_빌리지 보이스

"이야기는 처음 시작한 지점에서 끝난다. 단, 모든 것이 바뀌었

다는 점만 빼고. 독자인 당신을 포함해서. _뉴 리퍼블릭

　인간은 시간을 '공간적으로' 사유한다고 한다. 철학자들은 그것이 시간의 '비가역성'에 대한 인간 욕망의 비전이라고 말한다. 우리의 인생은 곧 우리에게 할당된 시간이다. 그 시간이 헛되지 않도록 우리는 순간순간을 우리 식대로 기록하고 특화한다. 달력에 빨갛게 동그라미를 치고, 다이어리에 일정을 적고, 일기장에 소소한 일상을 윤색해 써넣는다. 여행지에서 보내는 시간이 아까워 한 장의 사진에 담는다. 붙잡을 수 없는 시간을 사적인 체험으로 계속 채워나간다. 그러나 시간을 붙잡으려 할수록 자명해지는 건 우리에게 주어진 시간의 무상성이다. 시간은 청정했던 꿈을 산패시키고, 우리의 모든 것을 반복과 환멸과 굴욕의 메커니즘으로 전락시킨다. 그래서 어느 철학자는 '시간은 나의 무능의 형식'이라고 한탄했다.

　그래서 우리는 절대로 이 이야기 속 인물들과 무관할 수 없다. 살아온 나날의 때가 묻은 다른 사람의 물건을 훔칠 때나마 시간을 소유했고 그런 자신이 개성적이라고 느꼈던 여자. 소싯적엔 혈기 왕성한 로커이자 (자신이 믿기론) 순수한 음악을 발굴하는 프로듀서였으나, 이제는 퇴물 취급을 받으며 과거의 기억이 아프게 찔러올 때마다 허둥지둥 주차권에 기록하는 남자. 시간 안에서 '진짜'라고 부르는 경험은 대개 가진 자들의 것이라는 것, 고급 음악회가

열리는 건물 '안으로' 들어갈 수 있는 자만이 그 시간을 소유할 뿐, 들어갈 수 없어서 '밖에서' 듣는 자는 도태된 자라는 것을 절감하는 가난한 강태공. 세상의 모든 음악회에 갈 수 있을 정도로 성공했지만 과거에 경멸해 마지않았던 공화당파의 눈치를 보며 어울려 사는 유한마담. 방약무인했던 록 아이콘이었지만 병들고 몰락한 끝에 '자살 투어'를 마지막으로 자신의 존재근거를 확인하려는 남자. 촉망받는 저널리스트였지만 쇠락 일로를 걸으며 자신이 미국의 운명을 닮았다고 한숨짓는 남자. 끝내 자신의 욕망에 솔직할 수도 없고, 자신의 욕망에 솔직해질 시간도, 주인이 될 시간도 붙잡지 못한 채 삶을 놓아버리고 만 슬픈 게이. 환멸밖에 남지 않은 아내와 생활고로 예술과는 거리가 먼 생활에서 도피해 예술작품에서 완전함을 꿈꾸는 늙은 교수. 로큰롤 음악에 나오는 쉼표의 길이를 재면서 쉼표가 있으면 음악은 아직 끝난 게 아니라고, 우리의 아름다운 순간도 아직은 끝나지 않았다고 안심하는 자폐아. 그들의 이야기를 읽는 건 자아의 끝없는 데자뷔와 같다.

시간과 기억, 시간과 꿈과 인간관계, 시간과 내러티브, 항상성과 단절에 관한 이야기로 2011년 퓰리처상을 수상한 『깡패단의 방문』의 작가 제니퍼 이건은 1962년 시카고에서 태어났다. 부모의 이혼 후 어머니와 함께 샌프란시스코로 옮겨갔던 어린 시절, 그녀는 평범하다 못해 '투명인간'이나 다름없었다고 한다. 베이에어리어의 클럽을 드나들며 펑크록 공연을 즐겨 보기도 했지만, '진짜' 펑크 걸이었던 적은 한 번도 없었고, 일탈은 흉내조차 내본 적이 없었다. 그저 평균적 삶에 무난히 순응하기만을 바랐던 이건에게 찾아온 인생의 전환점은 고등학교 졸업 후 떠난 유럽 여행이었다. 여행의 낭만이나 성찰과는 거리가 먼, 불안과 곤경과 거북함 속에서 버티다 로마에서 공황 발작까지 일으켰던 그녀는 비참했던 경험을 창조적인 에너지로 바꾸기로 마음먹는다. 작가가 되기로 결심한 것이다. 밑바닥에서 악전고투하다 마침내 시간과 화해한 후, 사막에 이제는 만료된 누군가의 시간이 담긴 폐품으로 작품을 만들고, 그 작품을 미래의 시간 속에서 풍화되도록 놔두는 사샤는 이건의 소설적 자아인지도 모르겠다. 그렇게 이건은 『에메랄드 시티』(1996), 『보이지 않는 서커스』(1994), 『나를 봐』(2001), 『킵』(2006)을 세상에 선보였다. 그리고 '현대문학에 쉴새없이 침투하는 트렌드를 문학적으로 형상화한 최근의 가장 성공적인 사례'라는 평가를 받은 역작 『깡패단의 방문』(2010)을 탄생시켰다.

『깡패단의 방문』은 시간의 비가역성에 관한 이야기다. 우연성, 무상성은 시간이 인간의 조건에 가하는 아마도 가장 큰 폭력이리라. 이건은 '시간은 눈앞에 버티고 선 깡패단이고, 너무도 바쁜 우리는 그 존재를 인식하지 못하다가 부지불식간에 알아차리게 된다'며 시간이 작품의 중심적 은유로 등장하게 된 계기를 밝혔다 (제목의 'Goon Squad'는 원래 노동조합원들에게 부당한 폭력을 일삼으면서 정당 하부조직을 부패시키는 조직을 뜻했으나 시간이 흐르면서 일반적인 의미의 폭력 조직을 가리키게 되었다). 그리고 록음악은 『깡패단의 방문』의 주요한 소재다. 베니, 사샤, 스코티,

루 등의 인물들은 음악산업 종사자들이다. 그러나 음악 소설은 이 건의 목표가 아니다. 작품의 서두에도 등장하지만 이건이 가장 큰 영향을 받은 것은 샌프란시스코의 음악 신이 아니라, 프루스트의 『잃어버린 시간을 찾아서』와 미국 드라마 〈소프라노스〉였다고 한다. 공교롭게도 이건은 9·11 테러가 일어났을 때 한창 프루스트를 읽고 있었고, 또 마흔을 넘어서면서 시간에 집착하게 되었음을 술회했다.

『깡패단의 방문』에 앞서 국내에 소개된 『킵』을 읽은 독자라면 알겠지만, 이건은 세속적이고 관습적인 대상, 특히 대중매체의 익숙한 이미지에 관심이 많은 작가다. 그리고 그것의 알려지지 않은 본질을 안으로부터 탐사하는 것이 장기다. 〈소프라노스〉가 〈대부〉의 이미지에 '갇혀 있는' 마피아의 현실에 접근해 그들의 허세 뒤에 도사린 부박한 실재를 파헤친 것처럼, 이건 역시 록 혹은 쇼비즈니스 산업 종사자의 '가려진' 실상을 미시적으로 포착, 보편적인 주제 속에 새롭게 통합시킨다. 그것 역시 시간의 폭력성, 무상성이다. 그 예로, 이건은 자신의 세대에게 마돈나는 쇼비즈니스계의 단명하는 생리를 초월한 희대의 아이콘이지만, 레이디 가가를 좋아하는 아홉 살 난 아들에게는 '올드 스쿨'일 뿐이라면서 '과거에 종속되지 않을 수 있는 방법은 전무하다'고 말한 바 있다. 이건은 시간의 비가역성을 가시적으로 드러내는 극명한 예로 록의 시간성, 록 문화의 순수성이 내파하는 과정 자체에 주목한다. 록만큼 시간성에 종속되는 사례가 또 있을까. 록, 특히 펑크는 청년하위문화의 구심점이자 자본주의 체제를 부정하고 전복할 힘을 가진 가장 중요한 '반문화'로 여겨진다. 동시에 가장 쿨한 힙스터 문화로 팔리는 중에 끝내 주적主敵인 체제에 포섭되고 마는 아이러니한 문화이기도 하다.

통속소설이 남용한 소재와, 그 자체로 상투적인 주제를 신선하고 유의미하게 환기시키기 위해 이건이 가장 고민했던 건 서사구조였던 것으로 보인다. 『깡패단의 방문』은 총 열세 개의 장으로 이루어져 있다. 장마다 베니를 축으로 한 방대한 인맥에 근거한 각기 다른 인물들이 주인공이 되어 그들 각자의 시간과 관계와 비참과 극복 혹은 좌절을 이야기하는 '연쇄적인' 단편들이 하나의 소설을 구성하고 있는 셈이다.

장편인가, 단편 모음집인가 하는 질문에 이건은 '비非 장르적인 작품'이라면서 각 장이 독자적인 완결성을 갖추되 다른 장과 맞물려야 하고, 은유는 '연결되는' 것이 아니라 '뒤얽혀야' 한다고 스스로 다짐했다고 밝혔다. 〈옵서버〉의 사라 처치웰도 말했듯이, 『깡패단의 방문』은 '장편소설도 단편의 모음도 아닌, 그 사이에 있는 것으로, 장마다 서로 인연을 맺고 있는 인물들의 각자 다른 목소리가 모여 만들어진 교향악에 가까운 작품'이다. 확실한 건 『킵』에서 이미 보여준 내용과 형식이 한 몸을 취하는 서사적 성취가 『깡패단의 방문』에 이르러 한층 더 실험적이고 독창적으로 발전했다는 점이다. 앞 장에 등장한 부차적인 인물이나 사소한 사건이 다음 장의 주인공 또는 의미심장한 계기가 되는 것도 그렇지만, 파워포인트와 텍스트만으로 만화 같은 회화적 서사까지 구현해내는 장에 이르면, 평론가들이 '포스트-포스트모던'이라는 용어까지 만들어가며 상찬한 배경에 동감하게 된다.

퓰리처상 위원회는 '타임워프 하듯 변모하는 문화에 따스한 호기심을 보이며, 디지털 시대에 어른이 된다는 것, 나이를 먹는다는 것을 독창적으로 탐구한다'며 수상 선정 이유를 밝혔다. 『깡패단의 방문』은 1970년대 샌프란시스코의 십대 펑크록 키드들에서 이야기를 시작해 9·11 테러로부터 이십 년 후, 쌍둥이 빌딩이 있었던 자리인 '풋프린트'에서 열리는 록 공연까지 육십여 년에 달하는 대장정을 펼친다. 그것은 곧 반세기를 넘는 미국의 역사 혹은 비전이기도 하다. 초강대국으로 황금기를 누리던 시절부터 9·11 테러가 상징하는 몰락과 새로운 재건을 꿈꾸는 근미래의 미국이라는 거대한 흐름을 이건은 개인의 삶이라는 수많은 바늘귀들을 거쳐 촘촘히 꿰어나간다. 천천히 돌아가는 쳇바퀴 같은 삶 속에서 인물들이 망가져가는 과정을 코믹하면서도 통렬하게 그려낸다. 그러나 끝내 더 큰 사랑과 희망으로 그들을 감싸안는다.

그 사랑과 희망은 '가공적'이다. 미래의 시점에서, 만신창이 스코트를 불러내 폐기된—혹은 한 번도 실현된 적 없던—록음악 공동체의 순수이상을 펼치며 재건을 꿈꾸는 마지막 장은 동화, 아니 SF다. 그렇지 않다면 이는 세상과 섣불리 화해하는 제스처에 지나지 않는 가짜 문학일 것이다. 결국 우리는 망가질 것이다. 하지만 '아직은' 아니다. 그러니 빽빽한 일상의 틈새에서 홀연히 나타나는 쉼표 같은 순간들, 우리가 '아직은' 아름다웠던 때가 우연히 떠오르는 그 순간들을 그냥 흘려보내지 말자. 그것을 기억하는 순간, 그 순간만큼은 우리 것이다, 우리가 주인이다. 이건이 우리에게 건네는 처방은 이런 것이 아닐까.

2011년이 시작한 첫 달에 『깡패단의 방문』을 처음 만났다. 순진하게도 늙음은 성숙이라 믿고, 그래서 기다렸던(?) 중년이 초입부터 실망스러웠던 차였다. 다만 금기와 유예와 비겁한 침묵이 늘었을 뿐, 늙을수록 부박해지는 것이 사람이란 결론에 허허롭던 차였다. 황지우의 '삶은 얼마간의 굴욕을 지불해야 지나갈 수 있는 길'이란 구절을 만트라 삼아 궁상맞게 술잔을 기울이던 차였다. 그랬으니 첫 페이지부터 영락없이 말려들 수밖에 없었다. 페이지마다 비루하고 우습고 볼썽사나운 나 자신의 모습이 만화경처럼 펼쳐졌다. '안 그래도 힘든데 정초부터 왜 이런 책을 읽히느냐'고 애먼 편집자에게 푸념하기도 했다. 하지만 책을 다 읽기도 전에 '제발 내가 번역하게 해달라'고 애원(!)했다. 만용이었다. 그래도 좋았다. 역자의 역량을 훨씬 넘어서는 작품이었지만, 일이 자가 치유로 이어지는 흔치 않은 행운을 누렸다.

가령 파워포인트로 검은 화면 하나를 띄우는 것만으로 사막의 밤을 펼쳐 보이는 작가의 마술 앞에서 어린아이처럼 울었던 기억은 잊을 수 없는 '쉼표'로 기억될 것이다. 스스로도 알지 못했던 속내의 응어리를 작가가 부러 끄집어내어 터뜨려준 건 아닌가, 하는 망상까지도 소중했다. 사담이 이리 길어도 부끄럽지 않은 건, 이

책을 펼치는 모든 독자들이 같은 경험을 할 것임을 확신하기 때문이다. 제니퍼 이건에게 감사한다. 지난한 작업과정 내내 함께해준 문학동네 편집진에게도 감사한다.

최세희

옮긴이 **최세희**
국민대학교 영문학과를 졸업했다. 제니퍼 이건의 『맨해튼 비치』 『인비저블 서커스』 『킵』, 줄리언 반스의 『예감은 틀리지 않는다』 『사랑은 그렇게 끝나지 않는다』를 비롯해 『우리가 볼 수 없는 모든 빛』 『에마』 『Peanuts 아트 오브 피너츠』 『독립 수업』 『지구상에서 가장 멋진 서점들에 붙이는 각주』 등 다수의 작품을 우리말로 옮겼으며, 네이버 오디오클립 〈승열과 케일린의 영어로 읽는 문학〉의 구성작가로 활동하고 있다.

문학동네 세계문학
깡패단의 방문

1판 1쇄 2012년 3월 15일 | 1판 5쇄 2021년 8월 17일

지은이 제니퍼 이건 | 옮긴이 최세희
기획 김지연 | 책임편집 홍지은 | 편집 황문정 김지연 | 독자모니터 박미진 이원주
디자인 윤종윤 이원경 강혜림 | 저작권 김지영 이영은
마케팅 정민호 정진아 김혜연 정유선 | 홍보 김희숙 함유지 김현지 이소정 이미희 박지원
제작 강신은 김동욱 임현식 | 제작처 영신사

펴낸곳 (주)문학동네 | 펴낸이 염현숙
출판등록 1993년 10월 22일 제406-2003-000045호
주소 10881 경기도 파주시 회동길 210
전자우편 editor@munhak.com | 대표전화 031) 955-8888 | 팩스 031) 955-8855
문의전화 031) 955-8896(마케팅) 031) 955-2659(편집)
문학동네카페 http://cafe.naver.com/mhdn
북클럽문학동네 http://bookclubmunhak.com

ISBN 978-89-546-1778-9 03840

잘못된 책은 구입하신 서점에서 교환해드립니다.
기타 교환 문의 031) 955-2661, 3580

www.munhak.com